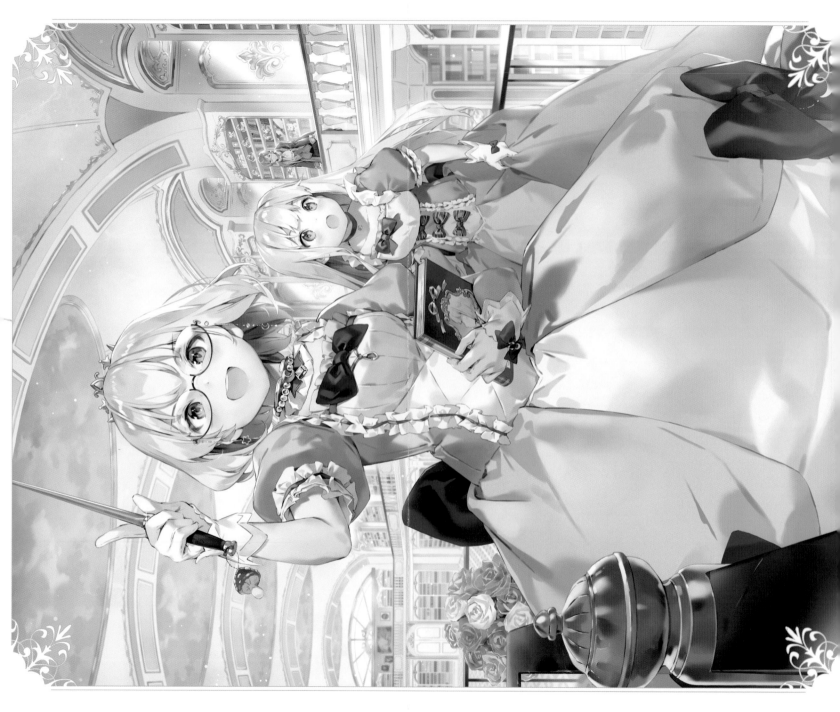

단두대에서 시작하는 황녀님의 전생 역전 스토리

티어문 제국이야기

IV

TEARMOON
EMPIRE STORY
WRITTEN BY
NOZOMU MOCHITSUKI

모치츠키 노조무 지음
Gilse 일러스트

TEARMOON EMPIRE STORY WORLD MAP

변경지

티어문 제국
TEARMOON EMPIRE

제도

신월지구

가누도스 항만국
GANUDOS
PORT COUNTRY

초기 제국 영토
(중앙 귀족 영지군)

갈레리아해(海)

정해의 숲

루돌폰
변경백작령

페르쟝 농업국
PERUGIAN
AGRICULTURAL COUNTRY

제2부 이정표의 소녀 Ⅱ

티어문
제국 이야기

TEARMOON
EMPIRE
STORY

선크랜드 왕국

키스우드

시온 왕자의 종자.
시니컬한 성격이지만
실력이 좋다.

시온

조력

제1왕자. 문무겸비의 천재.
이전 시간축에선 티오나를 도와
훗날 단죄왕으로 이름을 떨친
미아의 원수.
이번 삶에선 미아를
'제국의 예지'로 인정하고 있다.

[바람 까마귀]   선크랜드 왕국의
첩보대.

[백아(白鴉)]   어떤 계획을 위해 바람 까마귀 내부에
만들어진 팀.

성 베이르가 공국

지원

지원

라피나

공작 영애. 세인트 노엘 학원의
학생회장이자 실질적인 지배자.
이전 시간축에서는 시온과
티오나를 후방에서 지원했다.
필요하다면 웃는 얼굴로 살인할 수 있다.

[세인트 노엘 학원]
인근국의 왕후·귀족 자제가 모이는
엘리트 중의 엘리트 학교.

렘노 왕국

아벨

왕국의 제2왕자.
이전 시간 축에서는
희대의 플레이보이로 유명했다.
이번 삶에선 미아를 만나 진지하게
검 실력을 단련하기 시작했다.

[포크로드 상회]
클로에

여러 나라에서 활동하는
포크로드 상회의 외동딸.
미아의 학우이자 독서 친구.

혼돈의 뱀

성 베이르가 공국과 중앙정교회를 적으로 보며
세계를 혼돈에 빠뜨리려고 하는 파괴자 집단.
역사의 그늘 속에서 암약하지만, 상세는 불명.

STORY

붕괴한 티어문 제국에서 이기적인 황녀라 경멸받았던 미아는 처형당했지만, 눈을 뜨자 12세로 돌아가 있었다.
두 번째 인생에선 단두대를 회피하기 위해서 제국을 바로잡고자 동분서주한다.
과거 기억과 주위의 착각 덕분에 혁명 회피에 성공했지만,
미래에서 나타난 손녀 벨이 미래의 미아와 일가족이 파멸했다는 사실을 알려준다.
미래개변의 한 걸음으로서 세인트 노엘 학원의 학생회장 선거에 입후보한
미아는 기적적으로 그 자리를 얻어내는 데 성공한다.

티어문 제국

원수

손녀와 할머니

원수

미아벨
미래에서 시간을 거슬러온
미아의 손녀딸.
통칭 '벨'.

원수

미아

주인공. 제국의 유일한 황녀이자
제멋대로 굴던 황녀.
하지만 사실은 그냥 소심할 뿐.
혁명이 일어나 처형당했지만
12세로 회귀했다.
단두대 회피에 성공했지만,
벨이 나타나서는……?!

혁명

루돌폰
변경백가

티오나
변경백의 장녀.
미아를 학우로서 좋아한다.
이전 시간축에서는 혁명군을 주도했다.

세로
티오나의 남동생. 우수하다.

리오라
티오나의 전속 메이드.

루드비히
젊은 문관. 독설가.
자신이 숭상하는 미아를
황제로 만들 생각이다.

안느
미아의 전속 메이드.
가족은 가난한 상가.
미아의 충신.

디온
제국 최강의 기사.
이전 시간축에서
미아를 처형한 인물.

공작가
시대

루비
레드문 공작가의 영애.
남장미인.

에메랄다
그린문 공작가의 장녀.
자칭 미아의 절친.

사피아스
블루문 공작가의 장남.
미아 덕분에 학생회에 들어간다.

※ ——— 미래 시간축에서의 관계   ※ ·········· 이전 시간 축에서의 관계

일러스트 — Gilse

제2부
이정표의 소녀 Ⅱ

THE GIRL FROM THE FUTURE

프롤로그 미아의 망상 학원

"정말이지, 이런 간단한 문제도 모르는 겁니까? 황녀님."

눈앞에 서 있는 망할 안경은 미아를 무시하는 듯한, 기가 막힌다는 듯한 얼굴로 어깨를 으쓱했다.

그에 미아는 고개를 숙이고 아무런 반박도 하지 못하고 있었다.

불쌍하게도 그저 어깨를 가늘게 떨고 있을 뿐……. 아니! 그런게 아니었다!

"후후후, 이런 것쯤은 간단하죠!"

고개를 든 미아는 얼굴 가득 우쭐대는 표정을 지으며 선언했다. 그 후 문제를 술술술 풀어나갔다.

그걸 본 망할 안경은 경악한 나머지 눈을 부릅떴다.

"흐흥, 너무 간단해서 하품이 나오겠어요. 오히려 망할 안경, 당신이야말로 이런 문제도 모르는 건가요? 뭣하면 제가 공부를 가르쳐드릴까요?"

팔짱을 끼고 더없이 우쭐대는 표정을 지은 미아를 본 망할 안경—— 루드비히가 말했다.

"잘 알겠습니다……. 미아 황녀 전하, 당신은 저따위는 도저히 비교도 되지 않을 만큼 총명하신 분……. 부디 새로 설립되는 학원에서 미아 님께서도 교사로서 교편을 잡아주셨으면 합니다."

"흐음……. 제가 가르친다고요? 아, 혹시 그게 저를 제도에 불러들인 이유인가요?"

"네, 바로 그렇습니다. 이걸 보시죠……."

루드비히는 한쪽 무릎을 꿇고 미아에게 교재를 한 권 내밀었다. 버섯 마스코트가 그려진 멋진 교재였다.

그걸 받아든 순간 주위의 광경이 확 바뀌었다.

그곳은 장엄한 도서실. 넓은 공간이 책으로 빼곡했고, 여기저기에 장식된 아름다운 꽃이 신성한 향기를 흘리고 있었다.

그리고 미아는 방대한 지식을 거느리는 여제가 되어 그곳에 군림하고 있었다.

안경을 번뜩 빛내고는 책장에 즐비한 책 중 한 권에 손을 뻗었다.

"흐음……. 제법 잘 쓴 책이군요. 뭐, 저는 전부 아는 내용이지만……. 아무튼 저는 총명한 황녀이자 이 학원의 교사이니까요!"

가슴을 한껏 펴는 미아 앞에, 어느새 나타난 벨이 두꺼운 책을 펼쳐 들고 서 있었다.

"미아 언니, 여기를 모르겠어요!"

"어디 보자, 흐음. 아, 여기는 이렇게……, 술술술."

"와아! 역시 미아 언니세요!"

"가르치는 재능도 있을 줄이야. 이 루드비히, 감탄했습니다."

벨, 루드비히를 시작으로 어느새 미아 앞에는 수많은 사람이 모여들어 미아에게 가르침을 청하고자 아우성쳤다.

"대단한 인기네요……. 후후후, 아아. 무척 기분 좋아요! 왠지 꿈을 꾸는 것 같네요!"

물론 말해봤자 입만 아픈 수준이지만…… 그냥 꿈이다!

휘청. 몸이 흔들리는 걸 느낀 미아는 조용히 눈을 떴다.

"흐암……. 어머, 여기는……."

흐릿한 시야에 나타난 것은 낯선 천장. 그리고 자신을 내려다보는 안느의 얼굴이었다.

"앗, 일어나셨어요? 미아 님."

안느가 자상한 미소를 지으며 미아의 얼굴을 들여다보았다.

"어라……, 저는……."

뒤통수에서 부드러운 온기를 느낀 미아는 가까스로 떠올렸다. 마차 안에서 안느의 무릎을 베고 잠들었다는 사실을…….

"아아, 푹 잠들어버렸네요……. 미안해요, 안느. 피곤하죠?"

"아뇨, 미아 님께서 기분 좋게 주무셨다면 그게 제 행복입니다. 그보다 계속 웃고 계시던데…… 무슨 좋은 꿈이라도 꾸신 건가요?"

"네. 꿈인 게 아쉬울 정도로 즐거운 꿈이었답니다. 앗, 맞아요!"

벌떡 일어난 미아는 바로 일기장을 꺼냈다.

"잊어버리지 않도록 일기에 적어두는 게 좋겠어요……. 어딘가에 도움이 될지도 모르니까요!"

방금 꾼 근사한 꿈을 잊지 않기 위해 미아는 어마어마한 속도로 일기를 쓰기 시작했다.

한바탕 기록을 마친 뒤 미아는 만족스러운 한숨을 내쉬었다.

"다른 사람을 가르치는 게 이렇게나 즐거운 일인 줄 몰랐네요. 흐음……, 제가 교편을 잡는 것도 나쁘지 않을지도 모르겠어요."

미아의 뇌리에 미아 황녀전의 서술이 되살아났다.

"왜 학원에 대한 서술이 사라진 건지……. 그리고 벨이 온 미래에서는 일어나지 않은 일이 된 추위에 강한 밀가루……. 앞으로 올 기근을 극복하기 위해서는 식량을 확보할 방책은 최대한 많이 준비해두고 싶으니까요……."

솔직히 기근만 극복하는 것뿐이라면 현재 비축한 식량과 포크 로드 상회의 수송 루트를 확보해두면 성공할지도 모르지만…… 그래도 불안해지는 게 미아의 소심한 성격이었다.

"그걸 해결하기 위한 방법……. 흐음! 제가 교편을 잡는 건 제 법 묘안인 게 아닐까요?!"

……오히려 그게 원인이 되어 밀가루 품종 개량에 실패하거나 학원이 망하지 않을까……? 같은 우려가 드는 소리를 중얼거린 미아였으나……. 무시무시하게도 그 자리엔 지적할 사람이 한 명 도 존재하지 않았다.

"미아 님, 그건 뭘 적으시는 건가요?"

"어머, 안느. 관심이 있나요? 이건 일기인데 조금 전에 꾼 꿈의 내용을 적었답니다."

마차가 제도 루나티어에 도착한 것은 그로부터 사흘 뒤였다.

제1화 미아 기념일

　제도 루나티어에 도착한 미아는 아버지에게 돌아왔다는 인사를 하러 갔다.

　참고로 린샤와 벨은 안느의 본가에서 신세 지기로 했다.

　안느는 미아의 전속 메이드이니 나중에 백월 궁전에 오기로 했지만, 아무리 그래도 벨을 데리고 성에 들어올 수는 없다.

　자신의 방에서 옷을 갈아입은 미아는 바로 알현실로 향했다. 하지만…….

　──그리고 보면 아빠라고 부르라며 소란을 부리셨죠…….

　그 사실을 떠올리자 기분이 살짝 무거워졌다.

　벌써 먼 옛날 일인 것처럼 느껴지지만……, 그 때문에 미아는 일찍 세인트 노엘에 가서 방학을 보냈다.

　──설마 아직도 그런 말씀을 하실 것 같진 않지만요…….

　넌지시 불안을 느끼던 미아였으나……. 알현실에서 미아를 맞은 아버지는 의외로 침착했다.

　"오오, 미아, 돌아왔구나. 무탈했던 듯해 다행이다."

　"감사합니다. 폐하, 조금 전 무사히 도착했습니다."

　"늘 말하고 있지 않으냐. 아바마마, 혹은 아빠라고 부르려무나."

　"그럼 말씀 받들어 아바마마. 오랜만에 뵙습니다."

　이 대화는 늘 주고받는 패턴이다.

일단 아빠라는 호칭을 강요하진 않아서 안도의 숨을 내쉬는 미아였다.

"그래……. 세인트 노엘은 즐거운가?"

"네. 최근에는 라피나 님과 시온 왕자님, 아벨 왕자님 등과도 친하게 지내고 있습니다. 타국의 귀족들과 교류하면서 시야가 넓어지고, 무척 즐거운 시간을 보내고 있답니다."

미아의 학원 생활을 듣고 흡족한 듯 고개를 끄덕이던 황제였으나……, 불현듯 그 얼굴이 어두워졌다.

"하지만…… 네가 중용하는 문관, 루드비히라고 했던가……. 그자에겐 조금 벌을 줄 필요가 있겠구나……."

"……네?"

순간 영문을 알 수 없어 눈을 깜빡이는 미아였으나…….

"황녀인 너를 불러들이는 바람에 즐거운 학원 생활을 중단하게 만들다니, 도저히 용서될 수 있는 일이 아니다. 지난번 렘노 왕국에서 일어난 사건에서 거둔 공적이 있으니 처형은 하지 않지만, 일출과 함께 변경에 있는 유배지에 보내서……."

"그러지 마세요, 아바마마. 저는 이렇게 제국에 돌아와서 오히려 기쁜걸요. 게다가 필요하기 때문에 돌아온 것뿐입니다. 제국의 황녀로서 당연한 일이죠."

미아는 단호하게 말했다. 여기서 루드비히를 잃었다간 큰일난다.

제대로 못을 박아두어야만 한다.

"정말 그래도 괜찮으냐? 벌을 줄 필요가 없다고, 그렇게 말하는 게냐?"

"네. 그렇습니다."

크게 고개를 끄덕인 미아를 보고 황제는 길게 한숨을 내쉬었다.

"그렇구나. 네가 괜찮다고 한다면 짐은 거리낌 없이 그를 치하하도록 하마."

"…………네?"

"의아해할 것 없다. 짐은 이래 봬도 황제다. 네 아버지이자 동시에 황제이기도 하니, 때에 따라서 태도를 바꿔야만 하지. 때로는 개인으로서의 의견은 삭혀야 할 필요가 있다는 건 당연한 일이다."

그 말을 듣고 미아는 조금 감탄했다.

――아바마마는 영락없이 우둔한 황제인 줄 알았는데, 생각해야 하는 부분은 제대로 생각하고 계셨네요…….

무심코 감동한 미아였지만…….

"따라서 짐은 황제로서 그에게 성대한 포상을 내릴 생각이다."

이어지는 아버지의 말에 반사적으로 실소했다.

"아이참, 중요한 부분을 헷갈리셨어요. 아바마마. 황제로서가 아니라 제 아버지로서, 제가 돌아온 것을 기뻐해 주시는 거죠?"

"음? 딱히 틀린 건 아니다. 미아. 네가 제도에 있으면 제국의 신민은 모두 기뻐하고, 네가 성 베이르가 공국에 가 있으면 제국의 신민은 모두가 슬퍼한다. 그러니 네가 이렇게 돌아올 계기를 만든 루드비히 경에게 황제로서 포상을 내리는 거지. 어디 틀린 데가 있다는 게냐."

"…………."

진심으로 '당연한 말을 했다!'는 태도인 아버지의 모습을 보고 미아의 머리가 어질어질해졌다.

자신이 아버지에게 극진한 사랑을 받고 있다는 건 알고 있었으나, 설마 이렇게까지 중증일 줄이야…….

──왠지…… 제가 제국에 대해 진지하게 생각해달라고 열심히 간청하면 많은 일이 해결될 것 같은 느낌이 들어요…….

자칫 궁극의 진리를 깨달을 뻔한 미아였으나, 아무리 그래도 그렇게 될 리는 없다며 생각을 바꿨다.

──그나저나 변함이 없으시네요, 아바마마께선…….

자신의 귀환을 환한 미소로 반겨주는 아버지의 반응이 조금 기쁘면서도, 살짝 짜증을 느끼는 미아였다.

"그래. 미아가 돌아왔으니 오늘은 미아 기념일로 삼자꾸나! 오늘부터 열흘간 전국에서 성대한 축제를……."

"아뇨, 그건 또 다음 기회로……."

많이 짜증 난 미아였다.

──아아, 하지만…… 아바마마께는 벨 관련으로 이래저래 오명을 뒤집어씌웠으니까요…….

라피나에게 완전히 오해를 받고 만 아버지를 생각한 미아는 약간 죄책감이 자극되었다. 어쩐지 아버지를 친절하게 대하고 싶어진 미아였다.

"아바마마, 백성들에게 축하받는 것은 당연히 기쁘지만……. 저, 오늘은 아바마마와 함께 여유로운 만찬을 즐기고 싶어요."

그 마음에 따라 부드럽게 웃으며 말했다.

그런 미아를 본 황제는…….

"오오……, 오오오!

울었다. 그 눈동자에서 폭포처럼 눈물이 콸콸 쏟아졌다.

"미아가……, 귀여운 미아가 짐과 함께 하는 식사를 원한다고……. 크흡, 이 무슨……. 좋다, 알았다. 너를 위해 극상의 요리를 내오라고 시키마! 숲을 불태워서 적절하게 구워진 토끼 고기를……."

"아뇨, 그러지 마세요. 그냥 황월 토마토 스튜여도 괜찮으니까요……."

대단히 짜증 난 미아였다.

제2화 제국에 걸린 저주

"미아 황녀 전하, 오랜만에 뵙습니다."

미아의 귀환 소식을 들은 루드비히가 백월 궁전에 찾아왔다. 그 표정은 뜻밖에 어두웠다.

그도 그럴 것이, 루드비히에겐 이렇게 일부러 미아를 번거롭게 해야 한다는 것이 몹시도 본의가 아닌 일이었기 때문이다.

──하지만 어쩔 수 없지. 이 문제는 자칫 잘못하면 무척 큰일이 될 거야. 억지로 내가 해결하려고 했다가 상처를 벌릴 수는 없어.

그렇게 알현실에서 마주 본 미아는…… 조금 피곤한 얼굴이었다.

아마도 강행군이었기 때문일 것이다.

졸린 듯 하품을 하며 눈가를 북북 문지르는 미아를 보자 루드비히의 가슴에 죄책감이 슬금슬금 솟아올랐다.

──세인트 노엘에서는 크게 활약하셨다고 하니…….

이례적인 학생회장 선거 출마.

그 소식을 들었을 때는 간담이 서늘해졌지만, 그 후의 전개는 그가 상상도 하지 않은 흐름이 되었다.

열세인 지지율로 시작해서 기적적인 역전극. 그 이면에서 무슨 일이 있었는지는 드러나지 않았다. 어떠한 거래가 있었던 건지, 아닌 건지.

그 후 라피나의 모습을 미루어 보아 협박 같은 흉흉한 것이 아니라, 어디까지나 쌍방이 수긍할 수 있는 형태였다는 게 보였다.

이번 선거에는 불평을 토로하는 자도 많다고 들었다.

투표도 하지 않고 승리가 확정된 것이 불만인 거다.

검을 겨루지도 않고 무엇이 승리냐. 그런 것은 승리라고 부를 수 없다. 비겁하다. 그렇게 주장하는 자가 있다.

하지만 루드비히는 그렇게 생각하지 않았다.

전쟁을 잘 이끌어가는 전술가도 있고, 전쟁이 시작되기 전인 준비단계에서 상대를 철수시키는 전략가도 있다. 그보다 더 앞선 외교 단계에서 유리한 조건을 따내는 정치가도 있다.

미아는 투표라는 싸움이 시작되기 전 단계, 전략 단계에서 라피나에게 승리했다……. 루드비히는 그렇게 이해했다.

그리고 미아가 학생회장에 입후보한 이유도…… 지금이 되자 실체가 들여다보였다.

──세인트 노엘에서 학생회장으로 일하면서 학교 운영에 대해 배우려고 하신 건가…….

그곳에서 얻은 지식을 티어문의 첫 학원도시에도 활용한다.

확실히 대륙이 넓다고 해도 학원도시라는 개념은 세인트 노엘을 제외하면 없다. 교본으로 삼는다면 그곳 말고는 후보가 없지 않은가.

미아의 생각은 지극히 합리적이었다.

그럼에도 그녀의 행동을 방해해버린 것이 루드비히는 참으로 원통했다. 자신의 부족함을 저주하고 싶어지는 루드비히였다.

"면목 없습니다, 미아 전하. 전하를 불러내는 방식을 취하고 말아서……. 역시 피곤하시군요."

"아뇨, 문제없어요. 하암. 어젯밤은 아바마마께서 그동안 겪은 이야기를 듣고 싶다며 별로 재워주지 않으셨거든요……."

아마도 루드비히를 배려해주는 모양이다. 그런 농담을 던진 미아는 한 번 더 하품을 짓씹고……, 조금 촉촉해진 눈동자를 루드비히에게 향했다.

"일부러 찾아오셨군요. 나중에 제 쪽에서 갈 생각이었는데. 당신도 바쁠 테니까요."

"아뇨. 세인트 노엘에서의 학업을 중단시켜가면서 돌아와 주십사 청했으니까요. 그래놓고 저에게 찾아오게까지 할 수는 없습니다."

무릎을 꿇고 신하의 예법을 취한 루드비히는 미아에게 진지한 시선을 보냈다.

"건강하신 듯해 다행입니다."

"당신도 변함이 없어 보여서 다행이에요. 이렇게 얼굴을 마주보는 건 퍽 오랜만인 느낌이 드네요."

미아는 그립다는 듯 눈을 가늘게 휘었다.

"그래서 제게 상담하고 싶다는 건 뭐죠?"

조용히 화제를 던지는 미아에게 루드비히는 순간 침묵하며 생각에 잠겼다.

"아뇨, 본론에 들어가기 전에 몇 가지 보고해드릴 일이 있습니다."

모처럼 이렇게 제도에 돌아오셨다. 제국의 현재 상황을 보고하고 지시를 듣고 싶었다.

아무튼 상대방은 제국의 예지. 루드비히의 지능으로는 범접할 수 없는 곳까지 내다보는 존재니까.

"먼저 미아 님의 명령으로 행한 식량 비축은 순조롭게 진행 중입니다. 현재 1년 동안 수확이 전혀 없다고 해도 전 국민을 최저한 굶지는 않게 할 만큼 비축해둔 것으로 추측됩니다."

이것은 어디까지나 추측의 영역이다. 왜냐하면 각지의 귀족들이 어느 정도 비축해두었는지 불분명하기 때문이다. 보고는 올라오지만, 어디까지 진짜인지는 모른다.

"여기에 포크로드 상회의 매수분도 합산하면 상당한 규모의 기근에도 대응할 수 있을 것으로 보입니다."

"흐음……. 순조롭군요."

건네받은 양피지를 바라보며 미아는 작게 고개를 끄덕였다.

"그리고 곧 수확기를 맞는 밀가루가……, 올해엔 수확량이 조금 감소할 것 같습니다."

"감소…… 라면 어느 정도죠?"

"네. 대략적인 예상이지만 작년과 비교해 1할 정도는 감소할 것 같다는 보고가 올라왔습니다."

"1할……. 흐음……."

미아는 뺨에 손을 올리고 작게 고개를 갸웃거렸다.

그 수치는 딱히 문제 삼을 수치가 아니었을지도 모른다. 그 정도라면 이듬해 수확으로 충분히 보완할 수 있기 때문이다.

또 애초에 수확량 감소 자체가 티어문 제국에서는 흔히 있는 일이기도 했다.

제국의 귀족 중엔 농민을 멸시하는 자가 많다.

본래 이 땅은 비옥한 현월지대라고 불리는, 농업에 적합한 땅이었다.

씨를 뿌리고 물을 주고 잡초만 제거해두면 그 후엔 대충 길러도 수확을 거둘 수 있는 토지. 그런 말을 들을 정도로 별다른 노력을 기울이지 않아도 수확을 기대할 수 있는 풍요로운 땅이었다.

그리고 그곳에는 소박한 선주민이 살고 있었다.

굶주림을 모르고, 싸울 필요가 없었던 그들은 평화로운 농경 생활을 보냈다.

그곳에 강인한 침략자, 근교의 수렵 부족이 침공했다.

티어문의 선조인 수렵 부족은 무력으로 선주민들을 농노로 전락시키고, 이 땅이 주는 풍요를 손에 넣었다.

그것이 티어문 제국의 시작이었다.

초대 황제인 수렵 부족의 족장은 자신들처럼 무예가 뛰어난 자들을 고귀한 자, 귀족으로 삼고 농업에 종사하는 선주민을 겁쟁이인 노예라며 멸시했다. 그렇게 하여 자신들의 지배권을 정당화했다.

그 잔흔으로 티어문은 병소(病巢)라고도 할 수 있는 나쁜 사상이 뿌리 깊게 뻗어 나갔다.

즉, '이 땅에서 농업에 종사하는 자는 다른 일로는 먹고살 길이 없는 무능한 사람'이라는, 근거 없는 경멸이……

농노라는 제도는 폐지된 지 오래되었다.

농업에 종사하는 자들이 제도적으로 부당한 대우를 받는 일도 이제는 없다.

그건 어엿한 직업의 일종이고, 그것을 이유로 학대당하지도 않는다.

그렇기에…… 반대로 문제가 심각했다.

제도에 문제가 있다면 제도를 바꾸면 된다.

부당하게 지위가 낮은 자가 있다면 지위를 개선하고, 폭력을 받는다면 폭력을 없애도록 움직이면 된다.

하지만……, 실질적인 해가 거의 없는, 이유 없는 감정적 사고방식을 정정하는 것은 어렵다.

'그냥 하기 싫다', '안 좋아한다', '이유는 없지만 그건 안 좋은 것이다'——.

그런 무의식 속의 믿음이 지금도 사람들의 마음에 뿌리박혀 눈치채지 못하는 사이에 다양한 행동에 영향을 미친다.

아무런 합리적 이유도 없이, 그저 역사적으로 배양된 비합리적 편견에 의해 티어문 제국은 자급률을 올리기 힘든 경향이 있다.

그리고 루드비히는……, 거기에서 무언가 악의 같은 것마저 느꼈다.

마치…… 이 제국이 스스로 죽음을 향해 나아가는 것 같은…….

이 땅에 살았던, 살해당한 선주민들의 저주가 제국 전역을 죽이려 하는 것 같은……. 그런 착각마저 느꼈다.

쓸모없는 상상이다. 하지만 어째서일까. 루드비히는 그 상상을 웃어넘기지 못했다.

실제로 제국 내부의 식량 유통은 미아가 손을 내기 전까진 상당히 아슬아슬한 상태였기 때문이다.

"······마침내 오고 말았군요."

미아의 중얼거림이 루드비히를 현실로 돌려놓았다.

"왔다니······, 무슨 말씀입니까?"

안경을 가볍게 고쳐 쓰며 신중하게 물었다.

"생산량 감소의 이유는 악천후 때문인 것 같은데······."

당연하게도, 아무리 농업을 멸시한다지만 농경지를 전부 없애 버릴 수는 없는 노릇이니 각 귀족들은 영지 내에 농경지를 일정 규모 이상 유지하라는 지시를 받는다.

귀족들 본인도 위기감은 느끼니까 대충 그 지시를 따르고 있을 것이다.

"평범한 악천후가 원인이라면 1년 뒤에는 수확량도 회복될 가능성이······."

"아뇨, 안타깝게도 그렇지 않습니다. 아마도 이건 시작에 불과해요. 내년에는 더 줄어들 겁니다."

미아는 조용히 단언했다. 그 후 고요한 시선을 루드비히에게 보냈다.

"만약 당신이 필요하다고 느낀다면 비축분을 풀어서 밀가루를 배급하세요. 판단은 당신에게 맡기겠습니다."

루드비히는 자신을 합리주의자라고 인식한다. 따라서 근거 없는 미아의 걱정에 진언을 올려야 하는 건지도 모른다는 생각이

들었지만…….

그러지 못할 만큼 미아는 확신에 찬 얼굴이었다.

따라서 루드비히는 말없이 고개를 끄덕였다.

"보고드릴 사항은 이상입니다. 그리고 본론은……."

루드비히는 진지한 표정을 무너뜨리지 않고 말했다.

"미아 황녀 전하께서 주선하신 학원계획이……, 이대로는 개교할 수 없게 될지도 모릅니다."

"……네?"

미아는 눈을 깜빡였다.

"학교를 개교할 수 없다고요……?"

어젯밤 부녀간의 대화로 잠이 부족해서 몽롱하던 머리가 루드비히의 한마디에 단숨에 각성했다.

──뭐, 뭐어……. 그렇겠죠. 그럴 거라고 생각했어요.

이미 루드비히의 연락과 황녀전을 대조해보고 대략적인 사태를 예상했기에 충격은 그리 크지 않았다.

깊이 한숨을 쉰 미아는 천천히, 냉정하게, 조용한 목소리로 루드비히에게 물었다.

"어째서죠?"

어차피 베르만 자작이나 뭐 그런 녀석들이 트집을 잡은 거겠지. 그렇게 예상했던 미아였지만 루드비히의 대답은 뜻밖의 이유였다.

"실은 접촉했던 강사들이 잇달아 사퇴를 청했습니다. 학원장을 부탁드렸던 바흐만 경도, 종교학의 권위자인 힐러벡 경도……."

미아가 목표로 하는 학원을 열기 위해 루드비히는 자신의 인맥을 총동원하여 우수한 인재를 모집하려 했다.

황녀 미아의 이름을 최대한으로 사용한 덕분에 자금 모집은 순조롭고, 강사진도 쟁쟁한 인재가 모여가고 있었다.

적어도 미아는 그렇다는 보고를 받았다.

"그것만이 아니라 황녀 전하의 의향으로 학원도시 설립에 찬동했던 사람들도 협력을 사리기 시작했습니다."

"어, 어떻게 된 일이죠? 대체 왜 그런 일이?"

거기까지는 차마 예상하지 못했던 미아는 무심코 의자에서 몸을 띄웠다. 그런 미아를 본 루드비히는 그동안 조사해서 알아낸 것을 전달했다.

"아직 단정은 지을 수 없지만……, 아무래도 그린문 가문이 뒤에서 손을 쓰고 있는 것 같습니다."

"아아, 에메랄다 양의 가문이군요. 흐음……."

팔짱을 낀 미아.

──확실히 그린문 공작도 아바마마와 마찬가지로 에메랄다 양에게 물렀죠……. 그렇다면 제가 에메랄다 양에게 부탁하면…….

그런 미아의 생각을 깨부수듯 루드비히의 비정한 지적이 날아왔다.

"아무래도 그 에메랄다 님의 지시로 모든 일이 이뤄지고 있는 것 같습니다. ……미아 님, 뭔가 짐작 가는 바가 있으십니까?"

"무슨!"

경악한 나머지 입을 떡 벌린 미아는 다음 순간 이를 득득 갈기 시작했다.

"크으윽……. 에메랄다 양……, 제게 무슨 원한이라도 있는 건 가요?"

미아의 뇌리에 오호호하고 날카롭게 웃는 다과 친구의 얼굴이 떠올랐다.

미아가 '크악!' 하며 절규하는 그 무렵……. 문제의 에메랄다는 침대에서 늦은 기상을 맞았다.

"하암……."

작게 하품한 뒤 몽롱한 눈으로 실내를 둘러보았다. 살짝 벌어진 입술에서 작은 중얼거림이 새어 나왔다.

"불길한 꿈을 다 꿨네요……."

떠올리기만 해도 소름이 돋는 꿈……. 그것은 티어문 제국이 붕괴하는 꿈이었다.

식량난과 재정 파탄, 소수민족의 반란, 전염병 등으로 제국이 기울어가는 세계.

매일 악화하는 상황에 우울해하던 에메랄다는 어느 날 백월 궁전을 찾아갔다.

어떠한 때라도 변하지 않는 위용을 자랑하는 아름다운 성은 에메랄다의 마음을 고양시켜주었고, 가슴에는 제국 귀족으로서의 긍지가 샘솟았다.

"아아, 제국은 괜찮아요……. 우리의 영광스러운 티어문 제국이 무너지다니, 말이 안 되죠."

기운을 되찾고 경쾌한 걸음으로 궁전의 복도를 걸어가던 에메랄다는 그곳에서 어둡게 가라앉은 표정을 한 친구, 미아 루나 티어문의 모습을 발견했다.

"어머나, 평안하신가요. 미아 님."

말을 걸자 미아는 왠지 무척 피곤해하는 모습이었다.

들어보니 제국을 위해 충성스러운 문관과 함께 각지를 돌아다니고 있다고 했다.

——황녀이신 분이 그런 짓은 하지 않아도 괜찮을 텐데.

조금 기가 막히면서도, 에메랄다는 미아를 격려하기 위해 말했다.

"맞아요. 미아 님, 다음에 그린문 저택에서 다과회를 열도록 해요. 많은 손님을 불러서 성대하게. 그곳에서 긍지 높은 제국 귀족으로서 이 제국을 위해 헌신하겠다고 맹세하는 거예요. 무척 근사하죠?"

그러자 미아는 기쁘게 웃었다.

"그건 무척 멋진 생각이네요. 그럼 기대하겠어요, 에메랄다 양."

"네. 기대에 꼭 부응하겠습니다. 미아 님."

에메랄다는 미아의 표정이 밝아진 것을 보고 미약한 만족감을 느꼈다.

"정말이지, 미아 님은 걱정이 지나치시다니까……. 이 영광스러운 티어문 제국이 이 정도의 일로 어떻게 될 리가 없는데. 어리석은 들개들이 뭐라 짖어대든 무시해버리면 그만이잖아요."

고개를 절레절레 내저으며 에메랄다는 자신의 저택으로 돌아갔다.

그날 밤이었다.

"에메랄다, 에메랄다……."

그녀는 몸이 흔들리는 걸 느꼈다.

대귀족의 영애인 그녀에게 그러한 무례는 허락되지 않는다.

순식간에 분노가 끓어올라 눈을 뜬 에메랄다는…… 어두운 방 안에 서 있는 사람을 보고 고개를 작게 기울였다.

"어머, 아버지? 이런 한밤중에 무슨 일이시죠?"

"그래, 그, 실은 말이다……. 갑작스럽지만 우리 그린문 가문의 사람들은 제국을 떠나기로 했다."

"……네? 떠난다고요? 무슨 말씀이세요?"

"너도 들었을 테지만 제국은 위험한 상황이다. 그래서 외국에 있는 내 친구가 피난해오지 않겠냐고 제안을 하더구나. 이렇게 된 거 그 호의에 기대기로 했지."

"……잘 모르겠지만, 아버지. 그건, 우리 그린문 가문은 이 제국 에서 꼬리를 말고 도망치겠다고……, 그렇게 말씀하시는 건가요?"

눈동자에 분노의 불길을 담은 에메랄다는 힘차게 침대에서 일 어났다.

"무슨 농담이시죠? 우리 영광스러운 사대공작가에 소속된 자 가, 황제 폐하의 곁을 지키지 않겠다고요? 게다가 저는 약속했습 니다. 미아 황녀 전하와 다과회를……."

"물론 나 역시 제국이 다시 바로 설 것이라고는 생각한다. 하지 만 그러기 위해서도 재기를 꾀해야만 하지. 천한 놈들을 쓸어버릴 수 있는 힘을 축적해야 한단다."

그렇게 말한 그린문 공작은 에메랄다의 팔을 잡았다.

"가자. 시간이 없다."

"하지만 황제 폐하는요? 그리고 미아 황녀 전하는?!"

"괜찮아. 다른 귀족은 폐하를 지킬 테니까. 그동안 우리가 바다 저편에서 반격할 준비를 갖추는 거다."

"하지만, 하지만 약속했는걸요. 아버지. 미아 님께서 그렇게 기뻐하셨는데!"

"에잇. 시끄럽다. 얌전히 따라와."

"아야! 아버지, 놔 주세요. 저는……."

이리하여 그린문 일족은 해외로 도망쳤다.

에메랄드는 몇 번이고 제국에 귀환할 방법을 찾았으나, 끝내 그 기회는 찾아오지 않았고…….

미아와 약속한 다과회는 끝내 성사되지 못했다.

"……불쾌한 꿈이야. 정말이지, 왜 그런 이상한 꿈을 꾼 걸까요?"

침대에서 일어난 에메랄다는 그대로 땀에 젖은 잠옷 드레스를 벗어 던졌다.

알몸을 드러낸 그녀의 뒤로 그녀를 모시는 소녀가 소리 없이 다가와 세인트 노엘의 교복을 입혀주었다.

"저기, 당신. 본가는 내 부탁대로 잘 움직여주고 있나요?"

"네, 에메랄다 님. 저택에서 연락이 왔습니다. 이미 미아 황녀 전하의 학원 계획에 방해 공작을 시작했다고 합니다."

"그래……. 만족스럽네. 미아 님, 분명 난처해하고 계시겠죠. 우후후……."

길고 풍성한 머리카락을 가볍게 쓸어올린 에메랄다가 웃었다.

"모든 건 당신 때문이랍니다. 미아 님. 이 저를 경시하니까 이렇게 되는 거예요."

에메랄다 에트와 그린문.

제국 사대공작가의 한 축, 그린문가의 영애는…… 미아의 절친한 친구를 자청하며 라이벌이라는 생각마저 하는 그녀는……. 요즘 미아가 전혀 놀아주지 않는 게 아주아주 불만이었다.

다과회에 오라고 불러도 그리 오래 있지 않고, 미아 쪽에서는 다과회에 불러주지도 않아서 무척, 매우, 몹시 불만이었다.

그녀는…… 어마무지하게…… 성가신 소녀였다.

제3화 루드비히, 감동에 젖다!

"그린문가는 원래 평민을 경시하는 경향이 강했으니까요. 귀족만이 아니라 평민에게도 문을 개방한다는 황녀 전하의 방침에 항의하는 의미가 아닌가 합니다. 아쉽게도 거기에 찬동하는 귀족도 많아서 사태가 심각합니다."

함선을 보유한 그린문가는 예로부터 해외에 넓은 인맥이 있었다.

바다 너머에서 건너오는 지식의 유용성에도 이른 단계에서 깨달은 그린문가는 이후 적극적으로 학문에 투자하게 되었다.

그런 경위로 그린문 공작은 제국 내에 있는 학문 파벌에 큰 영향력을 지니고 있다.

따라서 그 영향력은 결코 무시할 수 없다.

또, 이번에는 미아에게 불만을 품은 귀족들을 규합하기 위한 선봉장에 그린문 공작가 서 있는 형태이다. 전부터 평민에게 관용적이고 유리하게 움직였던 미아를 좋게 보지 않는 귀족은 적지 않았다.

들키지 않는다면 공작가에 협력한다고 해도 전혀 이상하지 않았다.

애초에 그것과는 반대로. 뜻이 있는 문관들은 미아와 루드비히의 행동을 지지하기 때문에 그린문 공작가가 암약한 정보 등이 루드비히에게 모여들기도 했지만……

"참고로 다른 사대공작가의 동향은 어떻죠?"

"레드문가와 옐로문가는 둘 다 조용히 지켜보고 있습니다. 블루문가는 자금원조를 제안해주셨습니다. 상당한 액수더군요."

"어머⋯⋯. 그건 의외네요⋯⋯."

이건 학생회에 들어간 사피아스를 잘 부탁한다는 의도가 있을 것 같지만⋯⋯.

"혹은 뱀이 접근했다고 봐야 하는 걸까요⋯⋯. 어쨌거나 이번 일에 도움을 준다면 문제는 없죠."

"네. 감사하게도 자금적인 측면은 현재 걱정이 없습니다. 건물도 베르만 자작이 앞장서서 잘 진행해주고 있습니다."

"어머, 그것도 의외네요. 영락없이 못마땅해할 줄 알았는데요."

마음속으로 슬쩍 사과하는 미아였다.

"그나저나⋯⋯, 어떻게 해야 할까요⋯⋯."

"흐음⋯⋯. 설득하거나, 혹은 다른 인재를 찾거나 둘 중 하나가 되겠죠."

루드비히의 말은 지당한 의견이긴 했으나, 동시에 쉽지 않은 일이기도 했다.

"간단히 풀리진 않겠네요. 그린문가에 거역하려는 사람은 그리 많지 않을 테니⋯⋯ 응? 그린문가의 영향력 밖? 으음? 아무래도 최근에 그런 이야기를 어딘가에서 들은 것 같은⋯⋯."

'으음⋯⋯' 하고 신음하며 잠시 생각에 잠긴 미아는 마침내 떠올려냈다.

──아아, 그래요. 라냐 양의 언니가 식물학 선생님이라고 했

었죠……? 페르쟝 국왕은 귀족과 결혼해서 나라를 위해 인맥을 만들고 싶어 한다고 했지만요……. 제 학원에서 강사를 한다고 제가 머리를 숙인다면 조금은 수용해주지 않을까요?

적어도 이상한 귀족에게 시집가는 것보다는 훨씬 좋은 인맥일 것이라며 자기자신을 평가했다. 게다가 딱히 10년씩 붙잡고 강사로 일해달라는 것도 아니다.

2, 3년 정도 교편을 잡고 그 후에는 퇴직해서 결혼이든 뭐든 마음대로 해도 이쪽은 상관이 없었다.

그동안 다음 사람을 찾아내면 되는 셈이니 시간적인 여유를 만들 수 있다는 게 크다.

──게다가 세로가 신종 밀가루를 개발하게 하려면 식물학을 가르쳐줄 수 있는 사람은 필수예요.

왠지 아주 좋은 발상이 떠올랐다는 느낌에 미아는 자기도 모르게 미소를 지었다.

"루드비히, 강사 후보 말인데요. 제게 한 명 후보가 있습니다."

"후보…… 말입니까? 누구죠?"

"페르쟝 농업국의 제2왕녀……. 아샤 타하리프 페르쟝 왕녀는 세인트 노엘에서 식물학을 배웠다더군요……. 그리고 그 지식을 살릴 곳을 찾고 있다고 들었습니다."

미아는 담백한 말투로 설명했다.

"제 학원도시에 딱 맞는 인재예요."

그리고는 자신만만하게 단언했다.

——미아 님……. 역시 그런 거였나?

미아가 입에 담은 이름, 그리고 그 인물이 배웠다는 학문에 루드비히는 숨을 삼켰다.

농업국의 왕녀를 식물학 강사로 채용……. 그것이 의미하는 것. 그것은……!

——미아 님께선 이 제국을 좀먹는《반농(反農)사상 악습》과 정면으로 싸우실 생각인 거야!

생각해 보면 비합리적인 차별이나 미신을 일소하는 가장 좋은 방법은 교육이다.

미아는 학원도시를 이용해 티어문 제국 최대의 문제를 해결하려는 것이다.

루드비히의 몸에 별안간 전율이 내달렸다.

격렬한 감동으로 전신에 소름이 쫙 돋았다.

——아아, 이분은……. 역시, 틀림없는 제국의 예지셔. 저물어 가는 이 나라에 하늘이 내려주신 지혜의 천사야…….

루드비히의 눈에 비치는 미아의 등에는 달빛을 머금고 빛나는 날개가 돋아 있었다.

그러한 지고의 존재가 내리는 지시를 따라 일할 수 있다는 게 자랑스러웠다. 루드비히는 그답지 않게 쾌활하게 웃었다.

"후후, 그런 거였군요……. 이미 강사에 적합한 인재를 발굴해 두셨을 줄이야……."

"아뇨, 아직 직접 제안한 건 아니에요. 게다가 강사를 한 명만 둘 수도 없는 거니까요……. 무엇보다 학원의 얼굴인 학원장 문제로 머리가 아프군요."

확실히 그 말이 맞았다.

처음에는 제국 내에서도 고명한 지식인으로 널리 알려진 바흐만 백작을 학원장으로 삼을 예정이었다.

그 명성에 매료되어 강사가 되겠다고 청한 사람도 몇 명 있었을 정도다.

강사들 위에 서는 사람에는 아무래도 어느 정도 알려진 인물을 꼽아 넣을 필요가 있다.

하지만…….

"그 건에 대해서라면……. 제게 맡겨주실 수 있겠습니까?"

"어머, 마음에 둔 후보가 있나요?"

"네. 한 명……. 솔직히 내키지는 않았지만요……. 하지만, 미아 님의 각오를 듣고 저도 결심이 섰습니다."

"……응? 각오? 뭐, 뭐어, 좋습니다. 그건 대체 누구죠?"

루드비히는 잠시 눈을 감았다가 조용한 말투로 고했다.

"제…… 스승입니다."

제4화 원흉……?

시간은 잠시 거슬러 올라간다.

미아가 아버지로부터 학원에서 있었던 일을 일일이, 상세히, 지극히 자세하게 심문받고 있을 무렵…….

벨과 린샤는 안느의 집에서 소소한 환대를 받았다.

——여기가 안느 어머니와 에리스 어머니의 집…… 이군요.

자상한 미소를 머금은 아버지와 너그러워 보이는 어머니. 즐겁게 웃는 아이들.

안온한 온기에 감싸인 식탁 분위기는 벨이 자라왔던 환경과 묘하게 닮았다.

——에리스 어머니…….

그리운 양어머니의 얼굴을 떠올렸다.

눈가에 파인 따뜻한 주름, 자기 전 이야기를 해줄 때의 평온한 목소리, 소중한 미아 황녀전을 벨에 맡겼을 때의 늠름한 얼굴…….

루드비히가 죽고, 안느가 죽고……. 마지막까지 벨을 돌봐주었던 사람이 에리스였다.

그렇기에 벨은 만약 정말 과거에 돌아온 거라면 꼭 에리스를 만나고 싶었다.

——에리스, 어머니……? 당연하지만 무척 어리네요…….

벨은 미아의 전속 작가이자 미아 황녀전의 집필자이기도 한 그녀를 존경했다.

그 위대한 양어머니인 에리스의 어린 시절 모습을 보는 것은 왠지 신기한 기분이었다.

자신을 업고 재워주던 에리스의 등은 언제나 크게 느껴졌는데, 자신과 또래인 에리스에게서는 그런 인상을 받을 수 없었다.

"어? 왜 그러세요? 벨 님."

벨이 물끄러미 바라보고 있다는 걸 깨달은 건지 옆에 앉아있던 에리스가 작게 고개를 갸우뚱했다.

참고로 벨은 몰랐지만 병약했던 에리스의 안색은 무척 좋아졌다.

피부도 고와지고 호리호리하던 몸도 평균으로 돌아왔다.

안느가 보내준 돈과 에리스 본인이 전속 작가로서 받는 수입 덕분에 먹을 것이 부족해지지 않았기 때문이다.

"저……, 저기? 앗……."

난처해하던 에리스가 불현듯 무언가를 깨달은 듯했다.

"벨 님, 잠시 실례합니다."

그렇게 말한 뒤 살며시 벨의 목을 향해 손을 뻗어 그곳에 묻어 있던 빵가루를 부드럽게 털어주었다.

"주제넘은 말씀을 드리는 것 같지만, 벨 님. 안 돼요. 미아 님과 함께하는 분이시니 조심하셔야죠."

그리고는 진지한 표정으로 말했다.

그 순간 벨은 절절히 실감했다.

——아아, 에리스 어머니다…….

그리움과 애틋함이 무의식중에 가슴을 치고 솟구쳐올랐다.

"저기, 그, 에리스 어……, 씨. 그게, 오늘 밤에 같이, 자도 될까요? 소설 이야기도 듣고 싶고…….."

벨은 무심코 그렇게 말했다.

"네? 아, 하지만, 벨 님께선 종자분하고……."

당황한 모습으로 린샤 쪽에게 시선을 보내는 에리스였으나, 린샤는 쓴웃음을 지으며 어깨를 으쓱했다.

"보통 귀족이나 왕족이 평민과 함께 자는 건 말이 안 된다고 보지만, 미아 님도 벨 님도 그 점은 아주 관대한 듯해. 그리고 벨 님은 자기 일은 자기가 알아서 할 수 있으니까 걱정하지 않아도 돼."

"그러, 신가요?"

"네. 에리…… 아니지, 어머니에게 부끄럽지 않도록 단단히 교육을 받았거든요."

그렇게 말한 뒤 어째서인지 득의양양하게 웃는 벨을 본 에리스는 그저 고개를 갸웃거렸다.

그리하여 에리스의 침대에서 자는 것을 허락받은 벨은 이불을 덮고 한껏 숨을 들이마셨다.

──아아, 에리스 어머니의 냄새가 나…….

자신을 지키기 위해 목숨을 던진 양어머니. 그 포근히 감싸는 듯한 온기와 분명히 이어지는 것을 느낀 벨은 아주 조금 눈물을 글썽였다.

"그, 그럼 실례합니다……."

그 뒤로 에리스가 조심조심 들어왔다.

그대로 벨에게 등을 돌려 눕고는 몸을 뻣뻣하게 굳혔다.

"저기, 에리스 어…… 씨?"

"네, 넵. 왜 부르시나요?"

왠지 긴장한 듯한 목소리.

이래서는 즐거운 파자마 토크는 기대할 수 없을지도 모른다.

옛날에 잠이 오지 않을 때면 에리스가 자상하게 이야기를 들려주었다. 다만 자기 전에는 몹시 부적절한 모험 활극이었다.

흥분해서 잠을 못 잘 때도 있었지만, 어느새 즐거운 꿈속에 있을 때도 있었다.

그때의 소중한 시간을 한 번만 더 맛보고 싶었던 벨에게 이 상황은 조금 불만이었다.

벨은 뺨을 통통하게 부풀리고 생각에 잠겼다.

──어떻게든 에리스 어머니의 긴장을 풀어야 해…….

끙끙 고민한 끝에 벨은 비장의 이야기 꾸러미를 풀어놓기로 했다.

"저기…… 에리스 어……, 씨? 미아 언니의 이야기 듣고 싶지 않으세요?"

"듣고 싶어요!"

냉큼 몸을 돌린 에리스가 벨을 똑바로 바라보았다.

──아아, 역시 미아 할머니의 이야기에는 관심을 보이는군요…….

벨은 자신의 작전이 잘 풀린 것에 안심하면서 살짝 목소리를 낮

쳤다.

"그렇군요. 그럼 이건 여기서만 알려드리는 비밀로 하고 싶은데요……. 미아 언니는 천마를 탈 수 있답니다."

"네? 처, 천마…… 라고요?"

깜짝 놀라는 에리스에게 벨은 아는 체하며 대답했다.

"네. 아, 참고로 천마라는 건 하늘을 나는 말이라고 해요. 저도 본 적이 없지만 날개가 달린 말인가 봐요. 분명 평범한 말보다 훨씬 타기 힘들겠죠."

"그, 그건 그렇겠죠. 하늘을 나는 거니까……. 천마……, 정말로 있구나……."

목을 꿀꺽 울리는 에리스.

"그런 천마를 다루신다니 대단하세요, 미아 님."

"아, 그리고요. 어릴 때부터 매일 10권씩 책을 읽으셨다고 해요. 저도 도전해봤는데 하루에 1권이 한계였어요."

"하루에 1권 읽는 것도 대단해요. 저도 그렇게 책이 많은 곳에서 살고 싶어요."

하루에 한 권이 한계였으며 사흘 만에 그만두었다…… 는 진실은 말하지 않는 벨이었다.

"그리고, 또……. 춤을 출 때 진지하게 임하면 하늘을 날아다닌다나 봐요……."

미아의 이야기를 계기로 에리스는 드디어 긴장을 풀었다.

그 후에는 에리스도 자신이 생각하는 소설을 중심으로 다양한 이야기를 해주었다.

옛 양어머니의 분위기를 떠올리며 몹시 만족스러워진 미아벨이었다.

……그날 밤 벨에게서 들은 이야기를 에리스는 전부 메모해두었다.

"역시 미아 님이셔. 소설 소재로 아주 유용하겠어……. 아니, 이건 오히려 실화를 쓰는 게 재미있을지도 몰라……. 미아 님의 기록, 미아 황녀전……. 언젠가 써보고 싶다."

에리스가 이런 불길한 생각을 하는 줄은 전혀, 조금도 모르는 미아였다.

제5화 미아 황녀, 재치를 발휘하다

루드비히와 면회한 다음 날.

미아는 벨을 대동하고 신월지구로 향했다.

아무래도 루드비히의 스승은 거주지가 부정확하여 당장은 어디 있는지 알 수 없다고 한다.

그래서 학원장 문제는 일단 미뤄두고, 다른 강사를 찾기로 했다.

"하지만 찾는다고 해도 어렵지 않을까요⋯⋯."

고개를 갸웃거리는 미아에게 루드비히가 제안했다.

"그렇죠⋯⋯. 만약 괜찮으시다면 신월지구의 신부님께 상담해보는 건 어떠십니까?"

"어머나, 신부님께?"

미아는 순간 의아해져서 갸웃거렸으나.

"그래요⋯⋯. 확실히 그렇겠네요⋯⋯."

바로 이해하며 고개를 끄덕였다.

확실히 귀족의 영향을 잘 받지 않는 지식층으로서 중앙정교회는 검토해볼 여지가 있을 것 같았다.

"원래 교회는 학교의 역할을 하기도 하니까요⋯⋯. 그 노하우를 활용할 수 있을지도 모르겠어요. 그렇다면⋯⋯ 흐음, 학원에 일반 백성을 널리 받아들일 생각이었지만, 교회의 고아원에서 보호하는 아이들도 몇 명 받아들이는 건 어떨지⋯⋯."

그렇게 하면 자금 공급처로 귀족만이 아니라 중앙정교회도 끌어들일 수 있을지도 모른다.

빠르게 김칫국을 마시는 미아였으나, 루드비히는 조금 떨떠름한 얼굴로 입을 열었다.

"단지 조금 어려울지도 모르지만요……."

"네? 어째서죠? 그 신부님이라면 흔쾌히 받아들여 주실 것 같은데요……."

"미아 황녀 전하의 생각을 실현하기 위해 저는 세인트 노엘 학원을 예시로 들어 각 귀족가에 연락했습니다. 세인트 노엘 학원에 필적하는 학원도시를 제국 내에도 만들자고……."

"네, 그건 알고 있는데요……."

설명을 들었던 미아는 그 필요성을 잘 이해하고 있었다.

귀족들의 애국심을 부추겨 더 많은 자금을 내게 만든다.

결과적으로 미아의 학원도시 계획은 자금적 측면에선 안심할 수 있을 만한 상황이었다.

"그때는 그게 최선이었다고 판단했습니다. 하지만 세인트 노엘 학원은 중앙정교회의 성지, 성 베이르가 공국에 세워진 권위 있는 학원입니다. 심지어 미아 황녀 전하는 사정은 어찌 되었든 성녀 라피나 님을 끌어내리고 세인트 노엘 학원의 학생회장이 되셨죠. 중앙정교회의 협력을 얻는 건…… 제법 어려울지도 모릅니다."

"아아……."

거기까지 들은 미아는 깨달았다.

자신은 그 신부에게 미운털이 박힐 만한 짓을 여럿 저질렀다는 사실을……

　──게다가 그 신부님은 라피나 님의 열광적인 팬이었죠……?

　아예 라피나의 협력을 구하는 것도 생각했으나, 이번 경우엔 그 방법도 쓸 수 없다.

　자칫 잘못하면 다른 귀족들의 눈에는 라피나에게 자비를 구했다고 보일 수 있기 때문이다.

　그렇다면 고아원 아이들을 입학시키는 것도 라피나에게 자비를 청한 결과 억지로 들여보내게 되었다고 비칠지도 모른다.

　학원도시 계획에 반대하는 자들에게도 공격할 빌미를 주게 된다.

　티어문 제국 vs 성 베이르가 공국이라는 구도로 경쟁심을 부추긴 이상, 협력을 부탁할 수 있는 건 어디까지나 제국 내의 교회조직으로 한정된다. 안이하게 라피나에게 기댈 수 없다.

　그걸 알고 있기 때문에 루드비히도 떨떠름한 표정을 지었던 것이다.

　솔직히 미아는 귀찮다고 느꼈지만……, 그런 말을 할 수도 없었다.

　베르만 자작의 예시를 끌어올 필요도 없이 귀족이란 자긍심에 사는 존재. 이번에는 특히 그 자긍심에 호소해서 돈을 내게 한 이상 무시할 수도 없다. 하지만…….

　──그래도 라피나 님을 상대할 때보다는 훨씬 마음이 편하네요……. 아무튼 최대한 준비해서 가면 어떻게든 되지 않을까요?

　몇 번이나 절망적인 경험을 극복해온 미아는 이 정도의 일로 침울해하지 않는다.

한숨도 나지 못하고 작전을 궁리…… 하기는커녕, 푹 자고……
졸음에 취한 눈으로 멍하니 아침을 먹던 도중 별안간 아이디어가
떠올랐다.

"그래요! 그분은 라피나 님의 열광적인 팬. 그렇다면 그 선물을
가져가서 비위를 맞추면, 어쩌면……!"

미아는 신부에게 부탁받은 것을 잊지 않고 제대로 받아온 과거
의 자신을 칭찬해주고 싶어졌다. 심지어 재치를 발휘해 부탁받은
것 이상으로…… 다소 과한 서비스까지 받아왔다.

──역시 저예요. 무척 재치 있는 여자라니까요!

그렇게 완벽한 작전과 함께 미아는 근위대를 데리고 안느의 본
가로 향했다.

그 도중…….

"어머? 당신은, 분명……."

문득 옆에서 걷고 있던 황녀직속 근위병의 얼굴을 본 미아는 고
개를 갸우뚱거렸다.

"디온 씨의 부대에 있던 부대장님 아니었나요?"

"어? 헤헷, 기억하고 계셨습니까?"

곰처럼 몸집이 큰 근위병은 쑥스러워하는 미소를 지으며 머리
를 긁적였다.

"실은 루드비히 나리가 황녀전속 근위대의 증강을 꾀한다면
서……. 그때 그 부대원은 대부분 편입되었습죠."

"어머, 그랬군요. 전혀 몰랐어요."

"우리처럼 인상이 더러운 놈들이 근위병이라니 괜찮은 건지 걱정은 했는데요."

그때 부대장이 미아에게 슬쩍 얼굴을 들이댔다.

"아무래도 성가신 놈들과 싸우고 계시는 것 같던데. 암살이란 의외로 막기 어렵거든요. 한 명이라도 많은 실력자가 필요하다나."

"그래요. 그런 거였군요……."

"네. 뭐, 답답할지도 모르지만 눈감아 주십쇼."

"그럴 리가요. 제 쪽에서도 꼭 부탁드릴게요. 부대장님."

"헤헤, 여전히 개운할 정도로 시원시원한 결론이네요, 황녀 전하. 이제 부대장이 아니니까 절 부르실 때는 바노스라고 불러주시겠습니까?"

"네, 알겠습니다. 바노스. 그럼 가는 길에 잘 부탁해요."

미아는 흡족한 얼굴로 스커트 자락을 살짝 들어 올려 인사했다.

미아는 거구의 남자와 상성이 좋다.

"앗, 미아 님!"

이윽고 안느의 본가에 도착했다. 마중 나온 사람은 안느의 동생들이었다.

눈이 부실 정도로 환하게 웃으며 반겨주는 아이들을 향해 미아도 '음, 좋군요'라며 썩 흡족해하는 듯한 분위기였다.

"강녕하셨습니까. 미아 님."

"아, 에리스. 오랜만이에요. 늘 당신의 소설을 즐겁게 읽고 있답니다."

"에헤헤, 감사합니다. 미아 님."

자신이 쓴 이야기를 칭찬받자 에리스는 기뻐하며 웃었다.

"저! 저기, 그런데 미아 님……. 천, 아! 그건 비밀이라고 했던가. 으음, 그게, 그래요. 특별한 말을 탈 수 있다는…… 이야기는 사실인가요?"

"특별한 말…… 이라고요?"

미아는 무슨 말인지 의아해하며 고개를 갸웃거렸다.

"아, 특별한……. 그렇네요. 확실히 특별한 말도 탄 적이 있었죠."

세인트 노엘의 승마부에선 다양한 말을 기르고 있다.

기본적으로는 전장에서 타는 튼튼한 말이 주류지만, 그 외에도 빠르게 달리는 걸 목적으로 한 종류의 말(체력이 좋아서 전령에 쓰인다고 한다)이나, 얼핏 보면 망아지처럼 작은 종류도 있다.

──그 작은 말은 저도 몰랐던 말이니 특별한 말이라고 할 수 있겠네요. 무척 귀여웠어요…….

그렇게 기억을 되짚고 있을 때…….

"역시……, 그렇구나……."

어째서일까. 에리스는 눈을 반짝반짝 빛내면서 미아에게 머리를 숙였다.

"저기, 미아 님. 바쁘시다는 건 익히 알지만……. 그, 만약 시간이 나실 때는 특별한 말을 탔을 때의 이야기를 들려주실 수 있을까요?"

"그런 걸 들어서 어디에 쓰려고요?"

"당연히 집필에 참고할 겁니다!"

——아하, 확실히 에리스가 쓰는 소설에는 왕자가 타는 말이 나오곤 하죠……. 말에 타면 어떤 느낌인지 물어보고 싶은가 보군요…….

미아는 이해했다는 얼굴로 턱을 주억거렸다.

——그렇다면 평범하게 말을 탄 느낌을 알려주는 걸론 재미가 없겠네요. 분명 초원을 휘젓는 속도감이 중요할 거예요. 마치 날아가는 듯한 속도감……. 흐음, 조금 과장해서 말하는 게 박력이 느껴져서 좋겠네요!

에리스가 쓰는 소설을 재미있게 만들기 위해 재치를 발휘하기로 했다.

미아는 재치 있는 여자다!

……이리하여 허구로 가득한 황녀 미아전의 완성이 또 한 걸음 가까워졌다.

그렇게 무사히 벨과 합류한 일행은 그대로 신월지구로 향했다.

기분이 좋아서 콧노래를 흥얼거리고 폴짝거리는 벨을 본 미아는 조금 걱정이 되었다.

"그런데 벨. 잠깐 괜찮을까요?"

"네? 왜 그러세요? 미아 언니."

어리둥절해 하며 고개를 기울이는 벨에게 미아는 작은 목소리로 말했다.

"실은 신월지구의 교회에서 루드비히와 합류하기로 했답니다."

"네?! 루드비히 선생님을 만날 수 있는 거예요?!"

반사적인 반응인 듯 얼굴이 환해진 벨을 보고 미아는 못을 박아두었다.

"그래서 일단 주의를 줘야 할 것 같아서요……. 아무쪼록 조심성 없는 말은 하지 마세요."

"조심성 없는 말……? 무슨 말인데요?"

"예를 들어 미래에 관련된 일이요."

그렇게 말하자 벨은 우습다는 듯 아하하 웃었다.

"에이, 미아 언니. 그런 건 굳이 언급하실 필요도 없어요. 언니에게 방해가 될만한 소리는 절대 안 할게요!"

단언하는 벨.

어젯밤 에리스에게 말했던 건 이미 기억 저편으로 날아가 버렸다. 벨의 기억 저편은 벨의 어깨에 닿을 정도로 가까운 거리에 있다…….

참으로 미아의 손녀라고 할 수 있다.

"좋아요. 기특한 마음가짐이군요."

거들먹거리며 고개를 끄덕인 미아는 문득 주위의 풍경에 시선을 주고 고개를 갸웃거렸다.

"그나저나 이 근방도 무척 활기가 생겼네요……."

얼마 전까지는 다소 깨끗해지긴 했어도 아직 가난한 지역의 분위기가 남아있었던 '신월지구'였지만, 지금은 길가에 노점도 들어서 활기가 넘치는 곳으로 변모했다.

어수선하게 놓인 노점 중에는 수상한 곳도 많아 거기서 무언가를 사볼 생각은 들지 않았지만……. 그 정돈되지 않은, 왠지 의심스럽기도 한 분위기가 반대로 제도의 다른 지역에는 없는 활기를 만들어내는 것 같았다.

"루드비히 나리가 특구인지 뭔지로 지정했다나요. 저렴하게 장사할 수 있다며 상인들이 모여든 모양입니다."

은근슬쩍 미아 일행을 보호하는 위치에서 걷던 바노스가 호쾌한 미소를 지으며 설명해주었다.

"특구……. 아, 혹시 여기는 미아 대로……."

"미아 대로……?"

불길한 단어를 들은 미아는 벨에게 재빨리 귓속말했다.

"뭐죠? 그건."

"아, 네. 제도의 명물인 장소였다고 해요. 늘 축제를 연 것 같은 곳이었다고 들었습니다. 미아 구이라고, 미아 언니를 본떠 만든 과자가 유명했다고…….".

"……미아 구이."

어쩐지 불에 구워지는 자신의 모습이 보이는 미아였다.

"머리 부분에 크림이 잔뜩 들어가서 머리부터 먹는 파와 마지막까지 머리를 남겨놓는 파로 갈라졌다고 에리스 어…… 씨가 그러셨어요."

"머리부터 먹는…….."

미아는 머리가 사라진 자신을 상상했다가, 다음엔 머리만 남은 자신의 모습을 상상했다.

──어쩐지 단두대를 연상하게 해서 불길해요……. 이건 루드

비히에게 말해서 일찍 금지시키는 게…….

"에헤헤, 저도 딱 한 번 먹어본 적이 있지만 독특한 향과 달콤한 크림이 무척 맛있는 과자였어요."

"어머, 맛있나요?"

"네. 혀가 녹아버릴 것 같이 맛있었어요."

팔을 붕붕 휘두르는 벨을 보고 미아는 생각에 잠겼다.

──뭐, 백성들이 좋아하는 걸 방해하는 것도 매너가 아니죠. 이번에는 관대히 넘어가겠어요!

미아는 마음이 넓다.

결코 그 과자를 자신도 먹어보고 싶기 때문인 게 아니다.

"저기, 벨. 그 과자는 언제쯤에 완성되었나요?"

……먹어보고 싶기 때문인 게 아니다. 아마도.

그러는 사이에 일행은 교회에 도착했다.

루드비히와는 여기서 만나기로 했다.

"루드비히는 조금 늦게 온다고 했으니, 먼저 신부님과 대화해 둘까요."

그렇게 중얼거린 뒤 미아는 벨을 향해 시선을 돌렸다.

──벨도 티어문 황가의 일원……. 정치에 대해 조금은 배워둘 필요가 있겠죠.

조금 어리바리한 구석이 있는 손녀를 보면 어쩐지 걱정이 되어 할머니의 마음이 자극되는 미아였다.

"벨, 한 가지 알려드릴게요."

"네! 뭔가요? 미아 할…… 언니."

잘못 말할 뻔한 것은 자신에게 위대한 할머니의 위엄이 있기 때문이라고 해석하고 무시하는 미아. 미아의 무시 능력은 의외로 뛰어난 편이다.

"저희는 지금부터 신부님께 부탁드리러 갈 건데……. 기본적으로 누군가에게 부탁할 때는 선물을 가져가면 원만하게 진행됩니다."

그렇다. 미아가 세운 신부 농락 작전. 그것은 한마디로 말하자면 선물. 즉 뇌물이다.

지극히 흔한 작전…… 임에도 불구하고, 미아는 거들먹거리며 가슴을 폈다.

"벨, 잘 기억해주세요. 정치라는 건 공정함만으로는 해결되지 않는 법……. 작은 선물로 대화를 원활하게 진행할 수 있다면, 저는 오히려 적극적으로 도입해야 한다고 생각합니다."

"그렇군요! 공부가 됩니다. 미아 언니."

그런 미아를 반짝반짝 존경하는 눈빛으로 바라보는 벨.

"그런데 저 병사님이 들고 있는 게 그 뇌물인가요?"

벨이 시선을 보낸 곳, 호위병이 안고 있는 것은 네모난 것을 천에 휘감은 무언가였다.

"오오, 미아 황녀 전하. 오랜만에 뵙습니다."

미아 일행의 도착을 알아챈 건지 교회에서 신부가 나왔다.

여전히 온화하고 자상한 미소를 짓는 신부를 보자 미아는 왠지 조금 반가움을 느꼈다.

"네, 정말 무척 오랫동안 못 뵈었네요."

미아는 여느 때처럼 스커트 자락을 살짝 들어 올려 인사한 다음 옆에 있는 벨을 신부에게 소개했다.

"아, 미아 황녀 전하의 혈연이신가요……. 확실히 얼굴이 조금 닮았습니다……. 처음 뵙습니다."

"네, 넵. 처음 뵙습니다."

벨은 머리를 꾸벅 숙인 뒤 신부의 얼굴을 물끄러미 바라보았다가……, 그 후 미아의 귓가에 얼굴을 붙였다.

"저기, 미아 언니……."

"네? 왜 부르나요?"

"이 사람……, 왠지 뇌물로 마음이 움직일 것 같은 사람으로는 안 보이는데요……."

오히려 뇌물을 받고 심기가 불편해지는 게 아니냐며 걱정하는 벨에게 미아는 여유로운 미소를 지었다.

확실히 세상에는 그런 인간도 있다. 하지만…….

"후후후. 걱정하지 마세요. 저분 또한 마음을 지닌 인간. 그렇다면 충분히 유혹할 수 있습니다……. 그리고 뇌물이 아니라 선물이에요."

뇌물이라니 어감이 안 좋다며 악녀처럼 웃은 미아가 말했다.

"잘 기억해두세요, 벨. 이런 건 대부분 사전에 상대의 정보를 얼마나 파악했는가에 따라 정해진답니다."

그 후 미아는 신부를 향해 시선을 주었다.

"오늘은 신부님께 부탁드리고 싶은 게 있어서 찾아왔습니다."

"오오, 일부러 발을 옮겨주시다니 황송합니다. 그럼 이야기는 제 방에서 듣도록 하죠."

그렇게 말하고 걷기 시작한 신부의 뒤를 따라 고아원 안으로 들어갔다.

"그러고 보면 그 아이는 잘 지내나요? 그 룰루 족의……, 이 머리 장식을 준 아이 말이에요."

미아는 자신의 머리카락에 손을 가져갔다. 조금 노골적으로…….

그곳에는 무지개색으로 빛나는 머리 장식이 은은한 빛을 뿌리고 있었다.

그건 룰루 족 족장의 딸이 남긴 유품…… 이 아니다.

유품이었던 머리 장식은 이미 족장에게 돌려주었다. 이건 얼마 전 새로 선물 받은 것이다.

그 소년이 처음으로 조각해서 만들었다나…….

착용하기만 해도 소년만이 아니라 아마도 신부의 호감도 올라가는 데다, 착용하지 않고 소년을 만났을 때는 몹시 민망해진다.

그렇다면 착용하지 않을 이유가 없다! 그런 미아의 위기관리 능력이 빛나는 패션이다.

"네. 며칠 전에 찾아왔습니다. 숲에서 채집한 과일을 잔뜩 들고서……. 후후, 그 머리 장식도 소중히 지니고 계신 듯하니 분명 그 아이도 기뻐하겠죠."

"만나지 못해서 아쉬워요. 꼭 인사하고 싶었는데. 신부님께서 잘 전해주세요."

"네. 알겠습니다."

그때였다. 미아는 문득 시야 안에 들어온 것을 보고 발을 멈추었다.

그 시선 끝에 있는 것. 그것은 넓은 방에서 아이들이 공부하는 광경이었다.

새 책상에 앉아 열심히 공부하는 아이들. 물론 지루해하는 것처럼 보이는 아이도 있지만, 대부분 성실하게 교사 역할을 하는 수녀의 이야기를 듣고 있다.

"글을 가르치고 있습니다. 황녀 전하."

뒤에서 신부가 설명해주었다.

"중앙정교회에선 글공부에 힘을 주고 있군요."

"네. 읽기·쓰기와 산수만 할 줄 안다면 다양한 직업을 가질 수 있으니까요. 게다가 신성전을 직접 읽을 수도 있죠."

신부와 사제를 통해서만이 아니라, 한 명 한 명이 직접 신의 가르침을 받을 수 있도록 대륙의 모든 사람에게 글공부를……

그건 오래전부터 이어진 중앙정교회의 방침이었다.

──흐음, 이 신부님도 역시 교육에 열심이군요. 의식주에 여유가 생겼으니 이번에는 아이들의 교육에 돈을 쓰는 거예요……

새 책상과 조금 엉성한 신부의 옷을 비교한 미아는…… 씨익 웃었다.

──그렇다면 학원계획에 협력해주실 것 같아요. 선물로 마음을 잘 사로잡을 수 있다면…….

신부의 장에 들어가 약간 딱딱한 의자에 앉자마자 바로.

"아, 맞아요. 잊고 있었군요."

미아는 의도적으로 손뼉을 친 다음 가져온 선물을 신부 앞에 두었다. 부탁하는 처지인 이상 이러한 배려는 필수다. 말하자면 윤활유 같은 것이다.

없어도 대화가 통할 수 있지만, 있으면 더 원만하게 진행할 수 있다.

"이건 부탁받았던 물건입니다."

미아의 그 말에 신부의 눈빛이 바뀌었다.

"그, 그건, 설마!"

떨리는 손으로 신부가 들어 올린 것……. 그것은 한 점의 초상화였다.

"예전에 부탁받았던 라피나 님의 초상화에 사인을 받아왔답니다."

"아아, 감사합니다. 미아 황녀 전하……. 어려운 부탁을 들어주셔서……."

감동해서 목소리가 살짝 떨리는 신부를 향해 미아는 쉴 새 없이 추가 공격을 넣었다.

"후후, 그것만이 아니랍니다. 사실은 한 점 더 있어요."

"……한 점 더?"

어리둥절한 얼굴로 고개를 갸웃거리는 신부에게 미아는 회심의 미소를 지었다.

"이겁니다!"

그리고는 '짜잔!' 하는 효과음과 함께 등 뒤에 몰래 숨겨두었던 것을 내밀었다!

그것은!

"얼마 전 세인트 노엘 학원에서 판매하던 것에 라피나 님의 사인을 받았답니다. 어떠신가요? 이건 제법 희귀한 그림이라고 보는데요."

득의양양하게 웃는 미아. 하지만 신부는 무반응……, 아니, 그렇지 않았다!

그 몸은 미약하게 떨렸으며…….

이윽고!

"오, 오오오! 그! 그그, 그것은! 설마!"

단전에서 끓어오르는 듯한 목소리와 함께 신부는 그 초상화를 들었다.

"설마, 성 베이르가 공국 내부는커녕 세인트 노엘 학원에서도 기간 한정으로밖에 구입할 수 없는…… 특별한정 전설급판, 학생회장 선거 버전?!"

심지어 그는 그 아래쪽 부분에 적힌 라피나의 사인과 자신의 이름, 그리고.

"언제나 수고가 많으십니다. 당신에게 신의 축복이 깃들기를."

이런 감사한 코멘트까지 발견하자……, '흐억!' 하고 비명을 질렀다.

……조금 무섭다.

"……트, 특별한정 전설급판? 그, 그랬군요? 솔직히 자세한 건 몰랐는데요……."

신부의 열정적인 반응에 조금 위축이 된 미아였다.

그래도 기뻐해 주었으니 잘 된 것으로 치자며 마음을 다잡고…….

"아, 아무튼 오늘 여기에 온 진짜 목적 말인데요……."

"네. 그거 말이군요. 이미 루드비히 님에게 이야기를 들었습니다. 조금 검토하고 싶다고 대답했지만, 기꺼이! 최대한 협력하겠습니다!"

"네……?"

상정하지 못한 사태에 미아는 눈을 부릅떴다.

한편 벨은…….

"이, 이것이 뇌물의 힘…….."

윤활유……를 넘어서, 마찰계수가 마이너스가 되어 하늘 저편으로 날아가 버릴 듯한 기세에 침을 꼴깍 삼켰다.

——이건…… 혹시 뇌물…… 이 아니죠. 선물이 필요 없었던 것 아닐까요……?

문득 그런 생각이 든 미아였지만, 그래도 신부가 기뻐했으니 잘된 일로 여기기로 했다.

——이분도 뿌린 씨앗에 걸맞게 가끔은 보답을 받아야 해요.

미아는 마음속으로 흔쾌히 사인해준 라피나에게 감사의 인사를 보냈다.

"이, 이건 침실에 걸어두겠습니다!"

"아무쪼록 원하시는 대로…….."

"침대 위의 천장에 걸어두면 좋은 꿈을 꿀 수 있다고 동료들 사이에서 소문이⋯⋯."

"⋯⋯당신에게 느끼는 경의가 흐려질 것 같으니 구체적인 말씀
은 안 하셔도 됩니다."

라피나에게는 어디에 썼는지 비밀로 해야겠다고 다짐하며 웬
일로 멀쩡한 충고를 하는 미아였다.

제6화 사본《땅을 기어가는 자의 서》

미아가 신월지구에서 신부와 이러쿵저러쿵하는 것과 같은 시각.

"아아, 미아 님이 없으니 왠지 지루해……."

세인트 노엘 학원 학생회실에선 라피나가 한숨을 쉬었다.

"그러게요……. 아, 라피나 님. 이 예산 말인데요. 미아 님께서 식당 관련을 조금 늘리고 싶다고……."

클로에가 예산이 적힌 양피지를 라피나에게 건넸다.

"식당……? 뭔가 부족한 게 있었나요?"

고개를 갸웃거리는 라피나를 향해 티오나가 손을 들었다.

"저기, 그게 말이죠……. 클로에 양과도 대화해보며 조사했는데, 다양한 종류의 음식을 충분히 먹지 않으면 건강에 나쁘다는 학설이 있어서요……."

그렇게 말한 티오나가 내민 것은 클로에가 들여온 영양학 서적이었다.

"아마 미아 님께선 이걸 알고 계셨던 게 아닐까요. 그, 미아 님께선 곧잘 버섯 이야기를 하시잖아요. 여기에는 버섯이 몸에 아주 좋다고 적혀있으니, 분명 이런 책을 읽으신 게 분명해요."

그 후 티오나는 살짝 웃으면서 말을 이었다.

"미아 님께선 머리가 너무 좋으셔서 때때로 설명을 생략해버리는 것 같다고……. 키스우드 씨가 전에 그러셨어요."

"아, 그래…… 확실히 그럴지도 모르겠네. 우후후."

멀리 제국 땅에 있는 친구를 떠올린 라피나도 웃었다.

"정말이지, 학생회장 선거 때도 좀 더 설명해주었다면 좋았을 걸. 그런 식으로 빙빙 돌아가고……."

그렇게 세 여자는 얼굴을 마주 보며 즐겁게 웃었다.

……그때였다.

똑똑, 조심스러운 노크 소리가 울렸다.

"실례합니다. 라피나 님……."

"어머, 모니카 양. 돌아왔구나."

문을 열고 들어온 사람은 바람 까마귀의 구성원이었던 모니카 부엔디아였다.

오늘 그녀는 메이드복이 아니라 회색의 두꺼운 외투를 입고 있었다.

"방금 막 돌아왔습니다."

"고생했어. 그래서 어때? 발견했어?"

"네. 예의 저택에서 발견했습니다."

그렇게 말한 뒤 모니카는 천으로 둘둘 감은 네모난 것을 라피나의 눈앞에 있는 책상에 내려놓았다.

"그래. 린샤 양이 말한 대로네."

"라피나 님, 그건 대체……."

두 사람의 대화를 보고 의아한 듯 고개를 갸웃거리는 티오나에게 라피나는 의미심장한 미소를 지었다.

"이건…… 혼돈의 뱀의 교전(敎典)……. '땅을 기어가는 자의 서'

의 사본이야……."

그렇게 말하며 라피나는 천을 걷어냈다.

안에서 나타난 것은 한 권의 낡은 책. 투박한 검은색 표지에 시선을 준 라피나는 혐오로 얼굴을 일그러뜨렸다.

"내가 아는 한…… 이 사본이 역사의 무대 위에 나타나는 일은 거의 없었어. 나도 보는 건 처음이야."

그 후 라피나는 무심히 책의 표면을 쓰다듬었다.

순간── 손끝의 털이 곤두섰다.

그건 마치 피부 위로 뱀이 기어가는 듯한 감각……. 손끝에서 팔을 타고 올라와 온몸을 휘감는 듯한 강렬한 불쾌감에 라피나는 무심코 숨을 삼켰다.

"……지금 이건?"

자신의 손바닥을 멍하니 바라보는 라피나. 그런 라피나의 반응에 모니카가 걱정 어린 시선을 보냈다.

"왜 그러십니까? 라피나 님."

"……아니, 아무것도 아니야."

얼버무리듯 웃은 뒤 라피나는 다시금 모니카에게 보고를 재촉했다.

"그런데 모니카 양, 이 책의 내용은 읽었어?"

"네. 허가를 받았으니 일단 읽어두었습니다."

"그래……. 그래서, 어땠어?"

그 질문에 모니카는 순간 침묵했다.

"그래요……. 단적으로 말하자면, 그 책에는 혁명이 일어나 나라가 멸망하는 과정이 적혀있습니다."

"그건…… 렘노 왕국의 혁명 사건을 예언했다거나, 그런 거야?"

"아뇨, 아닙니다."

고개를 젓는 모니카. 그 대답에 라피나는 눈썹을 찡그렸다.

"아니라고……? 무슨 뜻이지?"

"예언서라기보다는……, 이건, 뭐라고 해야 하나……."

찰나의 주저. 그 후 모니카는 말했다.

"그래요, 악의의 덩어리 같은……."

그 목소리는 어째서인지 희미하게 떨리고 있었다.

"악의…… 덩어리? 그건 어쩐지……, 조금 감각적인 표현이네."

"면목 없습니다. 저도 그렇게 생각합니다."

그렇게 말한 모니카는 작게 한숨을 쉬었다. 그 후 냉정함을 가장하듯 평탄한 목소리로 말을 이었다.

"적혀있는 내용은 나라라는 질서를 어떻게 파괴하는가에 대한 방법론입니다. 왕권을 부패시켜 나라를 황폐하게 만드는 방법, 죽음을 누적시켜 증오를 조성하는 방법, 그걸 토양으로 삼아 혁명전쟁을 일으키는 방법……. 어떻게 민중의 마음을 조종하고 왕권이라는 질서를 파괴하는가. 그러한 지식이 가득 적혀있는 책입니다."

불현듯 모니카는 팔을 문질렀다.

"읽는 동안 이것을 적은 자의 악의가 스며드는 것 같은, 그런 끔찍함을 느꼈습니다."

훈련을 받아 늘 냉정함을 유지해야 하는 간첩이 보인 미약한 두

려움……

그 모습을 본 라피나는 순간 무언가 생각에 잠긴 듯했으나……, 바로 고개를 작게 내저었다.

"어쨌거나……, 이 책을 분석하면 혼돈의 뱀의 단서를 잡을 수 있을지도 몰라. 역시 대단해, 미아 님."

"네? 그 책을 발견한 사람이 미아 님이셨어요?"

놀란 클로에의 눈이 휘둥그레졌다.

"그래, 맞아. 미아 님은 시온 왕자와 아벨 왕자에게 그 젬이라는 남자를 죽이지 말라고 부탁했지. 그리고 나에게 보냈어……. 분명 이 책이나 이것과 비슷한 것을 손에 넣으려고 생각했기 때문일 거야."

"그렇구나, 확실히 그렇네요. 미아 님이시라면 당연히 거기까지 생각하셔도 이상하지 않아요."

"아아……, 그렇네요. 미아 님이라면……."

라피나의 추측에 티오나와 클로에가 동의했다.

그 모습을 본 모니카는…….

──터무니없는 분이구나, 미아 황녀 전하는……. 이런 사태까지 상정하고 있었다니…….

새롭게 경외심을 품게 되었다.

제7화 타인의 불행을 비웃는 자는……
미아의 경우

신부의 방에서 잠시 환담을 나누고 있을 때…….

"실례합니다. 미아 님, 루드비히 씨가 오셨습니다."

안느가 루드비히를 데리고 왔다.

"기다리게 해서 죄송합니다. 미아 황녀 전하."

머리를 깊이 숙이는 루드비히에게 미아는 너그럽게 주억거렸다.

"당신도 여러모로 바쁠 테고, 이야기는 제가 제대로 끝내두었으니 문제없어요."

묘하게 잘난 체하는 미아였다.

보는 사람에 따라선 짜증 나는 태도겠지만……. 루드비히는 오히려 존경하는 시선을 보냈다.

"그렇습니까……. 이미 협력을 받으시다니 역시 대단하십니다……. 그런데 미아 황녀 전하, 그분은……."

"아, 편지에 적었던 저의 배다른 동생이랍니다. 아, 이 일은 반드시 비밀을 지켜주세요. 신부님께서도."

미아가 시선을 보내자 신부는 알겠다는 양 고개를 끄덕였다.

안도한 미아는 다시금 벨 쪽을 보았다.

"벨, 자기소개를……."

"루드비히 선생님……."

벨이 흘린 중얼거림은 유난히 크고 또렷하게 울려 퍼졌다.

"음? 선생님?"

의아한 듯 고개를 기울이는 루드비히. 한편 미아도 경악해서 굳어버렸다.

——네? 갑자기?!

때때로 실수를 저지르는 손녀딸이긴 했지만……, 그렇게 자신감 있게 말해놓고 바로 위험한 단어를 입에 담아버리다니, 차마 예상하지 못했다.

벨도 바로 자신이 저지른 짓을 알아챈 건지 '으아아아' 하고 당황한 끝에.

"아, 아무것도 아니에요."

아무런 변명도 되지 않는 소릴 하고 입을 다물어버렸다.

그런 식으로 얼버무리는 게 통하는 건 안느의 가족 정도다.

——이건 어떻게든 수습해둘 필요가 있겠어요.

그렇게 판단한 미아는 재빠르게 머리를 굴렸다. 그 결과!

"그게……, 아, 그래요. 제가 벨에게 그렇게 부르라고 말해두었답니다. 당신에게서 배울 것이 많을 테니까요."

미아는 어떻게든 수습하고자 루드비히에게 아첨하기 시작했다.

칭찬을 받고 기쁘지 않은 인간은 없다.

남자는 자신의 능력을 칭찬해주는 것에 약하다.

안느가 했던 어드바이스를 살려 적절하게, 샤샤샥 아첨을 쑤셔 넣었다.

"당신의 식견은 무척 귀중합니다. 그러니 이 아이의 장래에도 분명 도움이 될 것이라고 확신해요. 그래서 선생님이라 부르라고 했습니다. 아, 그래요. 기왕이면 당신도 학원에서 교편을 잡아보는 게 어떤가요?"

평소보다 빠른 속도로 말을 쏟아냈다. 반론을 허락하지 않는 스타일이다.

"안타깝게도 제 수준으로는 도저히 선생님이라 불리기에 걸맞지 않습니다. 벨 전하. 부디 저를 부르실 때는 그냥 루드비히라고 불러주십시오."

"어머나? 퍽 겸손하네요. 루드비히. 저는 당신의 수완을 높게 평가하고 있는데요."

높게 평가하는 수준을 넘어서……. 미아가 무언가를 하려고 하면 하나부터 열까지 루드비히의 힘을 빌려야만 한다…….

전면적으로 의지하고 있는데 어째서인지 본인이 더 잘난 듯한 미아였다.

"그 말씀은 감사하지만……. 제 스승을 생각하면, 도저히 저에겐 타인에게 무언가를 가르칠 자격이 있는 것 같지 않습니다. 저 같은 게 '스승'이라고 자청할 수는 없죠."

루드비히는 쓴웃음을 지으며 어깨를 으쓱했다.

"뭐, 어디까지나 개인적인 고집이지만요……. 아마 미아 황녀 전하께서도 제 스승님을 만나보시면 이해하실 겁니다……."

"흐음……. 그렇다는 건, 설마……."

"네. 스승님이 어디 계신지 알아냈습니다."

루드비히가 드물게도 기뻐하는 미소를 지었다.

"어머나! 무척 빨랐네요."

"칭찬해주셔서 영광입니다. 실은 황녀 전하께 귀국 요청을 드렸을 때 제 동문에게 수색을 의뢰했습니다. 아무래도 예상했던 것보다 일찍 찾아준 모양입니다."

"어머, 그런 분이 계셨군요. 다음에 소개받고 싶어요."

의외로 싱겁게 해결될 것 같은 상황에 미아는 기분이 좋았다.

교회에서 파견해줄 강사와 페르쟝의 아샤 왕녀, 여기에 루드비히의 스승과 그 부름에 응해서 모여들 사람들을 더하면…….

"흠, 이 문제는 해결된 것이나 마찬가지예요."

그런 낙관적인 생각을 하는 미아였다.

하지만 루드비히의 표정이 별안간 어두워졌다.

"아뇨, 오히려 지금부터가 큰일입니다."

"네? 무슨 말이죠? 이제는 그 스승님이라는 분에게 루드비히가 부탁하면 되는 것 아닌가요?"

의아해하며 고개를 갸웃거리는 미아에게 루드비히는 말하기 민망하다는 듯 절레절레 도리질했다.

"실은 그게……. 스승님께선 귀족을 싫어하셔서……. 그렇다 보니 미아 황녀 전하의 학원도시 계획에 협력을 요청하는 건 간단한 일이 아닙니다."

"어머, 그랬군요……."

그래서 그린문 공작가의 영향을 받지 않은 거였다며 수긍이 갔다.

귀족을 싫어한다면 그린문가가 아무리 뒤에서 압력을 가한다고 해도 상관이 없다.

"심지어 완고하시기 때문에 설득하려면 무척 고생할 것 같습니다."

쓸쓸한 어조로 말을 잇는 루드비히.

"그래요……. 참 큰일이네요."

맞장구를 치면서도 반쯤 남의 일로 보는 미아였다. 아니, 오히려…….

──이전 시간축에서 실컷 저에게 비아냥을 쏟아낸 망할 안경……, 루드비히가 스승님 앞에서 굽신거린다니. 유쾌! 통쾌! 아무쪼록 그 무서운 스승님…… 교사라고 나설 수 없을 만큼 마음에 상처를 남긴 무시무시한 스승님에게 빈정거림을 듣도록 하세요!

미아는 싱글벙글 맑은 미소를 지었다.

……하지만 미아는 몰랐다.

과거에 루드비히의 불행을 보고 웃은 남자가 어떻게 되었는지…….

타인의 불행을 비웃는 자가 어떤 일을 겪게 되는지를…….

그 복선은 생각보다 빠르게 회수되었다.

"네, 제힘으로는 도저히 설득할 수 없습니다. 그렇기 때문에 미아 님게 돌아와달라고 청한 겁니다."

"…………네?"

"미아 황녀 전하, 그 예지로 제 스승님을 설득해주십시오."

"……………………네?"

입이 떡 벌어진 미아.

"서, 설득…… 제가, 요?"

"네……."

미아를 똑바로 바라보는 루드비히.

농담을 던지는 듯한 기색은…… 없다.

──아니, 애초에 루드비히가 농담을 던지는 건 거의 본 적이 없죠. 어? 그럼 진심인 건가요?

갑작스러운 전개를 따라가지 못하는 미아였으나.

"으, 으음, 루드비히. 가능하다면 당신의 스승에 대해 자세히 듣고 싶은데요."

일단 태세를 정비하기 위해 말했다.

"그렇군요……."

미아의 부탁에 지당한 요구라는 듯 고개를 끄덕인 루드비히가 팔짱을 꼈다.

"그래요, 스승님은…… 엄격한 분입니다. 제자가 되고 싶다고 찾아와서 첫날에 마음이 꺾이고 고향에 돌아간 사람도 있습니다. 저도 질책을 받고 사흘 밤낮 음식이 목을 넘어가지 않은 적도 있습니다."

──아아…….

첫 한마디에 미아의 의욕이 8할 소멸했다.

"이 세상의 이치를 해명하기 위해 온갖 지식에 정통하십니다. 병법에 대해서 배우고 싶으면 전장 유적지에 가서 창을 들고 뛰어다니시고, 사람의 마음을 배우고 싶으면 시장이나 주점에서 다양한 사람과 어울려 이야기를 들으시죠. 독의 효과를 알고 싶다고 직접 순화한 독을 먹고 쓰러지신 적도 있었습니다. 자유분방하게 현지에 가서 보고, 듣고, 겪고, 그것들을 자신의 지식으로 삼으시죠. 항간에선 방랑 현자라고 불리십니다."

──괴짜! 대단한 괴짜예요! 설득할 수 있는 가능성이 조금도 안 보여요!

미아의 의욕이 8할 더 소멸했다.

솔직히 죽어도 설득하기 싫었고, 만나고 싶지도 않았다.

하지만 미아는 그래도 어떻게든 경직된 미소를 지으며 말했다.

"……그래요, 그건…… 머, 머리가 좋은 분이시군요."

"네. 그 지식량은 제국 최고라 부를 수 있을 겁니다. 게다가 제자를 키워내는 스승으로서도 몹시 뛰어난 분이십니다. 때로는 엄격하게, 때로는 온화하게 저희를 가르치고, 타이르고, 길러주셨습니다."

──그렇군요……. 때로는 엄하게 비아냥을 던지고, 때로는 온화하게 비아냥을 던지고……. 완급을 조절하는 느낌인 걸까요……. 그저 담담히 빈정거리면서 쿡쿡 찔러대는 것보다 상처가 깊어질 것 같네요.

온갖 각도에서 온갖 강도로 찔린다. 마음이 너덜너덜한 걸레짝이 되어버릴 것 같은 예감에 미아의 몸이 부르르 떨렸다.

굳이 말할 필요도 없겠지만 미아의 의욕은 이미 바닥을 쳤다. 미아의 의욕 총량을 아득히 넘어서서 의욕을 잃어버린 미아는 정말 절절하게 루드비히의 스승을 만나기 싫어졌다.

따라서 미아는 우려라는 이름의 반대의견을 꺼냈다.

"그, 그런 분을 학원장으로 모셔도 그, 괜찮은…… 건가요?"

'저처럼 마음이 꺾여버리는 학생이 나오지 않을까요?'라는 말을 삼키면서 알아서 알아들으라며 루드비히의 눈을 바라보았다.

'그만두는 게 좋지 않을까?'라며 눈에 힘을 주고 호소해보았으나…….

루드비히는 그런 미아를 안심시키듯 부드러운 미소를 지었다.

"황녀 전하의 우려는 지당하십니다. 하지만 그건 괜찮습니다. 스승님은 엄하시지만, 거기에는 언제나 타당한 이유가 있습니다. 예를 들어, 그래요. 조금이라도 생각해 보면 알 수 있는 걸 물어보거나, 생각하는 노력을 게을리했을 때는 가차 없는 질책이 날아오죠."

──아, 아아……. 정말, 그건, 루드비히의 스승님이 맞네요.

미아는 죽은 물고기 같은 눈으로 루드비히의 얼굴을 바라보았다.

──당신은 다를지도 모르지만……. 타당한 이유가 있어도 없어도……, 비아냥을 들으면 상처받는 게 인간이라고요, 망할 안경아…….

오히려 자신의 잘못임을 아는 부분을 새삼 후벼파는 게 더 괴롭다.

어두운 표정을 짓는 미아를 본 루드비히는 쓴웃음을 지었다.

"걱정하지 않으셔도 괜찮습니다. 미아 황녀 전하시라면 스승님의 이야기도 따라가실 수 있겠죠. 오히려 제국의 예지이신 미아 황녀 전하와 제대로 토론할 수 있는 건 스승님뿐일지도 모릅니다. 스승님은 미아 황녀 전하의 둘도 없는 지기가 되시겠죠."

——그, 그런 친구는 필요 없어요! 루드비히보다 더 똑똑한 사람과 대화라니 사양이에요! 아무리 생각해 봐도 따라잡지 못한다고요……. 게다가 엄하다니, 무섭다니……. 절대 만나고 싶지 않아요! 만나기 싫어요!

위를 쿡쿡 찌르는 듯한 통증을 느끼는 미아였다.

학원장 권유만 성공한다고 끝이 아니다.

만약 학원장으로 취임했다간, 미아는 그 무시무시하고 엄한 남자와 여러 차례 얼굴을 봐야만 한다.

그건 정말로 싫었다. 루드비히는 한 명으로 넘친다. 루드비히보다 더 루드비히같은 사람과는 만나고 싶지 않았다.

"아, 하지만 귀족을 싫어한다고 하셨잖아요? 그럼 저도 부적절하지 않을까요?"

"아뇨. 스승님께서 싫어하는 건 무례하고 오만한 귀족입니다. 그것도 기존의 관념에서 한 걸음도 벗어나려 하지 않는, 융통성이 없는 귀족입니다. 하지만 미아 황녀 전하께서는 그렇지 않으시니까요."

"아, 아뇨. 저도 꽤 머리가 굳었는걸요? 아주 딱딱해요."

미아는 자신의 머리를 두드렸다.

"하하, 겸손하시군요."

하지만 농담이라고 생각한 건지 루드비히는 소리 내어 웃었다.

덩달아 벨과 신부도 웃었다.

안느도 부드러운 눈빛으로 미아를 지켜보았다.

화기애애한 분위기였다!

──우, 웃을 일이 아니라고요! 웃을 일이 아니라니까요!

미아 혼자만 필사적이다. 이 자식들은 남의 마음도 모르고 태평하게 웃어대다니. 미아는 마음속으로 절규했다.

하지만 미아는 이미 알아채고 있었다.

이건 만나지 않고 피해갈 수 없는 흐름이라는 것을.

그것은 마치……. 시장에 끌려가는 새끼 양과도 비슷한 기분이었다.

──아아, 정말이지. 이건…… 저항해봤자…… 소용없겠군요.

그렇다면 쓸데없는 노력은 하지 않겠다는 양 체념에 몸을 맡기는 미아.

의자 위에서 힘이 빠져 늘어진 미아의 눈앞에 문득 홍차가 담긴 잔이 나타났다.

"미아 언니, 이 홍차 달달하고 무척 맛있어요."

"아……, 아아. 정말이네요. 흡……, 무척, 맛있어요……."

입안에서 서서히 퍼져나가는 맛은 달콤했지만……, 어째서인지 조금 짭짤했다.

"그럼 실례합니다."

그때였다! 미아의 귀에 귀여운 소녀의 목소리가 들렸다.

방에 있는 누구와도 다른 목소리……. 미아는 그제야 깨달았다.

──그러고 보면 이 홍차는 대체 누가? 언제!?

재빠르게 얼굴을 들고 주위를 둘러본 미아는 지금 막 문을 열고 방에서 나가려는 소녀의 모습을 발견했다.

미아보다 조금 어린, 아마도 이 고아원에서 자라는 소녀…….

미아는 한 가닥 희망을 걸었다.

"잠깐, 거기 당신……. 잠시 괜찮을까요?"

"네?"

어리둥절한 얼굴로 고개를 갸웃거린 소녀를 향해 미아는 친절하게 말을 걸었다.

신월지구의 고아원에선 읽기·쓰기와 계산법 기초를 가르친다. 그것은 중앙정교회에 소속된 모든 고아원에서 이뤄지는데, 그 교육은 어느 정도 수준을 유지하며 양심적이라고 해도 될 것이다.

그건 고아원에서 나가는 아이들이 자신의 힘을 살아갈 수 있게 해주려는 최대한의 배려였다.

하지만 그래도……, 고아원을 나간 아이가 전부 행복해질 수 있는 건 아니다.

고아원에서 나가 어떤 상가에 거둬진 소녀, 세리아도 그중 한 명이었다.

세리아는 고아원에서 제일가는 우등생이었다.

늘 정실하고 직극적으로 문학을 배우고, 책을 읽었다.

어느 학교에라도 들어갔다면 분명 위대한 학자가 될 것이라는 말을 듣는 그녀였지만…… 그런 기회는 끝내 오지 않았다.

상가에 거둬진 뒤, 그녀의 생활은 행복하다고 할 수 없었다.

물론 먹을 것이 있는 것만으로도 다행이고, 잠을 잘 곳이 있는 것만으로도 다행이고, 입을 옷이 있는 것만으로도 다행이었다. 부모도 없이 빈민가에서 자란 그녀에게 그것은 그녀가 바랄 수 있는 최고의 환경이었을지도 모른다.

욕심을 부리면 끝이 없다.

"만족해야 해. 멀쩡한 인간으로서 살아갈 수 있으니까⋯⋯."

그렇게 자신을 타이른 그녀는 자신의 감정에 뚜껑을 덮었다.

포기한 것이다.

그렇게 그녀의 그 지성은 본래의 힘을 발휘하지 못했고⋯⋯. 무언가 멋진 것을 만들어냈을지도 모르는 가능성의 씨앗은 싹을 틔우지 못했고.

따뜻한 흙 위에 떨어지지도, 물을 받아마시지도 못하고 조용히 가루가 되었다.

점점 나이를 먹고 반짝이는 지성을 잃어버린 세리아는 병상에서 자신의 인생을 돌아보았다.

아쉽기는 했다. 하지만 말라비틀어진 체념이 그보다 더 컸다.

"어쩔 수 없지. 나는 고아였으니까⋯⋯. 침대 위에서 죽을 수 있다는 것에 감사해야 해."

그렇게 그녀의 닳아버린 인생은 막을 내렸다.

⋯⋯그런 꿈을 꾼 아침.

고아원 침대에서 눈을 뜬 세리아는 깊은 절망에 빠졌다.

아무리 열심히 해도 모든 게 헛수고로 끝난다…….

그걸 부정하고 싶어서 열심히 공부해봤지만……. 하면 할수록 자신의 길이 끊어져 있다는 걸 실감했다.

그런 때에 그 소녀가 나타났다.

빛나는 제국의 영광. 제국의 황녀, 미아 루나 티어문.

이 고아원의 은인이자 신월지구를 바꾼 사람.

차를 내 가라는 수녀의 심부름에 세리아는 실례를 저지르지 않도록 최대한 주의를 기울이며 자신의 임무를 수행했다.

그 후 방에서 나가려고 한 바로 그때, 그 미아가 말을 걸었다.

"잠깐, 거기 당신……. 잠시 괜찮을까요?"

"……네? 저를 부르셨어요? 저기, 저, 제가, 무슨……?"

"아뇨, 역시 이런 건 당사자의 의견을 들어봐야 할 것 같아서요."

미아는 무언가를 호소하듯 세리아의 눈동자를 가만히 들여다보면서 미소지었다.

"당신, 공부는 역시 친절한 선생님에게 배우고 싶죠?"

"……무슨 말씀이세요?"

"당신은 분명 조금 전에 열심히 공부하던 아이였죠? 그건 역시 이곳의 수녀님이 친절하니까 의욕이 생긴 거죠? 만약, 이 고아원의 수녀님이 아주아주 엄한 분이라면…… 부당한 것은 아니어도, 자신이 실수했을 때 그것을 적확하게 찌르는 매서운 선생님이라면 의욕도 사라지죠?"

미아는 엄격하고 무시무시한 느낌마저 드는 목소리로 말을 이어나갔다.

"만약 당신이 무료로 학교에 다닐 수 있다고 치고, 그곳의 선생님이 아주아주 엄한 선생님이라면 다니겠어요? 아무리 힘들고 괴로워도 계속 공부할 수 있나요? 도망치지는 않을까요?"

"……그런 건 상관없어요."

어느새 세리아는 입을 열었다.

"엄해도, 힘들어도, 괴로워도 배울 수 있다면……, 희망이 있다면……. 저는 공부하고 싶습니다. 부당해도 괜찮아요. 가르쳐주시기만 한다면…… 희망이 있다면, 그게 보인다면 노력할 수 있습니다."

세리아의 앞을 가로막고 있는 것은 높은 산이 아니다.

그저 무자비한 벽이다.

매끈한 벽에는 붙잡을 장소조차 없기에 타고 올라가 넘어설 수도 부술 수도 없다. 그저 그녀가 앞으로 나아가지 못하기 위해 존재하는 것 같은, 잔혹한 벽이다.

산이라면 아무리 높아도 정상까지 도달할 수 있다는 희망이 있다.

하지만 벽은 어떻게 할 수 없다. 포기하고 그 앞에 주저앉을 수밖에 없다.

그런 세리아에게 미아의 질문에 돌려줄 대답은 명백했다.

아무리 험난해도, 산이라면……. 넘어지고, 다치고, 굴러떨어져 죽어버린다고 해도…… 그곳에는 희망이 있다. 정상을 향해 앞으로 나아갈 가능성이 있다.

그렇다면 노력할 수 있다.

세리아는 미아의 눈동자를 똑바로 바라보며 말했다.

"만약 공부하게 해주신다면, 저라면 아무리 엄한 선생님이어도 노력할 수 있습니다. 배울 수 있는 환경이 주어졌는데도 노력하지 않는 건 사치라고 생각해요."

거기까지 말한 세리아의 얼굴이 창백해졌다.

제국의 황녀 앞에서 대단히 무례한 발언을 해버린 게 아닐까?

허둥지둥 사과하려는 세리아였으나……, 문득 미아를 보고 무심코 말문이 막혔다.

미아가 눈동자에 눈물을 한가득 머금고 있었기 때문에…….

"그럼……, 당신은 그 말을 반드시 실현시키세요."

"네?"

"지금 저는 이 자리에서 맹세하겠습니다. 만약 제가 엄한 학원장을 무사히 스카우트하는 데 성공한다면 당신은 제 학원에 다니세요. 그리고 학원장에게 직접 이런저런 가르침을 받으세요."

"네……? 네?"

"당신이 말했잖아요. 배우고 싶다고……. 그 말에 책임을 지세요."

세리아의 어깨를 세게 움켜쥔 미아의 목소리가 떨렸다.

별안간 눈앞에 열린 길에 세리아는 그저 놀라서 아무 말도 할 수 없었다.

바로 옆에서 그걸 본 루드비히는 감격에 젖은 미아를 보고 자신도 가슴이 희미하게 떨리는 걸 느꼈다.

──미아 황녀 전하께선 변함이 없으시군……. 여전히 정이 두 터운 분이셔.

아마 이 소녀의 마음이 미아를 감동시킨 것이다.

"루드비히, 당신도 당연히 도와줘야겠어요. 같이 가 주세요!"

자기자신을 북돋우려는 듯한 목소리로 미아가 말했다.

엄한 교육을 받게 되는 아이들을 걱정하며 이런저런 우려를 보이던 미아였으나, 학생으로서 그 교육을 받게 되는 대상인 고아원 아이의 각오를 듣고 자신도 결심이 선 모양이었다.

"물론입니다. 저도 최대한 협력하겠습니다."

미아를 모실 수 있다니, 자신은 정말 행복한 사람이라고 실감하는 루드비히였다.

그런데……, 뭐, 이미 눈치채셨을 테지만 당연하게도 미아는 세리아의 각오에 감동을 받은 게 아니다.

루드비히의 스승을 만나러 가기 싫었던 미아는 최후의 희망에 매달렸다.

즉, 학원에 실제로 다닐지도 모르는 학생의 목소리다.

미아의 상식상 공부라는 것은 엄한 선생님 아래에서 고생하면서까지 하고 싶은 일이 아니다.

제국의 황녀라는 입장상 공부는 필수지만, 가능하다면 친절한 선생님 밑에서 편하게 배우고 싶다.

그렇기에…….

──분명 이 아이도 싫어할 게 뻔해요. 애초에 서민은 읽기·

쓰기와 계산만 할 수 있다면 평범하게 살 수 있잖아요. 머리 아픈 공부를 혹독하게 혼나면서까지 하고 싶어 할 리가 없죠……. 그리고 당사자가 그런 말을 하는 걸 들으면 루드비히도 스승님을 스카우트하는 걸 포기할 거예요!

그런 계산 하에 소녀에게 말을 건 미아였으나……, 그 계획은 멋지게 무너졌다.

──아아, 역시……. 제가 루드비히의 스승님에게 비아냥의 폭풍우를 맞고 쓰러지는 것은 바꿀 수 없는 흐름인가 보군요.

비탄의 눈물을 글썽인 미아는 소녀를 날카롭게 노려보았다.

"그럼……, 당신은 그 말을 반드시 실현시키세요."

어안이 벙벙한 소녀의 얼굴을 보고 놓치지 않겠다는 듯 그녀의 어깨를 단단히 붙잡았다.

──실컷 떠들어놓았으니 도망치려고 해도 그렇게는 안 돼요! 엄한 선생이 좋다고요? 좋아요……. 그렇다면 당신이 원하는 대로 해드리죠.

미아는 심술궂은 미소를 지었다.

"지금 저는 이 자리에서 맹세하겠습니다. 만약 제가 엄한 학원장을 무사히 스카우트하는 데 성공한다면 당신은 제 학원에 다니세요. 그리고 학원장에게 직접 이런저런 가르침을 받으세요."

──그래요, 그럼요! 저 혼자 고생하는 건 절대 용서할 수 없어요! 제대로 본인이 한 말에 책임을 져야죠!

자신만이 고생하는 건 용납하지 않겠다. 그런 집념과 함께 맹세했다.

주위를 적극적으로 끌어들이는 스타일이다.

이리하여 세리아는 반년 뒤 성 미아 학원에 입학하게 되었다.

참고로 이때 미아가 한 말은 훗날 고아원에서 선발해 구성된 학원장 직할 특별반이라는 형태로 실현된다.

루드비히와 동기들을 방랑 현자의 가르침을 받은 제1세대라고 한다면, 여기에 모인 아이들은 제2세대 제자들이라고 할 수 있으리라.

방랑 현자의 가르침을 받은 아이들은 제1세대 제자들에게 뒤지지 않을 만큼 재능을 발휘했다.

그리고 그들에게는 제1세대에겐 없는 한 가지 공통점이 있었다.

그것은 황녀 미아에게 구원을 받았다는 감사의 마음. 그리고 그것은 흔들림 없는 충성심으로 이어졌다.

미아의 총애를 받은 그들은 성장 후 젊은 관료가 되어 각 관청에 들어간다. 그곳에서 여제 미아가 내건 개혁(이라고 루드비히가 설명하는 것)을 실현하기 위해 재능을 아낌없이 발휘하게 된다.

그런 차세대 제국을 지탱하는 유능한 관료들의 필두이자 만능재녀인 세리아는 재상 루드비히의 중용을 받게 되지만…….

그것은 아직 실현되지 않은, 몽환 속 미래의 광경.

그 꿈이 현실이 될지 아닐지는 다름 아닌 미아의 어깨에 걸려 있다.

하지만…….

"흐윽……. 어, 어째서…… 이런 일이……."

그런 사실은 눈곱만큼도 모른 채 울상이 되어버린 미아였다.

제8화 벨의 낭비

"그럼 다녀오세요. 조심해서 가시고요. 미아 언니."

루드비히의 스승은 현재 정해의 숲에 머무르고 있다고 한다.

제국의 소수민족을 조사하기 위해 그들과 섞여서 생활하고 있다.

미아는 안느, 루드비히와 함께 만나러 가기로 했는데…….

"저는 가도 도움이 되지 않을 테니 제도에 남겠습니다."

미아벨은 그렇게 말하며 따로 행동하겠다고 했다. 제도에서 꼭 하고 싶은 일이 있었기 때문이다.

"괜찮겠어요?"

미아는 걱정했지만, 결국 그 요청을 받아들여 따로 행동하기로 했다.

그렇게 어째서인지 의욕 없이 시들시들해 보이는 미아를 배웅한 뒤, 벨은 린샤와 함께 제도 루나티어를 산책했다.

"오늘은 뭘 하실 거죠? 벨 님."

"네. 제도를 좀 돌아보고 싶어요."

벨은 린샤 쪽을 보며 고개를 숙였다.

"죄송합니다, 린샤 씨. 오늘은 많이 걸을 거예요."

"딱히 사과하실 일은 아닌데요……."

비교적 삐딱하게 받아들일 때가 많은 린샤에게 솔직하고 순박한 면이 있는 벨은 조금 상대하게 까다로운 타입이었다.

——아니, 미아 황녀 전하도 그렇지……. 좀 더 거만하게 행동하는 게 차라리 편한데…….

린샤는 한숨을 쉬고 다시금 물었다.

"그래서 어디에 가시는 거죠?"

"으음. 신월지구에 가고 싶은데요……."

"네……? 그, 거기는 원래 빈민지구였죠……? 위험하지 않나요?"

"후후후, 린샤 씨는 걱정이 많네요. 신월지구는 별로 위험하지 않아요. 미아 할…… 언니를 따르는 착한 사람들이 많이 있는 곳이니까요."

벨은 무언가 영문을 알 수 없는 소릴 한 뒤에 신이 난 듯 폴짝폴짝 뛰어갔다.

신월지구에 들어가자마자 바로 벨은 주위를 두리번거리기 시작했다.

그건 마치 무언가를 떠올리려는 것처럼.

혹은 지금은 보이지 않는 무언가를 환시하는 것처럼.

말을 거는 것도 저어된 린샤는 조용히 벨의 뒤를 따라갔다.

"앗, 저 가게……."

이윽고 무언가를 발견한 건지 벨이 달려갔다.

"잠깐, 벨 님!"

급히 쫓아가는 린샤의 눈앞에서 벨은 한적한 가게로 뛰어 들어갔다.

"저기, 아저씨……. 저 과자 주세요."

"자, 여기 있다. 현월동화 다섯 닢이야."

벨은 씩씩한 아저씨에게 생글생글 웃으면서 린샤를 향해 손을 내밀었다.

"린샤 씨. 제 용돈 주세요."

"알겠습니다. 어휴, 어쩔 수 없네요."

린샤는 한숨을 쉬며 벨에게 동전 주머니를 건넸다.

그러자 벨은 주저 없이 은화 중에서 두 번째로 가치가 높은 반월은화를 꺼내 점주에게 주었다.

"거스름돈은 필요 없습니다. 감사합니다."

"……어?"

주인아저씨가 웃는 얼굴로 굳어버리거나 말거나 벨은 가게 밖으로 뛰쳐나갔다.

"잠깐! 벨 님! 뭐 하시는 거예요!"

린샤는 급히 벨을 쫓아갔다.

현월동화 다섯 닢이라면, 반월은화를 냈을 때 동화만이 아니라 어엿한 은화인 현월은화로 거스름돈이 돌아와야 한다.

거스름돈은 필요 없다며 팁 대신 주기에는 금액이 너무 크다.

이윽고 점주가 쫓아오지 못하는 위치까지 달려간 벨이 드디어 멈춰 섰다.

그런 벨을 붙잡고 린샤는 못마땅한 표정을 지었다.

"벨 님, 어디서 보신 건지는 모르지만 그런 식으로 거드름을 피우기 위해 돈을 낭비하는 건 좋지 않습니다."

거들먹거리는 귀족이 좋아할 법한 행위를 린샤는 당연히 혼냈다.

확실히 벨은 용돈으로 자유롭게 쓸 수 있는 돈을 받고 있다. 하지만 그건 낭비해도 되는 돈이 아니다. 무슨 일이 있을 때를 위해 사용해야 한다.

"그런 식으로 낭비하시면 미아 황녀 전하께서 혼내실 거예요."

린샤는 그렇게 충고했지만…….

"아뇨, 낭비가 아니에요."

뜻밖에 단호한 말투로 대답이 돌아왔다.

강한 의지의 빛이 깃든 눈동자와 마주하자 린샤는 무심코 숨을 삼켰다.

때때로 벨이 보이는 의연한 표정.

왕의 품격마저 느껴지는 그 모습에 린샤는 흠칫 놀란다.

──평소에는 완전히 잊어버리지만……, 이 아이도 미아 황녀 전하의 핏줄. 대제국 티어문 황실의 일원인 거야…….

아주 조금이지만 몸이 뻣뻣해지는 린샤를 향해 벨은 천진난만하게 방긋 웃었다.

"은혜를 입은 자는 그것을 갚아야만 한다고……. 미아 할…… 언니가 말씀하셨어요. 그러니까 분명 괜찮을 거예요."

린샤는 벨이 무슨 말을 하는 건지 알 수 없었다. 하지만 적어도 벨이 철없이 돈을 낭비하려는 게 아니라는 점만은 알았다.

"잘은 모르겠지만……, 괜찮은 거죠?"

"네. 필요한 일이니까요……. 하게 해주세요."

그렇게 미소 짓는 벨에게 린샤는 작은 한숨을 내쉬었다.

"미아벨 님, 이거 드세요."
쇠락한 가게 앞을 지나갈 때마다 친절한 목소리가 들렸다.
"미아벨 님. 이쪽으로. 저희 집에서 당분간 숨어 계세요."
작은 집 앞을 지나갈 때마다 자신을 도와주려고 하는 사람들의 목소리가 되살아난다.
제국을 양분한 전쟁. 황폐해지고 지옥으로 변해버린 제도. 그런 장소에도 다정한 사람들이 있었다.
성황제의 군대인 아쿠에리안 포스에게 쫓기는 벨을 숨겨준 사람들, 구해준 사람들이 분명히 있었다. 목숨을 내던져서라도 벨을 사랑하고 지켜준 사람들이.
벨은 그것을 기억하고 있다.
한 명 한 명 잊지 않고, 가슴에 소중히 품고서…… 언젠가 기회가 닿는다면 보답하고 싶었다.
"은혜를 입었다면 잊지 말고 반드시 갚아야 해……."
위대한 할머니, 미아에게 물려받은 소중한 가르침을 품고 벨은 신월지구를 돌아다녔다.

제9화 딱히 도망가도 괜찮지 않나요?

따그닥, 따그닥, 따그닥. 미아를 태운 마차가 나아간다.

마차를 끄는 말은 그 주인인 미아에게 의욕이 없다는 걸 감지한 것처럼 묘하게 의욕이 없는 발놀림이었다.

──아아, 내키지 않아요. 정말 내키지 않아요.

깊고 절절한 한숨이 마차 안에 울렸다.

참고로 현재 마차 안에는 미아와 안느밖에 없다.

루드비히는 미아를 맞을 준비를 갖추기 위해 먼저 갔고, 벨과 린샤는 따로 행동 중이다.

그 결과 좁은 마차 안에는 미아의 한숨만이 울려 퍼지며 묘하게 나른한 공간이 완성되었다.

──애초에 루드비히의 스승님이니까 루드비히가 설득하면 되잖아요……. 아아, 도착했더니 이야기가 전부 끝나있었다는 일은 안 일어나려나요……?

익히 알고 계실 테지만 미아는 놀 수 있다면 놀고 싶은 타입이다.

밤에 자는 동안 달의 요정이 찾아와서 문제를 전부 해결해주는 게 최선.

목적지에 도착한 순간 루드비히가 나타나 설득이 끝났다고 말해주는 게 이상적이다!

……당연하게도 그런 편리한 전개는 실현되지 않는다.

"하아……, 후우."

미아가 몇 번째인지 모를 절절한 한숨을 내쉬었을 때.

"미아 님, 괜찮으세요?"

걱정스러운 표정으로 안느가 말을 걸었다.

"어머? 왜 그러죠?"

"그게…… 기운이 없으신 것 같아서요……."

"그렇지 않답니다. 걱정할 필요 없어요."

미아는 웃음을 머금었다가 또다시 깊은 한숨을 쉬었다.

그걸 본 안느는 무언가 각오를 굳힌 듯한 표정을 짓더니 마부석 쪽으로 나갔다.

거의 가자마자 돌아온 안느가 갑작스럽게 말했다.

"저…… 미아 님. 모처럼 기회인데 말을 타지 않으시겠어요?"

"네……? 말이요……?"

고개를 갸우뚱 기울인 미아에게 안느가 자상한 미소를 지었다.

"네. 미아 님께선 말을 타시는 걸 좋아하시잖아요. 조금 전 바노스 씨에게 여쭤봤는데 이 근방은 길이 잘 정비되어있어서 말도 타기 쉬울 것이라고……."

"으음, 뭐 기분전환에는 좋을지도 모르지만……. 어라? 그런데 안느는 말을 못 타지 않나요?"

미아가 묻자 어째서인지 안느는 몸을 꼼지락거렸다.

"실은 그게……. 저도 말을 타는 법을 익히고 싶어서 빈 시간에 연습했습니다."

"어머나! 안느가 말을? 처음 듣는 이야기네요. 대체 왜 그런 생각을?"

고개를 갸웃거리는 미아에게 안느는 늠름한 표정으로 말했다.

"미아 님의 짐이 되고 싶지 않았기 때문입니다."

"어머. 딱히 당신을 짐이라고 생각한 적은……."

"렘노 왕국 때 데려가 주지 않으셨습니다. 미아 님께서 가장 위험한 곳에 가시는데 저는 말을 타지 못하니까…… 곁에 있을 수 없었습니다."

안느는 분한 듯 작게 떨리는 목소리로 말했다.

"안느……."

"하지만 이제 어떠한 때라도 미아 님을 따라갈 수 있게 되었어요."

안느는 자신의 가슴에 살며시 손을 올린 뒤 작게 웃었다.

"그러니 미아 님, 부디 너무 긴장하지 마세요. 미아 님이시라면 저는 어떤 문제라도 해결할 수 있다고 믿습니다. 하지만 만약 어떻게 되지 않는다면 도망치셔도 괜찮아요. 저는 언제 어떠한 때라도, 설령 땅끝까지라도 미아 님을 따라갈 테니까요."

그러니까 그렇게 어깨에 힘을 주지 말라고…….

그런 마음이 담긴 안느의 격려였다.

너무 긴장한 나머지 실패하지 말라는 마음이 담긴 다정한 말이었다.

그 말을 들은 미아는 절절히 감동했다.

"아, 아아, 안느……. 그래, 그래요……."

감동하면서…….

──그래요. 아예 어딘가 먼 곳으로 도망치면 되죠. 상대가 너무 강력하다면 딱히 도망가도 괜찮은 거예요. 저도 참, 완전히 정

면 돌파로 진지하게 설득하는 것에만 정신이 팔려서…… 중요한 것을 놓치고 있었어요. 제가 도망치면 분명 루드비히가 어떻게든 해주겠죠. 그래요, 안 되면 도망가면 되는 거예요.

……훌륭하게 곡해했다!

인간은 자신이 듣고 싶은 말만 듣고, 보고 싶은 것만 보는 생물이다.

애당초 실제로는 그렇게 쉽게 도망칠 수도 없지만…….

어둡고 우울한 기분에서 해방된 미아는 가벼운 마음으로 마차에서 내렸다.

그곳에는 이미 근위병이 탔던 말이 두 마리 준비되어 있었다.

"미아 황녀 전하. 이 말을 타십시오."

"우후후, 고마워요. 그럼 잠시 빌리도록 하죠."

싱글벙글 말에 타는 미아. 마찬가지로 옆에 있는 말에 탄 안느를 보며 웃었다.

"우후후, 제법 잘 어울리는데요? 안느. 그럼 갈까요."

그렇게 말을 걷게 하며 미아는 불현듯 떠올렸다.

——아아, 그러고 보면 말에 타는 건 오랜만이네요.

처음에는 이 흔들림이나 말의 높이가 무서웠으나, 지금은 완전히 적응했다. ……뼛속까지 적응해버렸다.

미아는 마치 선배라도 되는 듯한 얼굴로 옆에서 걷는 안느 쪽을 보았다.

안느도 상당히 연습한 건지 안정된 자세로 말을 타고 있었다.

"제법 잘 타네요, 안느. 아, 그래요. 기왕 탄 거……, 저기 있는 언덕까지 경쟁하죠!"

말이 끝나자마자 미아는 말의 옆구리를 찼다.

"가자! 실버문!"

"황녀 전하, 그 말은 그런 이름이 아닙……."

지적하는 근위병의 목소리를 뒤로 흘리며 미아를 태운 실버문(임시)가 달려 나갔다.

바람이 몸을 두드리며 쌩쌩 휘몰아쳤다.

머리카락이 바람에 흔들리며 뺨을 부드럽게 간질였다.

"우후후, 기분 좋네요. 자, 더 빨리!"

미아의 외침에 응답하듯이 말이 점점 가속했다. 초원에 난 풀을 밟으며, 작은 높낮이 차이쯤은 무시하면서 바람처럼 달린다!

──아아, 굉장해요. 왠지 천마라도 타고 있는 것 같아요! 역시 이런 체험을 에리스에게 알려줘야겠네요!

그런 식으로 미아가 자신에게 취해있던 그때.

"황녀 전하, 말을 멈추쇼! 너무 빨라!"

뒤에서 목소리가 쫓아왔다.

"흐어……?"

그제야 미아는 가까스로 정신을 차렸다.

말이…… 어느새 어마어마한 속도로 달리고 있다는 사실을.

"앗, 너무 우쭐했네요……. 오호호, 저도 참. 으음, 세우려면……."

미아는 냉정해져야 한다고 스스로를 타이르면서 고삐를 쥔 손에 힘을 주고…… 당겼다!

하지만…… 이때의 미아는 다소 당황했었다. 따라서 고삐를 당기는 힘이 너무 강했다.

직후, 말이 앞발을 들어 올렸다.

갑자기 고삐가 힘껏 잡아당겨지는 바람에 놀랐기 때문이다.

"…………흐어?"

조금 얼간이 같은 목소리를 낸 직후, 미아의 몸이 허공으로 부웅 날아갔다. 그것도 상당한 속도로.

──어, 어라? 이거, 위험하지 않나요……?

그렇게 생각했지만 이미 낙마를 피할 수 없다.

"미아 님!"

안느의 비통한 외침을 아득히 들으면서 미아는 땅바닥에 힘껏 박치기──할 뻔했으나, 그 직전에 배에 무언가가 휘감겼다.

굵고 단단한 그것이 무엇인지 생각할 새도 없이 배가 꽉 조였다.

"끄억!"

마치 밟혀버린 개구리 같은 괴성을 지르는 미아. 구역질이 치솟는 걸 가까스로 참으면서 시선을 돌렸다. 그러자.

"휴, 안 늦었다. 괜찮습니까? 황녀 전하."

쓴웃음을 짓는 바노스의 얼굴이 보였다.

그 순간 미아는 간신히 깨달았다.

자신의 옆구리를 조르고 있는 것이 바노스의 굵은 팔이고……, 자신의 바노스의 옆구리에 덜렁 들려 있다는 사실을…….

"위험했네요. 안 늦어서 다행입니다."

그렇게 말하며 바노스는 미아를 자신의 말 위에 올려놓았다.

미아는 순순히 바노스 앞에 앉아 자세를 바로잡은 뒤 고개를 돌려 다시금 바노스 쪽을 보았다.

"살았어요, 바노스 씨. 면목이 없네요. 너무 기분이 들떴어요."

"그러게 말입니다, 황녀 전하. 당신에게 무슨 일이 생기면 디온 대장도 루드비히 나리도 실망할걸요. 저 메이드 아가씨도."

문득 뒤를 보자 새파랗게 질린 안느가 열심히 말을 몰아 이쪽으로 다가오고 있었다.

"아아, 안느에게도 걱정 끼치고 말았네요……."

만에 하나 땅에 떨어져서 다치기라도 했다간 안느가 졸도했을 것이다.

"조심해야겠어요."

"그나저나 미아 황녀 전하도 저에게 무례한 놈이라고 혼내고 그러지 않으시네요."

"어머? 구해주었으니 당연한 것 아닌가요?"

"아니, 저도 같은 의견인데요. 세상엔 그런 귀족분들만 있는 것도 아니라서."

바노스는 쓴웃음을 지었다.

"그나저나 바노스 씨, 당신 가까이서 보면 무척 크군요."

"응? 헤헤, 뭐 제국에서 손에 꼽힌다고 자부합니다. 하지만 크기만 하다는 것도 좀 충격인데. 물론 디온 대장님에겐 못 미치지만 실력도 제법 좋답니다."

바노스가 크하하하고 호쾌하게 웃었다.

"저보다 몸집이 큰 제국군도 있고, 저보다 강한 제국군도 있지만 저만큼 크고 강한 제국군은 별로 없지 않을까요? 헤헤, 그러니 뭐, 갑옷을 입으면 방패로는 딱 좋죠."

"어머, 그거 든든하네요. 하지만 자신을 방패라고 야유하는 건 좋지 않아요. 당신은 황녀전속 근위병이 되었으니, 가슴을 펴고 당당하게 제 호위 기사임을 밝히세요."

그렇게 말하며 웃는 미아에게 바노스는 유쾌하다는 듯한 미소를 돌려주었다.

"헤헤, 황녀 전하. 역시 당신은 기분 좋게 해주는 사람이에요. 그래야 모시는 보람이 있다니까."

그렇게 얼굴을 마주 본 두 사람은 웃었다.

미아는 거구의 남자와 상성이 좋다.

"미아 님! 다친 곳은 없으십니까?!"

그 자리에 안색이 변한 안느가 다가왔다.

그런 안느에게 미아는 싹싹 빌면서 고개를 숙였다.

제10화 거대 황금 미아상 건조를 저지하라!

베르만 자작령에 도착한 미아는 다음 날, 건설 중인 학원의 설명을 듣게 되었다.

모처럼 방문했으니 이 기회에 루드비히가 시찰 일정을 넣었기 때문이다.

——뭐, 여차하면 도망치면 그만이니까요…….

안느의 말에 의욕을 되찾은 미아는 적어도 평소와 다름없는 모습으로 온갖 공무를 수행해나갔다.

베르만 자작과 인사하고 격려하는 말을 해준 뒤, 자작의 저택에서 프린세스 타운 건설계획의 설명을 들었다.

"현재 학원 건물을 먼저 세우고 있습니다. 한시라도 빨리 개교하고 싶다고 하셨으니, 그렇게 수배하고 있습니다만……."

"네, 그렇게 해주시면 됩니다."

예전에 만났을 때는 비굴한 미소를 짓던 베르만도 지금은 어쩐지 조금 자랑스러워하는 얼굴이었다. 그것은 일에 보람을 느끼는 사람이 짓는 미소와 비슷했다.

그 바로 옆에는 적월청에서 파견된 문관의 모습이 있었다. 호화로운 금발과 곱게 다듬은 세련된 수염, 서글서글해 보이는 미소를 짓는 얼굴에는 어딘가 기품이 느껴져서 좋은 집안 출신이라는 게 엿보였다.

나이는 딱 루드비히와 비슷한 정도일까…….

——저분은 어디 귀족 가문의 자제인가요……?

미아는 찬찬히 관찰한 뒤 생긋 미소 지었다.

아무튼 적을 만들지 않는 게 좋다. 웃기만 하는 것이라면 무료다. 문관은 조금 놀란 표정을 지으면서도 베르만 자작의 설명을 이어받았다.

"교사(校舍)와, 학생이 생활할 기숙사를 먼저 건설하고 있습니다. 이웃 룰루 족의 협력을 얻어 정해의 숲에서 자란 나무로 교사를 세우고 있죠. 황녀 전하께서 마음에 들어 하시는 목재라고 들었습니다만……."

그렇게 말하며 미아의 머리에 시선을 주었다. 그곳에는 룰루 족의 소년에게 받은 비녀가 오늘도 꽂혀 있었다.

"그거 멋지겠군요……. 필시 아름다운 교사가 되겠죠."

정해의 숲에서 자라는 나무는 베어서 다듬으면 무지개색으로 빛난다. 미아는 은은하게 빛나는 교사를 상상하며 만족스럽게 고개를 끄덕였다.

기본적으로 돈을 들인 호화로운 저택에 그리 고집하지 않는 미아지만, 그렇다고 아름다운 것을 싫어하는 것도 아니다.

그런 미아에게 베르만이 말을 걸었다.

"황녀 전하, 이쪽도 봐주셨으면 합니다만……."

그가 내민 것은 한 장의 양피지였다.

"으음? 뭐죠?"

말하면서 손을 뻗으려고 한 미아는 불현듯 깨달았다.

득의양양한 얼굴인 베르만의 바로 뒤……. 아주 못마땅한 표정으로 서 있는 문관의 모습을……

──어쩐지 불길한 예감이 들어요……

그렇게 생각하며 양피지에 시선을 준 미아는 입을 떡 벌렸다.

"이……, 이건?"

"네! 미아 황녀 전하의 거대 황금 동상입니다!"

"거, 거대…… 황금 동상…… 이라고요?"

그 울림에 정신이 아찔해졌다.

"네. 높이는 백월궁전의 첨탑 정도의 높이로 할 생각입니다."

거기에 대체 얼마나 많은 돈이 들어갈지, 그 생각만으로도 핼쑥해진 미아였으나 베르만은 미아의 변화를 눈치채지 못하고 말을 계속 이었다.

"심지어 내부는 동공 형태라 안에 들어갈 수도 있습니다."

"아, 안에, 들어간다고요?"

미아는 급히 양피지를 넘겼다. 그곳에는 황금 동상의 내부 설계도가 면밀하게 적혀있었다.

"네. 눈과 입을 통해 바깥 풍경을 볼 수 있도록 할 것입니다."

"네, 네에, 그렇군요……"

"밤에는 그곳에 불빛이 들어오게 하는 것도 고려 중입니다. 다만 이걸 세우려면 다소 자금이 부족합니다. 그러니 황녀 전하, 부디……"

"……네, 기각입니다."

힘없이 대답한 미아는 한숨을 쉬었다.

──그런 돈 낭비를 했다간 루드비히에게 혼날 테고……, 아

니, 그 이전에 그건 좀, 취향이 고약하지 않나요…….

밤이 되면 눈과 입에서 빛을 뿌리는 황금 동상을 상상하고, 그 얼굴이 다름 아닌 자신의 얼굴을 모방한 모습까지 떠올리자…… 미아는 부르르 떨었다.

——이 사람……, 예전 비녀 사건 때도 생각한 거지만 취향이 좀 이상한 것 같아요.

"어, 어째서죠? 황녀 전하, 만약 이게 완성된다면 제국에서 제일가는 명물이 될 수 있을 텐데요……."

"어째서냐니……."

이유를 설명하지 않으면 모르는 거냐. 미아는 내심 한숨을 쉬었다.

일일이 설득하는 것도 귀찮아서 '명령으로 처리해버릴까……' 하고 방심하던 미아였으나…….

"만약 자금적으로 어렵기 때문이라면 황제 폐하께 상담해볼 생각입니다."

"……절대로 하지 마세요."

미아는 칼같이 대답했다.

——아니, 아바마마께서 들으셨다간 분명 신이 나서 특별증세 같은 짓을 저지르실 거예요! 저를 본뜬 황금 동상을 세우기 위해 증세라니. 백성들의 원망을 살 게 뻔하잖아요.

하지만 눈앞의 남자, 베르만은 여기서 미아가 하지 말라고 해도 황제에게 직소할 가능성이 몹시 크다. 여기선 어떻게든 베르만을 설득해야 한다.

미아는 욱신거리는 머리를 열심히 굴려서 타이르기 시작했다.

"베르만 자작, 당신은 잘못 생각하고 있답니다."

"잘못 생각한다고요? 그건 무슨……."

"제 영광이란 즉 이 학교에 다니는 학생들. 그리고 여기를 졸업한 학생들이 만들어낼 수많은 공적입니다! 그러니 황금 동상을 세울 돈이 있다면 오히려 학생들에게 좀 더 돈을 쓰고 싶어요."

미아는 당당히 가슴을 펴고 선언했다.

──뭐, 수많은 공적이라고 할까, 구체적으로는 세로 루돌폰이 만들어낼 신종 밀가루가 목적이지만요…….

마음속으로 그런 말을 덧붙이면서.

"그런 것이 말입니까……? 하지만."

"생각해 보세요. 이 땅에 그걸 세워봤자 그 광채는 여기를 방문한 사람밖에 볼 수 없죠. 하지만 여기를 졸업한 학생들이 눈부신 활약을 보인다면 이윽고 그 명성은 온 대륙을 석권하게 될 겁니다. 세계에서 활약하는 영재, 그들을 길러낸 곳이 제국 최초의 학원도시, 그리고 그 도시가 있는 영지가 베르만 자작령이 된다고요. 그건 무척 멋지다고 생각하지 않나요?"

"그렇군……. 사람은 왕성, 사람은 성벽이란 말이죠……."

불현듯 미아의 귀에 작은 중얼거림이 들어왔다.

목소리가 들린 쪽으로 시선을 옮기자 조금 전의 그 문관이 흥미로워하는 눈으로 미아를 보고 있었다.

"무슨 말인가요? 그건."

"음? 모르셨습니까? 동방의 유명한 국왕의 말입니다. 아무리 훌륭한 성을 세운다 해도 사람이 없다면 의미가 없고, 사람을 소중히 여기면 그 사람은 성처럼 굳건하고 성벽처럼 단단하게 지켜 준다. 그런 의미입니다만……."

미아는 순간 당연히 알고 있다고 대답하려 했다. 하지만 직전에 입을 다물었다.

미아의 후각이 무언가 위험한 냄새를 감지했기 때문이다…….

——똑똑한 사람 앞에서 아는 척을 하는 건 위험해요. 이 사람은 왠지 루드비히와 같은 냄새가 나는 걸요……. 여기선…….

미아는 천연덕스러운 얼굴로 말했다.

"전혀 몰랐어요. 당신은 박식하군요."

"아뇨, 저 정도는……."

고개를 젓는 문관. 무언가 생각하는 듯한 그 모습이 마음에 걸린 미아였으나…….

"그렇군요, 역시 미아 황녀 전하……. 그 식견, 진심으로 감탄했습니다."

베르만의 칭송에 만족하는 바람에 추궁할 기회를 놓쳐버렸다.

이렇게 간신히 거대 황금 동상 계획을 저지한 미아였으나, 훗날 학원에는 베르만의 주도하에 다른 동상이 세워졌다.

베르만의 의뢰를 받은 룰루 족의 선발된 기술자들이 만든 그 동상은 크기는 그리 대단하지 않았지만, 빼어난 완성도를 자랑했다고 한다.

정해의 숲에서 자란 나무를 깎아 만든 목조 동상은 미아와 유니콘이 함께 있는 모습이었는데…….

　우연히 망상력이 뛰어난 모 전속 작가가 그걸 보는 바람에 가슴에 타오르는 뜨거운 망상의 불꽃에 기름을 부어버렸고, 결국 황녀전이 한층 과격한 내용이 되어버렸지만…….

　뭐, 그건 아무래도 상관없는 이야기였다.

제11화 삼고초려

정해의 숲…….

룰루 족이 사는 그 숲에 한 남자가 찾아왔다.

조금 붉은 기가 도는 호화로운 금발과 이지적인 빛이 깃든 갈색 눈동자……. 베르만 자작 옆에서 프린세스 타운 건설에 관여하는 적월청의 문관……. 그의 이름은 발타자르 브란트.

백작가의 삼남으로 이 세상에 태어난 그는 루드비히의 오랜 친구이자 동문이기도 했다.

최근 프린세스 타운 건설 회의로 수도 없이 오간 좁은 길을 걷는 그의 얼굴은 깊은 상념에 잠겨 있었다. 룰루 족의 마을을 지나 숲속 깊은 곳으로 들어갔다. 그런 그의 눈앞에 작은 텐트가 나타났다.

뻣뻣하고 두꺼운 천으로 만들어진 그것은 어느 소수민족에서 전해지는 즉석 주거였다.

그 앞에 선 낯익은 청년의 모습을 발견한 발타자르는 털털하게 말을 걸었다.

"여어, 루드비히. 황녀 전하 옆에 없어서 어디 갔나 했잖아."

그 말에 돌아본 루드비히는 작게 어깨를 으쓱했다.

"딱히 내가 있어도 할 수 있는 일은 없으니까."

"뭐야, 아주 매정한데. 그 황녀 전하에게 충성을 맹세했으면서."

"흥, 하지만 내가 없어도 황녀 전하께선 너를 감탄하게 만드시지 않았나?"

장난기 어린 미소를 머금는 루드비히를 본 발타자르가 쓴웃음을 지었다.

"그건 그래. 황녀 전하가 그 거대 황금 동상 건설을 저지했더라고."

"아니, 발타자르……. 그건 아무리 그래도 미아 황녀 전하를 너무 무시한 거고."

루드비히는 기가 막힌다는 얼굴로 고개를 내저었다.

"그건 당연히 막으시지. 거기에 얼마가 들어가는 줄 아는 거야?"

지당하다는 듯한 오랜 친구의 반응에 발타자르는 고개를 저었다.

"아니, 그렇지는 않아. 역사를 돌아봤을 때 거대 동상에 꿈을 꾸는 통치자는 꽤 많거든. 비대화한 자기 과시욕은 부패한 통치자의 특징이지. 그 욕구에 져서 나라의 재정을 휘청거리게 만드는 자도 적지 않아."

"그렇군, 확실히 그 말이 맞아……. 아무래도 미아 전하를 모시는 사이에 제국의 예지를 기준으로 만사를 생각하는 습관이 든 모양이야."

루드비히는 발타자르의 말이 옳다는 걸 인정했다.

나라 전역에 자신의 동상을 세워서 때만 되면 그걸 숭상하라고 명령한 국왕도 있었다.

세상에서 가장 거대한 동상을 원한 황제도 있었다.

자신을 우러르게 하여 신격화하고 싶은 욕구는 통치자에게는 몹시 커다란 욕망이다.

"그 나이에……, 심지어 그런 미모인데 자기 과시욕에 지배당하지 않다니……. 확실히 네가 심취하는 것도 조금은 알 것 같은 기분이 들어."

발타자르는 팔짱을 끼고 고개를 끄덕였다가, 문득 고개를 갸웃거렸다.

"그런데 루드비히, 너는 뭐 하는 거야?"

"아, 스승님께 황녀 전하와 만나 달라고 사전에 약속을 잡을 생각이었는데……."

루드비히는 쓴웃음을 지으며 텐트 쪽을 보았다.

"아무래도 무언가 사색 중이신 것 같아."

"그렇군. 그래서 침묵인가. 여전히 스승님다우셔."

발타자르가 절레절레 고개를 내저었다.

"난처한 사람이라니까. 우리 스승님은."

"후후, 그러게."

어깨를 으쓱하며 웃음을 주고받는 두 사람이었으나.

"허어, 너무하지 않으냐. 스승의 집 앞에서……."

별안간 들린 목소리에 펄쩍 뛰어올랐다.

급히 자세를 바로 하고 시선을 옮기자 그곳에는 한 노인이 서 있었다.

하얗고 멋들어진 수염을 기른 그 노인은 루드비히 쪽을 보고 히죽 웃었다.

"참나, 남이 생각에 잠겨 있는데 옆에서 소란을 피우다니. 집중도 못 하지 않으냐……."

"오랜만에 뵙습니다. 스승님."

루드비히의 인사를 받고 노인도 머리를 깊이 숙였다.

"음, 나의 제자 루드비히여. 건강해 보여서 다행이구나."

풍성한 수염을 가볍게 쓰다듬으며 노인이 말했다.

"한데, 오늘은 무슨 용무로 온 것이냐? 네게는 이미 가르칠 것이 없다고 말했을 텐데……?"

"네. 스승님의 힘을 빌리고 싶어서 찾아왔습니다."

"흐응, 이 노인네가 뭘 할 수 있다는 건지……."

"부디 들어주십시오. 스승님. 이것은 제국의 존망과 엮인 일입니다."

진지한 어조로 말하는 루드비히. 반면 노인은 귀찮다는 듯 고개를 저었다.

"듣고 있다. 루드비히, 너는 제국의 황녀를 모시고 있다던데……. 그 관련이냐?"

"네. 미아 루나 티어문 전하를 모시고 있습니다."

"소문이 자자한 제국의 예지인가. 그리 내키지는 않는다만……. 너도 알고 있지 않으냐. 나는 귀족을 싫어한다는 것을……."

"알고 있습니다. 그럼에도 부탁드리는 겁니다. 스승님."

"그 정도냐? 루드비히. 이 나를 만나게 해줄 정도로?"

"외람되오나……, 제가 평생 충성을 바치겠다고 결심한 분이십니다."

그 말에 노인은 눈을 미약하게 좁혔다.

"흐음, 너 정도의 녀석이 그렇게까지 몰입하다니……. 확실히 흥미롭기는 하구나. 발타자르, 너도 같은 생각인가?"

화살이 날아온 발타자르는 고개를 깊이 끄덕였다.

"사람은 왕성, 사람은 성벽……."

"호오, 그 격언을 알고 있었나? 제법 열심히 공부했군."

노인은 감탄한 듯 턱을 주억거렸으나 발타자르는 고개를 저었다.

"아뇨, 말 자체는 모르셨습니다. 하지만 그 말에 담긴 진리를 적확하게 파악하고 계셨죠. 격언을 몰라도 자신의 생각으로 한 진리에 도달한 셈입니다. 그분은…… 정말 예지라고 부르기에 어울리는 분이라고, 저도 그렇게 판단했습니다."

발타자르는 조금 전에 본 미아의 모습을 떠올리고 살짝 소름이 돋는 걸 느꼈다.

루드비히에게서 듣기는 했다. 하지만 실제로 봤을 때의 경악은 각별했다.

"스승님. 미아 님과 만나주십시오. 그리고 이야기해주십시오. 스승님의 눈으로 그분을 확인하시고, 만약 스승님이 보시기에 흡족하시다면 부디 힘을 빌려주십시오."

"흐음……. 그래, 귀여운 제자의 부탁이니 들어줄 수도 있지. 너희도 알다시피 나는 친절하니 말이다."

어디가 친절하냐고 태클을 걸고 싶어진 두 사람이었지만 지금은 꾹 참았다.

"다만, 그래……. 너희를 의심하는 건 아니지만……. 시험해보도록 할까. 동쪽 나라의 오래된 고사…… 삼고초려를 통해서."

어딘가 흉흉한 미소를 짓는 스승을 보고 불길한 예감을 느끼는 루드비히였다.

베르만 자작 저택에서 학원 건설계획의 설명을 들은 다음 날, 미아는 실제로 건설 중인 학원을 시찰하러 갔다.

시찰이라고 해도 가볍게 둘러보는 정도고, 중요한 건 오히려 그다음이었다.

그렇다. 드디어 대면하게 되는 것이다. 루드비히의 스승, 방랑 현자와.

"미아 황녀 전하……. 슬슬."

루드비히의 말에 미아는 자신의 뺨을 찰싹 때렸다.

"그럼……, 가도록 하죠."

굳게 각오한 뒤 정해의 숲에 발을 들여놓았다.

그렇다. 베르만 자작 저택에서 달콤한 과자로 환대받았던 미아는 냉정해진 뒤에 생각했다.

역시 도망치는 건 어려울 것 같다고…….

그리고 동시에, 안느가 자신을 격려해주려고 했다는 것도 깨달았다.

——이건……, 역시 도망칠 수는 없어요.

기본적으로 충신들의 성의에는 제대로 부응해야 한다고 생각하는 미아이다.

의외로 근본은 성실하다.

——게다가 루드비히도 자기가 못 하니까 제게 의지한 거고

요…….

의외로 근본은 성실하다.

──분명 제가 무사히 설득하는 데 성공하면 눈이 휘둥그레져서 놀랄 거예요. 기분이 무척 상쾌해지겠죠!

의외고 뭐고, 근본이 불순한 미아였다.

그런 고로 미아는 생각을 바꿨다. 생각의 전환이 빠른 게 미아의 장점이다.

어떻게 해야 루드비히의 스승인 방랑 현자의 협력을 얻어낼 수 있을까…….

어젯밤 미아는 침대에 누워서 고민하고, 고민하다가…… 잠에서 깨자 아침이 되어 있었다.

좋은 아이디어는 떠오르지 않았다. ……당연하다.

아무튼 미아는 푹 자고 맑아진 머리로 생각했다.

"다양하게 시도해볼 수밖에 없죠!"

이리하여 미아의 준동이 시작되었다.

"그런데 루드비히, 이런 복장으로는 스승님께 실례가 되지 않을까요?"

오늘의 미아는 야외활동용인 두꺼운 옷을 입었다. 위는 긴 소매, 아래도 두꺼운 스커트와 타이즈로 발목까지 천에 덮여있다.

루드비히의 스승은 룰루 족의 마을보다 더 깊은 숲속에 있다고 하여……, 풀이나 나뭇가지에 피부가 긁히지 않도록 이런 복장을 하게 되었는데…….

"예의를 중요시하는 분이잖아요. 여기선 역시 드레스가…….''

"아뇨, 제 스승님은 과도한 치장을 싫어합니다. 숲에는 숲에 적합한 옷이 있다……. 그런 사고방식이시니 오히려 드레스를 입고 가는 게 더 인상이 나쁠 겁니다."

"어머, 그런가요……?"

미아는 조금 아쉬워했다.

——흐음, 이 투박한 옷으로는 제 미모를 살려서 교섭을 유리하게 만드는 건 어려울 것 같네요……. 아쉬워요.

……딴죽을 걸면 안 된다.

"아, 그래요. 그렇다면 무언가 선물을 가져가는 건 어떤가요? 스승님께선 뭘 좋아하시나요?"

신월지구의 신부를 상대할 때 썼던 수단이다.

책사 미아의 모략이 빛났다!

"스승님께서 좋아하시는 것…… 말인가요? 으음, 뭐든 잘 드시는 분이니……. 예전에 숲에서 잡은 토끼로 국물 요리를 해 먹었던 게 아주 맛있었다고 말씀하셨던 것 같은……."

"아아, 저도 먹어봤어요. 그렇군요, 제법 정통하시군요."

미아는 렘노 왕국에서 먹었던 극상의 토끼 수프를 떠올리고는 입가를 추릅 닦았다.

미식가 미아의 식욕이 불타올랐다!

——하지만…… 운 좋게 그 맛있는 토끼를 잡을 수 있을 것 같진 않으니……, 선물로 기분을 풀어주는 방법은 어렵겠네요…….

아쉽네요…….

그러는 사이에 점점 깊은 숲속으로 들어갔다.

"모처럼 왔으니 룰루 족에도 인사하고 싶은데요……."

"그렇죠……. 그 기회도 만들 예정입니다. 그들도 학원 건설의 협력자니까요."

"그래요? 그거 잘 됐군요."

길은 이리저리 구불거리고, 좁아지고, 머리 위를 덮는 나뭇잎이 한층 짙어졌다.

"여기서 싸우지 않게 되어서 진짜 다행이라니까요. 황녀 전하께는 다시금 감사 인사를 드려야겠어요."

바노스가 주위를 둘러보며 왼팔을 문질렀다.

시야가 최악이다. 지리적 이점이 없는 쪽에선 이런 장소에서 싸우는 건 상상도 하고 싶지 않은 모양이다.

그런 어둑한 시야가 단숨에 밝아졌다.

그곳은 작은 광장 같은 장소. 그 중앙에 작은 텐트가 세워져 있고…….

"도착했습니다. 저것이 스승님의 임시 거처입니다."

"어머, 저것이……."

미아는 신기해하며 작은 텐트를 둘러보았다.

"……흐음, 이게 있다면…… 무슨 일이 있을 때 좋겠네요……. 나중에 구조를 알려달라고 할까요……."

잠시 그렇게 중얼거리던 미아였으나…….

이윽고 각오를 굳힌 듯 크게 숨을 내쉬었다가 들이마신 후.

"방랑 현자님, 계신가요?"

텐트를 향해 말을 걸고 대답을 기다렸다.

대답은…… 없었다.

"……어머?"

작게 고개를 갸웃거리는 미아.

──안 들린 걸까요? 현자라고 불리는 사람이니까 어느 정도 나이도 있을 테고, 귀가 잘 안 들리는 건지도 모르겠네요.

그렇게 생각한 미아는 다시 말을 걸었다. 하지만 역시 대답은 없었다.

"자리를 비우신 걸까요……? 만약을 위해 물어보는 건데요, 루드비히. 제가 오늘 온다는 이야기를 스승님께 했나요?"

"물론 말씀드렸습니다."

루드비히는 잠시 생각에 잠겼다가 입을 열었다.

"다만 스승님께선……, 때때로 생각에 몰두하시면 외부의 부름을 무시하시곤 합니다. 제가 아는 것 중에서 가장 길었던 건 닷새 정도였죠. 한 곳에 틀어박혀서 한 번도 밖에 나오지 않으신 적이 있습니다."

"세상에!"

그 말을 들은 안느의 말문이 막혔다.

"미아 님께 무례하잖아요!"

하지만 바로 정신을 차리고는 드물게도 언성을 높였다. 그에 동조하듯 주위에 있던 근위병들도 얼굴에 분노의 기색을 담았다. 하지만 미아는 그들을 한 손으로 제지했다.

"딱히 상관없습니다. 이쪽은 부탁을 드리러 온 것이니까요. 저쪽에는 나름대로 사정이 있겠죠."

"하, 하지만 미아 님……."

"그럼 잠시 여기서 기다리도록 할까요."

그렇게 말한 미아는 별달리 화내지도 않고 조용한 표정이었다.

……아니, 잘 보면 그 입꼬리에 희미한 미소를 머금고 있었다!

——기회가 왔어요!

마침내 미아의 뛰어난 전략안은 만 개 중 하나 있는 승기를 잡아냈다.

만나기로 약속해놓고 자리를 비웠다. 혹은 무시했다.

그것은 명백하게 상대방의 잘못이다.

——반격하기에 딱 좋은 재료예요! 무슨 비아냥을 던진다고 해도 이걸로 반박해주면 되겠죠. 그러기 위해서는…….

"미아 님, 그렇다면 어딘가에 앉으셔서……."

"아뇨, 괜찮습니다. 여기서 이대로 기다리도록 하죠."

태만한 자세로 기다렸다간 그걸로 트집을 잡을지도 모른다. 이 상황을 완벽하게 상대의 실수로 만들기 위해서 미아는 완전무결한 예절을 갖추며 상대방을 기다릴 필요가 있었다.

——그렇다면 대화도 자제하는 게 좋겠어요. 조용히, 곧은 자세로 기다릴 필요가 있죠.

다행히 미아는 지하 감옥 생활로 시간을 때우는 방법을 체득했다.

그때는 며칠 동안 지하 감옥의 돌 개수를 세곤 했으나…….

──그때와 비교하면 훨씬 낫죠. 그래요, 이 근방에 있는 풀의 개수라도 세면서 기다릴까요……. 하나, 둘, 셋…….

미아는 무표정한 얼굴로 꼿꼿하게 서서 풀을 세기 시작했다.

……조금 무섭다.

이윽고 3만을 넘어섰을 무렵…….

──흐음, 이 정도면 충분하겠죠…….

미아는 만족스럽게 고개를 끄덕인 뒤 주위에 있는 사람들에게 말을 걸었다.

"오늘은 못 만날 것 같네요. 아쉽지만 일단 돌아가서, 다시……."

그때 미아의 뇌리에 악마 같은 번뜩임이 꽂혔다.

──그래요! 이 잘못을 한층 치명적인 것으로 만들면 교섭을 압도적으로 유리하게 진행할 수 있지 않을까요?

미아의 귀에 조금 전 루드비히의 말이 되살아났다.

──분명 닷새 동안 틀어박혀서 대답하지 않은 적도 있었다고 했죠……. 그렇다는 건……. 오늘부터 며칠 동안 연속으로 찾아오면 상대방의 약점을 더 단단히 쥘 수 있지 않을까요?

예를 들어, 한 번 왔을 때 대응하지 못했다면 예의가 아니긴 해도 아슬아슬 용서받을 수 있을지도 모른다. 하지만 그게 두 번 연속이라면? 혹은 세 번 연속 이어진다면……?

이것은 치명적인 잘못이 된다.

그야말로 '귀족은 예의가 없어서 싫다'는 말을 할 수 없을 정도로 중대한 잘못이다.

그 말을 하는 쪽에서 훨씬 더 무례했기 때문에 발언에 설득력이 사라진다. 아니, 비아냥거리는 것조차 수치심을 느낄 정도의 큰 잘못이다.

　──그 정도로 큰 약점을 잡을 수 있다면……, 제 부탁을 들어줄 수밖에 없을 거예요! 정말 멋진 아이디어라니까요!

　자신이 떠올린 완전무결한 계략에 미아는 무심코 부르르 떨었다.

　그 멋진 아이디어를 실현하기 위해 미아는 조용히 움직였다.

　"루드비히, 미안하지만 룰루 족의 마을에 가줄 사람을 정해주시겠어요?"

　"네? 그건……, 왜 그러시는 거죠?"

　고개를 갸웃거리는 루드비히에게 미아는 미소를 지으며 말했다.

　"만약 오늘 당신의 스승님을 만나지 못하면 룰루 족의 마을에서 머무르는 게 좋을 것 같아서요. 일일이 베르만 자작의 저택까지 돌아가는 건 귀찮잖아요?"

　베르만 자작 저택으로 돌아가면 이런저런 일로 여기에 매일 찾아오는 게 어려워질지도 모른다. 하지만 룰루 족의 마을에 머무르면 그렇지 않다.

　미아는 루드비히의 스승이 생각에 잠긴 사이에 '여러 번 만나러 갔지만 못 만났다'는 상황을 만들고 싶었다. 최소 내일 한 번 더. 욕심을 부리자면 모레에 한 번 더…….

　"하, 하지만 숲속에선 이래저래 불편하실 텐데요……."

　"어머. 저는 딱히 상관없는데요. 렘모 왕국에선 야외에서 모닥불을 피워놓고 자기도 했는걸요?"

재미있다는 듯 쿡쿡 웃는 미아를 보고 루드비히는 어안이 벙벙한 표정을 지었다.

이리하여 완고한 방랑 현자를 함락시키기 위한 '미아의 계책'이 조용히 움직이기 시작했다.

제12화 연하 킬러 미아 님

　룰루 족의 마을에 찾아간 미아는 큰 환영을 받았다.

　먼저 간 루드비히에게 미아의 방문 소식을 들은 족장은 환영을 위해 마을 광장에 연회 준비를 갖추게 했다.

　마을의 남자들이 사냥해온 거대한 월륜(月輪) 멧돼지 통구이를 메인디쉬로 열린 연회. 큰 모닥불을 둘러싸고 마을 사람이 총출동한 연회에 미아의 눈이 휘둥그레졌다.

　"갑작스러운 방문이었는데, 엄청난 환영이네요……."

　"미아 황녀 전하께서 오신다고 듣고 한바탕 난리가 났습니다. 그리 화려하게 하지 않아도 괜찮다고 말씀은 드렸지만……."

　먼저 와서 준비를 돕던 루드비히는 쓴웃음을 지으며 고개를 내저었다.

　"이것도 미아 님의 인덕이죠."

　농담처럼 말하지만, 사실 루드비히의 말은 정확했다.

　원래 룰루 족은 은혜를 소중히 여긴다. 족장의 손자의 은인이자 일족을 멸망의 위기에서 구해준 미아에게 호의적인 태도를 보이는 건 당연하다.

　그리고 그 인기는 미아나 루드비히가 상상하는 것보다 훨씬 대단하다.

　이 숲에 사는 자들은 물론이고, 리오라처럼 돈을 벌기 위해 숲 밖으로 나간 동족들의 호의도 받고 있었다. 그건 미아가 제국 각지에 사는 뛰어난 궁수들을 아군으로 삼은 것이나 마찬가지였다.

만약 미아가 진심으로 도망치고 싶어 한다면 의외로 잘 풀릴지도 모를 만큼 그 전력은 우습게 볼 수 없었다.

그런 건 조금도 모르는 미아로서는 저녁 식사로 제공된 거대한 멧돼지 통구이에 흥미진진했지만…….

"저 멧돼지는 이 숲에서 사냥한 건가요?"

"응, 맞아요. 황녀 전하! 저도 같이 따라갔어요."

싱글벙글, 신이 나서 미아에게 설명해준 사람은 예전에 신월지구에서 미아가 보호한 소년, 족장의 손자였다.

"어머나, 그랬군요. 참 용맹하기도 하지……, 아, 그랬죠……."

미아는 손뼉을 짝 치고는 소년의 얼굴을 들여다보았다.

"그러고 보면 저는 당신의 이름을 듣지 못했어요. 다시금 인사를……."

소년을 마주 본 미아는 스커트 자락을 살짝 들어 올렸다.

"저는 미아 루나 티어문. 제국의 황녀입니다."

그 모습을 본 소년은 '와아……' 하고 입을 벌리더니, 얼굴을 새빨갛게 붉히면서 허둥지둥 무릎을 꿇고 머리를 숙였다.

"와그루입니다. 황녀 전하. 다시금 감사 인사드립니다. 저를 구해주신 걸 평생 안 잊을게요."

얼굴을 들고 미아를 똑바로 바라보는 그 눈동자는 아름답고 티끌 하나 없이 맑았다.

"어머, 인사라면 이미 충분히 받았고, 딱히 잊어도 괜찮은데요?"

미아는 익살스럽게 웃었다.

그걸 본 와그루는 다시 얼굴을 붉게 물들였다.

……영락없는 연하 킬러 미아였다.

"평안하셨습니까, 미아 황녀 전하."

조금 늦게 그 자리에 온 족장이 미아 앞에서 고개를 숙였다.

"안녕하세요, 족장님. 와그루와 잘 지내고 계신 것 같네요."

족장은 조금 쑥스러운 듯 표정을 풀었다.

"전부 황녀 전하 덕분, 입니다."

"그렇지는 않은데요……. 그런데 족장님, 제국어가 조금 유창해지신 것 같네요?"

미아는 흥미로운 듯 족장의 얼굴을 보았다. 그러자 족장은 또다시 쑥스러운 듯 뺨을 긁적였다.

"방랑 현자님에게 배워서, 조금 연습해봤습니다. 와그루도……. 그, 제국어가 더 말하기 편한 것 같아서……."

"어머. 현자님을 만나셨군요."

"곧잘 마을에 오셔서……. 황녀 전하는, 못 만나셨습니까?"

"네, 아무래도 생각에 잠기셨다면서 대답을 듣지 못했답니다."

그렇게 말하며 미아는 적당한 크기로 잘린 멧돼지 고기를 입 안에 넣었다.

숯불로 지글지글 구운 고기는 씹을 때마다 입 안에 육즙이 주르륵 흘러넘쳐서 근사한 맛이었다.

──아아, 최고예요! 이것도 루드비히의 스승님을 만나지 못한 덕분이죠. 게다가 제가 걸고넘어질 빈틈도 보여주다니, 의외로

허점이 있는 분이네요. 너무 무서워할 필요 없겠어요.

흡족하게 웃는 미아. 하지만 바로 옆에서 와그루가 뾰족하게 화를 냈다.

"미아 님을 무시하다니, 용서 못 해……."

"후후, 절 위해 화내줘서 고마워요. 하지만 저는 괜찮답니다, 와그루."

"네? 어째서죠?"

의아해하는 와그루에게 미아는 장난기 어린 미소를 지었다.

"덕분에 룰루 족의 마을에 들를 수 있었고, 당신이 어떻게 지내는지도 볼 수 있었잖아요."

그 후 미아는 와그루의 뺨에 손을 뻗었다. 어리둥절한 와그루의 뺨에 묻은 고기 조각을 떼 주었다.

눈이 휘둥그레진 와그루는 다시 뺨을 붉게 물들이고 고개를 숙여버렸다.

……참으로 연하 킬러인 미아였다.

"루드비히도 수고 많았어요. 훌륭한 실력입니다."

"아뇨, 그보다 스승님 대신 사과드립니다. 황녀 전하께 예정 외의 외박을 하게 만들다니. 대단히 죄송합니다."

머리를 숙이는 루드비히에게 미아는 쿡쿡 웃었다.

"어머, 설득하기 위해 필요한 일인걸요. 이 정도는 아무렇지도 않답니다. 그렇죠?"

그렇게 묻자 루드비히는 조금 놀란 표정을 지었다.

"필요한 일……. 그렇군요. 역시……, 미아 님께선 눈치채고 계셨나요…….”

“당연하죠.”

──흐흥, 이게 회담을 유리하게 진행하기 위한 기회가 될 수 있
는 상황이라는 걸……, 루드비히도 눈치채고 있었나 보군요…….

미아는 의기양양해져서 맛있는 고기를 입에 가져갔다.

──자, 내일도 절 무시하게 해서 더 유리한 조건을 만들어버
리겠어요!

연회라는 환영을 받은 후, 미아는 마을에서 하룻밤을 보냈다.

미아와 안느가 신세 지게 된 곳은 중년 여성의 오두막으로, 소
박한 구조지만 청결한 점에서 좋은 인상을 받았다.

참고로 미아는 침대가 없어도 푹 잘 수 있는 타입이다.

이것 또한 지하 감옥에서 보낸 생활로 단련되었다.

딱딱한 돌바닥과 더러운 이불만 있는 곳이었기 때문이다. 잠을
못 자겠다고 투정을 부릴 수 있었던 건 기껏해야 열흘 정도였다.

하지만…….

“흐음……, 이거 제법인데요.”

아침……. 새가 짹짹짹 지저귀는 소리와 함께 개운하게 눈을
뜬 미아는 자신이 덮은 이불을 펑펑 두드려보았다.

“여기엔 무슨 털이 들어 있는 걸까요……. 만지는 느낌도, 덮었
을 때의 안락함도, 보온도 극상……. 지금까지 침구에는 그리 고
집하는 게 없었지만…… 생각해 보면 제 인생에서 상당한 비중을
이불 속에서 보내는 셈이잖아요. 그런데 이불에 신경 쓰지 않는

다는 건 현명하지 않은 것 같아요…….”

어째 비싼 이불을 팔러 온 수상한 행상인 같은 소릴 중얼거리면서 자리에서 일어났다.

따끈따끈한 몸이 조금 땀을 흘린 듯한 느낌이었다. 어젯밤은 모닥불을 둘러싼 연회에 참석했으니, 묘하게 연기 냄새가 달라붙은 것 같기도 하고…….

“샤워라도 하고 싶어요…….”

안느와 그런 이야기를 하고 있을 때, 타이밍 좋게도 집주인이 와서 마을 여자들과 함께 근처에 있는 개울로 멱을 감으러 가게 되었다.

그렇게 몸을 씻은 뒤 옷도 갈아입은 미아는 완전히 상쾌한 기분이 되었다.

“룰루 족의 옷도 제법 귀엽군요.”

뭔지 모를 동물의 모피로 만든 복슬복슬한 옷이었다. 부드럽고 복슬복슬한 털의 감촉이 기분 좋아 미아는 흡족하게 웃었다.

“이래저래 신세를 많이 졌습니다.”

인사하며 웃는 미아에게 족장이 머리를 숙였다.

“만약 필요하시다면 또 마을에 머물러주십시오.”

“하지만 폐가 되지 않나요?”

“아뇨, 손자도 기뻐하니…….”

“그런가요? 그렇다면 현자님을 만나 뵐 때까지 마을에 머무르는 것을 허락해주실 수 있을까요?”

“허락이라니……, 황공합니다. 당신은 우리 일족의 은인입니다. 아무쪼록 사양하지 마시길."

거기까지 말한 뒤 족장은 무언가를 떠올린 듯 고개를 끄덕였다.

"그래, 황녀 전하는 무언가 먹고 싶은 것이 있습니까? 말해주시면 최대한 거기에 맞추고 싶습니다만……."

"먹고 싶은 것……, 글쎄요. 단것은 어제도 과일을 먹었고……. 벌꿀이나…… 아, 그래요!"

잠시 고민하던 미아는 손뼉을 쳤다. 뇌리에 떠오른 것은 어제 루드비히와 대화하다가 떠올린 것. 즉…….

"토끼 냄비 요리, 그걸 한 번 더 먹고 싶어요!"

"호오, 토끼 냄비 요리……."

미아에게서 토끼의 특징을 들은 족장이 고개를 끄덕였다.

"마을 사람들에게 말해서 최대한 찾아보겠습니다."

"부탁드릴게요."

그리하여 미아는 상쾌한 기분으로 루드비히의 스승을 찾아갔다.

"멋진 아침입니다. 방랑 현자님. 계신가요?"

텐트 앞으로 간 미아는 말을 걸었다.

최대한 자극하지 않도록, 조용하고 조심스러운 목소리로…….

──별 상관은 없지만, 가능하다면 아직 안 나와주는 게 감사한데 말이죠.

그런 생각을 하면서…….

대답은…… 역시 없다. 미아는 히죽 웃었다.

"그럼 또 잠시 여기에서 기다리도록 하죠."

그렇게 말한 뒤 미아는 자세를 바로잡고 그 자리에 섰다.

"황녀 전하, 앉으십시오."

루드비히는 자신의 윗옷을 벗어 땅바닥에 깔았다.

"부디 여기에."

미아는 그걸 내려다본 뒤 천천히 윗옷을 주워 팡팡 털었다.

"필요없어요. 루드비히. 여기에 서서 곧은 자세로 기다리는 것. 그것이야말로 예의를 다하는 게 아닐까요?"

"아뇨, 아무리 그래도 그건……. 스승님도 거기까지는 원하지 않으실 겁니다. 부디……."

조금 당황한 루드비히의 표정을 본 미아는 조용히 고개를 저었다.

"루드비히, 그건 받아들이는 측에 따라 달라지는 것……. 그렇지 않나요?"

미아는 생각한다. 트집은 잡으려고 생각하면 얼마든지 잡을 수 있다.

사람은 자신이 불리한 상황에 놓이면 상대방의 흠집을 찾는 데 필사적으로 달려드는 생물이다.

미아도 필요하다면 상대방의 잘못을 따지고 드는 것을 주저하지 않는다. 아니……, 지금이 바로 그런 상황이다.

방문을 받았지만 대응하지 않는다는 지극히 실례되는 행위. 그걸 교섭재료로 놓고 회담을 유리하게 이끌어간다. 그러기 위해 최선을 다하는 것이다.

완벽한, 어딜 봐도 불평할 수 없을 법한 '기다리는 자세'를 갖춘다. 그렇게 상대방을 궁지에 몰아세운다.

──우후후, 놓치지 않겠어요. 비아냥 한 번 던질 수 없을 만큼 완벽한 약점을 잡아드리죠!

미아는 승리한 미소를 지으며 루드비히에게 말했다.

"제가 이렇게 서서 기다리는 것은, 그렇게 할 필요가 있기 때문이고 그럴 가치가 있다고 판단했기 때문입니다. 그러니 당신의 마음은 기쁘지만, 지금은 소용없는 행동이에요."

──그럴 가치가 있다……, 라.

루드비히는 미아의 말에 조금 감동했다.

왜냐하면 그것은 미아가 루드비히를 얼마나 신뢰하는지 보여주는 것이기 때문이다.

미아는 루드비히의 스승과 직접적인 면식이 없다. 그녀가 지닌 정보는 전부 루드비히를 통해서 얻은 것이다.

──스승님을 학원장으로 맞는 행위에 가치를 찾아내 주셨어. 내 말을 믿고 실행하기 위해 이렇게까지 해주시는 거야…….

그 사실을 진심으로 기뻐하면서, 반드시 미아의 계획을 실현하겠노라고 맹세하는 루드비히였다.

제13화 그 목숨을 사용하는 길
~겨울은 아직도 끝나지 않고~

문득 남겨진 생(生)의 기한을 꼽아보았다.

딱히 죽음에 이르는 난치병에 걸린 것도 아니다. 하지만 노년을 맞은 자신에겐 그리 많은 시간이 남아있지 않다고, 그 노인은 생각한다.

어쨌거나 현자라는 이름을 받은 그는 자신이 영원히 살 수 있다는 어리석은 생각은 할 수 없었다.

인간의 삶은 길어봤자 100년이 채 못 된다.

자신에게 남은 시간은 10년, 많아도 20년이 안 될 것이다.

죽음을 응시하며 자신의 인생을 되짚어보는 순간이 늘어났다.

일단은 행복한 인생이었다고 할 수 있으리라.

계절 변화 같은 것이 인생에도 존재한다면, 자신은 틀림없이 겨울에 돌입했다.

재능이 싹트는 봄을 넘어 화려하고도 가혹한 여름이 지나, 충실한 수확의 가을을 마친 다음에 오는 계절.

추위에 나무가 말라붙는 계절. 하지만 그것은 새로운 봄이 찾아오는 걸 대비하는 시기이기도 하다.

알고 싶은 것을 자신의 욕구가 이끄는 대로 철저하게 조사하고, 배우고, 대륙의 다양한 장소에 발을 옮겼다.

충실한 봄, 여름, 가을을 마치고 겨울……. 많은 젊은이가 충실한 봄을 맞을 수 있도록, 자신의 지혜를 아낌없이 가르쳐왔다.

인복이 있어 여러 명의 우수한 제자들을 세상에 내보낼 수 있었다.

그렇게 겨울도 끝을 향해 접어들고, 남은 얼마 없는 시간을 어떻게 사용할지 생각할 때가 늘어났다. ……그런 시기에, 애제자인 루드비히가 자신을 찾고 있다는 걸 알았다.

손수 돌보고 가르친 소중한 제자, 루드비히는 재능이 넘쳐나는 젊은이였다.

날카로운 분석력과 지극히 이성적이고 합리적으로 생각할 수 있는 청년……. 앞으로 그 재능을 어디에 사용할지 남몰래 기대하고 있었다.

그런 그가 지금은 제국의 황녀를 모시고 있다고 한다.

솔직히 어리석어 보였다.

노인이 아는 한, 귀족과 왕족이라는 존재는 거만하고 어리석은 자들뿐이었다. 그러한 사람 아래에서 젊은이가 뛰어난 재능을 낭비한다……. 그런 우행을 간과할 수는 없었다.

그런 생각에 사로잡혔을 때, 노인은 발견한 것 같은 느낌이 들었다.

자신의…… 남은 목숨을 어디에 사용할지.

삼고초려라는 시험은 '방랑 현자'가 황녀 미아를 가늠하기 위한 것이 아니다.

제자인 루드비히에게 제국의 예지의 본성을 가늠하게 해주려는 것이다.

만약 이 무례에 격분하여 자신을 죽이려고 한다면 그것은 범인보다도 못한 행위다.

황녀 미아는 루드비히가 모시기에 걸맞지 않은 존재라는 게 명백해진다.

하지만 만약 루드비히의 진언을 듣고, 어떠한 형태로든 세 번이나 이곳을 찾아온다면……. 적어도 신하의 충언을 받아들이는 유연함과 상대방의 무례를 용서하는 관용을 지닌 사람이라 할 수 있으리라.

그것은 자신의 목숨을 사용한 시험…….

이것이야말로 자신의 마지막 책무라고 믿은 노인의……, 소중한 제자에게 보내는 전별.

그랬어야 하는데…….

"이럴 수가……."

방랑 현자는 텐트 앞에 서 있는 미아를 보고 경악하며 눈을 부릅떴다.

참고로 이 노인은 현재 텐트 안이 아니라 그 뒤에 있는 나무 위에서 미아 일행을 바라보고 있었다.

……기운이 넘쳐나는 할아버지다. 앞으로 30년 정도는 더 살 수 있을 것 같았다.

"──확실히 루드비히에게는 삼고초려로 시험하겠다고 했지만……. 설마 저대로, 선 채로 기다릴 줄이야……. 루드비히가 미아 전하에게 말한 건가……?"

그는 작게 고개를 기울였다.

"아니, 만약 삼고초려라는 걸 들었다고 해도 저렇게 기다리는 건……. 앉지도 않고, 부하와 잡담하는 것도 아니고……. 오직 나를 만나기 위해 기다리고 있을 줄은……."

노인은 살며시 눈을 좁혔다.

오해하는 사람도 많지만, 시간은 무료가 아니다.

그것이 제국의 황녀의 시간이라면 더욱더.

그 1분 1초는 황금과도 같은 가치를 갖는다고 해도 과언이 아니다.

"그런데도…… 황녀 전하는 '그저 기다리고' 계시는군……."

만약 미아가 책을 읽으면서 기다렸다면 그녀는 자신의 시간을 '기다리는 것'에 절반, '독서'에 절반을 사용한 셈이 된다.

하지만……, 미아는 그저 기다리고 있다. 오직 방랑 현자를 만난다는……, 단 하나에 자신의 시간을 들이고 있다.

그때였다.

문득 노인은 저 멀리 있는 미아와 눈이 마주친 것 같은 느낌이 들었다.

"……조금 전부터 가만히 이 나무 쪽을 보고 계셔. 즉, 내 존재를 눈치채고 있다는……, 그런 건가!"

……그럴 리가 없다.

이 노인은 현재 몰래 숨어서 관찰하기 위해 전신에 잎사귀를 붙인, 소위 위장처리가 된 옷을 입고 있다. 그 옷을 입고 나무에 올라가 위쪽에서 미아 일행의 모습을 관찰하고 있었다.

숲에는 숲에 적합한 옷이 있다── 숲에 녹아들 수 있는 옷이 있다. 그러한 지론을 입에 담은 인물에 어울리는 복장이라고 할 수 있…… 을지도 모른다.

……유쾌한 할아버지다.

아무튼, 그렇기 때문에 미아든 디온이든 룰루 족의 숙련된 사냥꾼이든, 이 거리에서 보일 리가 없다.

그건 말하자면 '무대 위의 배우랑 눈이 마주쳤어!' 하고 발을 동동 구르는 것과 같은 수준의 착각이다.

방랑 현자라고 불리는 남자의 노망이다.

"……그렇군, 훌륭하구나, 루드비히. 잘못 보고 있었던 건 나였던 모양이야. 허허, 나도 노망이 났구나."

……그러게 말이다.

"이 정도의 예의를 보여주면…… 어쩔 수 없지. 겨울은 아직 끝나지 않는가. 허허, 하지만 인생의 마지막이라고 할 수 있는 이때 설마, 이 내가 제국의 황녀의 명령을 따르게 되다니. 인생이란 알 수 없는 법이로구나……. 하지만, 그렇기에 재미있다 할 수 있는가……."

노인은 웃었다. 그 웃음은 어딘가 활력에 넘치는 기쁨이 담긴 미소였다.

참고로…… 미아는 기다리는 시간을 숲에 있는 나뭇잎을 센다는, 완벽한 시간 낭비에 쏟고 있었지만…….

그 사실을 방랑 현자가 아는 일은 끝내 없었다.

제14화 토끼 요리로 파티를

방랑 현자의 텐트를 방문하는 것도 사흘째를 맞았다.

이제는 익숙해진 길을 유유히 걸어간 미아는 목적지가 가까워졌을 때 한발 먼저 이변을 깨달았다.

"저건⋯⋯."

작은 텐트 앞에 한 노인이 서 있는 게 보였다.

호화로운 백발과 멋진 수염을 기른 사람⋯⋯. 얼핏 본 인상은 완전히 숲의 현자라는 풍모였다.

──그렇군요, 저 사람이 루드비히의 스승님인 거예요. 아아, 아쉬워라⋯⋯. 앞으로 하루만 더 잘못을 저질렀다면 결정적이었을 텐데⋯⋯.

조금 아쉬워하는 미아였지만⋯⋯, 바로 태세를 가다듬었다.

──하지만 이미 늦은 셈이죠. 저에게 빈틈을 보인 게 뼈아픈 실수. 비아냥을 던질 새도 없게 해드리겠어요!

힘차게 기합을 넣은 미아는 방랑 현자에게 걸어갔다.

"처음 뵙겠습니다. 방랑 현자님. 저는 미아 루냐⋯⋯."

발음이 꼬였다! 실수다!! 벌써 빈틈을 보이고 말았다는 사실에 미아는 내심 혀를 찼다.

──큭, 이럴 수가! 제가 이런 추태를!

순간 초조해졌지만 바로 마음을 가다듬었다.

──괜찮아요, 괜찮아요⋯⋯. 이 정도는 잘못이라고 할 정도도

아니고, 여전히 상대방의 잘못이 더 큰걸요.

꼿꼿하게 고개를 든 미아가 가슴을 펴고 말했다.

"미아 루나 티어문. 제가 티어문 제국의 황녀입니다."

"정중한 인사에 몸 둘 바를 모르겠습니다. 미아 황녀 전하. 갈바누스 아르미노스입니다. 만나 뵙게 되어 참으로 영광입니다."

깊고 맑은, 이성적인 빛을 머금은 눈동자를 미아에게 보내는 노인.

고요한 박력에 미아는 한 발 뒷걸음질을 칠 뻔했지만, 바로 정신을 차리고 노인의 옷에 시선을 주었다.

그는……, 황제 앞에 나서도 이상하지 않을 만큼 반듯한 예복을 입고 있었다.

여기에서도 미아는 자신의 실수를 깨달았다.

지금 미아는 룰루 족에게 빌린 보들보들한 모피를 입고 있었다.

잘 때 입기에 딱 좋을 만큼 최상의 촉감을 지닌 그 옷은 방에서 데굴데굴 구를 때 꼭 입고 싶은 옷…… 이긴 했지만, 중요한 인물과 회담할 때 입고 올 만한 옷은 아니었다.

──큭, 역시 제대로 된 옷을 입고 와야 했어요. 설마 숲속에서 저런 정식 예복을 입고 기다리고 있다니……. 이야기가 다르잖아요, 루드비히!

속으로 원한을 담아 중얼거리면서도 미아는 가까스로 미소를 지었다.

"그런데……, 특이한 옷차림이시군요. 루드비히의 말로는 그 자리에 어울리는 옷이 있다고……, 그런 사고방식이지 않으셨나요?"

"황녀 전하 앞에 나서기에 이보다 더 어울리는 옷이 있을까요……. 부디 여태까지 저지른 신의 무례를 용서해주십시오."

그렇게 말하더니 그는 그 자리에서 무릎을 꿇고 땅바닥에 이마를 박을세라 깊게 머리를 숙였다.

생각지도 못한 전개에 미아는 순간 당황했다.

"용서라니……. 부탁을 드리러 온 것이니 기다리는 건 당연하죠."

하지만 바로 부드럽게 생긋 웃었다.

──흐흥, 그렇죠. 당신은 저에게 아주 실례되는 짓을 했답니다. 그럼요, 그렇고 말고요. 사과해도 용서하지 않을 거예요! 당신은 대단히 실례되는 짓을 했잖아요? 용서받고 싶다면 순순히 제 의뢰를 받아들이세요.

이런 내면은 조금도 보이지 않고 미아는 말했다.

"이렇게 만나 뵙게 되어 기쁩니다. 고명한 당신에게 꼭 부탁드리고 싶은 일이 있어서……."

"삼가 명을 받들겠습니다."

"……네?"

순식간에 돌아온 대답에 미아는 눈을 깜빡였다.

"저, 저기, 아직 제가 어떤 부탁을 할지도 말씀드리지 않았는데요……."

"어떠한 명령이시라 한들 받아들이겠습니다. 외국에 잠입하여 정보를 가져오라고 하신다면 그렇게 하겠습니다. 창을 들고 전선에 나가는 것을 원하신다면 가장 앞선 곳에 서겠습니다."

노인은 조용한 눈동자로 미아를 올려다보았다.

"자, 신에게 황녀 전하께서 원하시는 것을 말씀해주십시오."

──이, 이건…… 대체?

미아는 혼란스러웠다. 하지만 정신을 차리고 바로 설명하기 시작했다.

잘 모르겠지만, 아무튼 상대방의 마음이 바뀌기 전에 단숨에 처리해버리겠다는 자세다.

기회가 오면 재빠르게, 어떤 작은 징조라고 해도 자신을 띄워주는 흐름을 찾아내는 것에 탁월한 미아는 베테랑 서퍼이다.

"당신에게 제가 세울 학교의 학원장을 맡기고 싶습니다."

"학교…… 말씀입니까."

"네. 베르만 자작령에 생길 예정인 프린세스 타운을 학원도시로 만들 예정입니다. 그곳에 제국 내의 우수한 아이들을 모아서……."

"우수한 아이들, 이라고 하시면……."

"스승님. 미아 황녀 전하께선 중앙정교회의 협력을 얻어 고아원의 우수한 아이들을 무료로 학교에 입학시키려고 하십니다."

"그렇군, 확실히 지혜는 돈의 유무나 신분의 고저와는 상관없는 일……. 역시 황녀 전하, 혜안을 지니셨군요……."

루드비히의 말에 감탄하는 노인. 그 감정이 묻어나는 시선을 미아에게 보냈다.

반면 미아는…….

──흐흥! 좀 더 칭찬해도 좋답니다! 팍팍 칭찬해도 좋아요!

칭찬을 듣고 희열에 찬 미아는 가슴을 살짝 앞으로 내밀었다.

"스승님……. 그것만이 아닙니다. 미아 황녀 전하는 그 아이들, 제국의 차세대를 짊어질 젊은이들로 이 나라에 만연한 악습인 반농사상을 뿌리부터 개혁하실 생각이십니다."

"오오! 세상에, 그런……."

루드비히의 말에 경악하며 신음한 노인이 다시 감탄이 묻어나오는 시선을 보냈다.

반면 미아는…….

──어라?

무심코 고개를 갸우뚱했다.

미아가 성 미아 학원을 만든 가장 큰 목적은 세로 루돌폰의 신형 밀가루 개발을 실현하는 것이다.

따라서 반농사상이라는 말을 들어도 대체 무슨 소리인지 알 수 없었다.

하지만…….

──뭐, 루드비히가 말하는 거니까 일단 편승해두면 틀리진 않겠죠. 스승님도 감탄하는 모양이고.

순식간에 판단을 마치고 흐름에 편승할 것을 선택! 그렇다. 미아는 베테랑 서퍼다!

"맞습니다."

그리하여 다시금 가슴을 당당히 폈다.

"그것을 위해 이미 페르쟝의 왕녀를 강사로 모시는 걸 고려하고 계십니다."

"그렇군……. 페르쟝 농업국……. 확실히 그 나라의 농업기술은 제국에게 몹시 유익한 것. 실현된다면 역사를 바꾸는 대단한 위업이 되겠죠."

그렇게 방랑 현자는 조금 촉촉하게 젖은 눈으로 미아를 바라보았다.

"이젠 죽을 날만을 기다리고 있던 이 늙은이에게 이러한 영광에 관여할 수 있는 기회를 주시다니⋯⋯."

──어쩐지 잘 모르겠지만⋯⋯.

흥분한 남자들을 따라잡지 못하는 미아였으나, 일단 확인해두기로 했다.

"그럼 방랑 현자님⋯⋯."

"제국의 예지께 신 같은 노인이 현자라 불리는 것은 참으로 겸연쩍군요. 부디 갈브라고 불러주십시오."

"그런가요? 그럼 갈브 님⋯⋯, 다시금 부탁드리겠습니다. 부디 저희 학원의 학원장이 되어주시겠어요?"

미아의 질문에 방랑 현자, 갈브는 머리를 깊이 숙이고는⋯⋯.

"삼가 명 받들겠습니다."

그렇게 대답했다.

미아는 그런 갈브를 내려다보았다.

──흐흥, 식은 죽 먹기였네요!

우월감에 젖은 표정을 지은 미아가 만족스러워하며 말했다.

"아, 그래요. 오늘은 함께 식사하지 않겠어요? 모처럼 갈브 님과 만나 뵈었으니, 축하 파티를 해야죠."

그날 밤, 룰루 족 마을에서 방랑 현자도 참석한 큰 연회가 열렸다.

그날의 메뉴는 미아가 부탁했던 토끼 냄비 요리였다.

"신이 좋아하는 토끼 냄비 요리를 마련해주시다니……."

그 대접에 감격한 방랑 현자는 다시금 미아에게 충성을 맹세했다.

제15화 노현자의 마지막 가르침
~루드비히의 상담~

룰루 족의 마을에서 열린 연회가 끝나고, 밤도 깊어졌을 무렵……

족장의 집에서 자기로 한 방랑 현자 갈브에게 루드비히가 찾아왔다.

"흐음, 너냐. 루드비히."

거대한 나무를 엮어서 만든 족장의 집, 그 입구는 조금 높은 곳에 있어 그곳에 가기 위해서는 통나무 계단을 올라갈 필요가 있다.

그 계단 중간에 갈브가 앉아있었다.

그의 손에는 탁한 술이 담긴 나무 그릇이 들려 있었다. 나무 틈새로 보이는 달을 안주 삼아 연회에 이어 계속 술을 즐기고 있었던 모양이다.

그 모습을 본 루드비히는 조금 놀랐다.

주량이 세서 그리 취한 모습을 본 적이 없었던 갈브가 흡족한 표정을 뺨을 붉히고 있었기 때문이다.

"과음하시는 것 아닙니까? 스승님."

눈살을 찌푸리는 루드비히에게 갈브는 심술궂은 미소를 지었다.

"그야, 너 때문이지 않으냐. 네가 유쾌한 만남을 가져오는 바람에 나도 계속 일해야만 하게 되었으니. 하하, 남몰래 조용히 죽을 예정이었는데 계산이 다 망가졌다니까."

말과는 반대로 갈브의 목소리는 밝았다.

그건 괜찮지만, 이렇게 취했다간 상담도 못 할 것 같다며 걱정이 들었다.

하지만⋯⋯.

"뭔가 상담할 일이 있는 게냐? 루드비히."

문득 돌아보자 스승의 눈동자에는 날카롭고 명민한 빛이 깃들어 있었다.

못 당하겠다며 쓴웃음을 지은 루드비히는 스승의 옆에 앉았다.

그 후 작게 한숨을 쉰 다음.

"사실 저는 미아 님을 여제로 옹립하려고⋯⋯ 생각합니다. 그러니 스승님, 부디 협력을 부탁드립니다."

단도직입적으로 말을 꺼냈다. 빙빙 돌아가는 것을 싫어하는 스승의 성격을 고려했기 때문이다.

"호오⋯⋯, 여제라."

갈브는 잔을 채운 술에 시선을 내리고는 생각에 잠긴 듯 눈을 휘었다.

"그래. 미아 황녀 전하는 명민하신 분. 제국의 예지라는 이름에 어울리는 그분이시라면 나라는 좋은 방향으로 향할지도 모르지⋯⋯, 하지만⋯⋯."

그러더니 갈브는 루드비히에게 날카로운 시선을 보냈다.

"루드비히여, 네게 하나 묻고 싶은 게 있다."

"네, 말씀하십시오. 스승님."

자세를 고치는 루드비히. 그 귀에 과거에 가르침을 받았을 때와 달라진 게 없는, 깊고 조용한 목소리가 들렸다.

"네가 황녀 전하를 여제로 지지하는 것은 그분의 예지 때문이냐?"

그 당연하기 그지없는 질문에 루드비히는 당황했다. 순간 무언가 숨겨진 뜻이라도 있는 건지 불안을 느끼면서도 그는 크게 고개를 끄덕였다.

"맞습니다, 스승님. 그분의 예지는 당신과도 필적하죠. 여제가 되신다면 분명 이 나라를 이끌어 나쁜 관습을……."

"그럼 그분께 예지가 없다면 어찌할 것이냐?"

이어지는 말에 루드비히는 고개를 갸웃거렸다.

"그건……, 무슨 의미입니까?"

"그래……, 질문을 바꿔보마. 만약 그분이 그 지혜를 악한 일에 사용하신다면 너는 어떻게 할 생각이냐."

"그러한 짓을 하실 리가 없습니다. 그분께는 뛰어난 예지가 있습니다."

"악에도 뛰어난 예지는 있단다, 루드비히. 어리석은 자가 악행을 저지르는 게 아니다. 어리석은 자에게는 어리석은 자의 악행이 있고, 어리석은 자의 선행이 있지. 마찬가지로 명석한 자에게는 명석한 자의 악행이 있고, 선행이 있다. 예지란 선한 일에도, 악한 일에도 사용할 수 있기 마련이지."

무거운 어조로 말한 뒤, 현자는 루드비히를 고요히 응시했다.

"그걸 전제로 놓고 물으마. 루드비히. 네가 그분을 모시는 이유는 무엇이냐? 그분의 예지 때문이냐? 아니면 다른 것에 기인하느냐?"

"그건⋯⋯."

루드비히는 대답하지 못했다.

"어째서 그분을 모시는 것인지⋯⋯. 그에 따라서 너는 그분과 적대하게 될 수도 있다. 명확하게 파악해둬야 할 일이지."

그렇게 말한 스승은 조용히 웃었다.

그날 밤이었다.

루드비히는 꿈을 꾸었다.

그것은 신기한 꿈이었다.

티어문 제국의 하향세를 걸어가는 불길한 꿈.

대기근, 전염병으로 인해 재정이 악화되고, 관료들은 잇달아 나라를 떠나간다. 그런 가운데 루드비히는 황녀 미아 옆에서 나라를 재건하기 위해 매진하는⋯⋯ 그런 꿈이다.

신기하게도 꿈속의 루드히비는 미아를 혐오했다.

무능한 황실의 황녀. 나라가 휘청이게 만들어놓고 태평하게 살아가는, 타파해야 할 놈들. 본래 도와줄 의리는 일절 없었으나, 나라를 재건하기 위해서는 어쩔 수 없다며 마지못해 협력하는 상황.

그날 루드비히는 미아와 함께 작은 마을을 방문했다.

전염병의 마수에서 면하고, 대기근의 영향도 비교적 적게 받은 마을. 그럼에도 마을 사람들은 굶주렸고, 체념에 몸을 맡기거나 혹은 귀족을 증오하며 운명을 저주했다.

미아 일행에게도 그리 호의적이진 않았으나, 그렇다고 근위대를 거역하면서까지 검을 들이대려고 하는 자는 없었다.

그곳에서 마을의 모습을 보고 치안 유지에 고생하는 병사의 위문을 마친 뒤 마차에 올라탄 미아가 말했다.

"아아, 케이크가 필요해요. 케이크. 어딘가에 없을까요. 저기, 루드비히. 빵은 없어도 케이크는 어딘가에…… 있다거나……."

"없습니다. 케이크도 빵도 밀가루로 만드는 것이니까요."

"그런…… 건가요?"

미아는 시무룩하게 어깨를 늘어뜨렸다. 그걸 본 루드비히는 조금 짜증이 났다.

──작은 빵조차 입수하는 게 곤란한 상황인데, 하필이면 케이크라니…….

"큼직한 홀 케이크가 있으면 좋을 텐데요."

──심지어 홀 케이크……. 얼마나 사치스러운 거야…….

짜증은 바로 황당함으로 변했다. 이래서 귀족은 글러 먹은 것이라며 한숨을 쉬려던 루드비히였으나…….

"그만큼 있다면 저 마을 사람 전원까진 무리여도, 아이들에게는 줄 수 있었을 텐데……."

"네……?"

이어지는 말에…… 순간 굳어버렸다.

"아주아주 큰 케이크가 좋겠어요. 전원에게 딸기가 갈 수 있을 정도로 큰……. 그러면 거칠어진 기분도 진정될 거예요."

──혼자 다 먹을 생각인 줄 알았는데…….

적어도 루드비히 눈에 비친 미아는 그런 인간이었다. 그렇기에 그는 문득 심술궂은 질문을 던지고 싶어졌다.

"황녀 전하, 만약 제가 1인분의 케이크라면 마련해드릴 수 있다면 어떻게 하시겠습니까?"

"정말인가요?!"

"아뇨, 가정입니다. 어디까지나 가정……."

"어……, 으, 으음. 그러게요……. 1인분……, 그 1인분이라는 건 거구의 병사 기준으로 1인분이라거나……."

"아닙니다. 어디까지나 미아 황녀 전하 기준으로 1인분입니다."

그건 어디까지나 가정. 그런데도 미아는 아주 진지한 얼굴로 끙끙 앓았다.

"그, 그렇다면, 큭. 어, 어쩔 수 없죠. 저도 한 입으로 참겠어요……. 아, 하지만 딸기는 한입 사이즈 아닌가요? 그렇다면 저는 딸기만 먹을 수 있다면, 나머지는……."

미간에 주름을 만들고 뭐라 뭐라 중얼거리는 미아. 그걸 본 루드비히는 충격을 받았다.

──그걸, 고민한다고……?

위선자라면 고민하지 않는다. 전부 백성들에게 양보하겠다고 하면 그만이다.

오만한 제국의 황녀라면 고민하지 않는다. 전부 자신이 먹겠다고, 당연하다는 듯이 말하면 그만이다.

그렇지만 미아는 고민했다. 고민한 끝에 딸기를 먹겠다고 했다. 딸기만 먹을 수 있다면 된다고, 그렇게 말했다.

자신이 먹을 분량이 있다면 다른 사람에게 베풀어주겠다는 사람은 있다. 그 정도라면 그래도 나은 수준으로, 귀족이란 자신이 오늘, 내일, 모레, 1년 뒤, 10년 뒤까지 굶지 않을 수 있다는 보증이 없는 한 백성들에게 베풀려고 하지 않는 법.

루드비히는 미아에게도 그런 인상을 갖고 있었다.

따라서 미아의 대답은 충격적이었다.

"응? 왜 그러나요? 루드비히. 무슨 말을 하고 싶은 것 같은데."

의아해하는 미아에게 루드비히는 작게 도리질했다.

"아뇨, 그저 조금 놀랐습니다. 영락없이 혼자 독점하겠다고 하실 줄⋯⋯."

"어머! 루드비히, 당신은 그 마을의 모습을 보고도 제가 케이크를 독점하겠다고 할 줄 알았던 건가요?!"

"네, 한 번도 의심한 적이 없습니다."

칼같이 돌아온 대답에 미아는 이를 갈았다.

"크윽⋯⋯, 이 망할 안경이⋯⋯."

미아는 또 뭐라고 중얼거리다가, 자신의 마음을 달래듯 크게 한숨을 내쉬었다.

"제가⋯⋯ 알면서도, 그리고 손을 내밀 수 있는데도 불구하고 쓰러진 사람을 내버려 둔다고⋯⋯ 그런 식으로 여겨지는 건 다소 뜻밖이네요. 그런 짓을 하면 기분이 아주 불편해지는걸요."

고개를 절레절레 내저으며 말하는 미아. 그런 그녀의 말에 루드비히는 진심으로 감탄한 듯 대답했다.

"그렇군요⋯⋯. 미아 황녀 전하, 당신은 아무래도 어느 정도는 멀쩡한 분이신 것 같군요."

"무슨?! 어느 정도라니 그게 뭔가요? 이 망할 안경……. 여전히 입이 나쁘잖아요!"

"누가 할 소릴……. 일단은 황녀이신 분이 '망할'이 뭡니까, 품위 없게."

그런 식으로 갈구면서도 루드비히는 생각했다.

이 사람은 주군으로서 최선은 아닐지도 모르지만……, 모시는 보람이 있는 분일지도 모른다고.

그리고 그는 알아간다.

그래, 미아는 오만하다. 그런 주제에 불평하면서도 루드비히의 진언에는 귀를 기울였다.

그래, 미아는 소심하다. 그런 주제에 도망치지도 않고 제국에 남아 버티면서 나라를 재건하기 위해 노력했다.

그래, 미아는 머리가 나쁘다. 그런 주제에 루드비히의 비아냥을 듣고 울상을 지으면서도 필사적으로 필요한 것을 배우려고 했다.

그런 그녀를 보는 사이에 루드비히는 기도하게 되었다.

부디 이 어리석은 황녀의 노력이 조금이라도 보답받기를.

그리고 어느새 꿈꾸게 되었다.

만약 제국이 이 궁지에서 벗어나는 그 날에는…….

이 더없이 못 미더운 주군 옆에서 조언하고, 그녀 아래에서 일하는 것을. 이 나라를 더 좋은 모습으로 바꾸기 위해 그녀의 신하로서 힘을 쓰는 것을.

그런 미래를 나쁘지 않다고 생각하는 자신을, 루드비히는 똑똑히 자각하고 있었다.

그렇기에 미아가 단두대에서 목숨을 잃었을 때, 그는…….

거기서 눈을 떴다.

"지금 그건…… 꿈, 이었나?"

루드비히는 식은땀을 흘렸다.

방금 전까지 꿨던 꿈……. 그것은 기억이라고 해도 지장이 없을 만큼 생생했다…….

"황당하군……. 미아 황녀 전하가 그렇게 어리석을 리가 없는데……."

말도 안 되는 꿈이다. 제국의 예지인 미아에게 참으로 실례되는 꿈이었다.

루드비히는 쓴웃음을 지으려고 했다. 하지만 웃지 못했다.

그의 마음속 깊은 곳이 웃어넘기는 걸 거절했다.

저것은 웃어선 안 되는 것……, 결코 잊을 수 없는 소중한 기억이었다고…….

동시에 생각했다.

저것은, 그 꿈속에 나온 사람은 틀림없는 자신의 주인, 미아 루나 티어문이라고.

표면상으로는 전혀 다르지만, 그 심지는 똑같다고…….

루드비히의 뇌리에 빈민가에서의 풍경이 되살아났다.

꾀죄죄한 아이에게 달려가 부축한 미아.

그래, 눈앞에 어린아이가 쓰러져 있다면 그 아이를 도와주는 것은 당연한 일이다.

도의적으로 그렇게 해야 하고, 주위의 시선을 생각해서 타산적
으로 판단해도 그렇게 해야 한다.

하지만 타산이든, 계산이든, 혜안이든……, 그게 설령 필요한
일임을 머리로 알고 있다고 해도…….

과연 얼마나 많은 귀족이 더러워진 약자를 도와줄 수 있을까?

평민인 자신도 빈민가에 들어가는 것을 주저했다.

하지만 미아는 했다.

그렇게 하는 사람이 미아 루나 티어문이다.

쓰러진 사람이 있다는 걸 알고도 손을 내밀지 않으면 기분이 불
편해진다고 하는, 그것이야말로 미아의 심지이니…….

"……아아, 그렇구나."

루드비히는 간신히 깨달았다.

넘쳐나는 예지를 존경한다. 그것은 흔들리지 않는다.

하지만 자신의 충성심이 향하는 곳은 오히려…….

"그것이야말로 내가 충의를 바쳐야 할 미아 님의 본질인가."

그렇게 루드비히의 가슴에 만감이 교차했다.

계속 잊고 있던 마음을……, 이뤄지지 않았던 꿈을 떠올린 것
같은 느낌이 들었다.

──아아, 나는…… 제국의 예지가 아니라…… 미아 황녀 전하
를 모시고, 그 오른팔로서 일하는 것을 계속 꿈꾸었던 것 같아.

다음 날, 루드비히는 다시 스승을 찾아갔다.

어딘가 개운해진 듯한 제자의 얼굴을 보고 갈브는 조용하게 웃었다.

오늘 그의 손에는 술잔이 없다.

취한 채로 제자의 각오를 듣는 건 실례이기 때문이다.

"대답은 나온 모양이구나. 루드비히."

"네. 스승님."

"그렇다면 물어보마. 루드비히여. 너는 왜 미아 황녀 전하를 여제로 지지하느냐."

루드비히는 스승이 던진 질문을 자신 안에서 소화하듯 아주 잠시 침묵한 후……, 대답했다.

"미아 님께선…… 모르고 잘못을 저지르신다 한들, 알면서도 잘못을 정정하지 않는 분은 아니시며……."

쓰러진 자가 있다는 걸 모를 수는 있다. 하지만 그걸 알고 나면, 결코 내버려 두지 않는다. 그걸 방치하는 것을 혐오할 수 있는 마음을 지녔다.

따라서 루드비히는 자신의 충성, 목숨마저 바칠 수 있노라고 맹세한다.

"만약 그분께서 그 지혜를 잃는다고 하셔도, 제가 알리겠습니다. 그리하면 그분께서는 결코 틀리지 않으실 겁니다."

그 대답에 갈브는 만족한 듯 고개를 끄덕였다.

"훌륭하구나……. 자신의 길을 찾아낸 게냐, 루드비히."

"네, 스승님. 가르침 감사합니다."

"그건 네게 주는 나의 마지막 가르침이 될 것이다. 미아 황녀 전하를 위해 힘쓰거라, 루드비히."

"네. 스승님께서도 미아 님을 위해 협력 잘 부탁드립니다."

그 후 루드비히는 깊이 머리를 숙였다.

이렇게 지극히 진지한 만남이 이뤄지고 있는 줄은 꿈에도 모르고.

"흐흥! 루드비히도 별거 아니네요! 그 정도의 이야기를 추진하는 건 저에게는 식은 죽 먹기인걸요!"

미아는 득의양양하게 베르만 자작령의 영도로 귀환을 이루었다.

갈브가 그의 제자들을 불러준 덕분에 성 미아 학원의 강사진 문제는 단숨에 해결되었다.

다만 이다음, 페르쟝의 왕녀 아샤 타하리프 페르쟝을 강사로 포섭할 때 조금 소동이 일어나긴 했지만, 그건 여기서는 생략하기로 한다.

제16화 미아 황녀와 충성스러운 자들

"하아……. 어쩐지 무척 피곤해요……."

제도로 돌아온 미아는 푹신푹신한 침대 위에서 나른한 아침을 맞았다.

룰루 족의 마을에서 받아온 보들보들 보송보송한 잠옷에 얼굴을 비비며 '으으으으!' 하고 신음을 흘렸다.

"더 자고 싶어요……."

성 베이르가 공국에서 티어문까지 마차 여행, 신월지구 방문, 그 후 베르만 자작령에 가서 룰루 족의 마을까지 이동한 강행군이었다.

아무리 미아라고 해도 피로의 기색을 감출 수 없었다.

"따, 딱히 숲에서 서서 기다렸던 피로가 며칠 늦게 밀려왔다거나, 그런 건 아니니까요! 저는 아직 몸도 마음도 창창한 13살인걸요!"

뭐 그런……, 듣는 사람도 없는 말을 종알거리는 미아였다.

……하지만 마음은 20살이 지났을 텐데…….

"미아 님, 아침 식사 준비가 끝났다고 하는데 어떻게 하시겠어요?"

자신을 깨우러 온 안느를 향해 미아는 몽롱한 눈동자를 굴렸다.

"왠지 해마다 아침이 오는 게 빨라지는 것 같은 느낌이 들어요."

그런 말을 하며 미아는 침대에서 일어나 기지개를 켰다.

졸린 눈을 비비면서 식당으로 발을 질질 끌 듯이 걸어가려다가……

"미아 님, 옷을 갈아입으셔야죠. 아무리 그래도 그 모습으로 밖에 나가시는 건……."

안느는 미아를 불러 세우고 빠르게 잠옷을 벗겼다. 고급스러운 속옷과 피부 상태를 기민하게 확인하여 땀을 별로 흘리지 않았다고 판단한 뒤, 바로 오늘 입을 드레스를 선택했다.

밖에서 느꼈던 기온, 실내 기온, 미아의 행동 범위를 예상하여 하루를 쾌적하게 보낼 수 있으면서도 자신의 주인을 치장하기에 어울리는 드레스를 골랐다.

그렇게 엄선된 옷은 화사한 노란색 드레스였다. 품이 넉넉한 실내용 드레스는 코르셋으로 허리를 조이지 않고 편하게 입을 수 있는 디자인이었다.

그 드레스를 미아에게 입혔다. 멍하니 서 있는 미아를 방해하지 않도록 정중하게, 하지만 최대한 신속하게.

그 움직임은 완전히 숙달된 메이드의 기술이라 할 수 있었다.

기본적으로 그리 손재주가 뛰어난 편이 아닌 안느가 이 정도의 기술을 체득할 수 있었던 것은 오로지 반복연습의 산물이다.

그렇다. 승마 연습만이 아니다.

메이드로서의 기술은 물론이고 세인트 노엘에서 배운 좌학(座學), 게다가 미아에게 도움이 되기 위해 익힌 요리에 이르기까지…….

차근차근 노력을 거듭하는 안느는 현재 궁극의 메이드로 가는 길을 한 걸음 한 걸음 착실하게 밟아가고 있었다.

그런 것은 눈곱만큼도 모르는 미아였으나……, 안느는 그래도 괜찮다고 생각했다.

갈아입힐 때 손놀림이 능숙해졌다, 어설퍼졌다는 걸 의식하는 것 자체가 아직 미숙하다는 증거다.

자연스럽게, 당연하게, 주인을 돌보는 것이야말로 메이드……. 안느는 그런 식으로 생각한다. 하지만 그렇기에…….

"흐암……, 우후후. 오늘은 완전히 어리광을 부렸네요. 늘 고마워요, 안느."

하품하면서 눈물이 고인 눈으로 그런 인사를 받으면 형언할 수 없는 기쁨이 샘솟았다.

자신이 해야 하는 일을 당연히 하는 것뿐인데, 그걸 평가해주는 사람이 있다는 게 기뻐서…….

"네, 감사합니다. 미아 님."

자꾸만 영문을 알 수 없는 감사 인사를 돌려주는 안느였다.

그렇게 노란색 드레스로 갈아입은 미아는 발을 질질 끌면서 식당으로 향했다.

——아아, 더 자고 싶어요. 늘어지고 싶어요…….

그런 마음의 소리가 들리는 것 같은 착각이 들 만큼 느릿느릿, 비칠비칠한 걸음으로.

큰 식탁 앞에 놓인 의자에 작은 엉덩이를 슬쩍 올려놓고 한 번 더 크게 하품했다.

"안녕하십니까, 황녀 전하."

"조흔 아팀이에요······."

미아는 눈꼬리에 맺힌 눈물을 북북 문지르면서 주방장을 향해 시선을 돌렸다.

주방장은 눈썹을 찡그리며 걱정하는 표정으로 말했다.

"많이 피곤하신 모양입니다."

"네······. 프린세스 타운 시찰도 가고, 이래저래 바빠서 조금 피로가 쌓였어요. 그러니 오늘은 저에게 조금쯤 친절하게 대해줘도 천벌은 안 떨어질걸요?"

"친절······, 말씀입니까?"

"네, 뭐······. 아침 대신 과자를 준다거나······."

그렇게 말하자 주방장은 입을 꾹 다물었다.

미아의 말에 기가 막혔는지 그는 말없이 발걸음을 돌렸다.

그걸 지켜본 미아는 한숨을 쉬었다.

"뭐, 아무리 그래도 아침부터 단것이 나오진 않겠죠. 여기 요리는 맛있지만······ 아침부터 쿠키나 케이크를 먹을 수 있다면 기운이 솟을 텐데······. 절대 그럴 일은 없겠지만요······."

그런 말을 중얼거리던 미아였기에······, 주방장이 손수 식탁 위에 올려놓은 것을 보고 경악하며 비명을 질렀다!

"어머! 이, 이것은, 케, 케이크?!"

미아 앞에 놓인 것. 그것은 폭신폭신한 노란색 케이크였다!

달콤하게 피어오르는 냄새. 식욕을 자극하는 과일의 산미와 맛있게 구워낸 향긋한 냄새가 뒤섞여 미아의 후각을 자극했다.

무심코 고귀한 신분에 걸맞지 않게 '추르릅' 하는 소리가 흘러 나왔다.

"아침부터 괜찮은 건가요?!"

미아는 눈이 휘둥그레져서 주방장을 쳐다보았다.

"네. 황녀 전하께서 피곤하신 듯하기에……, 그, 만들어왔습니다."

미아가 하도 기뻐서 조금 쑥스러워진 건지……, 곰 같은 주방장은 민망한 듯 뺨을 긁적였다.

"하, 하지만 당신은 예전에, 과자만 먹으면 건강에 안 좋다고 말하지 않았던가요?"

그렇게 말하면서도 미아는 케이크 접시를 끌어안았다.

마음이 바뀌어서 가져가 버리면 안 된다고 경계하면서도 의문은 지워지지 않았다.

그런 미아를 향해 주방장이 부드러운 미소를 지었다.

"아, 기억하고 계셨습니까……. 네, 맞습니다. 너무 단것만 드시면 몸을 해치십니다. 따라서……."

주방장은 조금 가슴을 펴고 말했다.

"신메뉴에 도전해봤습니다. 그 케이크는 채소로 만들었답니다."

"세상에, 채, 채소로 만들었다고요?!"

미아는 신기해하며 그 케이크를 바라보았다.

겉으로 보기에는 어딜 어떻게 봐도 케이크로만 보인다. 채소라는 느낌이 전혀 없다.

미아는 쭈뼛쭈뼛 포크를 잡고 끄트머리로 케이크를 콕콕 찔러봤다. 그 후 작은 조각을 과감하게 입에 넣어보더니……

"아아……."

그 얼굴이 순식간에 행복으로 녹아내렸다.

"달콤하고 무척 맛있어요……. 아아, 못 참겠어요."

만족스럽게 한숨을 흘린 뒤, 미아는 주방장 쪽을 보았다.

"농담을 참 잘하네요, 주방장. 이 케이크는 무척 달콤한걸요? 이걸 채소로 만들었다고요?"

"채소는 본래 무척 달콤하답니다. 이 케이크는 황월 토마토와 황월 당근, 그리고 미니 호박으로 단맛과 새콤한 맛을 냈죠."

"어머, 이런 채소로 이렇게 맛있는 케이크를 만들 수 있다니……."

감탄을 흘린 미아는 이어지는 주방장의 한마디에 감동을 금치 못했다.

즉.

"그리고 채소로 만들었기 때문에 건강에도 좋습니다."

"어머! 그, 그건 즉, 이 케이크라면 얼마든지 먹어도 괜찮다는 건가요?!"

그런 꿈같은 음식이?! 미아는 경악하며 케이크에 시선을 보냈다.

"아뇨, 아무리 그래도 지나치게 드시는 건 곤란합니다……. 하지만 그 케이크라면 아침부터 드셔도 문제는 없습니다."

쓴웃음을 지으며 대답하는 주방장이었지만 이미 미아의 귀에는 들리지 않았다.

재빠른 동작으로 케이크를 자른 뒤 입안에 쏙쏙 집어넣었다.

미아에게 케이크는 음료다!

"아아, 멋져요……. 정말 대단해요, 주방장. 당신의 실력에 경의를 표합니다!"

그러다 포크를 잡고 있던 손이 문득 멈췄다.

"혹시 말인데요, 주방장……. 이 케이크는 절 위해 고안하신 건가요?"

"황제 폐하와 미아 황녀 전하의 건강을 지키는 것도 신하인 저희의 의무이니까요……."

조용히 머리를 숙이는 주방장을 보고 미아는 감동했다!

"그래요, 고생이 많았습니다. 다시금 고맙다고 인사할게요, 주방장. 저는 진심으로 당신의 요리에 감탄했어요."

미아는 주방장을 치하한 뒤 분위기를 타고 어영부영 케이크를 세 번이나 더 먹으려고 했다가……, 안느에게 제지당해 실패로 끝났으나…….

이것도 다 미아의 평화로운 일상 속 한 장면이다.

제17화 미아 황녀의 결사적인 설명회

──어째서 이렇게 된 거죠?!

눈앞의 현실에 미아는 절망했다.

미아를 집어삼키려는 것. 그것은 지극히 거대하고, 잔혹한 현실이었다.

──어, 어째서, 어째서죠?!

눈앞이 새카맣게 물들어버리는 걸 느끼며 미아는 사태를 타개할 방법을 모색했다.

시간을 조금 거슬러 올라간다.

벨과 린샤와 합류한 미아는 뒷일을 루드비히에게 맡기고 세인트 노엘 학원에 귀환했다.

"이제 드디어 여유롭게 지낼 수 있어요!"

그 생각에 싱글벙글하던 미아는 오랜만에 학생회실에 얼굴을 내밀었다.

"오랜만이에요, 여러분. 계속 자리를 비워서……, 폐를 끼쳤네요."

학생회실에 모여있는 이들에게 머리를 숙인 후, 미아는 쌓여있던 일을 처리하려 했다.

──뭐, 거의 서류 작업이니까요. 라피나 님께서 여기까지 올린 건 제가 무언가 말할 필요도 없겠죠…….

그렇게…… 방심했던 게 문제였을까.

라피나가 건넨 자료를 읽어본 미아는 무심코 눈을 부릅떴다.

새롭게 나타난 문제. 그것은 미아에게는 오히려 학원도시 건설보다 더 심각한 문제였다! 그것은 바로!

"어? 어? 어, 어째, 어째서죠? 왜 식당 디저트 메뉴가 줄어든 거죠?"

라피나에게서 받은 자료에는 식당의 디저트 메뉴를 줄인 쇄신안이 적혀있었다.

참고로 미아가 아주 좋아하는 과일 타르트도 사라져버렸다.

──왜, 왜 이렇게 된 거죠? 어떻게 된 일이죠?

미아는 완전히 울상이 되었다.

"후후, 미아 님이 없는 동안 우리 셋이서 열심히 조사했어. 영양학도 참 재미있네."

라피나와 티오나, 그리고 클로에가 생글생글 웃었다.

──여, 영양학, 이 뭔데요?!

한편 미아는 그저 혼란스러웠다.

영양학. 그게 무엇인지도 모르겠고, 왜 그것 때문에 디저트 메뉴가 줄어든 건지도 전혀 알 수 없었다.

그래도 어떻게든 자세를 바로잡기 위해 정신을 붙들어 맸다.

"그렇군요……, 영양, 학…….."

"그래, 나도 맹점이었어. 먹을 것과 건강의 관계……. 설마 이런 학문이 있었다니……. 그래서 미아 님의 제안대로 학생들의 건강을 생각해 이런저런 영양 밸런스를 따지면, 디저트는 줄이고 대신 채소를 더 많이 사용한 메뉴를 늘리는 게 좋을 것 같았거든."

——그, 그런 제안은 한 적이 없는데요. 저는 그런 말을 한 번
도 하지 않았어요!

항의하는 말을 삼킨 미아는 열심히 타개책을 궁리했다.

달콤한 디저트를 지키기 위해 제국의 예지가 불을 뿜는다!

"하지만 아무리 몸에 좋다고 해도 디저트를 줄이고 채소 요리
를 늘리는 건……, 역시 불만이 나오겠지. 문제는 그거야."

고민이라는 라피나의 말에 미아는 활로를 찾아냈다.

——그, 그거! 그거예요! 그 노선으로 밀고 가면!

미아는 얼굴을 잔뜩 구기고 고개를 끄덕였다.

"그래요. 그건 아주 심각한 문제죠. 그러니 지금은 무리하지 말
고 현상 유지라는 방법도……. 장차 이루어갈 과제로 해 두고, 일
단은……."

"아니, 모처럼 미아 님이 내세운 정책인걸. 어떻게든 실현시키
고 싶어."

라피나는 열의가 넘치는 얼굴로 말했다. 그에 맞춰서 클로에와
티오나도 긍정했다.

——왜 이렇게 단결한 거죠?!

친구 두 명이 미아에게 보내는 우정이 미아를 궁지로 몰아세웠
다.

"그렇군. 확실히 백성들 위에 서는 자로서 건강을 유지하는 건 중
요한 일이지만……. 영양학이라는 건 나도 들어본 적이 없었어…….
그래서 버섯에 그렇게 집착했던 거였나. 역시 대단해, 미아."

시온도 웬일로 감탄한 모양이었다.

아벨도 사피아스도 고개를 주억거리는 걸 보면 딱히 반대의견은 없는 듯했다.

디저트를 좋아하는 남자가 없다는 게 안타까웠다.

——으, 으으……. 어떻게든, 어떻게든 해야 해요…….

거의 다수결로 정해지다시피한 상황에서 미아는 열심히 책략을 굴렸다.

고립무원이라고 해도 도망칠 수 없는 싸움이 그곳에 있었다.

——제 디저트를 지키기 위한 묘안이……, 묘안이 어디 없을까요? 뭔가, 뭔가 좋은…… 앗!

순간, 미아의 뇌리에 곰 같은 주방장의 얼굴이 떠올랐다.

『황녀 전하를 위해 고안한 채소 케이크입니다.』

"그래요! 채, 채소 케이크!"

기사회생의 묘안, 왔노라!

미아는 즉석에서 자신의 생각을 짜 맞춰나갔다.

달콤한 것을 먹으면 번뜩이는 미아의 사고회로가 달콤한 것을 지키기 위해 빛을 발했다.

거기서 태어난 것은 아름다운 순환, 말 그대로 상부상조의 정신이다.

……그런 걸까?

이윽고 미아는 조용히 입을 열었다.

"채소를 충분히 섭취하는 것과 디저트 메뉴를 줄이지 않는 것의 양립……. 라피나 님, 저는 몸에 좋은 케이크를 메뉴에 추가하는 것을 제안합니다."

"몸에 좋은 케이크? 그런 게 있어?"

깜짝 놀란 얼굴로 라피나가 되물었다. 미아는 여유가 넘치는 태도로 고개를 끄덕인 뒤 말했다.

"제국의 기술력을 끌어모은 것……. 채소 케이크라는 게 있답니다!"

"채, 채소 케이크?!"

미아는 열심히 장점을 설파했다.

"먼저 메뉴 쇄신 말인데, 디저트는 그대로 둬도 괜찮을 거예요. 대신 인기가 적은 이 채소 샐러드와 농축 그린 수프를 빼고, 그 자리에 채소 케이크를 넣는 겁니다."

"하, 하지만 미아 님! 디저트 메뉴 수를 줄이지 않으면 단것을 너무 많이 먹는 문제는 해결할 수 없지 않나요……?"

의문을 흘리는 클로에에게 미아는 조용한 얼굴로 고개를 저었다.

"걱정하지 않아도 괜찮아요. 클로에. 채소 케이크는 무심코 손이 갈 정도로 맛있었으니까요……."

그 말에 라피나는 이해했다는 듯 고개를 끄덕였다.

"그렇구나. 즉 미아 님의 제안은 이거지? 맛있는 것을 메뉴에서 없애고, 그리 맛있지 않지만 건강에 좋은 것을 먹이는 게 아니라, 건강에 좋고 맛있는 것을 메뉴에 추가하자는 것. 그리고 그 메뉴에 넣을 게 있다는 뜻이야."

"바로 그거예요, 라피나 님."

자신만만하게 고개를 끄덕이는 미아에게 라피나는 조용히 마주 끄덕였다.

"역시 미아 님이야……. 나는 식당 메뉴와 학생의 건강을 결부한다는 관점이 없었어. 심지어 그것을 위한 메뉴까지 준비했다니……."

"저도 제도에 간 적이 있는데 그런 케이크가 있다는 걸 몰랐어요."

"책에서도 읽어본 적이 없어요……. 미아 님, 대단하셔."

세 소녀의 존경이 담긴 시선을 받은 미아는 너그럽게 고개를 끄덕였다.

"만약 제 아이디어를 채용한다면 바로 제도에 편지를 쓰도록 하죠. 어때요?"

거만하게 팔짱을 끼는 미아였다.

회의가 끝나자마자 미아는 바로 제도에 보낼 편지를 썼다.

머나먼 땅에 있는 충성스러운 셰프, 주방장에게 채소 케이크를 만드는 법을 배우기 위해서였다.

미아가 고안한 건강 채소 케이크는 세인트 노엘 학원 식당의 명물 메뉴가 되고……. 학원을 졸업한 뒤, 미아는 그 주방장의 공적을 높이 평가하여 자유 미아 훈장을 수여하게 되지만……. 뭐, 그런 건 아무래도 상관없나.

제18화 미아 황녀, 소심남과 공감하다

——후우, 잘 수습될 것 같네요…….

무사히 채소 케이크 설명회를 마친 미아는 성취감에 젖은 얼굴로 홍차를 입에 가져가려 했으나…….

"자…… 그럼, 미아 님. 슬슬 본론에 들어갈까…….”

라피나의 말이 찬물을 끼얹었다.

——어라? 본론? 무슨 뜻이죠……?

고개를 갸웃거리는 미아. 그것은 시온이나 아벨, 사피아스도 마찬가지였으나……. 티오나와 클로에는 어째서인지 사정을 아는 듯한 모습이었다.

사람들의 시선을 받은 라피나는 조용히 한 권의 책을 꺼냈다.

"이건 땅을 기어가는 자의 서의 사본……. 사교 비밀 결사, 혼돈의 뱀의 성전이야.”

"무슨……!”

라피나의 입에서 나온 말은 충격적이었다.

미아는 반사적으로 사피아스에게 시선을 주었다.

"라피나 님, 잠깐만요. 이 자리에서 그 이야기는…….”

크게 당황하며 아이 콘택트를 시도하는 하이 파워 아이 프린세스!

——라피나 님, 제정신이세요?! 그 혼돈의 뱀의 아군이 여기에! 있는데!

그런 식으로…… 열심히 호소했다. 그러자 라피나는 알겠다는 듯 고개를 끄덕였다.

"그래, 괜찮아. 미아 님."

그 대답에 잠깐 안도하는 미아였으나.

"이 기회에 사피아스 공자도 아군이 되어주셔야겠습니다."

──저, 전혀 모르고 계시잖아요!

미아는 속으로 비명을 질렀다.

"사피아스 공자는 미아 님이 자리를 비운 동안에 무척 열심히 해주었어. 물론 조금 더 열심히 해야 하지만……, 우선 믿어도 괜찮지 않을까. 결국 상대가 뱀이 아니라는 보장은 어디에도 없으니까……."

"그건…… 뭐, 그럴지도 모르지만요……."

"라피나 님……, 이런 저를 믿어주신다고…… 으흑……."

사피아스는 감동한 건지 눈시울을 적시고 있다가……, 불현듯 고개를 갸웃거렸다.

"어……? 사교의 비밀 결사……. 저기, 갑작스러운 질문이지만, 그건 최근에 수업이 끝난 뒤 신성전 옮겨쓰기를 산더미처럼 하게 시키거나, 정체를 알 수 없는 남자들과 함께 라피나 님의 설교를 하루 세 번 들은 것과 무슨 관련이……?"

라피나는 조용한 눈동자를 사피아스에게 보내며 청량한 미소를 지었다.

"믿고 있답니다, 사피아스 공자."

"아, 네……."

그 미소에 옆에서 보고 있던 미아도 부르르 떨었다.

──무, 무시무시해라. 라피나 님은 사피아스 공자를 몰래 확인하고 계셨군요……. 아마 신변조사도 철저하게 하지 않았을까요…….

무심코 그런 의혹을 품어버리는 미아였다.

"그래서 그 사본의 내용은……."

정신을 차린 듯 시온이 입을 열었다.

"그래……. 간단하게 말하자면, 나라를 멸망시키는 법이 적혀 있어. 어떠한 순서로, 어떻게 사람들의 마음을 조종해서 피해를 크게 부풀리는지…… 같은 게."

"아, 악질적인 책이군요……."

미아는 떨리는 목소리로 말했다.

실제로 피해자가 되었던 미아에게 저것은 웃어넘길 수 없는 책이다.

제국이 그렇게 손쓸 수 없는 상황까지 무너진 원흉이 바로 눈앞에 있다.

"그리고 이건 어디까지나 사본의 일부인 듯해. '국가 붕괴'라 불리는 챕터를 옮겨놓은 것이고, 그 외에도 사본이 여러 권 있는 것 같아. 과거에 공국에서 입수한 것과 이번에 입수한 책도 내용이 달랐으니까."

시온은 라피나에게 받아든 책을 팔락팔락 넘겨보고 작게 신음했다.

"이걸 전부 입수하면 뱀의 전모를 해명할 수 있을지도 모르는 건가…….”

한편 사피아스는 아벨과 티오나에게서 설명을 들었다.

“혼돈의 뱀……. 그런 것이 우리 제국에도 숨어있다고……?”

그의 얼굴이 살짝 창백해졌다.

본래 그것은 코웃음 치며 넘겨야 할 정보다. 너무도 비현실적이고, 무조건적으로 믿기에는 위험하다.

하지만……, 여기는 학생회다.

세인트 노엘 학원의 학생회에서 나오는 이야기는 때로는 작은 나라 하나를 멸망시킬 수도 있는 무게를 지니기도 한다.

결코 웃어넘길 수 없었다.

그래도 믿어지지 않는 건지 사피아스는 입꼬리를 올렸다.

“하, 하하……. 절 속이려고 하는 건 아니겠죠……?”

몹시 겁을 먹은 듯한 사피아스의 모습을 본 미아는 무심코 안도했다.

──그렇겠죠. 보통은 무서워하기 마련이에요. 어쩐지 다들 아주 당연하다는 듯한 느낌으로 침착하게 반응하니까 착각하고 있었지만, 역시 이게 평범한 반응이죠. 여기 계신 분들의 반응이 이상한 거예요.

미아는 자신과 마찬가지로 소심한 사피아스에게 조금 친근감을 느꼈다.

“딱히 내키지 않는다면 도망쳐도 괜찮습니다, 사피아스 공자. 저는 그럴 수 없지만요…….”

그래서 조금 친절하게 대해주고 싶어졌다.

원래 그는 혼돈의 뱀으로 추정된다는 이유로 학생회에 끌어들였을 뿐······. 딱히 함께 싸우는 걸 기대했던 게 아니었다.

도망치고 싶다면 도망쳐도 된다.

그렇다. 도망치고 싶다면 사랑하는 왕자님과 충성스러운 메이드, 뭐, 조금 시끄럽지만 온갖 일을 맡길 수 있는 안경을 데리고······ 도망쳐도 된다.

──으으, 오히려 도망치고 싶어요······.

조금 마음이 약해진 미아였다.

하지만······.

"도망······? 후, 후후, 얕보시면 곤란합니다, 황녀 전하."

사피아스는 그렇게 말하며 작게 웃었다.

"······네?"

뜻밖의 반응에 어리둥절해져서 고개를 갸웃거리는 미아.

그런 미아 앞에서 한쪽 무릎을 꿇은 사피아스가 말했다.

"미아 황녀 전하께서 선두에 서서 싸우시려고 하는데, 깃발을 들고 백성들을 고무시키려 하시는데 사대공작가의 일각인 블루문 가의 일원이 싸우지 않다니 당치도 않습니다! 게다가 그러한 위험한 자들이 창궐하고 있다면 제 사랑하는 이도 안심할 수 없죠. 부디 그 전열에 함께하는 것을 승인해주십시오."

그것은 당당한 충성의 맹세. 미아의 진영에 가담하겠다는 선언.

제국 사대공작가의 일각, 블루문 가의 적남(嫡男)이 마침내 미아의 진영에 가담하려는 순간이다.

그러한 역사적인 순간에 미아는······!

──아아, 저는 결국 선두에 서서 깃발을 휘둘러야만 하게 된 거군요……. 이번에는 화살을 맞고 죽는 걸까요……. 으윽, 아프 겠다…….

죽은 물고기 같은 눈으로 절절한 한숨을 쉬었다.

제19화 미아 황녀, 공부법을 열변하다 (압도적 물량 작전!)

계절은 흘러간다.

세인트 노엘에 귀환하여 쌓여있던 학생회 일을 무난히 수행하는 사이에 시간은 쏜살같이 흘러갔다.

그날……. 학생회 식당에 내려온 미아는 메뉴를 보면서 여름이 왔다는 것을 실감했다.

"아아, 차가운 수프가 늘어났네요."

참고로 세인트 노엘 학원 학생 기숙사에선 저녁만 정해져 있고, 아침과 점심은 메뉴 중에서 자유롭게 고를 수 있다.

다양한 나라에서 모인 학생들이다 보니 입맛이 제각기 다르기 때문이기도 하고, 또한 타국의 문화를 알 좋은 기회이기도 하기 때문이다.

이 식당은 마음만 먹는다면 타국의 식문화를 제법 상세하게 배울 수도 있는 장소다.

……그렇기 때문에 얼마 전 메뉴 쇄신 같은 문제가 발생하기도 하지만.

"올해는 선선하니까 전혀 의식하지 못했지만……, 이제 곧 여름이군요……. 응?"

그때 미아는 불현듯 무언가를 잊고 있는 것 같은…… 그런 예감에 사로잡혔다.

"어라……? 여름……? 이상하네요. 뭔가 잊고 있는 것 같은 데……?"

끙끙 고민한 결과 미아는 한 가지 대답을 얻었다. 그것은…….

"아, 그러고 보면 여름 시험이 코앞이었네요……. 하지만 뭐……. 조금 안 좋아도…… 진급만 한다면……."

세인트 노엘은 라피나의 방침에 따라 귀족 자제가 다니는 학교 치고는 엄격한 시스템이다. 시험 결과가 나쁘면 진급에 영향이 가기도 한다.

거기에는 일절 관용이 없다. 아무리 신분이 높은 자라고 해도 진급하지 못할 때는 못 한다.

하지만……, 그것은 심각하게 나쁜 점수를 받았을 때다.

미아는 결코 공부를 잘하는 건 아니지만……, 열심히 하면 어떻게든 극복할 수 있을 정도의 암기력은 지니고 있다.

"달콤한 디저트가 있다면 열심히 할 수 있으니까요……. 이번에도 그렇게 노력하면 되겠죠……."

그런 안이한 생각을 했기에 벌을 받은 건지도 모른다.

식당에서 마주친 라피나가 미아에게 충격적인 말을 했다.

"아, 그러고 보면 미아 님. 곧 여름 시험이지."

"벌써 그런 시기네요. 시간이 흐르는 게 참 빨라요."

그런 소소한 대화…… 로 시작했으나…….

"이번에 학생회에서도 말할 생각이지만, 요즘 시험 성적이 그리 좋지 않은 사람이 많아."

"어머, 그건 안 좋은 경향이네요."

미아는 따지라면 성적이 썩 좋지 않은 부류에 속하지만, 그건 그거고…….

완전히 남의 일이라는 얼굴로 대답하는 미아. 하지만…….

"그래서 미아 님이 바쁘다는 건 아니까 무척 미안하지만……, 학생회에서 캠페인을 열려고 해."

"캠페인이요……?"

"그래. 성적이 좋은 학생의 결과를 복도에 붙여서 학생들의 의욕을 고취하는 거야."

"흐음, 그런 방법도 있군요…….."

중간보다 아래, 최하위보다는 위. 그게 이전 시간축에서 미아가 받은 성적이다.

따라서 그 캠페인이라는 것은 본래 미아와는 전혀 관련이 없는 일…… 이었으나…….

"그래서 일반 학생은 그래도 괜찮지만, 주도자인 우리 자신의 모습을 보여줄 필요가 있다고 봐."

미아는 이야기가 묘하게 수상한 흐름으로 넘어가는 것을 민감하게 감지했다.

"어, 저기, 그건 무슨……?"

"단적으로 말하자면, 매년 학생회 임원의 시험 점수는 학생들 앞에서 발표하게 되어있어."

"……네?"

미아는 입을 떡하니 벌렸다.

"어……, 그건…… 점수가 좋든 나쁘든 상관이 없는 건가요?"

"맞아. 뭐, 아마 미아 님이라면 괜찮을 테지만 요즘은 바빠서 공부를 못 했을지도 모르니 일단 만약을 위해 말해두는 거야. 아, 하지만 딱히 점수가 나빠도 진급하지 못할 만큼 나쁜 게 아니라면 문제가 생기는 건 아니니까 신경 쓰지 마."

웃으면서 말하는 라피나. 하지만 미아는 침착할 수 없었다.

왜냐하면 미아에게도 자존심이 있기 때문이다!

——마, 만약 제가 나쁜 점수를 받는다면……. 아벨은 착하니까 컨디션이 안 좋았다고 생각해줄지도 모르지만, 시온이 보면…… 코웃음을 칠 게 분명해요.

솔직히 말하자면 그저 창피할 뿐이다.

처형으로 이어지는 것도 아니고, 지하 감옥에 갇히는 것도 아니다.

'단두대보다는 낫지…….'

그것은 마법의 말이다.

딱히 뭔가 실수해서 망신을 당해도 단두대보다는 낫다고 생각하는 건 미아에게는 최고의 도피로다.

그렇기는, 하지만…….

학생들이 전체적으로 성적이 나쁘니 캠페인을 열어서 격려했는데도 불구하고, 그 격려하는 쪽인 학생회 회장 본인의 성적이 나쁘다.

……뭐, 나쁘다고 할 정도까지 아니어도 영 신통치 않다.

그 경우엔 어떻게 될까……?

——마, 망신이에요! 너무 부끄러워서 죽어버릴 거예요.

심지어 연례행사로 여름방학 전에는 학생회장의 훈화 시간이 있다.

원고는 라피나나 다른 사람에게 부탁한다고 쳐도……, 그걸 거들먹거리며 읽는 사람은 미아 본인이다.

학생들 앞에 나서야만 하는데 바로 전에 있는 시험에서 나쁜 점수를 받았다간…….

──사, 사람들의 시선이 너무 따가워요……. 회장 선거 때와는 비교도 되지 않을 만큼 흉악한 시선이 꽂힐 것 같아요!

단두대보다는 나은 상황이라고 해도, 참을 수 있는 것도 아니다.

그런 추태를 보이는 것은 사양이다.

게다가……, 그런 무능한 모습을 보여버렸을 경우, 회장 자리를 양보해준 라피나가 어떻게 반응할지…….

"미아 님이라면 괜찮을 테지만……."

그 미소에 미아는 두려움을 느꼈다.

그건 이미 부끄럽다거나 부끄럽지 않다거나, 그런 문제조차 아니다.

사태는 맹수의 꼬리를 밟냐 아니냐는 상황이 되었다.

잠자는 사자, 라피나의 꼬리를 밟느냐 아니냐. 그런 아슬아슬한 선 위에 서 있는 셈이다!

──이, 이건, 그냥 놔둘 수는 없어요!

미아는 라피나를 향해 여유로운 미소를 지었다.

"물론이죠! 당연한걸요."

허세를 부리며 가슴을 팡 쳤다. 하지만…… 그 등에는 식은땀이 폭포수처럼 흘러내렸다.

"우후후, 역시 미아 님이야. 이제 걱정되는 건 사피아스 공자인데……."

그런 말을 중얼거리는 라피나에게 인사한 뒤, 미아는 토끼처럼 식당에서 도망쳤다.

방으로 돌아온 미아는 다시금 시험 범위를 확인했다.

"으, 으으, 외워야 하는 부분이 가득해요……. 큭, 이걸 전부 외우는 건 불가능하다고요."

사실…… 미아가 시험에 임하는 방식은 감과 운에 의지한 것이 아니다.

아무튼 미아는 대제국인 티어문 제국의 황녀이다.

따라서 그 전술은 정정당당, 정면으로.

압도적인 물량으로 짓누른다.

그렇다. 즉 통째로 암기하기다!

나올 법한 부분도, 그렇지 않은 부분도 구분하지 않고 전부 머릿속에 쑤셔 넣는다.

케이크와 쿠키를 친구삼아 무작정 외우고, 외우고, 또 외운다.

하지만 뭐……, 당연하게도 그걸 다 외울 수 있다면 고생하지 않는다.

기력이 유지되지 않아 자꾸만 농땡이를 부리게 되니, 매번 중요한 부분을 제대로 외우지 못해서 좋은 점수를 받지 못한 게 이

전 시간축의 미아였다.

참고로 현 시간축에서는 안느의 협력 덕분에 지난번 시험에서 상위 4분의 1 정도 위치를 유지했다.

하지만 이번에는 제국에 돌아가 있는 동안 수업에 출석하지 못했다는 게 크다.

"……이건 지옥이에요."

좋은 점수를 받으려면 범위를 전부 외워야 한다.

군침을 꿀꺽 삼킨 미아였으나, 지옥을 본 사람은 미아만이 아니었다.

미아가 방으로 돌아오자 벨이 '으으으' 하고 신음하고 있었다.

세인트 노엘에 무사히 편입한 벨이었지만, 그 높은 수준에 벌써 비명을 지르는 중이었다.

"으, 으으, 이상해요. 여기는 루드비히 선생님에게 배웠는데 전혀 기억나지 않아요. 진짜 이상해요."

……뻔한 노릇이다.

"으, 으으, 미아 할…… 언니. 뭔가 쉽게 외울 수 있는 공부법이 없을까요? 이걸 전부 외우면 아마 어떻게든 될 것 같은데……."

울상을 지으며 호소하는 벨을 보고 미아는 생각했다.

──아아, 제가 눈앞에 있네요…….

미아는 훌쩍훌쩍 울먹이는 벨을 죽은 물고기처럼 감정이 전혀 담기지 않은 눈동자로 바라보았다. 그리고는.

"벨……, 평소에 공부하지 않은 게 잘못이니 쉽게 외울 방법 같은 건 없답니다."

실감이 담긴 무거운 한마디를 고했다.

"그건 자업자득이라고 하는 거예요. 사람은…… 자신이 뿌린 씨앗을 자신이 거둬야만 하는 법이죠."

끝없이 어두운 눈을 한 미아가 함축적인 말을 했다.

"으윽, 할머니는 제국의 예지시니까 모르시겠지만, 공부를 싫어하는 사람에게는 고문과도 같이 가혹하단 말이에요."

"물론 알죠. 그래도, 벨……."

미아는 손녀의 어깨를 단단히 붙잡았다. 그 손은 무언가를 참는 것처럼 부들부들 작게 떨고 있었다.

"해야만 하는 일이 있답니다……. 싸워야만 할 때가, 있답니다……."

그 후 미아는 고개를 갸웃거렸다.

"어라……? 그런데 벨……, 당신은 딱히 그렇게까지 좋은 점수를 받지 않아도 괜찮지 않나요? 결과가 공개되는 것도 아니고……."

"지난번 시험에 10점을 받아서 다음에 나쁜 점수를 받으면 여름방학은 없다고……. 세인트 노엘이 시작된 뒤로 처음 보는 점수라면서요……."

"네?!"

벨의 대답에 미아는 전율했다. 참고로 세인트 노엘의 시험은 기본적으로 100점 만점이다.

"네? 시, 10점이라고요? 뭐죠 그 점수는?!"

공부를 싫어하고 틈만 나면 딴짓을 하던 미아라고 해도 이런 점수를 받은 적은 없다.

아니, 애초에 미아는 시험 기간을 통째로 놀면서 날릴 수 없는 성격이다.

다들 공부해서 좋은 점수를 받기 위해 노력하는데 자기만 자면서 보낸다? 그럴 용기는 없었다. 수업 중에도 그렇다. 적당히 흘리기는 해도, 완전히 듣지 않는다는 용기는 미아에겐 없다.

따라서 시험에서도 10점 같은 점수는 받지 못한다.

──이 아이……, 저보다 호방하네요. 시험 점수가 공개된다고 해도 태연하지 않을까요……?

미아는 무심코 벨에게 존경하는 시선을 보내……려다가 급히 도리질했다.

──아니죠. 이 아이는 제가 라피나 님께 부탁해서 편입시킨 거잖아요. 또 나쁜 점수를 받았다간 제가 눈총을 받을지도 몰라요.

무엇보다 손녀의 장래가 걱정이기도 했다.

"여기서는 제가 어떻게든 해 줘야겠네요……."

그렇게 미아는 벨을 데리고 방에서 나왔다.

미아는 경험상 알고 있다.

자신의 방, 심지어 침대가 바로 옆에 있어서 숨 쉬듯이 굴러다닐 수 있는 환경이 갖춰진 채로는 도저히 공부할 수 없다는 사실을……

게다가 든든한 메이드, 안느도 일하러 나가서 지금은 없다.

감시하는 눈이 없는 상태로 방에서 공부한다는 것은 거의 불가능하다.

집중해서 공부하려고 할 때는 자신의 방에 있으면 안 된다.

"제가 철저히 가르쳐드리겠어요. 요컨대 물량, 어떤 문제가 나와도 대응할 수 있도록 모조리 외우는 게……."

그렇게 미아가 공부 근성론을 설파하며 향한 곳은 도서실이었다.

"주기적으로 단것을 먹으면서 시험 범위를 송두리째 암기할 것! 그것이야말로 승리의……."

그때였다.

"안녕, 미아. 지금부터 도서실에서 공부하게?"

갑작스럽게 날아온 목소리에 미아는 멈춰 섰다.

뒤를 돌아보자 그곳에 서 있는 사람은…….

"어머, 아벨. 안녕하세요."

미아는 생글생글 밝게 웃으면서 말했다.

"저는 벨에게 공부를 시키려고 왔답니다. 당신도 시험공부인가요?"

그렇게 묻자 아벨은 어째서인지 민망한 듯 뺨을 긁적였다.

"으음, 뭐 공부하러 온 거긴 하지만……. 이걸……."

그렇게 말하고는 몇 장의 파피루스 다발을 내밀었다.

"어머? 이건?"

"일단 네가 없는 동안 수업에서 배운 내용을 정리했어. 교재에는 실려있지 않은 것도 있었으니 만약을 위해……. 뭐, 너에게는 필요 없을지도 모르지만……."

민망해하며, 혹은 쑥스러워하며 고개를 돌리는 아벨……. 미아는 그의 손을 두 손으로 꼭 붙잡았다.

"아아……, 아벨. 당신은……."

감동해서 촉촉하게 젖은 눈동자로 아벨을 올려다보았다.

"마음 써주셔서 정말 감사해요."

"아, 아니, 신경 쓰지 마. 너라면 이런 게 없어도……."

"빈말이 아니에요. 저는 진심으로 고마운걸요."

그러면서 마주 보는 두 사람을……, 옆에서 물끄러미 관찰하던
벨은 무언가 떠오른 게 있는 건지 과장되게 손뼉을 짝 쳤다.

"아, 그래요. 저는 방해되는 것 같으니 실례……."

우물쭈물 변명하면서 그 자리를 떠나려고 하는 벨의 목덜미를
미아가 덥석 붙잡았다.

──이 아이, 대단한 판단력이네요.

자신과 같은 스탠드, 더해서 주저 없는 도주력에 혀를 내두르
면서도 도망치지 못하도록 단단히.

하지만 미아는 딱히 벨을 공부시키기 위해 벨을 붙잡은 게 아
니었다. 그럼 속으로는 무슨 생각을 하고 있었냐면…….

──어, 어라? 이거 혹시 아벨과 단둘이 공부하게 되는 거 아
닌가요……?

이것이다……. 순수한 위기감 때문이었다.

얼마 전까지였다면 이 상황에 히죽히죽 웃었을지도 모른다.

아벨은 잘생긴 연하남이기 때문이다.

"성숙한 누님의 여유로 리드해드리겠어요!"

그런 소릴 하고 여유를 부리면서 기대했을지도 모른다.

……몹시 당황하며 허둥지둥거릴 확률과 반반 정도라고 할 수 있다.

하지만 최근 시온과 검술 연습에 힘쓰게 된 아벨은 완전히 든든한 청년이 되어가고 있었다. 몸도 탄탄해지고 얼굴에도 늠름함이 엿보였다.

그런 멋있는 사람이 친절하게 대해주는 데다, 심지어 단둘이 공부……. 상상만 해도 이미 패배였다.

──어라, 이상하네요……. 왠지 가슴이 답답하고, 뭔가 뜨거운 것 같은데…….

어질어질 취하기까지 하는 형국이다.

……중증이다. 그런 고로…….

퇴장하려는 기색을 보이는 벨을 재빠르게 붙잡았다.

"괜히 신경 쓰지 않아도 괜찮답니다, 벨. 당신도 같이 공부해야죠."

"으, 으으, 미아 언니가 루드비히 선생님보다 엄해요……, 흐윽."

훌쩍거리는 벨에게서 어쩐지 자신의 그림자를 보고 만 미아는 복잡한 기분이 들었다.

──하지만 지금 벨이 가버렸다간 아벨과 단둘이잖아요……. 기쁘지만, 으윽, 그, 그건 아직 마음의 준비가……. 그래요, 아직 그런 건 조금 일러요!

'그런 것'이 무엇인지는 불명이지만, 미아는 그렇게 판단했다.

여느 때와 같이 맹탕인 미아였다.

그렇게 미아와 벨, 그리고 아벨은 나란히 도서실에 왔다.

"앗, 미아 님……."

도서실 구석 자리에는 클로에가 앉아있었다.

미아는 가볍게 손을 들어 인사하고 그쪽으로 향했다.

──후우, 이걸로 단둘이 있게 되는 위험성은 거의 없어졌네요.

그런 생각을 하면서 힐끔 아벨 쪽을 살피자……. 아벨은 딱히 신경 쓰는 것도 아니고, 아쉬워하는 것도 아니고, 지극히 자연스럽게 클로에에게 인사했다.

──조금은 둘만 있지 못해서 아쉬워한다거나, 그런 모습을 보여줘도 되는 거 아닌가요?

참으로, 그…… 성가……, 아니, 복잡한 소녀심이었다.

"오늘은 무슨 일이세요? 미아 님."

의아해하며 물어보는 클로에에게 미아는 정신을 차리고 대답했다.

"시험공부를 하러 왔답니다."

"앗, 미아 님도요? 저도 그래요."

"어머나, 그런가요? 대단한 우연……, 은 아니네요."

시험을 앞둔 시기다. 공부하는 것은 당연하다.

"그럼 함께해도 괜찮을까요?"

"아, 네. 앉으세요."

클로에는 살짝 책상 옆으로 몸을 비키고는 '우후후……' 하고 작게 웃었다.

"응? 왜 그러시나요?"

"앗, 죄송합니다. 이런 식으로 친구와 함께 공부하는 건 처음이라서요."

"어머, 그런가요? 혹시 방해가 되었을까요?"

"아뇨, 그렇지 않습니다. 즐거워서 기뻐진 것뿐이니까요."

바로 그때였다.

"앗, 안녕하세요. 미아 님."

목소리가 들려서 얼굴을 들자, 그곳에는 티오나가 서 있었다. 옆에는 리오라 룰루의 모습도 있었다.

"안녕하세요. 미아 황녀 전하……."

"아, 티오나 양. 리오라 양도 오랜만이네요. 저 얼마 전에 룰루 족의 마을에 다녀왔답니다."

"와……. 그랬어요?"

"네. 족장님의 제국어가 무척 능숙해지셨답니다. 손자인 와그루 군과도 잘 지내시는 것 같더군요."

잡담 모드에 들어간 미아의 뇌리에 별안간 경종이 울려 퍼졌다.

——앗. 이건 즐거운 대화를 나누다 보니 별로 공부하지 못하는 패턴이에요!

추종자들과의 경험상 미아는 대충 눈치채고 말았다.

도서실이라는, 조용히 하는 것이 원칙인 장소.

하지만 친한 또래 아이들이 모이면 필연적으로 소곤소곤 대화하기 시작한다.

조용히 해야 하는 규칙이 있기 때문에, 그걸 살짝 깬다는 쾌감에 저항할 수 없게 되고…….

──으음, 어떻게 할까요…….

미아는 고민했다. 답은 바로 나왔다!

──아, 그래요. 이렇게 된 거 시온도 끌어들이면 되겠네요!

서로가 서로의 발목을 잡는다는 작전이다!

물론 발목을 잡아당기는 사람은 거의 미아지만.

그렇게 미아는 끌어들였다.

시온과……, 시온을 도와주지 못하도록 키스우드까지.

──학생회 임원 전원의 성적이 나쁘면 라피나 님도 뭐라 말하지 못하실 거예요!

피해의 분산……. 대미지컨트롤이다. 혼나는 대상을 여러 명으로 늘려놓아 자신에게 가는 대미지를 최대한 줄인다.

"그렇다면……, 그래요. 사피아스 공자도 불러서……."

선두에 서서 깃발을 휘두르는 황녀를 따라가겠다고 선언한 그이다.

선봉장인 황녀가 쓰러질 때는 당연히 함께 쓰러져야 하는 것이 인지상정.

일련탁생이다.

이리하여 학생회 임원에 의한, 도서실의 일각을 점령한 떠들썩한 공부 모임이 시작되었다.

참고로…… 이 시험에서 미아는 학년 10위라는, 미아 사상 최고의 신기록을 달성하는 것에 성공했다.

아벨이 만들어준 메모가 참으로 적절하게 요점을 집어주었기 때문이다. 역시 노력가이다. 게다가 안느의 막대한 협력도 있었다. 수면 학습법의 효과는 역시나 컸다.

학생회 임원 중에서는 최하위였지만……, 그래도 괜찮았다.

"이, 이번에는 조금 바빴고 학원을 떠나 있을 수밖에 없었으니 힘을 발휘하지 못했네요."

미아는 입꼬리가 씰룩거리는 걸 필사적으로 참으면서 못마땅한 얼굴로 말했다.

"사실은 더 높은 점수를 받을 수 있었을 텐데 아쉬워요."

뺨을 꿈틀거리는 미아를 본 라피나는 '무척 분한 것 같네……' 하고 불쌍히 여겨서 한 번 더 재시험을 받겠냐고 물어보았다. 하지만 미아는 그 제안을 거절했다.

"아뇨, 그건 비겁한걸요. 저는 결코 이 결과에 만족하진 않지만, 결과는 결과. 받아들여야죠."

그렇게 말하는 미아를 보고…….

"역시 미아 님은 고결한 사람이야……."

……라며 감탄하는 라피나였다.

……그리고 벨은 평균 40점을 받았다.

노력하긴 했으나 이대로는 진급하기 어려웠기에……. 여름방학 동안 학원에 남아서 공부해야 하는 신세가 되고 말았다.

벨은 그걸 별로 싫어하진 않았지만…….

폐허가 되어버린 제도와 비교하면 이 학원은 낙원이나 마찬가지.

"이렇게 멋진 곳에 있을 수 있는데 불평이 있을 리가요. 매일 코코아도 마실 수 있는데 불평했다간 벌 받을 거예요."

근엄한 얼굴로 그런 소리를 늘어놓았다.

참고로 처음에는 벨도 시무룩했다. 에리스 어머니와 함께 지낼 수 있다며 잔뜩 들떠 있었는데 보충수업으로 여름방학 때 귀성하지 못한다는 걸 알았기 때문이다.

그런 벨에게 순간적인 재치를 발휘한 린샤가 세인트 노엘에 있으면 매일 코코아를 마음껏 마실 수 있다고 속삭거린 모양이다. 참으로 미아의 손녀다운 미아벨이었다.

제20화 에메랄다, 좋은 아이디어를 떠올리다!

티어문 제국, 사대공작가의 친목을 다지기 위한 다과회. '월광회'.

최근에는 참가자가 확 줄어버린 이 모임에는 오늘도 에메랄다가 홀로 홍차를 호로록거리고 있었다. 눈살을 찡그리며 못마땅하다는 양 케이크를 갈래갈래 해체하고 있다.

"어라? 오늘도 사피아스는 불참이야?"

그 자리에 상큼한 미소를 머금은 루비가 나타났다.

"게다가 옐로문가의 공녀도 역시 결석인가……."

실내를 둘러본 뒤 어깨를 으쓱했다.

"그나저나 오늘도 어쩐지 심기가 불편한 모양이야, 에메랄다."

"딱히 그렇지 않습니다. 그럼요. 이 제가 심기가 불편하다고? 말도 안 되지."

에메랄다는 호호호 웃으면서 홍차에 입을 댔다.

"아아, 맛없어라. 이 홍차가 어디 것인지는 모르지만 아주 맛이 없네요……. 다음부터 거래처를 바꿔야겠어요."

"그래? 향은 좋은데……."

루비는 쓴웃음을 지으며 에메랄다 앞에 앉았다.

"그런데 왜 그렇게 부루퉁한 거야?"

"사피아스 자식, 미아 님과 함께 도서실에서 공부했다는 거예요."

에메랄다는 '크으윽……' 하고 신음을 흘리며 말했다.

"시험 기간이니까. 학생회 임원끼리 같이 공부한……, 아니, 그런 말을 듣고 싶은 게 아닌가……."

중간에 자신의 말은 조금도 들리지 않는 듯한 에메랄다의 상태를 알아챈 루비는 고개를 절레절레 내저었다.

"정말이지, 왜 그런 녀석들과 어울리시는 건지……. 심지어 평민에, 루돌폰가의 계집애까지 같이 있었다고요."

에메랄다는 이를 까드득 갈면서 씹어뱉었다.

"황녀 전하의 평민 총애도 정말 난감하고, 거기에 장단을 맞춰주는 사피아스 녀석도 마음에 안 들어요."

홍차에 설탕을 퐁당퐁당 넣은 뒤 탁탁탁 소리 내어 휘저었다. 그 모습에서 대귀족가의 영애다운 품격은 보이지 않았다.

"그러고 보면 네 노림수는 실패했던 모양이야, 에메랄다."

루비는 자신이 마실 찻잔을 들어 올리며 화제를 던졌다.

"……노림수? 글쎄, 무슨 이야기인지."

천연덕스러운 얼굴로 고개를 갸우뚱 기울이는 에메랄다.

"여기서 나오는 이야기는 비밀에 부치는 게 불문율……, 하지만 장래의 정적에게 그런 말은 할 수 없다는 건가."

"입에 담을 필요도 없는 게 아니라?"

우아한 미소를 지은 에메랄다가 말했다.

"그보다 당신은 움직이지 않는 건가요? 무언가 하려는 것 같았는데……."

"아하하, 나는 아무래도 뒷공작은 특기가 아니라서. 정정당당히 황녀 전하께 도전할 기회를 기다리고 있는데……."

"어머, 도전이라니 용맹하셔라. 신사들처럼 검술 승부라도 청할 생각인가요?"

"나와 황녀 전하가 칼을 대고 싸운다니……. 그건 그거대로 재미있을 것 같은 느낌도 들지만. 후후."

레드문가는 군부와 연결이 강한 가문이다.

어릴 때부터 춤보다 검술을 가까이하며 자란 루비는 상당한 실력을 자랑한다. 물론 시온과 비교할 만한 수준은 아니지만, 어지간한 남학생은 그녀를 상대할 수 없을 만큼은 강하다.

"뭐, 하지만 힘 조절에 고생할 것 같으니 접어야지. 깜빡 황녀 전하를 다치게 하기라도 했다간 우리 공작가와 황제 폐하 사이에서 전쟁이 일어날 거야."

농담으로 넘길 수 없는 농담을 쾌활하게 웃으며 말하는 루비.

"그보다 너는 어떻게 할 거지? 녹월의 공녀님. 설마 학원도시 설립을 방해하는데 실패해서 포기하려는 건 아닐 테고."

"어머, 방해라니. 제가 그런 품위 없는 짓을 할 리가 없지 않나요?"

에메랄다는 오호호 웃은 뒤에 말했다.

"아무튼 이대로 가만히 있는 것도 부아가 치미니까요. 어떻게든 하고 싶지만, 흐음……."

생각에 잠긴 에메랄다를 본 루비는 한숨을 쉬었다.

"전에도 말했지만, 너무 큰 소란을 피우지는 마. 그린문가가 황제 폐하께 반기를 들게 된다면 우리 레드문가가 토벌하러 움직여야 하니까."

"어머, 같은 작은 별을 짊어진 사대공작가인데 매정해라……."

뻔뻔한 태도로 놀란 표정을 지은 에메랄다가 웃었다.

"어라? 녹월의 공녀님은 우리 레드문가와 손을 잡고 제국을 양분하는 전쟁을 원하기라도 하는 거야?"

"어머. 위험한 발언을. 전쟁광인 레드문가의 욕망에 우리 그린문가를 끌어들이지 말아 주시겠어요?"

그 말에 루비는 그저 쓴웃음을 지었다.

"어휴……. 뭐, 전쟁에 가슴이 들뜨는 건 사실이고, 제국군을 둘로 나눠서 화려하게 싸우는 것도 무척 근사하겠지만……. 뭐, 지금은 사양하지. 황녀 전하의 근위대와는 검을 나누고 싶지 않거든……. 개인적인 사정이 있어서."

"흐응, 그래요?"

"뭐, 어쨌거나 빨리 움직이는 게 낫지 않을까? 곧 여름방학이잖아. 올해 여름은 시원하다고 하지만, 그래도 여름에 일을 저지르는 건 귀찮지 않아?"

"아아, 그러고 보면 곧 여름방학이었죠. 아아, 싫어라. 저는 더운 게 싫어요. 바다에라도 가서……, 바다?"

문득 에메랄다의 얼굴이 빛났다.

"좋은 생각이 났어요. 이거라면 미아 님과 함께 놀…… 아니지, 미아 님에게 망신을 줄 수 있을 거야……. 후후후, 지금부터 기대되네요, 뱃놀이……."

심술궂은 미소를 짓는 에메랄다를 본 루비는 기가 막힌다는 얼굴로 고개를 내저었다.

"······솔직하게 여름방학에 같이 놀러 가고 싶다고 말하면 될 텐데······."

"······네? 뱃놀이······ 라고요?"

기숙사에 있는 자신의 방에 찾아온 소녀의 이야기를 듣고 미아는 눈을 동그랗게 떴다.

그 소녀······, 에메랄다의 종자가 말한 것은 놀라운 내용이었다.

즉······.

"저에게 뱃놀이를 하자고, 그랬다고요? 에메랄다 양이?"

"네. 에메랄다 아가씨는 매년 여름방학 때 갈레리아 바다에서 뱃놀이를 하십니다. 몹시 잔잔한 바다로, 무수히 많은 섬은 최고의 피서지입니다. 자세한 내용은 이 초대장을 읽어주십시오."

그 후 종자 소녀는 꾸벅 인사한 뒤 그 자리를 떠났다.

미아는 자신의 손에 들린 초대장을 바라보며 무심코 쓴웃음을 지었다.

"정말 에메랄다 양답네요······."

얼마 전, 학원도시 계획 방해 행위는 없었던 일인 듯한 태도에 미아는 분노보다 먼저 웃음이 나와버렸다.

"말도 안 돼요. 미아 님을 방해해놓고 이런 초대라니!"

한편, 옆에서 이야기를 들은 안느가 격분했다. 온화한 안느의 화난 얼굴을 본 미아는 고개를 저었다.

"딱히 특이한 일도 아니에요. 안느. 그렇게 화낼 일이 아닙니다."

어차피 에메랄다는 학원도시 방해 공작에 관여했다는 사실을 인정하지 않을 것이다. 명확한 증거가 없는 한 모르는 척, 기억나지 않는 척하면서 넘겨버릴 터.

이 정도의 연기는 귀족 사교계에선 흔히 있는 일이었다.

"하지만……."

"괜찮아요. 그야, 아무런 감정도 없는 건 아니지만……, 그렇게 중대한 일도 아니니까요."

미아에게는 오히려 이 편지를 어떻게 대해야 할지, 그걸 고민할 필요를 느꼈다.

"미아 님, 그 초대는 거절하실 거죠?"

"흐음……, 그렇죠."

미아는 잠시 생각했다.

이전 시간축에서 에메랄다가 보여준 태도와 대조해보면 아마 이것은 무언가 꿍꿍이가 있는 것일 테지만…….

──아니, 하지만 의외로 그냥 놀고 싶은 것뿐일 가능성도 없지는 않아요.

확률적으로는 반반 정도인 느낌이다.

──어쩌면 지난번 일을 사과하려는 걸지도…….

순순히 초대에 응하는 건 어리석은 행위다. 냉정하게 생각하면 에메랄다가 무언가를 꾸미고 함정에 빠뜨리려는(그 함정이 얼마나 황당한 것이든) 이상, 얌전히 맞춰줄 필요는 없다.

거절하면 아무런 위험도 없다. 확실하다. 하지만…….

──만약 그저 놀고 싶어서 초대한 거였거나, 사과하는 의미를

담은 거였다면 조금 민망해질 것 같아요.

뭔가 수작질을 부린다 싶으면 그런 일은 완전히 잊어버린 것처럼 평범하게 같이 놀자고 초대한다.

그게 에메랄다라는 소녀다.

하지만 미아는 그 이상으로 더 현실적인 문제 때문에 고민했다. 그것은……

——미아 황녀전의 내용도 마음에 걸려요.

미아의 뇌리를 스치는 것은 미아가 식인 거대어 메갈로돈을 쓰러뜨렸다는 에피소드다.

물론 미아도 이 이야기를 사실이라고 생각하지 않는다. 아마 과장한 이야기다. 실컷 과장하고 양념을 쳐서 원형조차 남지 않은 이야기일 가능성을 결코 부정할 수 없다.

——아무리 저라고 해도 그런 괴물을 쓰러뜨릴 수 있을 것 같지 않은데요……. 하지만, 언젠가 수영해야 할 때가 온다는 가능성은 부정할 수 없어요…….

과장한다고 해도, 무언가 기반이 되는 에피소드는 필요할 터이다.

그리고 그 에피소드가 '미아가 바다에 빠지는 것'을 기반으로 삼았을 가능성은 무척 커 보였다.

——그때까지 헤엄칠 수 있도록 훈련해야 하는 게 아닐까요……?

만약 수영할 줄 안다면 세인트 노엘의 대목욕탕에서 헤엄을 쳤다가 라피나에게 혼났을 터이다.

……입욕이 트라우마가 되지 않아서 다행이었다.

아무튼, 헤엄치지 못하는 것 자체는 딱히 특이한 게 아니다.

티어문 제국의 영토는 바다를 면하지 않았다. 해수욕 등 바다에서 노는 전통이 없다. 그래서 제국 귀족 중에는 수영할 줄 아는 사람이 거의 없었다.

하지만…… 에메랄다는 예외다. 지극히 드물게도, 수영할 줄 아는 귀족이었다.

어릴 때부터 바다에서 놀다 보니 수영 기술에 큰 영향을 주었다는 이야기를 들은 적이 있다.

──바다는 몸이 뜨기 쉽다거나 물이 짜다거나, 영문을 알 수 없는 말을 했었죠…….

과연 수영할 줄 아는 인간에게 배울 기회를 놓쳐도 괜찮을까? 앞으로 그런 기회는 없을지도 모르는데?

팔짱을 끼고 고민한 미아는……, 한 가지 결론에 도달했다.

──뭐, 그래요. 에메랄다 양이 무슨 꿍꿍이인지는 모르지만, 아마 그 정도라면 큰일은 안 일어나겠죠. 잘 생각해 보면 그 사람이 교활한 뱀일 것 같지도 않고…….

그렇다. 미아는 믿기로 했다.

에메랄다의 맹탕력이……, 사피아스를 크게 뛰어넘는다는 점을.

──그게 맹탕인 척하는 것뿐으로 보이지도 않고……. 괜찮지 않을까요?

남의 맹탕력은 냉정하게 분석할 수 있는 미아였다.

다음 날, 미아는 만약을 위해 학생회 임원에게 여름 일정을 전달했다.

그 결과……, 뜻밖의 영향이 나오게 되지만…….

이리하여 미아의 잊을 수 없는 여름이 시작된다!

제21화 동반자와 어떠한 플래그……

"여름방학에 그린문가의 영애와 뱃놀이?"

미아의 이야기를 들은 학생회 임원들은 하나같이 걱정하는 표정을 지었다.

"괜찮겠어? 미아, 그……. 사대공작가 중에는 분명……."

눈살을 찌푸리고 우려를 표하는 아벨에게 미아는 웃어 보였다.

"네, 기억하고 있습니다. 하지만 아마도 괜찮지 않을까요. 에메랄다 양은 그런 음모에 가담해놓고 태연하게 가장할 수 있는 성격이 아니니까요……."

"아뇨, 그래도 역시 위험하지 않겠습니까? 미아 황녀 전하. 그런 식으로 방심하시면……."

옆에서 끼어들어 쓴소리를 한 사람은 사피아스였다.

"아무리 선량한 얼굴을 하고 있어도 속으로는 무슨 생각일지 모르는 법. 그런 그 에메랄다 양도 마찬가지입니다!"

……소위 '네가 할 소리냐!'이다.

라피나의 미소가 말썽부리는 아이를 바라보는 어머니 같은 기색을 띠었다. 그 미적지근한 시선이 되려 무서운 미아였다. 그건 그렇다 치고…….

"걱정된다면 당신도 같이 오시겠어요? 사피아스 공자."

에메랄다와 마찬가지로 사대공작가의 일원인 사피아스라면 동행해도 문제없을 것이라는 생각에 미아는 그를 끌어들여 보았다.

하지만…….

"네? 아, 음, 그게 말이죠. 같이 가고 싶은 마음은 굴뚝같고 본래대로라면 황녀 전하의 옆에서 모시는 게 신하의 당연한 도리이긴 하지만, 그게……. 실은 약혼자와 놀러…… 아니지. 외출할 예정이라서 말입니다."

사피아스는 조금 당황해하며 고개를 저었다.

황녀의 안전보다 약혼자와 즐기는 여름방학을 우선시하는 사피아스였다.

──흐음……. 이 사람도 참 여전하네요. 이렇게 보면 사피아스 공자는 아바마마와 비슷한 느낌이 들어요.

좋아하는 사람에게 한결같은 헌신을 보인다. 한 여성을 모든 일보다 우선시하는 그 우직함……. 거기서 미아는 자신의 아버지와 비슷한 기질을 감지했다.

──뭐, 아내가 될 사람에게는 바람을 피우는 남편이 아니라 잘된 일일지도 모르지만요……. 딸이라도 태어났다간 분명 귀찮아할 거예요……, 불쌍하게…….

장래에 딸에게 짜증 난다는 말을 듣고 시무룩해지는 사피아스를 상상한 미아는 연민하는 시선을 보냈다.

"? 저기, 무슨……?"

"아뇨, 아무것도……."

솔직히 미아는 사피아스가 동행한다고 해서 어떻게 될 일이 아니라고 생각했다.

──호위로서 도움이 될 것 같지도 않고요…….

미아의 미적지근한 시선을 견디지 못한 건지, 이윽고 사피아스는 볼일이 있다면서 도망치듯 자리를 떴다.

"뭐, 사피아스 공자 일은 넘기기로 하고. 근위병도 몇 명 대동할 예정이니 괜찮지 않을까요?"

미아가 그렇게 말해도 아벨은 계속 표정이 심각했다.

"……시온, 잠시 괜찮을까?"

그러더니 살며시 시온에게 귓속말했다.

"응? 두 분, 왜 그러세요?"

의아해진 미아가 말을 걸어 보았으나…….

"아니, 아무것도 아니야. 괜찮아."

아벨은 당황한 듯 고개를 저었다.

"그런가요? 하지만……."

두 사람은 미아가 말을 걸어도 무시하고 밖으로 나가버렸다.

잠시 후 돌아온 아벨은 바로 미아에게 말했다.

"미아, 부탁이 하나 있는데 들어줄 수 있을까?"

"네? 부탁이요?"

어리둥절해져서 고개를 갸웃거리는 미아에게 아벨은 진지하기 짝이 없는 얼굴로 말했다.

"우리 렘노 왕국과 선크랜드 왕국에서 각각 호위를 붙이고 싶어."

"어머! 호위를?"

놀라는 미아에게 아벨 옆에서 팔짱을 끼고 있던 시온이 고개를 끄덕였다.

"너는 괜찮다고 하지만 역시 그린문가의 영애 건은 마음에 걸려. 호위는 이제부터 골라야 하지만, 부디 부탁을 들어줘."

심각한 표정인 시온을 바라보며 미아는 생각에 잠겼다.

——시온의 신뢰가 두터운 호위라면 키스우드 씨일까요? 아벨 쪽은 잘 모르겠지만……. 그 창술사인 건 아닐 테고……. 혹은 소문으로 들어본 금강보병단의 병사일지도……? 그건 그거대로 조금 기대되는데요.

미아는 작게 고개를 기울였다.

——뭐, 하지만 키스우드 씨라면 확실히 안심할 수 있겠네요. 외모도 번듯하니 에메랄다 양도 싫다고 하지 않을 테고……, 렘노 왕국 쪽은 모르겠지만…….

사실 미아도 호위로 누굴 데려갈지는 조금 골치가 아팠다.

아무리 그래도 무방비하게 에메랄다의 초대에 응할 생각은 없었지만, 그렇다고 놀러 가는데 호위병단을 끌고 갈 수도 없다.

뭐니 뭐니 해도 상대는 제국 사대 파벌 중 하나의 수장, 그린문 가문이다.

당연히 그쪽에서도 호위병이 있을 것이다. 만약 미아가 호위를 지나치게 많이 데려간다면 그건 상대방을 믿지 않는다는 뜻이 된다.

그렇다면 데려갈 수 있는 사람은 기껏해야 한두 명…….

——바노스 씨에게 동행해달라고 하는 게 최선이죠. 하지만 그분은 외모가 거칠어서 에메랄다 양이 승인하지 않을 거예요…….

그렇다면…….

외모와 실력을 고려하면 가장 좋은 후보는 디온이지만, 미아에게 그 선택지는 없는 것이었다.

──그 사람을 데리고 뱃놀이라니, 공포체험이잖아요…….

물에 빠지기라도 했다간 귀찮아하면서 안 구해줄지도 모른다는 생각마저 하는 미아였다.

──하지만 그 둘 말고는 실력에 다소 불안한 부분이 있어요.

얼굴만 반반한 호위는 미덥지 못하고, 눈앞에서 몸을 날려 감싸기라도 했다간 꿈자리가 뒤숭숭해진다.

따라서 두 왕자의 제안은 마침 반가웠다. 특히 키스우드의 실력은 미아도 높게 평가하고 있었다.

에메랄다 쪽도 시온과 아벨의 배려라고 한다면 싫다고 거절하지 못할 것이다.

무엇보다 에메랄다는 얼굴을 밝힌다. 그렇다면…….

미아는 키스우드의 얼굴을 보았다.

"응? 왜 그러십니까? 미아 황녀 전하……. 제 얼굴에 뭐라도 묻었나요?"

"아뇨, 그냥……."

그렇게 대답하면서도 속으로 '음, 합격!' 하고 크게 고개를 끄덕이는 미아였다.

그 후, 두 왕자와 키스우드는 볼일이 있다면서 우르르 방에서 나가고, 실내에는 여자들만 남았다.

"그런데 미아 님……, 잠시 괜찮을까?"

그제야 라피나가 조용히 입을 열었다.

제22화 미아 황녀, 토실토실

"뱃놀이를 하러 간다면, 혹시 수영복을 맞춰야 할 필요가 있지 않겠어?"

남자들이 멀어진 걸 본 라피나가 미아에게 말을 걸었다.

"네……? 수영복이요?"

들어본 적 없는 단어에 미아는 눈을 깜빡였다.

"그래. 수영할 때 입는 옷이야. 드레스나 평범한 옷을 입고 헤엄치는 건 어렵지 않을까……."

라피나는 교복 스커트 자락을 슬쩍 들어 올리며 말했다.

"그렇군요. 확실히 헤엄치기 불편했던 기억이 나요."

강에 빠지고 호수에 빠지고……. 물에 빠질 뻔했을 대의 기억을 떠올린 미아가 절절히 고개를 끄덕였다.

"그렇다면, 음. 새로 맞춰야 할 필요가 있겠군요……. 흐음……."

미아는 팔짱을 끼고 생각에 잠겼다.

티어문에는 물놀이 문화가 별로 없다. 따라서 물놀이를 위한 옷도 아마 거의 없을 것이다.

"참고로 라피나 님께선 그런 옷을 맞출 수 있는 가게 중에 추천하는 곳이 있나요?"

"그래……. 나도 노엘리쥬 호수에서 놀기 위해 맞춘 적이 있어. 그 장인이라면 미아 님에게 소개할 수 있을 거야."

그러더니 라피나는 눈살을 찌푸리며 말했다.

"제대로 된 가게에서 맞추는 게 아니면 파렴치한 디자인도 있다고 하니."

"파, 파렴치한 디자인이라고요?"

미아는 깜짝 놀라서 언성을 높였다.

"그래. 들어보니 그……, 배 부분을 훤히 드러낸다거나…….'

"세상에! 배를? 정말 파렴치하군요!"

미아는 무의식중에 자신의 복부에 손을 올렸다.

……어쩐지 토실토실한 기분이 든다!

"정말 파렴치해요! 배를 노출한다니 어마어마한 문제잖아요. 괘씸해요!"

맹렬하게 동의하는 미아를 향해 라피나는 무겁게 고개를 끄덕였다.

"헤엄치기 위한 옷이니 다소 피부가 노출될 수는 있다고 보지만, 과해지면 풍기문란이지. 신중하게 맞춰야 해…….'

"동의합니다. 배를 드러내다니, 믿어지지 않네요. 그런 옷은 말도 안 됩니다!"

"그렇지. 알아줘서 기뻐! 미아 양."

얼핏 '마음이 통한 두 사람'으로 보이기도 하지만……, 치명적인 부분에서 무언가가 엇나갔다는 사실은 그 자리에 있는 누구도 눈치채지 못했다.

"그래서, 음……. 만약 괜찮다면 재봉사를 부르도록 할게. 마침나도 새로 맞출 생각이었고……. 아 두 사람도 괜찮다면…….'

이리하여 학생회 여성진은 수영복을 맞추기로 했다…….

라피나가 즐겨 찾는 재봉사는 사흘 뒤에 왔다.

"오늘은 잘 부탁드립니다."

날카로운 표정을 지은 여성 장인은 척척 작업을 진행했다.

자세한 사이즈를 재기 전에 일단 기존에 있는 수영복을 시착해 보기로 했다.

"사이즈 조절은 나중에 할 예정이지만, 먼저 디자인 등을 확인해보십시오. 라피나 님의 지시로 노출이 적은 디자인입니다……."

재봉사는 몇 벌의 수영복을 꺼내서 늘어놓았다.

그건 미아가 무도회 때 입었던 드레스의 스커트 길이를 짧게 만든 듯한 디자인이었다. 게다가 그 스커트 아래에 허벅지의 절반 정도를 덮는 길이의 반바지를 입게 되어 있었다.

"어디 보자……. 미아 황녀 전하께선 체구가 작으시니, 이걸로……."

재봉사가 그렇게 중얼거리며 바지를 꺼냈다.

"이것을 아래에 아무것도 입지 않고 입으시면 됩니다."

"어머, 속옷 같군요."

"그렇게 생각하시면 될 법합니다. 그리고 사이즈는 몸에 딱 달라붙는 게 헤엄치기 쉬우므로 조금 조이실 겁니다."

그 말에 고개를 끄덕이며 미아는 시착용으로 받은 수영복을 입어보았다.

──잠깐……, 아니, 이거 너무 조이는데요……? 코르셋과 비슷할 정도로 조이는데, 원래 이런 건가요……?

고개를 갸웃거리면서 수영복을 입으려고 애쓰는 미아.

"…………어라?"

문득 그 귀에 재봉사의 의외라는 듯한 목소리가 들렸다!

"……왜 그러시죠?"

"아, 아뇨. 아무것도 아닙니다. 그렇군요. 그거면 조금 사이즈가 작을지도 모르겠네요……, 으음…….."

당황하는 재봉사.

미아는 그녀를 보고 생각에 잠겼다.

──이분, 디자인은 라피나 님의 보증을 받은 분이신 것 같지만 사이즈 가늠 실력은 좀 떨어지나 보네요…….

그런 생각을 하고 있을 때였다.

"아, 다른 분들은 딱 맞나 보군요. 그럼 황녀 전하만 조금 더 큰 사이즈로…….."

그런 목소리가 귀에 꽂혔다!

미아는 순간 '어라?' 하고 고개를 갸웃거렸다. 하지만……, 문득 얼굴을 들자 그 시선 끝에 충격을 받은 안느의 표정이…….

"……그러고 보면 요즘 조금 작아졌다고 하시는 드레스가 있었던 것 같은데……. 아니, 아니야. 미아 님께선 성장기니까, 그럴 수도……."

작게 중얼거리는 모습이 보였다.

미아는 표정이 사라진 얼굴로 자신의 배를 문질러보았다.

기분 탓인지…………, 토실토실한 기분이 든다!!!

"……안느, 기탄없는 의견을 듣고 싶은데요. 저…… 조금 쪘나요?"

"아, 아뇨, 미아 님. 결코 그렇지는……! 그래, 성장! 미아 님께 선 성장기시니까, 몸이 커지는 시기라서……."

"그래요. 확실히 조금 키가 자란 것 같다는 건 저도 알고 있어 요. 하지만 안느, 키와 비례해서 옆으로도 늘어난다면 그건 성장 이 아니라 확장이에요!"

그럴싸한 라임을 만든 미아는 안느의 얼굴을 올려다보았다.

"안느, 한 번 더 물어볼게요. 당신은 저에게 거짓말하지 않을 거죠? 당신은 저의 충신이니까요. 안느, 저…… 조금 쪘나요?"

그 질문을 받은 안느는 아주 살짝 시선을 피하고는…….

"조금…… 이지만요. 요즘 케이크와 과자를 포함해서 살짝 과 식하실 때가 많은 게 마음에 걸렸는데요……."

최고의 충신이 인정해버린 이상, 미아는 '히익!' 하고 숨을 삼켰다.

머리를 스치는 몇 가지 광경.

그러고 보면 말에 탔을 때 말이 순간 움찔했던 것 같은…….

침대 위를 뒹굴거릴 때, 삐걱거리는 소리가 커진 것 같은…….

그리고, 그리고…….

"미아 님, 그…… 운동을 하면 살이 빠진다고 책에 적혀있었습 니다."

옆에서 클로에가 염려하는 목소리로 말을 걸었다.

참고로 클로에는 재봉사가 준 수영복을 어렵지 않게 입었다.

배신자를 보는 듯한 눈으로 미아는 말했다.

"아아……, 그러고 보면 요즘 춤 연습도 조금 빼먹곤 했죠……. 아아, 그런 거였어요."

서글퍼하며 우중충하게 가라앉은 미아를 본 클로에는 당황해서 '으아아' 하고 발을 동동거렸다.

"알겠습니다……. 승마 연습도 더 하고, 춤 연습도 더 열심히 해야겠어요."

"아아, 무척 좋은 마음가짐이십니다. 황녀 전하."

옆에서 듣고 있던 재봉사가 뿌듯해하며 말했다.

"수영복과는 상관이 없지만, 위팔에도 조금 살이 붙으셨습니다. 지금이라면 운동량을 조금 늘리기만 해도 빼실 수 있을 겁니다. 승마는 다리 근육과 힙업에도 효과가 있을 듯하고……."

재봉사의 설득력 있는 말에 힘을 얻은 미아는 의욕을 되찾았다.

"열심히 하겠어요. 제국에 돌아간 뒤에도 매일 말에 타야겠네요. 그리고 춤……. 열심히 해야죠!"

결국 미아는 살이 빠질 것을 전제로 제법 작은 사이즈의 옷을 맞추기로 했다.

앞으로 얼마 남지 않은 시간 내에 얼마나 살을 뺄 수 있을지가 관건이다!

번외편 작은 기도가 닿을 때

"부디……, 이런 불행한 일이 세상에서 사라지게 해주세요……."

그것은 어떤 소녀의 기도.

어떤 나라의 왕녀인 그녀는 기근에 당한 마을을 방문했을 때, 죽어가는 아이들이 도움을 청하며 뻗은 손을 잡아주지 못했다.

그때의 광경은 아무리 시간이 지나도 그녀의 가슴에서 사라지지 않았다.

그래서 소녀는 그 기도를 가슴에 품었다.

하지만 몇 번을 기도해도, 아무리 간절히 빌어도 그것이 이뤄지진 않았다.

신의 변덕처럼 기근이 나라를 덮치고 사람들에게 고통을 주었다.

어느새 소녀는 생각하게 되었다.

자신의 기도는 신에게 닿지 않은 게 아닐까?

신은 자신의 기도 따위는 거들떠보지도 않은 게 아닐까?

그렇다면 어쩔 수 없다.

그렇다면 나는 나의 힘으로 그 불행을 없애겠다.

소녀는 노력했다.

자국을 부유하게 만들고, 백성들이 굶주리지 않도록 한결같이 노력을 거듭했다.

그리고 소녀는 **자신의 '기도'**를 잊었다.

페르쟝 농업국의 왕녀는 여름방학 전에 귀국하는 게 관습이었다.

그것은 농작물 수확의 선봉에 서기 위해.

그리고 그 수확을 신에게 감사하고 내년의 풍작을 기원하는, 수확제의 무녀가 되기 위해서다.

중앙정교회도 공인한 행사이기 때문에 세인트 노엘 학원 쪽에도 정식으로 휴가 신청이 인정된다.

애당초, 그 때문에 여름의 검술대회 등의 이벤트에는 참가하지 못하지만…….

학창 시절, 아샤 타하리프 페르쟝은 그 일에 한 번도 섭섭하다고 느낀 적이 없었다. 그해의 수확량에 따라 백성이 죽고, 나라가 기우는 '농업국'의 왕녀로서 풍작을 기도하는 건 중요한 책무이기 때문이다.

그 생각에 작은 변화가 생겨난 것은 그녀가 15살이 되었을 때였다. 세인트 노엘 학원에서 식물학이라는 학문을 만난 날이었다.

지식 유무로 수확량이 크게 바뀐다. 그 사실은 아샤에겐 충격적이었다.

농업국의 왕녀이면서 국민인 농민들이 어떠한 연구를 거듭해 왔는지 몰랐다는 사실을 부끄러워했다.

그와 동시에 그녀는 찾아냈다고 생각했다.

농업국의 왕녀로서 할 수 있는 일…….

식물학 지식을 살려서 더 좋은 작물을 만들어 나라를 풍요롭게 한다.

가난한 페르쟝에서 기근을 일소한다.

이후 아샤는 학문에 힘을 쏟게 되었다.

노력한 보람이 있어 그 지식은 학원의 강사와도 필적하는 수준이 되었다.

그 지식을 사용해 나라를 더 부유하게 만든다. 농업을 개혁한다. 강한 밀가루를 만든다.

세인트 노엘 학원을 졸업하는 날, 아샤의 가슴에는 뜨겁게 타오르는 열망이 있었다.

그렇게 희망을 품고 돌아온 그녀에게 아버지인 국왕은 말했다. '때를 봐서 타국의 귀족과 결혼하거라'라고.

당연히 아샤는 반발했다.

자신은 기술자로서, 연구자로서 페르쟝을 지탱하고 싶다. 어째서 그걸 알아주지 않는 것인가.

하지만……, 어머니에게서, 언니에게서 설득을 당하는 사이에 그녀의 열의는 시들시들해졌다.

자신이 해온 일은 자기만족에 불과하고……, 황폐한 땅에 씨앗을 뿌리는 무의미한 행위였던 게 아닐까…….

그런 식으로 우울해하는 그녀의 유일한 아군이 되어준 사람은 동생인 라냐 왕녀였다.

언제나 아샤의 공부를 응원해주었던 라냐는 세인트 노엘 학원에서 돌아오자마자 아샤에게 놀라운 소식을 알렸다.

"저기, 아샤 언니. 티어문 제국에 새로 생기는 학원도시에서 강사 일을 해볼 생각 없어?"

"으응? 무슨 소리죠?"

자세히 들어본 아샤는 이해했다.

라냐는 티어문 제국의 황녀 미아와 친한 사이라고 했다.

라냐는 '아샤 언니의 지식을 미아 님께서 높이 평가해주셨다'고
했지만……. 아마 지금 아샤의 처우를 어떻게든 해주려는 생각에
라냐가 부탁했을 것이다.

하지만…….

"왕녀인 아샤 언니가 황녀 전하의 학원에서 강의한다면 그냥
귀족과 결혼하는 것보다 훨씬 더 좋은 인맥을 만들 수 있을 거야.
페르쟝과 티어문의 결속도 더 강해지고, 게다가…….."

"아쉽지만 라냐. 그 이야기는 받아들일 수 없습니다."

라냐의 이야기를 중간에서 가로막은 아샤는 천천히 고개를 저
었다.

"어……?"

설마 거절할 줄은 몰랐던 건지 라냐는 얼떨떨해져서 입을 떡 벌
렸다.

"어……, 어째서?"

"설명할 필요가 있나요? 그런 굴욕을 받고……, 티어문의 황녀
아래에서 일하라니. 도저히 상상할 수 없어요."

아샤가 기획한 페르쟝 농작물 소개 파티에서 제국 귀족 자제들
이 보인 태도…….

약소국의 가난한 과일이라는 둥, 가축이나 먹을 법한 채소라는
둥, 그들은 페르쟝을 실컷 업신여겼다. 심지어 농민들이 고생해

서 길러낸 채소를, 과일을 바닥에 집어 던졌다.

그날의 굴욕을 떠올릴 때마다 아샤의 뱃속에 뜨거운 분노가 부글부글 끓어올랐다.

"당신은 황녀 전하와 우의를 잘 맺은 모양이지만, 저는 무리입니다. 협력할 의리도 없습니다. 그러니 황녀 전하께는 정식으로 거절 드린다고, 당신이 전해주세요."

라냐가 보낸 편지가 미아에게 도착한 것은 이틀 뒤였다.

베르만 자작령에서 간신히 루드비히의 스승, 현자 갈브 권유에 성공한 미아는 제도에서 짧은 휴식을 즐기는 중이었는데…….

"이런! 무슨 짓을 한 건가요! 그 자식들, 정말로 무슨 짓을 한 건가요!"

침대 위에 엎드려 라냐의 편지를 읽던 미아는 머리를 부여잡고 발을 버둥거렸다.

그 후 천천히 침대 위의 베개를 들어 올려 퍽퍽 두드리기 시작했다.

한바탕 발버둥 친 뒤 가까스로 침착함을 되찾고…….

"하지만……, 일단 그런 것이라면 사과하는 게 좋겠네요."

필요하다면 얼마든지 머리를 숙일 수 있는 미아였다. 오히려 머리를 숙이기만 해서 끝난다면 싸게 먹힌다는 생각마저 하고 있다.

……뭐, 실제로 미아의 머리는 저렴하지만.

그런고로 미아는 바로 사과 편지를 적은 뒤 파발에게 맡겨서 페르쟝에 보냈다. 하지만 문제는 그리 간단하게 풀리지 않았다.

라냐에게서 돌아온 편지를 본 미아는 무심코 한숨을 쉬었다.

"뭐, 그렇겠죠……."

편지에는 아샤가 '딱히 미아가 사과하지 않아도 괜찮다'는 이야기를 했다고 적혀있었다. 당연하게도 그 사과에 마음을 풀고 강사 제의를 받아들여 주지도 않았다.

사과 한 번 했다고 모든 게 잘 풀린다면 고생할 필요도 없다.

"역시 당사자들의 진심 어린 사죄가 필요하겠네요……."

그래서 미아는 꾀를 하나 냈다.

요컨대, 파티 자리에서 아샤를 무시했던 귀족들에게 페르쟝의 농작물 맛을 인정하게 하고, 사과시키면 되는 것이다.

"페르쟝의 농작물은 맛있는 게 많고, 요리에 따라서는 심금을 울리는 것도 쉬울 것 같지만요……. 하지만 아무리 맛있어도 그 사람들은 별로 감동하지 않을 것 같아요."

제국에는 부당하리만치 농업을 혐오하는 귀족이 많다. 마찬가지로 농작물도 좀 낮춰 보는 경향이 있다. 그래서 아무리 맛있고 감동적이었다고 해도 그걸 순순히 칭찬하지 않을 가능성이 크다.

그렇다면 어떻게 해야 하는가.

"그냥 농작물을 칭찬할 수 없다면, 그들이 칭찬할 수밖에 없도록 만들면 되죠."

그냥 '맛있는 농작물'이라면 칭찬하지 않는다.

그럼 '맛있고 『영광스러운 제국산』 농작물'이라면 어떨까? 혹은…….

"'약소국 페르쟝보다' 맛있는 제국산 농작물'이라면……?"

아샤를 무시한 자들은 제국의 중앙 문벌귀족의 자제다. 제국에 대한 자부심이 비대한 그들은 자국을 자랑스럽게 여기고 타국을 헐뜯는 걸 극상의 기쁨으로 여기는 자들이다.

──그런 자들을 손바닥 위에서 굴리는 것쯤은 간단하죠!

미아는 책사처럼 히죽히죽 웃었다. 어디까지나 책사처럼일 뿐, 진짜 책사인 것은 아니지만…….

아무튼 계획은 술술 나왔다.

우선 아샤와 그녀를 무시한 귀족 자제를 미아의 다과회에 초대한다.

거기서 페르쟝산 농작물 요리를 늘어놓는다. 물론 생산지는 말하지 않고.

그 후 미아가 말하는 것이다.

"이 요리에 쓰인 채소의 맛은 최고예요!"

……라고.

그렇게 하면 다과회에 불린 자들은 미아의 말을 듣고, 이어서 아샤를 보고 생각하게 된다.

"그렇구나, 미아 황녀 전하께선 제국산 농산물이 페르쟝 농업국의 농산물보다 뛰어나다고 말씀하고 싶은 거야!"

이런 식으로 알아서 오해해준다.

"페르쟝의 초대를 받아놓고 파티장에서 혹평을 늘어놓는 자들이니 분명 그렇게 생각할 거예요. 그리고 아마 제 비위를 맞추려고 칭찬하겠죠. 그 타이밍에 사실을 밝히면 되겠군요. 그렇다면 장소는 역시 제국이 좋을 테고……."

기본적으로 농업 전반을 얕잡아보는 귀족들이긴 하지만, 이것은 비교 대상의 문제다.

페르쟝의 농작물과 제국에서 수확한 농작물을 비교한다면 분명 신나게 칭찬할 것이다. 그런 상황에서 사실 이 농작물은 전부 페르쟝에서 만들었다고 밝히고, 단숨에 아샤에게 사죄시킨다는 계획이다.

"그러기 위해서 가장 적절할 법한 장소는…… 루돌폰 변경백에게 부탁하는 게 가장 좋은 선택…… 이겠네요."

변경백 또한 제국 귀족에겐 미움받는 존재이긴 하지만, 그래도 제국 귀족이다. 그들이 속국이라며 무시하는 소국 페르쟝보다는 동료 의식을 지닐 것이다.

그곳에서 풍부한 농작물을 대접하면 그들은 그걸 루돌폰 변경백의 영지에서 수확했다고 오해하고, 제국의 농작물이 더 대단하다고 떠들어댈 터.

게다가 거리상으로도 페르쟝과 가깝고, 성 미아 학원 건설 예정지와도 가깝다.

그 흐름을 타고 학원 견학을 하지 않겠냐며 몰아가기에는 최적인 입지라 할 수 있다.

"솔직히 루돌폰 변경백에게 머리를 숙이는 건 좀 못마땅하지만요……."

그래도 자신이 머리를 숙여서 해결된다면 문제는 없다.

미아의 머리는 참으로 저렴하다.

"남은 건……, 그래요. 연출 효과를 노리고 학원에 다닐 예정인 아이들을 불러두는 것도 좋겠네요."

미아는 한층 용의주도하게 머리를 굴렸다.

만약 귀족들이 사과한다고 해도 강사 이야기를 받아들여 준다는 보장은 없다.

따라서 강사 이야기를 거절하기 껄끄러운 환경을 만든다.

작전은 간단하다.

아샤에게 가르칠 대상인 아이들을 직접 보여주는 것이다.

"세로 군은 한눈에 봐도 똑똑해 보이는 아이니까 불러두면 좋을 것 같네요. 자유롭게 질문하게 해서 강사가 되려는 의욕을 높여주는 게 좋겠어요⋯⋯."

질문내용을 지정하지 않는 것은 당연히 미아에게 지식이 전혀 없기 때문이다.

모르는 부분은 잘 아는 사람에게 전부 패스한다. 그것이 미아의 스탠스다.

"그리고 와그루는 착한 아이니까 분명 마음에 들어 하겠죠. 그리고, 그 고아원의⋯⋯ 세리아 양이었던가요? 그 아이도 이 김에 불러둘까요."

와그루와 세리아는 교육이 필요한 상황을 어필하게 만들 생각이다.

아마 아샤 왕녀는 제국 귀족에게 좋은 인상이 없다. 그렇다면 학생은 귀족 자제만이 아니라 '평민 중에도 있습니다. 고아원에서도 우수한 아이를 부를 겁니다!' 하고 어필하는 것이다.

페르쟝의 왕족은 백성과의 거리가 가깝다고 한다. 그렇다면 두 사람의 존재는 반드시 '의뢰를 거절하기 난감한 요소'가 될 것이다.

싸움이 시작되기 전에 미리 승리를 확정시키고 싶다. 미아의 그런 소심한 마인드가 외부적인 요인을 착착 갖춰나간다.

이리하여 만전의 태세를 마련한 미아는 다과회를 개최했다.

"잘 오셨습니다. 아샤 타하리프 페르쟝 왕녀 전하. 수확제 준비로 바쁘신 와중에 와 주셔서 감사합니다."

생글생글 웃는 미아를 보고 아샤는 초대에 응하고 만 것을 조금 후회했다. 얼마 전 강사 제의를 거절했기 때문에 이것마저 거절하기 어려웠기 때문이지만.

"아뇨, 초청해주셔서 영광입니다. 미아 황녀 전하."

아샤는 그렇게 인사하며 초대객에 시선을 주었다.

그곳에 모인 사람들은 그날 파티에서 아샤를 무시한 자들이었다. 지금도 아샤를 모멸하는 듯한 눈으로 실실 웃으며 쳐다보고 있었다.

──미아 님께선 얼마 전 내가 거절한 것에 앙심을 품고 괴롭히실 생각인 걸까? 하지만 라냐에게 들었던 인품으로는 그런 짓을 하실 분이 아닌데. 그렇다면 반대로 저들에게 명령해서 사죄라도 시킬 생각이신 건가요……?

이제 와서 사과를 받아봤자 강사 이야기는 받아들일 마음이 없는데……. 아샤는 작게 한숨을 쉬었다.

그리하여 시작된 다과회는 아샤의 눈으로 봐도 다소 뻔뻔했다.

제공된 요리는 전부 페르쟝에서 수확한 채소와 과일을 사용한 요리였다.

한입 먹기만 해도 아샤는 그걸 알아차렸다.

그리고 미아는 그 요리를 노골적으로 칭찬했다. 칭찬하고 또 칭찬하고 한 번 더 칭찬했다.

아무리 그래도 너무 칭찬하는 게 아니냐는 생각이 들 정도로, 정말 저러다가 체하는 게 아니냐는 생각이 들 만큼 어마어마한 기세로 먹고 칭찬했다.

──뻔히 보이는 접대네요. 물론, 저 연기력은 훌륭하지만…….

진심으로 요리를 만끽하는 것처럼 보이는 미아를 보고 아샤는 반쯤 기막혀하고 반쯤 감탄했다.

"정말 무척 맛있어요. 이 케이크. 이 과일은 최고예요!"

"그렇군요. 역시 우리 제국산 과일. 어느 약소 농업국과는 비교도 안 됩니다."

문득 한 청년 귀족이 입에 담은 말……. 그걸 들은 미아는 히죽 웃고는…….

"어머, 실은…… 오늘 요리에 사용한 농작물은 전부 페르쟝산인데요?"

연기를 시작했다.

──그렇구나. 실컷 칭찬했던 채소가 여태껏 무시했던 페르쟝산이라는 걸 알리고 사과시킬 생각인 거예요.

아샤는 어딘가 흥이 깨진 모습으로 그 대화를 지켜보았다.

아마 그들은 미아의 명령을 받고 사과하기 위해 불려온 것이다.

──정말 시시한 연극이에요. 만약 진심으로 그런 생각을 하고

계시는 거라면 미아 황녀 전하도 대단한 사람은 아니네요…….

하지만 이렇게까지 환경을 만들어놓는다면 아샤도 사과를 받아들일 수밖에 없다. 게다가 미아의 요청에도 응해야 할지도 모른다.

이유도 없이 의뢰를 거절할 만큼 제국의 황녀가 지닌 권위는 가볍지 않다.

──이것도 다 우리나라가 약하니까……. 가난하니까…….

암담한 기분으로 상황을 지켜보던 아샤였으나……, 그런 그녀의 눈앞에서 뜻밖의 사태가 전개되었다.

자신들이 맛있다고 칭찬했던 것, 그것이 업신여겼던 페르쟝의 농작물로 만든 요리임을 지적받은 귀족 자제들은…….

"아아, 그렇군요. 하찮은 페르쟝산 과일을 써서 이렇게 맛있는 케이크를 만들다니, 역시 우리 제국의 요리사는 대단하다는 말씀이시죠!"

"즉 오늘 다과회는 얼마나 품질이 떨어지는 재료를 사용해서 뛰어난 요리를 만들 수 있는가, 그런 거였군요."

예상한 범주를 넘어서는 황당한 말을 떠들기 시작했다.

"……네?"

아무리 미아라고 해도 그건 예상하지 못한 건지 놀라서 눈을 깜빡였다.

한편 아샤는 싸늘한 눈으로 귀족 자제들을 바라보았다.

──아아, 정말 하찮은 사람들…….

이런 상황에서까지 자신들의 잘못을 인정할 수 없다니, 사과할 수 없다니……. 어쩜 이렇게 어리석을까……. 그렇게 기가 막힌 것과 동시에 아샤는 의문을 느꼈다.

——하지만 미아 황녀 전하께선 대체 뭘 하고 싶으셨던 거죠? 저 사람들에게 사과하게 하고 싶다면 사전에 명령하시면 될 텐데…….

당연히 그렇게 해야 했다. 이렇게 될 줄을 예상하지 못하는 사람이 제국의 예지라는 거창한 이름으로 불릴 리가 없으니…….

그때였다.

"저기, 아샤 왕녀 전하……."

다과회에 참가했던 소년이 쭈뼛거리며 말을 걸었다. 나이는 라냐보다 조금 연하일까. 소년 옆에는 도래로 보이는 소년과 소녀도 있었다. 다른 참가자에 비해 어린 인상을 주는 그들은 아샤도 궁금해하던 참이었다.

"무슨 일이죠? 음……."

아샤는 온화한 미소를 지으며 생각했다.

이 다과회가 아샤에게 사과하기 위해 마련한 자리라면, 이 아이들은 왜 있는 걸까.

그런 아샤의 의문을 알아차린 건지 소년은 세로 루돌폰이라고 이름을 밝혔다.

아무래도 이곳 영주의 아들인 모양이다. 그 옆의 소년은 와그루, 그 옆의 소녀는 세리아라고 이름을 댔다.

"자기소개 감사합니다. 그래서요?"

"아, 네. 이 파스타면에 쓰인 재료는 혹시…… 냉월 메밀인가요?"

"아마 그럴 거라고 보는데요……."

왜 요리 재료에 대해 자기에게 물어보는 건지 의아해하면서도 아샤는 고개를 끄덕였다.

"그건 왜 궁금해하시는 거죠?"

"네. 만약 이게 냉월 메밀이라면 대단하다고 생각해서요."

"……어머, 어째서인가요?"

아샤의 눈동자가 스윽 가늘어졌다. 가만히 바라보는 시선 끝에서 세로는 작은 목소리로 대답했다.

"메밀은 이 계절에는 수확할 수 없으니까요. 겨울에 수확했을 거예요. 하지만 이 파스타는 갓 수확한 신선한 냉월 메밀의 맛이 났어요. 이건 어떻게 된 일이죠?"

세로의 말을 듣고 아샤는 경악했다.

눈앞의 소년은……, 페르쟝의 뛰어난 기술력을 정확하게 간파했기 때문이다.

"용케 알아보셨군요. 그건 품종 개량으로 조금 따뜻한 시기에 열매를 맺도록 만든 냉월 메밀입니다."

"네? 그런 게 있다고요? 그건 어떻게……."

놀라서 감탄하는 세로. 그 후 연이어 날아온 질문은 그의 식물 지식이 얼마나 대단한지 증명했다.

──이 아이는 대체……?

그런 의문을 느낀 아샤였으나 대답은 바로 나왔다.

"저희는 미아 님의 학원에 다니게 될 예정이에요."

──아아, 그렇구나……. 이 아이들이 학생인가 보네요…….

그렇게 생각하자 조금이지만 흥미가 솟았다. 저 무뢰배들에게 느끼는 증오 따위는 아무래도 좋다고 생각하게 될 만큼…….

──그런가……. 혹시 미아 황녀 전하께선 저런 하찮은 자들의 사과에는 의미가 없다고, 그걸 보여주고 싶으셨던 걸까요……?

아샤는 문득 생각했다.

애초에 그건 아샤 본인이 했던 말이다.

'미아의 사과를 받아도 의미가 없다'고.

마찬가지로 미아의 명령을 받아 억지로 하는 사과에도 의미는 없다. 오히려 하잘것없는 자들의 사과 따위는 받아봤자 아무런 이득도 되지 않는다.

그런 시시한 감정에 사로잡혀 우수한 아이들을 교육한다는 이 기회를 놓칠 것이냐.

혹은 뜻깊은 연구를 계속하는 것을 포기할 것이냐.

아샤는 미아가 그런 식으로 물어보는 것 같은 기분이 들었다.

하지만…… 그렇지 않았다.

"그나저나 미아 님께서는 어째서 제국 내에 식물학을 가르치는 학교를 세울 생각을 하신 거죠?"

의문을 느낀 아샤가 무심코 중얼거렸다.

제국에는 농업이나 그에 관련된 것을 얕잡아보는 경향이 있다. 그래서 일부러 황녀가 주선해서 세우는 학원에 식물학 수업을 도입할 필요는 없지 않을까?

그런 의문에 대답한 사람은 와그루라는 소년이었다.

"미아 님께선 그러셨어요. 굶주리지만 않으면 무슨 일이든 어떻게든 되는 법이라고……."

더 정확하게 말하자면 '굶주리지만 않으면 무슨 일이든 어떻게든 되는 법. 혁명도 일어나지 않고, 단두대에 끌려갈 걱정도 없어요'라는 뜻이었지만……. 당연히 아샤는 알 방도가 없었다.

그리고 와그루는 조금 쑥스러운 듯한 미소를 지으며 미아와 어떻게 만났는지 말해주었다.

와그루가 빈민가에서 굶주려 쓰러져있는 걸 구해주었다는 에피소드를.

이어서 세리아도 입을 열었다. 그녀 또한 고아원 출신으로 굶주림을 아는 소녀였다.

"굶주리지만 않으면 무슨 일이든 어떻게든 되는 법……. 그래서 식량이 필요하다……. 많은 식량을 확보하기 위해 식물학 지식이 필요하다. 농업기술 향상이 필요해진다……. 그렇게 말씀하셨어요."

미아의 말은 아샤의 가슴을 깊이 쑤시며 후벼팠다.

왜냐하면 그것은 아샤의 원점이라고도 할 수 있는 말이기 때문이다.

과거에 농업국이라 불리던 페르쟝도 기근에 시달린 적이 있었다.

그 해엔 비가 많이 내려서 일조량이 부족했기 때문에 각종 농작물 수확량이 급감하고 말았다.

페르쟝의 왕족은 국민인 농민과 가까운 관계다.

따라서 아샤는 아버지인 국왕을 따라 각지의 농촌을 돌았다.

배가 고파서 쓰러진 백성들을 보고……, 아직 어린아이가 도움을 요청하며 손을 뻗는 것을 보고…….

이런 것은 보고 싶지 않다고. 이런 불행이 다시는 있어선 안 된다고 생각해서…….

그래서 이런 불행이 세상에서 사라지길 기도했다.

아샤는 다시금 눈앞의 소년들을 보았다.

얼핏 보면 잘 먹고 잘 입은 아이들. 그런 그들이 그날 보았던, 죽어가던 아이들과 겹쳐 보였다.

페르쟝 하나만이 풍요로워져도 의미가 없다.

제국을 뛰어넘는 힘을 얻어 모든 나라를 석권할 정도로 강해진다 해도, 그건 한 나라에 국한된 일이다.

그래서는 그날 보았던 불행한 광경은 결코 사라지지 않는다.

페르쟝에서 볼 수 없게 될 뿐이다. 세상 어딘가에선 또다시 같은 불행이 일어나고, 굶주려 쓰러지는 아이들이 있다.

그리고 그것은 지금, 눈앞에 있는 아이들일지도 모른다.

──저는 뭘 위해 세인트 노엘에 갔던가요.

농업국의 농업기술을 갈고닦아 나라를 부강하게 만들기 위해? 페르쟝 백성의 안녕을 위해?

아니, 그렇지 않다. 그런 게 아니었다.

그 불행을 반복하고 싶지 않아서……. 그 누구도 배고파 쓰러지는 일이 없는 세상을 만들고 싶어서…….

──그래서 식물학을 공부하기로, 결심한 거였죠…….

그것은 어린 소녀의 작은 기도였다.
부디 이 세상에서 그런 불행이 일어나지 않게 해주세요.
하지만 아무리 기도해도, 빌어도 수확량이 줄어들 때는 줄어든다.
굶어 죽는 사람은 사라지지 않았다.
그래서 기도는 이뤄지지 않는다고, 의미가 없다고. 어느샌가
포기하고 있었다.
하지만…….

눈앞에 내밀어진 손이 있다.
작지만 고귀한, 제국의 황녀 전하의 손.
그녀는 불현듯 깨달았다.
자신의 기도는 계속 닿지 않는다고 생각했다. 하지만, 어쩌면
그게 아닌 건지도 모른다.
눈앞의 이 소녀야말로 기도의 대답인 건지도 모른다.
세상에서 그런 불행을 없애기 위한 길이, 지금 눈앞에 열려 있
는 건지도 모른다.
──그렇다면, 저는……. 저는……!
가슴속 깊은 곳에서 서서히 끓어오르는, 불가사의한 감정이 등
을 떠미는 대로 아샤는 미아에게 말했다.
"미아 황녀 전하, 그…… 강사 제의 말인데, 꼭 받아들이고 싶
습니다."

"……………네?"

작전은 완전히 실패했다면서 화풀이하듯 케이크를 먹고 있던 미아는 입 안 가득 넣은 케이크 때문에 제대로 대답하지 못했다.

아샤 타하리프 페르쟝.

그것은 역사에 새겨져야 할 영웅의 이름. 천재 총아 세로 루돌폰과 함께 냉해에 강한 밀가루를 만들어내고, 대륙에서 기근을 일소한 위대한 학자의 이름이다…….

이리하여 선견지명이 뛰어난 희대의 전략가 미아는 무사히 아샤를 포섭하는 데 성공했다.

그렇다. 제국의 예지는 준비 단계에서 미리 승리를 확정해두었다.

싸움이 시작되기 전부터 승리를 손에 넣는다는 신기를 부린 '예측가' 미아는 대단히 흡족해하며 케이크와 과자를 배부르게 즐겼다. 무계획적으로, 달콤한 디저트를 잔뜩 먹어버렸다…….

미아는 잊고 있었다. 지금의 여름을 앞둔…… 비교적 중요한 시기라는 것을…….

미래를 읽지 못했다.

설마 약 한 달 뒤에 그런 굴욕적인 사건이 기다리고 있을 줄이야…….

미아가 자신이 토실토실해졌음을 깨닫게 되기까지…… , 앞으로…… 40일.

제23화 천칭왕과 미아의 충신

제도의 일각, 주로 귀족 자제가 승마술을 연습할 때 쓰는 장소인 '월마정(月馬庭)'에서.

미아는 열심히 승마 훈련을 하고 있었다.

"가자! 실버문!"

적당히 붙인 말의 이름을 부르며 고삐를 잡았다.

미아는 달음박질하는 말 위에서 흔들리며 기분 좋게 웃었다.

"아아, 어쩐지 점점 말 타는 게 능숙해진 것 같은 느낌이 들어요. 어떤가요?"

말에게 말을 걸자 말은 '히히힝' 하고 울음소리를 냈다.

『쓸데없는 소리 하기 전에 좀 더 무게를 줄이든가.』

그런 말을 들은 것 같은 느낌에 미아는 뾰로통해졌다.

……완전한 피해망상이다.

제도 루나티어에 귀환한 후, 미아는 매일 승마 연습을 반복했다.

하루 두 시간씩 말을 타고, 춤 연습도 빼놓지 않았다.

여태까지 미아가 이렇게 열심히 공부한 적이 있었을까……? 아니, 없다! 그런 생각이 들 만큼 미아는 운동의 여름을 만끽했다.

"아아, 역시 몸을 움직이는 건 기분 좋네요……. 어라? 저건……."

문득 연습장 입구에 시선을 준 미아는 작게 고개를 갸우뚱했다.

그곳에는 탈의실에서 대기하고 있어야 할 안느가 모습이 있었다.

"안느, 무슨 일인가요?"

"미아 님, 선크랜드 왕국 및 렘노 왕국에서 사자가 오셨습니다."

"아, 그 건으로……. 역시 키스우드 씨였죠?"

미아는 말에서 내리며 말했다. 안느가 내민 부드러운 수건으로 땀을 닦으며 길게 한숨을 쉬었다.

"그것이……."

안느는 난처한 얼굴로 뒤를 돌아보았다.

그곳에 있는 사람은…… 여행용 후드를 뒤집어쓴 세 명의 남자들이었다.

──흐음……, 생각보다 체구가 작네요.

조금 아쉬워하는 미아였다.

미아는 거구의 남자와 상성이 좋다.

──뭐, 키스우드 씨는 그리 몸집이 큰 편이 아니었죠……. 다른 분들도 비슷한 정도네요. 렘노 왕국에서는 금강보병단 분이 오신 게 아닌가 봐요. 아쉬워라…….

그렇게 여유를 부릴 수 있었던 건 처음뿐이었다.

"잘 지내셨습니까. 미아 황녀 전하."

선두에 선 사람이 후드를 벗자 그곳에서 나타난 얼굴은 예상했던 대로 키스우드였다.

"키스우드 씨, 안녕하세요. 와 주셔서 감사합니다. 잘 부탁드려요."

그 후 뒤에 있는 두 사람에게 시선을 주었다.

"그쪽 분들은 처음 뵙는 건가요?"

흠잡을 곳 없이 완벽한 대외용 미소를 지으며 시선을 옮긴 미아, 였으나…….

"후후, 여름방학 중에도 열심히 승마 연습을 하고 있을 줄이야. 역시 너는 성실하구나, 미아."

귀에 익은 목소리에 무심코 깜짝 놀랐다.

"어? 어어? 어, 어떻게 된, 일이죠? 이건?"

혼란스러워하는 미아. 그 눈앞에서 후드가 벗겨지고…….

"아벨? 게다가 시온까지? 왜 이런 곳에?"

놀라는 미아를 본 두 왕자는 장난기 어린 미소를 지었다.

"실은 내가 시온에게 상담했어. 미아가 좀 걱정되어서, 어떻게든 하고 싶다고."

"네……? 저, 그건, 즉…… 어?"

"즉 우리도 호위로 미아와 동행하겠다는 거야. 하하, 이런 식으로 외국에 올 방법이 있었다니 생각지도 못했어."

"하지만……, 괜찮은 건가요? 그렇게 해도……."

조금 걱정스러워하는 미아였으나, 그런 그녀에게 시온은 작게 어깨를 으쓱했다.

"물론 잠행이지만, 뭐 문제는 없을 거다. 너와 그린문 공작 영애와 함께 뱃놀이하러 가는 것뿐이니까."

죄책감을 느끼는 기색도 없이 그렇게 말하는 시온 뒤에서 키스우드의 눈빛이 아득해졌다.

"시온 전하는 이래저래 말썽을 많이 부리셨으니까요. 잠행으로 외국에 오는 것쯤은, 뭐…… 흔히 있는 일이라고 할지…….'

그는 마치 자기자신을 타이르듯이 중얼거렸다.

──아아, 이분도 이래저래 고생하는군요……. 불쌍해라…….

뭐, 주인이 시온이니 어쩔 수 없죠…….

과거 도시락 만들기 사건 때의 일은 완전히 잊어버린 미아는 키스우드를 동정했다.

미아는 남의 일은 잘 보이는 타입이다.

"실례합니다. 미아 님……, 대화하시는 도중에 죄송합니다."

그때였다.

루드비히가 급한 모습으로 찾아왔다.

"미아 님, 오늘의 일정은…….'

"아, 오랜만이야. 루드비히 경. 렘노 왕국에서 만난 뒤로 처음인가."

인사를 들은 루드비히는 순간 허를 찔린 것처럼 눈을 깜빡였다.

"무슨! 시, 시온 전하와 아벨 전하……? 왜 제국에?"

경악해서 굳어버린 루드비히에게 옆에서 대기하던 키스우드가 설명했다.

"아아, 그랬습니까……. 미아 님을 위해…….'

"뭐, 이번에는 반쯤 놀러 온 거나 마찬가지라고 보지만, 앞으로는 함께 싸우게 될지도 모르니 잘 부탁한다."

쾌활하게 말하는 시온에게 루드비히는 깊이 머리를 숙였다.

"아뇨, 저야말로 잘 부탁드립니다. 명망 있는 두 왕자 전하께서 아군이 되어주신다니 참으로 든든합니다."

그런 루드비히를 본 시온은 신기하다는 듯 고개를 갸웃거렸다.

"으음, 왠지⋯⋯. 하하, 네게 그런 말을 듣는 건 조금 감개무량한데. 어째서일까. 렘노 왕국에서 잠깐 얼굴을 본 게 전부일 텐데⋯⋯, 네게 인정받은 것이 어쩐지 기뻐."

"그것은 저로서도 영광입니다. 부디 앞으로도 미아 황녀 전하를, 그리고 이 제국을 잘 부탁드립니다."

루드비히는 시온과 아벨의 눈을 바라보며 다시금 머리를 숙였다.

이렇게 제국의 예지의 충신, 루드비히 휴이트와 미래의 천칭왕 시온 솔 선크랜드 사이에 인연이 맺어지게 되었다.

이전 시간축에서는 끝내 교차되지 못했던 두 사람의 길이 지금, 제국의 예지 미아 아래에서 단단히 결속하였다!

⋯⋯참고로 그 인연을 맺어준 장본인, 미아는 뭘 하고 있었냐면⋯⋯.

"어라⋯⋯? 하지만 호위로서 동반한다는 건 함께 뱃놀이를 한다는 거잖아요? 그렇다는 건 그 수영복 모습도⋯⋯⋯⋯, 어라?"

미아는 무의식중에 자신의 배를 만져보았다⋯⋯.

⋯⋯어쩐지⋯⋯, 아주 조금! 토실토실한 기분이 든다!

미아의 승마 연습과 댄스 레슨에 한층 열의가 담긴 것은 말할 필요도 없으리라.

제24화 미아 황녀, 고찰하다

백월궁전, 백야의 식당. 미아는 조금 늦은 점심을 먹었다.

참고로 시온과 아벨의 모습은 그곳엔 없다.

본래 타국의 왕족이 자신을 방문한 이상 대접하는 것이 예의이긴 하나, 잠행으로 온 그들의 존재를 너무 대놓고 드러낼 수는 없다.

"모처럼 왔으니 제도를 견학할게."

그렇게 말하고 떠난 세 사람이 사실은 신월지구에 가서 미아가 세운 병원과 교회의 모습을 견학하러 갔다는 건 전혀 모르는 미아였다.

그런고로 미아는 우아하게 점심을 즐기며 루드비히의 보고를 받았다.

그것은 여름방학 여정에 관한 것이었다.

티어문 제국은 바다와 떨어져 있다. 따라서 뱃놀이를 할 경우, 우호국인 이웃 나라에 가야 한다.

앞으로 갈 나라의 이름을 들었을 때 미아는 작게 고개를 갸웃거렸다.

"잠깐, 그 나라의 이름을 어디선가……."

그린문 공작가가 소유한 범선 '에메랄드 스타 호'가 정박한 곳은 가누도스 항만국이라는 소국이었다.

티어문 제국 서부와 국경선을 맞댄 그 나라는 예로부터 제국을 공손히 따르겠다고 맹세한 우호국이었다. 국력, 군사력 모두 제국과는 비교도 할 수 없을 만큼 약소국이며, 갈레리아 바다라는 내해와 인접한 것 말고는 아무런 특징도 없는 나라.

문벌귀족 중에는 제국의 비호를 받는 속국 취급을 하는 자도 많았으나……. 제국 붕괴의 날을 겪은 미아는 알고 있다.

이 나라의 풍부한 해산물이 페르쟝 농업국의 농산물과 함께 제국의 식량 공급에 큰 영향을 끼친다는 사실을.

――루드비히와 함께 머리를 숙이러 갔었죠…….

씁쓸한 기억이 떠올랐다.

몹시 중요하고, 하지만 순종적이었던 이 나라와의 교섭은 좌절되고 말았다.

"그것도 다 그린문 공작가가 재빨리 도망가버렸기 때문이에요."

미아는 원망스러운 듯 신음했다.

예로부터 그린문 공작가는 외국, 해외에 눈길을 주었다. 그곳에서 얻을 수 있는 거대한 부에 눈독을 들인 공작가는 바다에 인접한 외국과 적극적으로 교류하며 영향력을 행사해왔다.

그리고 이 가누도스 항만국도 그중 하나였다.

――그때의 고통을 한 번 더 겪게 되는 건 피하고 싶어요. 혁명이 일어나지 않는다면 그린문 공작가가 외국으로 도피할 일도 없겠지만…….

만에 하나라는 가능성도 있다.

내년에는 그 무시무시한 대기근이 제국을 덮친다.

――그린문 공작가 말고도 연결고리를 만들어둘 필요가 있겠

군요……. 식량이 부족해진 뒤에는 얕잡아 보일 테지만, 지금이
라면 황녀의 이름을 써서 쉽게 진행할 수 있을 터…….

안전을 위한 방책을 겹겹이 쌓아 올리는 것이 소심한 자의 진
면목.

포크로드 상회를 통해 얻는 곡물과 페르쟝과의 우호 관계, 신
형 밀가루 개발과 적극적인 식량 비축.

여기에 더해 갈레리아해(海)의 해산물 공급도 확실한 통로를 만
들 수 있다면 말 그대로 완전무결한 태세라 할 수 있다.

게다가 자신이 놀러 간 사이에 해결된다면 이보다 더 근사한 일
도 없다.

미아는 루드비히 쪽에 시선을 주었다.

"루드히비, 이번 뱃놀이 말인데요. 당신도 가누도스까지 동행
하세요."

"네. 알겠습니다. 가누도스와의 교섭 창구를 열어두라고 말씀
하시는 거죠?"

"네, 맞아요."

빵에 달콤한 잼을 듬뿍 발라서 한입.

그 후 미아는 고개를 갸웃거렸다.

──그나저나 가누도스는 제국이 재건되었을 때는 어떻게 할
생각이었던 걸까요……?

티어문이 혁명으로 멸망해서 망정이지, 기근을 극복하고 국가
재기에 성공했을 경우……. 식량 수출을 꺼린 가누도스는 보복성
제재를 피할 수 없을 텐데.

──설마 그걸 각오하고 제국을 공격하려는 의도였던 건 아닐 테지만……. 조금 마음에 걸려요. 어쩌면 의외로 그린문가가 뱀 관계자라는, 다른 분들의 우려가 적중했을 가능성도 있는 걸까요……?

에메랄다 본인은 무관계하다고 해도, 그린문 가의 누군가가 관계자가 아니라고는 단언할 수 없을지도 모른다.

──에메랄다 양과 함께 바다에 가라앉힐 생각…… 이진 않겠지만……. 아무리 작아도 가능성의 싹은 뽑아둘 필요가 있어요.

우물우물……. 달고 부드러운 빵을 삼킨 뒤 미아는 홍차를 입에 가져갔다.

그 향기를 천천히 즐긴 후 다시금 루드비히 쪽을 보았다.

"추가로. 저희가 뱃놀이하러 간 뒤, 디온 씨도 불러서 합류, 가누도스에서 함께 행동하세요."

"디온 씨를……? 그 정도의 사태가 일어날 것이라고 보십니까?"

"어디까지나 만약을 위해서예요. 황녀전속 근위대나 바노스 씨를 믿지 않는 건 아니지만……, 여차할 때 디온 씨만큼 의지할 수 있는 분도 잘 없잖아요?"

함께 뱃놀이하러 가는 것은 논외지만……. 무슨 일이 있을 때를 위해서는 근처에 있는 게 낫다.

디온을 거북해하면서도 신뢰하는 미아였다.

──제국에서 불러들이는 것보다는 가누도스에서 대기시키는 게 훨씬 빨리 올 수 있을 테고요…….

자신의 안전을 위해서는 방심하지 않는 미아였다.

"저쪽에서의 행동은 당신들에게 일임하겠습니다."

마지막에 그렇게 말한 미아는 점심 식사를 끝냈다.

제25화 에메랄다의 작전

　에메랄다 에트와 그린문은 미아보다 먼저 가누도스 항만국에
와 있었다.

　나라의 중진들이 인사하는 것을 귀찮아하며 흘려들으면서도
우아한 나날을 보냈다.

　애초에 국력으로 따지면 제국의 발끝에도 미치지 못하고, 재력
은 사대공작가보다도 열등한 약소국이다. 그래도 유일하게 봐줄
만한 점이 있다면, 그것은 선박 건조 기술이었다.

　그린문가가 보유한 범선, 에메랄드 스타 호는 이 나라에서 건
조한 배였다. 매년 여름에 에메랄다가 쓸 때 말고는 계속 항구에
정박해두는 이 배는 무척 아름답고 우아한 자태를 자랑했다.

　선명한 녹색으로 물들인 선체, 두 개의 멋진 돛대와 선수에 달
린 예술적인 선수상(船首像), 그 완성된 실루엣은 아무리 에메랄다
라고 해도 트집을 잡을 수 없을 정도였다.

　그런 에메랄드 스타 호의 선장실에서 에메랄다는 기분 좋게 콧
노래를 흥얼거렸다.

　"호호호. 고스란히 함정에 빠져주셨군요, 미아 님."

　자신의 꿍꿍이가 잘 풀린 것이 기뻐서 견딜 수 없는 에메랄다
였다.

　출렁출렁 흔들리는 선체조차 어쩐지 즐거워서 웃음이 멈추지
않았다.

그런 그녀에게 한 소녀가 다가왔다. 그녀는 어릴 때부터 계속 에메랄다의 수발을 들어온, 에메랄다보다 두 살 연상인 소녀로……

"실례합니다. 에메랄다 님."

"어머, 무슨 볼일이죠? 음, 그러니까……."

"니나입니다. 에메랄다 님."

니나는 표정 하나 바꾸지 않고 자신의 이름을 말했다.

"아, 그래. 미안하게 됐네요, 사용인의 이름은 일일이 기억하지 않아서."

에메랄다는 그걸 당연한 일이라고 생각했다.

마치 맛만 좋다면 홍차 산지에 관심을 갖지 않는 것처럼.

자신은 선택받은 자이고, 가장 좋은 것이 주어지는 게 당연하다고…….

그렇기에 그것은 사용인도 마찬가지……. 완벽하게 시중을 들어주기만 한다면 누구든 상관없다.

에메랄다는 고귀한 자는 그래야만 한다는 교육을 받았다.

"네. 알고 있습니다. 에메랄다 님."

"그래서 무슨 일이지?"

"네. 미아 황녀 전하께서 항구에 도착하셨습니다만……."

니나는 곤혹스러운 듯 말을 이었다.

"조금, 마음에 걸리는 것이……. 황녀 전하께서 데려오신 호위가……."

"호위……?"

"네. 황녀전속 근위대를 대동하셨습니다만……."

"어머, 그건 당연한 것 아닌가요? 황녀 전하이시니 놀랄 필요는 전혀 없지. 고귀한 핏줄이라면 그 정도의 마음가짐은 지니셔야……."

별일 아니라는 듯 고개를 젓는 에메랄다였으나…….

"뱃놀이에도 다섯 명 정도 대동하고 싶다고 하십니다……."

"어머, 그렇게나?"

그 말에는 눈살을 찌푸렸다.

"한두 명이라면 이해하지만, 다섯 명은 조금 많은 느낌이 드네요. 우리 공작가에서도 제대로 호위를 준비해두었는데."

애초에 그린문 공작가는 황제의 신하이다.

적대적인 외국의 배에 타는 것이라면 모를까, 승무원 전원이 아군이라고 할 수 있는 상황인데…….

"흐응, 그렇다면 해적이나 바다의 마물 등 무시무시한 것이 나온다고 생각하시는 거군요. 호호호, 미아 님께서도 의외로 소심하시다니까."

설마 자신을 의심하고 있을 줄은 전혀 생각하지 못하는 에메랄다였다.

"뭐, 그 정도라면 아무렇지도 않지만……. 아아, 하지만 조금 안쓰럽네요. 자신의 가까운 호위에게 꼴사나운 모습을 보여주게 되다니……, 호호호."

에메랄다는 심술궂은 미소를 지으며 말했다.

"정말 기대돼요……."

이리하여 미아는 에메랄다의 무시무시한 꿍꿍이에 발을 들여놓게 되었다.

참고로 에메랄다의 무시무시한 꿍꿍이란 2단 구조다.

먼저 수영하지 못하는 미아의 모습을 보고 웃어주는 것!

딱히 물에 빠뜨리려는 위험한 계획은 없다. 아마 물에 얼굴을 담그지도 못할 테니, 그 꼴사나운 모습을 보고 웃어주려는 생각이다…….

그리고 그런 미아에게 언니 행세를 하며 수영 교습을 해주는 것이 제2단계다!

며칠 전에 당한 것을 보복하면서, 같이 즐겁게 놀 수 있다는 근사한 작전이었다.

기본적으로 자신은 미아의 절친한 친구라고 생각하는 에메랄다다.

참고로 아무리 미아라고 해도 물에 얼굴을 담글 수는 있다. 그렇다. 목욕을 좋아하는 미아가 욕조물에 머리를 잠수해본다는 유혹에 이길 수 있을 리 없다!

뭐, 그런 건 아무래도 좋고…….

"오호호, 기대되라. 너무너무 기대돼요."

노래하듯 웃은 에메랄다는 선장실을 뒤로했다.

……게다가, 참고로……, 에메랄다는 미아가 입을 수영복도 철저하게 준비해두었다.

전문 재봉사에게 만들게 한 최신식 디자인으로, 배가 노출되는 아주 파렴치한 수영복이다!

　그리고 에메랄다와 세트이기도 하다…….

　……미아는 아주아주 싫어하겠지만 딱히 괴롭힐 생각은 아니다.

　어디까지나 친구로서 호의가 담긴 행위이다.

제26화 자웅을 겨루는 순간!

"저것이 에메랄드 스타 호…… 인 거군요."

항구에 정박한 여러 척의 배 중에서도 빼어나게 아름다운 범선, 에메랄드 스타 호.

온갖 기술을 구사하여 만들어낸 세련된 조형, 수많은 섬이 떠 있는 갈레리아 바다의 특성을 고려해 좁은 곳에서도 재빠르게 방향을 틀 수 있는 민첩함까지 실현한 근사한 배를 보고…… 미아는.

"어쩐지 예상했던 것보다 더 소소하네요……."

작은 감상을 흘렸다.

참고로 미아가 아는 배는 세인트 노엘 학원이 자랑하는 거대함선뿐이다.

미아에게 배란 마차를 여러 대씩 싣고 이동하는, 무시무시하게 거대한 배이다.

당당한 위엄이 넘치고 숨을 삼키게 될 정도로 크고 화려한 배이다.

그에 비해 에메랄드 스타 호는 기껏해야 마차의 2, 3배 정도의 크기였다.

"에메랄다 양이 자랑스럽게 이야기하기에 영락없이 어마어마하게 큰 배일 거라고 생각했는데, 김이 빠지네요."

……미아는 기본적으로 뭐든 큰 것을 좋아한다.

스케일이 중요하다. 큰 것이야말로 박력, 큰 것이야말로 감동이다.

그런 기준에서 봤을 때 눈앞의 배는 왠지 장난감 같아서 조금 실망스러웠다.

용도를 생각하면 에메랄드 스타 호는 뱃놀이를 위한 배이다.

대량으로 짐을 싣는 상선이 아니기에 그렇게 크지 않아도 괜찮고, 군함이 아니기에 대포를 탑재할 필요도 없다. 오히려 필요한 기능을 유지한 상태로 최대한 소형화한, 첨단기술이 집약된 배이지만……

그런 건 알 바 아닌 미아였다.

팔짱을 끼고 거만하게 배를 올려다보는 미아.

그런 그녀를 지키듯 호위병단이 서 있고, 미아의 뒤에는 당장에라도 앞에 나설 수 있도록 아벨이 대기하고 있다.

시온은 그걸 멀리서 바라보며 루드비히에게 말을 걸었다.

"그런데 루드비히 경, 미아는 무슨 생각으로 이번 뱃놀이에 온 거지?"

"글쎄요……. 무슨 생각이라는 건 무슨 뜻이죠?"

"아니, 그저 놀러 왔다고 한다면 그래도 괜찮아. 그녀도 인간이니까. 하지만……."

시온은 눈을 살짝 가늘게 뜨면서 말을 이었다.

"혼돈의 뱀이라는 정체불명의 위험한 조직이 암약하는 이 상황에서. 과연 그럴 때 그녀가 오직 놀기 위해서 외출을 할까?"

그런 질문을 받은 루드비히는 조용히 고개를 끄덕였다.

"역시 시온 전하시군요. 혜안이십니다……. 사실 미아 님께선 가까운 미래에 커다란 기근이 대륙을 덮칠 것이라고 예상하고 계십니다."

"기근……?"

"네. 그것도 대륙 전역을 뒤덮는, 지극히 심각한 규모입니다."

루드비히는 그것을 대비하기 위해 미아가 해온 일을 하나하나 정성스럽게 설명했다.

"그건, 처음 듣는군……."

"말씀하지 않으신 것은 아마 확실성이 없는 이야기이기 때문일 겁니다. 저도 반신반의했습니다. 인간이 미래를 내다볼 수는 없죠. 그러니 그것은 제국의 식량 자급체제가 부족하다는 것을 지적하기 위한 비유라고, 그렇게 생각했습니다만……."

거기서 루드비히는 한번 말을 끊었다.

"올해 여름은 무척 시원합니다. 이런 해에는 수확량이 줄어드는 경향이 있습니다."

그 후 루드비히는 햇빛을 반짝반짝 반사하는 바다에 시선을 주었다.

"그렇기에 이 가누도스 항만국의 해산물 수입은 지극히 중요해집니다. 하지만 이 나라와의 교섭을 틀어쥐고 있는 것은 그린문 공작가죠. 황녀 전하께선 그런 상황을 위험시하고 계신다고, 저는 그렇게 이해하고 있습니다."

루드비히의 이야기를 들은 시온은 자신도 모르게 경악했다.

"나는 아직도 그녀를 잘못 보고 있나 보군. 그렇게까지 민초를 생각하며 움직이고 있었을 줄이야."

높게 평가한다고 생각했다. 하지만 그래도 부족했다.

"기근이 일어났을 때를 대비해 비축하는 것까진 이해해. 빈곤한 지역의 치세도 훌륭하다는 말밖에 나오지 않았지. 하지만 클로에 양의 본가를 통한 해외 수송망 확립, 학원도시 계획을 이용한 계몽 활동……. 그렇게까지 하고 있을 줄은 상상하지 못했어."

그 후 시온은 문득 무언가 떠올랐다는 듯 눈을 빛냈다.

"그럼 루드비히 경은 미아가 바다에 나가 있는 동안 이 나라의 정부와 교섭할 생각인가?"

"할 수 있는 일은 할 생각이지만……. 어차피 그린문 공작가의 협력을 얻지 못하면 교섭은 쉽지 않겠지요. 그리고 그걸 모르시는 황녀 전하가 아니시니……. 미아 님께선 그렇기에 에메랄다 님의 초대에 응하신 것이겠죠."

루드비히는 미아의 등으로 시선을 옮겼다.

"미아 황녀 전하께서 별을 지닌 공작 영애, 에메랄다 님과 자웅을 겨루시는 걸 기다리며 저는 제가 할 수 있는 일을 할 생각입니다."

"평안하셨나요, 미아 님."

"아아, 에메랄다 양. 평안하셨어요?"

배에서 내린 에메랄다를 향해 미아는 드레스 자락을 들어 올리고 생긋 웃었다. 흠잡을 곳 없는, 완벽한 대외용 미소였다.

"오늘은 즐거운 뱃놀이에 초대해주셔서 감사합니다."

"무슨 말씀이신가요, 미아 님. 저희는 친구잖아요?"

반면 에메랄다는 기쁘다는 듯 방글방글 웃었다. 참고로 이 미
소에 숨겨진 의도는 없다. 진심으로 미아와 놀 생각으로 가득한
에메랄다였다.

"그런데 미아 님께서는 호위를 많이 데려오셨다고……."

"네, 그렇습니다. 다섯 명의 동행을 허가해주셨으면 하는데
요……."

"으음, 허가해드리고 싶은 마음은 굴뚝같지만, 제 배에 타는 남
성은 다들 용모가 단정해야 한답니다."

그렇게 말한 에메랄다는 두 팔을 벌렸다. 그러자 그 뒤로 그녀
의 호위들이 쫙 도열했다. 다들 수려하게 생긴 청년들이었다.

"어떠십니까? 제 배에 어울리는 아름다운 호위들의 모습은……."

에메랄다는 미아를 무시하듯 쿡쿡 웃었다.

"미아 님의 황녀전속 근위대는 거친 사내분들도 많다고 들었는
데요. 근위병으로서 품격이라고 할까, 그런 부분을 좀 더 신경 쓰
시는 게 좋지 않으신가요?"

그녀의 태도에 근위병들이 일제히 험악한 표정을 지었다. 뒤에
서 끓어오르는 압력 같은 감각에 미아는 깨달았다.

──아아, 이건…… 싸울 수밖에 없겠군요.

여기서 가만히 넘기면 근위병들의 사기가 꺾여버린다.

대체 누가 자신의 명예를 지켜주지 않는 주군을 위해 목숨을 던
지려고 할까.

미아에게 근위병은 이전 시간축에서부터 이어진 몇 없는 아군

이다. 편입된 디온의 옛 부하들은 이전 시간축에서는 이미 죽었기 때문에, 미아도 따로 원망하는 마음은 없었다. 오히려 무익한 싸움에서 미아의 도움을 받아 목숨을 부지한 그들의 사기는 제법 대단했다.

그걸 일부러 깎을 필요도 없다. 날아드는 불똥은 뿌리쳐야 한다.

미아는 의연한 얼굴로 입을 열었다.

"어머, 저는 딱히 그들이 근위병에 어울리지 않는다는 생각은 해본 적 없는걸요? 제 몸을 지켜주는 호위는 다들 강자이고, 의지할 수 있는 분들입니다."

먼저 근위대의 실력을 띄워주었다.

"게다가 근위대에서 동행하는 사람은 두 명뿐이랍니다. 그 외엔 제 친구들이에요."

이어서 마운팅을 걸었다!

"네? 친구? 그건…… 앗?!"

어리둥절해서 눈을 동그랗게 뜨는 에메랄다였으나……, 직후, 미아의 뒤에 선 세 사람의 모습을 보고 경악했다.

"이분들이라면 에메랄다 양의 눈에도 흡족하지 않나요?"

"어, 어, 어째서, 시온 왕자님이? 게다가 옆에 계신 분은 렘노 왕국의 왕자 전하 아니신가요?!"

미아가 데려온 두 미남 왕자를 본 에메랄다는 비명을 질렀다.

미아가 평한 대로 에메랄다는 미남을 밝힌다. 따라서 세인트 노엘 학원의 남학생 정보를 파악하고 있었다.

연하지만 시온 왕자님은 합격이에요! 종자인 키스우드 씨도 제

법 잘생겼던데. 어떻게 잘해볼 수는 없을까요?! ……그런 생각을
했다.

　……미아와 닮은꼴인 에메랄다였다.

　아무튼, 그런 그녀에게 시온과 아벨, 게다가 키스우드의 조합
은 자극이 너무 강했다.

　휘청휘청 쓰러질 뻔한 에메랄다. 그녀를 급히 부축하는 미남
호위들.

　그걸 본 미아는 조금 우월감에 잠겼다.

　——흐흥, 승부가 났군요!

　우쭐거리면서 승리의 미소를 지은 미아가 말했다.

　"사실 아벨과 시온은 절 걱정해서 호위가 되겠다고 나서주었답
니다. 뱃놀이에 함께하는 것을 허락해주시겠어요?"

제27화 미아 황녀, 만족하다
(어떠한 플래그⋯⋯)

　미아 일행을 태운 에메랄드 스타 호가 출항했다.

　한껏 부풀어 오른 돛이 적절히 부는 바람을 받아 배가 쑥쑥 가속해나갔다.

　날씨는 쾌청. 구름 한 점 없는 파란 하늘에서는 햇빛이 쨍쨍 쏟아졌다.

　올해 여름은 시원한 날이 계속되고 있으나, 그렇다고 해도 햇볕은 제법 따갑다.

　그런 강렬한 햇볕을 받은 미아의 머리카락이 반짝반짝 빛났다.

　갑판에 불어오는 바닷바람. 그 조금 센 바람에 백금발을 나부끼면서 선수에 서 있었다.

　두 팔을 크게 벌리고 온몸으로 바람을 받으며 명랑하게 웃었다.

　"우후후, 근사해요. 마치 하늘을 나는 것 같아요!"

　승선 전까지 에메랄드 스타 호에 느꼈던 불만은 기억 저편으로 휙 날아가 버렸다. 미아의 기억 저편은 참으로 가까운 위치에 있다.

　그런 고로 미아는 몹시 기분이 좋았다.

　최근 계속 운동과 체중감량에 빠져있던 미아는 약간 스트레스가 쌓여있었다. 오랜만에 맛보는 해방감에 몸을 맡기는 것도 어쩔 수 없으리라.

그래도 다소 지나치게 흥에 겨운 상태지만…….

높은 파도가 배의 측면을 두드렸다.

철썩! 물보라가 튀고 배가 마치 언덕이나 무언가를 올라가듯 둥실 떠오르나 싶더니, 다음 순간에는 떨어졌다.

"……어라?"

당연히 그런 급격한 움직임에 따라갈 수 없었으니, 상체를 내밀고 있던 미아의 몸은 훌쩍 날아갈…… 뻔했으나!

"위험해!"

외침과 함께 미아를 끌어안아 잡아준 사람이 있었다.

"아, 아아, 감사합니다. 어……, 으헉!"

돌아봤다가 무심코 비명을 지르는 미아. 그렇다. 뒤에서 미아를 부드럽게 끌어안은 사람, 그는!

"아, 아, 아, 아벨?!"

바로 코앞에서 아벨의 얼굴을 본 순간! 미아는 기합을 넣어 배에 힘을 줬다!

미아의 소녀심 덩어리가 재빠른 반사 신경을 발휘했기 때문이다.

그러거나 말거나 아벨은 안도의 숨을 내쉬었다.

"미아, 너는 의외로 어린아이 같은 구석이 있구나……."

그 목소리는 무의식중에 중얼거리는 듯했다.

"윽, 아, 아벨. 보고 계셨어요?"

조금 전 자신의 행동을 떠올리고……, 미아는 얼굴을 붉혔다.

"저, 정말, 너무하세요! 보고 있었다면 말을 거시지……."

"아니, 보고 있었다고 할까. 넋을 놓았다고 할까……."

아벨은 뺨을 긁적이면서 슬그머니 시선을 돌렸다.

"네가 그게, 너무 아름다워서……."

"──?!"

미아는 아벨의 말을 듣고…… 쑥스러워졌다. 몸이 확 뜨거워지고 심장 소리가 조금 전에 쳤던 파도보다 더 매서운 기세로 울려 퍼졌다.

──무, 무무, 무슨 소릴 하는 건가요? 역시 아벨은 좀 흉악해요! 그런 부끄러운 말을 태연하게!

마음속으로 성대히 몸부림친 뒤, 자신을 달래기 위해 작게 숨을 내쉬었다.

그 후.

──저는 누나. 아벨은 한참 연하, 연하, 연하연하…….

속으로 그렇게 복창하고는.

"어라? 렘노 왕국의 왕자님께선 닭살 돋는 말씀도 다 하시네요."

어른 누님의 여유가 듬뿍 담긴 말투로 말했다.

……평소처럼 대꾸하지 못하고, 조금 장난을 섞은 말투로 대답해버린 미아를 비난해선 안 된다. 지금의 그녀는 어른의 여유가 넘치는 게 아니라, 그렇게 가장하지 않으면 아벨을 제대로 마주볼 수도 없는 정신 상태이기 때문이다!

그런 미아에게 아벨은 익살스러운 어조로 돌려주었다.

"어라, 제국의 예지되시는 분께서 모르셨는지? 나는 이래 보여도 꽤 닭살 돋는 성격이야."

그렇게 말한 아벨이 미아의 허리에 손을 올렸다.

"실례합니다, 아가씨."

"어? 꺄아아아악!"

그리고는 미아의 몸을 훌쩍 들어 올렸다.

조금 전에 서 있던 곳보다 더 앞쪽, 뱃머리의 한층 높은 곳에 미아를 세웠다.

"무, 무무, 무, 무슨?!"

"자, 미아. 앞을 봐 볼래?"

아벨이 권하는 대로 시선을 앞으로 돌린 미아는 작게 탄성을 질렀다.

"와아……. 조금 전보다 더 멋진 경관이에요……."

파란색으로 가득하던 하늘에 하얀 구름이 둥실둥실 떠 있었다. 새하얀 구름 사이로 내리쬐는 햇살이 복잡한 무늬를 만들며 한 폭의 그림과도 같은, 참으로 환상적인 광경을 만들어냈다.

조금 전보다도 살짝 높아진 파도. 하얗게 부서지는 물보라가 햇빛을 반사하여 보석처럼 반짝반짝 빛났다.

"어때? 조금 전보다 더 나는 듯한 기분이 들어?"

"네. 잔뜩 만끽했어요."

생글생글 웃던 미아는 문득 무언가를 깨달은 듯 고개를 숙였다.

"응? 왜 그래?"

"저기, 조금 전에 저를 들어 올렸을 때, 그…… 무겁지 않았나요?"

우물쭈물하는 미아에게 아벨은 자기도 모르게 웃음을 흘렸다.

"네가? 무겁다고? 하하하, 그건 또 무슨 농담이야?"

"네? 네? 하지만……."

"내가 이렇게 너를 잡고 있는 건 네가 날아가 버리지 않기 위해서야. 너는 깃털처럼 가벼우니까."

"어머, ……어머머!"

달콤하기 그지없는 그 말에 미아는 얼굴을 새빨갛게 물들였다.

"아, 아벨도 참, 그런 간지러운 빈말을……. 당신은 역시 닭살 돋아요……."

"후후후, 그렇다면 네 예지에 똑똑히 새겨넣어 줘."

그런 아벨과의 시간을 보내며 미아는 생각했다.

──저 지금 무척…… 만족스러워요!

역대급으로 만족스러운 자신의 인생에 미아는 행복을 은은히 곱씹었다.

그런 미아에게 반응하듯 멀리서……, 하얀 구름이 점점 검은 빛을 띠기 시작했지만…….

미아는 눈치채지 못했다.

제28화 그 오만함이 도달하는 장소

선수에서 몹시 즐거워하며 꺄르륵거리는 미아를 보고 에메랄다는 만족스러운 미소를 지었다.

"후후후, 미아 님. 즐기고 계시는 듯하니 다행이네요. 고귀한 피를 지닌 자에게 생애의 반려를 찾는 것은 의무이기도 하죠……. 영락없이 시온 전하가 취향일 줄 알았는데, 렘노 왕국의 왕자 전하…… 아벨 왕자님이었던가요? 저쪽이 취향이셨군요. 흠, 어느 쪽이든 잘생겼지만요. 우후후."

그런 식으로 만족해하며 중얼거리고…… 있었으나…….

"하지만 저를 내버려 두다니, 조금 마음에 안 들어요. 나중에 철저히 괴롭혀드려야지……. 얼굴에 물을 뿌려드리겠어요!"

기합을 넣는 에메랄다였다.

그때였다.

"실례합니다, 에메랄다 님."

그녀 옆으로 메이드 니나가 소리 없이 다가왔다.

"어머, 니…… 아니지, 메이드. 무슨 볼일이죠?"

"네. 실은 선장님이 오늘, 또는 내일 중에 폭풍이 올 것이니 섬에 정박하는 건 피해야 한다고 말씀하셨습니다."

"어머나, 폭풍이?"

에메랄다는 괴이쩍은 얼굴로 하늘을 올려다보았다.

"이렇게 날이 맑은걸요. 선장의 착각이 아니고?"

"하지만……."

"게다가 이 제가 뱃놀이를 하러 왔는데요? 당신은 그런 나쁜 일이 일어날 것이라고 진심으로 생각하는 건가요?"

니나를 힐끔 노려보는 에메랄다. 그 시선을 받은 니나는 살며시 머리를 숙였다.

"죄송합니다. 주제넘은 발언을 용서해주십시오."

"알면 됐습니다. 그럼 선장에게는 예정대로 간다고 전하도록."

그렇게 지시한 에메랄다는 들뜬 발걸음으로 선수로 향했다.

그 등을 바라보며 깊은 한숨을 쉬는 니나를 알아차리지 못하고.

"미아 님, 즐기고 계신가요?"

아벨과 우후후한 한때를 보내던 미아는 그 목소리에 퍼뜩 정신을 차렸다.

어느새 온 건지 에메랄다가 옆에 서서 생글생글 만족스러워하는 미소를 짓고 있었기 때문이다.

아벨에게 몸을 지탱하며 선수에서 해피 타임! 이라는……, 나중에 떠올리자니 부끄러워서 몸부림치게 되는 짓을 하고 있던 미아는 약간 민망함을 느끼면서 에메랄다를 향해 웃었다.

"네, 뭐 그렇죠. 이 배는 조금 작다고 생각했지만 이렇게 타 보니까 제법 쾌적하군요."

"오호호, 미아 님께서 그렇게 평가해주시다니, 영광입니다. 아버지에게도 그렇게 말씀드리도록 하죠……."

"그런데 에메랄다 양. 뱃놀이라는 건 이렇게 배를 타고 이동하기만 하는 건가요?"

문득 무언가를 떠올렸다는 얼굴로 미아가 말했다.

"네? 무슨 말씀이신가요?"

"아뇨, 영락없이 헤엄도 치는 건 줄 알았는데…….'"

애초에……, 수영법을 배우지 못하면 온 보람이 없다!

——뭐, 그건 그거대로……, 이래저래 즐길 수 있을 것 같지만요…….

조금 전 발생한 러브러브 공간을 떠올린 미아는 애절한 한숨을 쉬었다.

——그건 그거대로 좋단 말이죠. 오히려 수영 연습 같은 건 없어도 문제없을지도…….

참으로 방탕한 생각을 하기 시작하는 미아에게 에메랄다는 알겠다는 듯 고개를 끄덕였다.

"물론 수영 시간도 있답니다. 지금 향하는 곳은 섬인데요. 그곳의 해변에서 헤엄칠 예정이에요."

"으음, 섬이란 말이죠. 섬은 세인트 노엘 섬 정도밖에 상상이 안 가는데, 어떤 장소입니까?"

옆에서 듣고 있던 아벨이 입을 열었다.

에메랄다는 대화에 끼어든 아벨을 보고 머리부터 발끝까지 훑어본 다음 고개를 한 번 크게 끄덕였다.

"유감스럽게도 세인트 노엘 섬처럼 크지는 않답니다. 아벨 왕자 전하. 다만 헤엄치기에는 딱 좋은 해변이 있죠. 하얀 모래사장,

별 모양 모래알, 맑고 푸른 바닷물. 정말 낙원 같은 장소예요."

생글생글 웃으면서 대답했다. 아무래도 아벨의 얼굴은 에메랄다의 기준에 합격한 모양이다.

"그나저나 미아 님께선 무척 좋은 친구를 사귀셨군요. 부러워요."

"후후, 뭐 그렇죠."

자랑스러운 아벨을 칭찬받자 미아는 조금 흡족해했다.

"대화하시는 도중에 죄송합니다, 미아 님."

"아아, 안느. 무슨 일인가요?"

"네. 라피나 님께 받아온 수영복 준비를……."

"어머, 미아 님. 메이드의 이름을 다 기억하시네요?"

조금 무시하는 듯한 태도로 에메랄다가 웃었다.

"네, 그녀는 평범한 메이드가 아니라 저의 소중한 충신이니 당연히 기억하죠."

"미, 미아 님……."

그 말을 듣고 순간 감동해서 목소리가 떨린 안느였으나, 바로 에메랄다에게 얼굴을 돌렸다.

"인사가 늦어져서 죄송합니다. 저는 미아 님의 시중을 드는 안느 리트슈타인이라고 합니다."

"어머! 딱히 물어본 적 없는데요? 그나저나 미아 님께 그런 분에 넘치는 평가를 받는 것치고 당신은 좀 굼떠 보이는데요? 오호호."

에메랄다는 차가운 목소리로 말했다.

"일단 말해두죠, 미아 님의 메이드. 저는 아랫사람의 이름을 일일이 기억하지 않는답니다. 그러니 당신도 이름으로 부를 일은 없을 테지만, 나쁘게 생각하지 마세요."

대귀족의 영애에 어울리는 오만한 미소를 지으며 말을 이어나갔다.

"그런데 미아 님께서도 참, 종자의 이름까지 다 기억하시다니, 특이하셔라. 고귀한 핏줄은 더 당당하게, 사소한 일은 무시하지 않으면 몸이 못 버틴답니다. 오호호."

그런 에메랄다는 미아는 복잡한 표정으로 지켜보았다.

미아는 이미 알고 있다.

그 오만함이 어디로 이어지는지…….

──충고해봤자 들어주지 않을 테죠……. 무슨 일이라도 생겨서 깨달으면 좋겠지만…….

대귀족이 저지르는 행위는 황제 일족의 연대책임이 될 가능성이 크기 때문에, 미아는 최대한 에메랄다가 정신을 차리길 바랐다.

게다가 에메랄다가 처형당하기라도 하면 그건 그거대로 뒷맛이 나쁠 것 같으니…….

제29화 전복! ~미아 황녀, 마성의 묘기를 보여주다~

　미아 일행은 순조롭게 바다를 나아갔다.

　에메랄드 스타 호는 무척 빠른 배였다.

　물살을 가르는 칼날처럼 날카로운 선수, 바다 위를 부는 바람을 지극히 효율적으로 추진력으로 바꾸는 돛.

　게다가 선저에 몇 가지 세공을 가해 흔들림도 대폭 경감했다.

　그 결과 미아는 아주 쾌적한 배 여행을 만끽했다.

　"아, 저기 보이기 시작했네요. 저게 제가 매년 여름을 보내는 무인도랍니다!"

　갑판에 깐 돗자리 위에서 태만하게 낮잠을 자던 미아는 에메랄다의 목소리에 눈을 떴다.

　"……어머, 도착했군요…….."

　눈을 쓱쓱 비비고 일어났다. 그러자 흐릿한 시야 속에 그 섬이 뛰어 들어왔다.

　크기는 세인트 노엘 섬보다 훨씬 작았다.

　그래도 주민이 있어도 이상하지 않은 규모의 섬이었다. 중앙부는 산처럼 불룩 솟았고, 섬 전체를 진한 녹음이 뒤덮고 있었다.

　백사장도 보이긴 하지만, 거기까지 가는 길에는 배의 침입을 가로막는 것처럼 해면 위로 우뚝 선 바위가 여럿 보였다.

　에메랄드 스타 호는 그보다 한참 앞에서 닻을 내렸다.

섬까지 남은 거리는 대략 300m(문테일) 정도일까.

당연히 헤엄쳐서 갈 수 있는 거리가 아니므로 조각배를 타고 가게 되었는데…….

"꽤 멀리 떨어져 있네요…….."

미아는 조금 걱정하며 조각배를 잡았다.

에메랄드 스타 호에 탑재된 조각배는 세 척.

처음 출발한 조각배에 에메랄다와 미아, 니나와 안느, 그리고 노잡이로 에메랄다의 호위가 한 명 동승했다.

두 번째 조각배에는 시온과 아벨, 키스우드, 그리고 미아의 호위와 노잡이가 탔고, 세 번째 조각배는 조금 커서 거기에는 섬에서 머무르는 동안 사용할 짐을 실었다.

이렇게 섬으로 상륙이 개시되었으나…… 에메랄다는 여기서 작전도 개시했다!

그렇다! 첫 번째 작전. 수영하지 못하는 미아의 꼴사나운 몰골을 드러내기 위해!

"미아 님, 저길 보세요!"

갑자기 에메랄다가 몸을 내밀어 섬을 가리켰다.

"네? 어딜 말이죠?"

어리둥절해져서 고개를 갸웃거리며 에메랄다 옆에 바싹 붙는 미아.

"저기요. 저거예요, 저거…….."

가까이 온 미아를 본 에메랄다는 심술궂은 미소를 지었다.

──오호호, 작은 배는 균형을 잡는 게 어렵단 말이죠. 그래

서……

직후, 배가 휘청거리며 균형이 무너졌다.

"……흐어?"

얼간이 같은 소릴 내면서 미아의 몸이 바닷속으로 풍덩 빠져버렸다!

"히, 히이이익! 빠, 빠졌어요. 빠, 빠져…… 꼬르륵……."

"미아 님!"

안느의 비통한 절규가 울려 퍼지는 가운데 바닷물을 마구 두드리며 패닉에 빠져버린 미아. 그걸 보고도 에메랄다는 여유를 무너뜨리지 않았다.

——섬까지는 물이 얕아요……. 진정하면 발도 닿을 테죠. 그러니 실컷 당황하면서 꼴사나운 모습을 보여주세요!

여기까지는 에메랄다의 작전이 훌륭히 적중했다.

왕자들이 같이 탔다면 차마 실행하지 못했겠지만……, 지금 이 조각배에는 에메랄다의 수하와 미아의 종자인 안느밖에 없다.

종자의 존재를 완벽하게 무시하고, 자신이 바다에 빠지는 것도 각오한 에메랄다의 필살 작전에 미아는 완벽하게 사로잡혀 꼴사나운 모습을 보여주었……, 지만…….

그 직후, 에메랄다는 목격하게 된다.

이전 키스우드가 불여우라고 평한 미아의 마성의 묘기를!

"누, 누가, 사사사, 살려, 꼬르륵……."

"미아, 지금 갈게!"

"침착해. 바로 구할 테니까!"

용맹한 목소리와 함께 조각배에 타고 있던 두 명의 왕자가 일제히 바다에 뛰어들었다.

아무래도 왕자들은 둘 다 헤엄을 칠 수 있는 건지 순식간에 미아에게 접근했다.

"미아, 진정해. 나를 봐!"

정면에서 다가가는 아벨. 하지만 그 직후, 미아가 끌어안는 바람에 균형이 무너졌다.

물에 빠진 사람에게 정면으로 접근하면 안 된다. 철칙이다.

한편 시온은 미아의 뒤쪽으로 접근해서 미아를 부축하고자 팔을 뻗었다.

"미아, 진정해. 힘을 빼. 인간은 물에 뜨게 되어있……, 응?"

그때 불현듯 무언가를 깨달은 시온이 움직임을 멈췄다.

그 후 작게 한숨을 쉰 뒤 고개를 저었다.

"이봐, 둘 다. 정말로 진정해. 아무래도 발이 닿는 것 같아."

"……흐어?"

그 목소리에 미아가 움직임을 멈췄다. 그 후 몸에서 힘을 뺐다. 그러자 발끝이 바닥에 닿았다…….

"어, 어머. 정말이네요……. 오, 오호호, 아이, 참. 저도 모르게……."

미아는 웃으면서 얼버무리려고 했으나……, 고개를 든 순간…….

"…………!"

아주아주 진지한 아벨의 얼굴이 보였다. 그것도 어마어마하게 가까운 거리에서!

그제야 미아는 깨달았다.

자신이 아벨을 힘껏 끌어안고 있다는 사실을!

심지어 뒤쪽에선 시온이 바싹 붙어있다. 즉, 지금 미아는 물에 젖어 매력이 증폭된 미남 왕자 두 명에게 안겨 바다에 떠 있는 셈이다!

여태까지 이 정도로 미아의 인생이 충실했던 적이 있었을까? 아니, 없다!

그 너무나도 호화로운 상황에 순간 미아는 정신이 아찔해졌고……. 그걸 왕자들이 급히 부축했다.

시온은 아벨에게 시선을 돌렸다.

"이거, 이대로 우리가 에스코트하는 게 좋을 것 같아. 배에 있는 다른 사람들은 키스우드에게 맡기고, 우리는 미아를 해변까지 데려가자."

"음, 그래. 그게 좋겠어."

그 후 아벨은 미아 쪽을 보고 말했다.

"하지만 미아, 너무 걱정 끼치지 말아줘."

"네, 죄송합니다. 두 분 모두……."

시무룩해져서 고개를 숙이는 미아였으나, 그 뺨은 아직 붉게 물들어 있었다.

──아벨도 시온도 왠지, 전보다 더 듬직해진 것 같아요…….

뭐 그런 생각을 하며……, 조금도 반성하지 않는 미아였다.

그 광경을 멀리서 보고 있던 에메랄다는 혼란에 빠졌다.

"어, 어떻게 된 거죠? 미아 님께선 흉한 모습을 보여주셨는데……. 그런데 왜 저런 좋은 분위기가……. 니…… 아니지, 당신. 설명해줄래?"

에메랄다는 옆에서 바라보고 있던 니나에게 설명을 요구했다.

니나는 진지한 얼굴로 대답했다.

"……외람되오나 에메랄다 님. 신사란 여성의 부족한 점에도 가슴이 떨리는 생물이라고 들었습니다."

"그건 무슨 뜻이죠?"

"에메랄다 님께서는 헤엄치실 수 있습니다. 따라서 이렇게 배가 전복되어도 당황하지 않으시고, 얼굴에 물이 뿌려져도 동요하지 않으십니다. 훌륭한 자세이십니다. 하지만……."

니나는 거기서 말을 끊었다가 작게 고개를 저었다.

"그렇다면 딱히 구해줄 필요는 없지 않습니까."

"……앗."

의표를 찔려 입을 떡 벌린 에메랄다. 그런 그녀에게 추가 공격을 가하듯 니나가 말했다.

"적절한 빈틈을 보이는 것도 중요합니다. 아무쪼록 잊지 마십시오."

그 조언은 허당 연애 군사 안느와는 달리 참으로 정확했다.

에메랄다는 생각에 잠긴 듯 고개를 숙였다가 다시금 미아 쪽으로 시선을 돌렸다.

첨벙첨벙 파도를 가르면서 두 왕자의 부축을 받아 나아가는 미아.

눈부신 미소를 흩뿌리는 그 모습에 에메랄다는 무시무시함을 느꼈다.

"……그렇구나. 저것이 두 왕자님을 농락한 마성의 매력……. 크윽, 미아 님. 제법이시네요."

미아의 대단함을 새삼 실감하는(혼자서 멋대로…….) 에메랄다 였다.

그 후 바다에 던져진 사람들은 키스우드가 지휘하는 두 척의 조 각배에 인양되어 구조받았다.

제30화 소심한 두 사람

두 왕자의 부축을 받으며 미아는 무사히 섬에 상륙했다.

저벅저벅 소리가 나는 하얀 모래사장에 미아는 무심코 환성을 질렀다.

"어머나, 멋진 풍경이네요……."

곱고 반짝반짝 빛나는 모래알은 잘 보자 별 모양을 하고 있어서 참으로 환상적이었다.

사람이 그리 드나드는 흔적이 없어 첫눈이 내린 직후와도 같은 모래사장 위로 미아는 도도도 달려 나갔다.

뒤를 돌아보자 에메랄드빛 바다와 길게 깔린 구름이 뜬 푸른 여름 하늘.

철썩철썩 소리를 내는 파도가 잔잔한 것이 평화 그 자체였다.

"여기는 정말 낙원이에요."

"후훗, 마음에 드셨다니 다행이군요."

어느새 상륙한 걸까. 목소리가 들린 쪽을 돌아보자 긴 머리카락에서 물을 뚝뚝 흘리는 에메랄다가 바닷가에 서 있었다. 허리에 손을 올리고 가슴을 편 그녀는 상쾌하리만치 우쭐거리는 얼굴이었다.

"저는 매년 여름이면 여기에 와서 바캉스를 즐긴답니다."

"흐음……, 참고로 에메랄다 양, 밤은 어떻게 보내나요?"

"조금 떨어진 곳에 즉석 텐트를 만들게 하죠. 풀벌레 소리를 들으면서 자는 것도 제법 운치가 좋은 법이랍니다."

의외로 아웃도어파인 에메랄다였다.

평범한 귀족 영애는 밖에서 자는 걸 싫어하지만, 대귀족의 영애인 에메랄다는 오히려 자연을 즐기는 방법을 알고 있었다.

그리고 그 여유는 미아도 지니고 있는 것이다.

——그렇군요……, 풀벌레 소리를 들으면서 밤하늘을 올려다보고, 혹은 모닥불을 에워싸고 아벨 왕자님과 사랑을 속삭이는 것……, 나쁘지 않아요. 무척 근사한 시추에이션이에요……. 아아, 하지만 역시 아직은 조금 이르지 않을까요?

배에 탄 뒤로 사고회로를 연애 모드로 갈아 끼운 미아였다.

온갖 장면을 망상하며 무심코 뺨을 부리고 몸을 배배 꼬았다. ……조금 무섭다.

"자, 우선 텐트를 세우고 그곳에서 수영복으로 갈아입도록 하죠. 미아 님께서 입으실 수영복도 준비해왔답니다."

"…………네?"

갑자기 귀에 들어온 흉흉한 단어에 미아는 단숨에 현실로 돌아왔다.

"에메랄다 양이 준비한 수영복…… 이라고요?"

불길한 예감을 느끼는 미아였다.

바닷가에서 조금 떨어진 장소에 빠르게 설치한 즉석 텐트.

그 안에는 네 명의 소녀들의 모습이 있었다.

미아와 에메랄다, 그리고 종자인 안느와 니나다.

처음에 에메랄다가 준비했다고 듣고 불길한 예감을 느낀 미아였으나, 그래도 모처럼 가져왔다고 하니 입어는 봐야 할 것 같다며 생각을 바꾸고 갈아입어 보았다.

하지만…….

"세상에! 정말 파렴치해요!"

미아는 수영복을 입은 자신의 모습을 보고 비명을 질렀다.

"이 수영복은 배가 나오잖아요!"

그렇다. 에메랄다가 가져온 수영복은 위와 아래로 나뉘는 세퍼레이트 타입이었다. 미아의 하얀 배와 작은 배꼽이 완전히 노출되었다!

……참고로 걱정했던 미아의 토실토실한 뱃살 문제는 일단 초봄 무렵으로는 돌아가 있었다. 끊임없는 노력이 결실을 맺었다. 흘린 땀(9할)과 눈물(1할)은 미아를 배신하지 않았다!

그건 그렇고……. 아래쪽도 문제였다. 라피나의 소개로 만든 것보다 짧았다!

미아가 지참해온 것은 무릎 바로 위까지 덮이지만, 에메랄다가 가져온 수영복은 허벅지 중간까지 노출되었다. 큰일이다!

"이렇게 부끄러운 수영복을 입으라는 건가요? 심지어 스커트가 안 달려있잖아요!"

게다가 미아가 지참한 것에는 허리 부근에 짧지만 팔랑거리는 스커트가 달려있으나, 에메랄다의 것은 그냥 반바지 형태였다.

딱히 그런다고 노출이 늘어나는 건 아니지만……. 미아가 밖에서 활동적인 행동을 할 때 입는 반바지와 별 차이가 안 나지만…….

그래도 그건 기분상의 문제다! 미아에게 수영복이란 물에 들어갈 때 입는 속옷이다. 스커트가 달려있지 않다는 건 언어도단이다!

"몹시 파렴치해요! 기각!"

그렇게 단언하는 미아에게 에메랄다는 어리둥절하며 고개를 갸웃거렸다.

"어라? 하지만 헤엄치기 불편할걸요? 그런 게 붙어있으면."

당연히 저항력은 적은 게 낫다.

에메랄다가 고른 수영복은 디자인은 물론이고, 표면 재질에 물고기 껍질의 구조를 응용해 물의 저항력을 최대한 줄인, 몹시 기능적인 수영복이었다.

수영을 가르치는 부분에서는 의외로 진지하게 할 생각인 에메랄다였다.

수영복을 고르는 것도 진지하게. ……뭐, 세트인 것은 취향이지만.

"아, 아무튼 두 왕자님이 와 계신데 너무 망측한 복장은 할 수 없잖아요. 오늘은 제가 가져온 수영복을 입겠어요!"

그 말을 들은 에메랄다는 조금 아쉬워하는 표정을 지었다.

"뭐……, 미아 님께서 그렇게 말씀하시면 저도 작년까지 입었던 것으로 입죠."

그렇게 말하며 에메랄다가 입은 것은…… 배가 드러나지 않는 얌전한 수영복이었다! 심지어 팔랑팔랑 스커트도 달려있었다!

……혼자서는 도전적인 디자인을 입을 용기가 없는 에메랄다였다.

미아에게도 지지 않는 소심함이다.

"두 왕자 전하께서 오신다는 이야기는 못 들었는걸요. 이런 건 마음의 준비가 필요하잖아요. 저기, 니……, 당신, 그렇게 생각하죠?"

질문을 받은 니나는 순간 에메랄다의 모습을 훑어보고는 잠시 시선을 허공에 배회한 뒤 입을 열었다

"아, 네. 지당한 판단이십니다……."

절절히 고개를 끄덕이면서.

제31화 충신들, 암약하다

가누도스 항만국은 수도 하나와 작은 어촌 여럿으로 구성된, 아주 작은 나라이다.

일단 왕가는 있으나 귀족은 없다. 대신 몇몇 상공업조합, 길드의 수장 회의와 원로원을 설치해놓았다.

길드 중에서도 해운 길드와 선박 길드는 규모가 크고, 그린문 공작가와의 관계도 깊다. 따라서 루드비히는 그 두 곳을 피해 다른 원로의원에게 접촉하려고 했으나…….

"곤란합니다, 루드비히 경. 그런 이야기는 그린문 공작님을 통해주십시오."

결과는 참패였다. 면회 자체는 성립되었으나 반응은 영 신통치 않았다.

──아니, 참패라기보다는 오히려…….

"어땠수? 루드비히 나리."

저택 응접실에서 나온 루드비히에게 바노스가 물었다. 그 질문에 루드비히는 그저 쓴웃음을 지으며 어깨를 으쓱했다.

"틀렸어. 교섭할 여지도 안 보여."

그린문 공작가를 의식하여 최대한 그들과 연관이 적을 법한, 아군으로 포섭할 수 있을 법한 사람들을 골라서 만난 거였으나.

그런데도 제대로 대화가 오간 사람은 거의 없었다.

"그것참……. 그린문 공작의 영향이 어지간히 큰가 봅니다?"

그렇게 중얼거리는 바노스였으나 바로 생각에 잠긴 표정을 지었다.

"……아니, 하지만 그건 좀 묘한가."

"역시 그렇게 생각하나?"

루드비히는 안경을 고쳐 쓰며 바노스의 얼굴을 바라보았다.

"그야 그렇죠. 일단 우리는 비공식적이긴 해도 황녀 전하의 사자 아닙니까. 어디의 약소귀족이라면 모를까, 황제의 외동딸이 보낸 사자를 경시하는 건 좀 마음에 걸리는데요."

제국 사대공작가의 일각, 그린문 공작가.

지닌 재력도, 무력도 소국에게는 적으로 돌리고 싶지 않은 존재이긴 할 것이다. 하지만 그렇다고 치면 미아도 마찬가지다.

황제의 딸인 미아의 영향력은 가늠할 수 없다. 따라서 속으로는 무슨 생각을 하든 표면상으로는 우호적인 관계를 구축해두는 게 좋을 것이다.

그런데도……, 이런 처사다.

자연스럽게 기묘하다는 말이 나올 수밖에 없었다.

"……하지만 뭐, 절대 말도 안 된다고 할 수는 없어. 그건."

"응? 그런 거요?"

"보수적인 정치가는 있기 마련이니까. 지금 이익을 누리는 자는 현재 상황을 바꾸는 걸 원하지 않아. 그린문 공작과의 관계에서 이익을 보는 자는 당연히 이 상황에 변화를 주고 싶지 않을 테니, 우리를 환영하지 않겠지. 자칫 공작의 분노를 사는 결과가 될 테니까……. 하지만……."

"하지만……?"

"그래도 이렇게까지 강경하게 거절하는 건 역시 부자연스러워. 제국과의 연결고리가 그린문 공작가 하나뿐일 때의 위험성을 모르는 사람들만 있지는 않을 텐데."

현재 가누도스 항만국은 그린문가의 기분에 따라 제국과의 연관 고리가 끊어져 버린다는, 몹시 불안정한 상황이다.

그것을 구실로 불리한 거래를 강요당하는 일도 분명 있었을 터이다.

"가누도스 항만국에게 제국은 좋은 거래처일 거야. 그런데도 이 상황을 방치하는 게 마음에 걸려……."

루드비히는 눈을 감고 턱에 손을 올렸다.

"이건……, 거래 유지, 혹은 거기서 얻는 이익 자체가 목적이 아니라는 건가? 그린문 공작가에만 거래를 집중시키는 의미는……."

계속 중얼거리던 루드비히가 이윽고 작게 고개를 저었다.

"안 되겠어……. 이건 무언가 패러다임 전환이 필요해."

말을 마친 루드비히는 걷기 시작했다.

그 뒤를 쫓아가면서 바노스가 고개를 갸웃거렸다.

"그래서 어떻게 하실 겁니까? 숙소로 돌아가 내일을 대비하시게?"

"아니, 이대로는 내일도 마찬가지일 거야. 그러니, 그래……. 일단 이것저것 조사해보는 게 좋을까……. 황녀전속 근위대의 다른 자들은?"

미아가 가누도스 항만국에 데려온 근위병의 수는 바노스를 합쳐서 30명. 그중 두 명이 미아와 함께 뱃놀이에 동행했기 때문에 나머지는 28명이다.

"전원 숙소에서 쉬고 있습죠. 나리는 제가 알아서 잘 호위할 테니까 안심하시길."

가슴을 묵직하게 두드리는 바노스를 본 루드비히는 쓴웃음을 지었다.

"그래. 따라다니게 해서 미안하군. 사실은 바노스 씨도 쉬게 해주고 싶은데. 도시에서 무슨 일이 있을 것 같지도 않고……."

"하지만 미아 황녀 전하가 디온 나리를 부르라고 하셨잖아요?"

바노스는 수염을 쓰다듬으면서 말했다.

"그럼 경계할 필요는 있지 않겠습니까? 아무튼 미아 황녀 전하에게 루드비히 나리는 둘도 없는 사람이잖아요?"

"글쎄……. 미아 황녀 전하께는 바노스 씨도 디온 씨도, 근위병 한 명 한 명이 전부 둘도 없는 존재이지 않을까?"

그렇게 말한 뒤 루드비히는 장난기 어린 미소를 지었다.

"그런 분이시니까. 그분은……."

"하긴. 확실히 그랬죠. 정말 모시는 보람이 있는 황녀님이라니까. 하하."

바노스는 호쾌한 웃음을 터트렸다.

제32화 '하현 해파리' 미아

　수영복으로 갈아입은 미아는 우물쭈물하면서 텐트 밖으로 나왔다.

　그곳에는 이미 수영복으로 갈아입은 아벨과 시온이 기다리고 있었다.

　아래쪽은 무릎길이의 반바지, 상반신은 알몸이라는 모습으로.

　검술 훈련으로 탄탄해진 소년의 근육을 보고 여느 때의 미아였다면 군침을 삼켰을 테지만……, 지금은 그럴 여유는 없었다.

　우물쭈물, 우물쭈물. 몸을 살짝 움츠리면서 고개를 숙인 미아가 말했다.

　"어떤…… 가요? 이거, 어울리나요?"

　슬그머니 시선을 위로 올리면서 그런 질문을 하는 미아.

　그런 미아의 복장은 단적으로 말해서, 그…… 어수룩했다.

　상하 일체형인 수영복은 아래쪽은 무릎 바로 위까지 덮여있고, 허리 부근에는 장식인 건지 스커트 같은 천이 달려있는데 조금 촌스럽다는 인상을 지울 수 없었다.

　상반신을 덮은 것은 소매가 없는 셔츠 같은 형태의 수영복이다. 쇄골도 어깨도, 조금 토실토실한 위팔도 노출하고 있지만……, 솔직히 그게 뭐 어떻냐는 수준이다.

　그런 건 예전에 무도회 때 입은 드레스도 마찬가지였다. 딱히 노출이 늘어나는 것도 아니고, 예뻐 보이는 것도 아니었다.

그런 고로 그 수영복은 일반적으로 생각했을 땐 촌스러운 디자인…… 일터였다. 오히려 부끄러워하며 우물쭈물하는 게 어처구니가 없을 정도다. 어이라는 것이 증발해버렸다! 이렇게까지 황당할 수가!

……그렇지만!

"아, 어, 응. 괜찮은 것 같은데."

그렇게 대답한 아벨은 얼굴을 붉히며 미아를 힐끔 쳐다봤다가 바로 시선을 돌려버렸다. 수줍어하고 있다! 몹시 수줍어하고 있다! 심지어…….

"아, 아주 잘 어울려……. 너도 그렇게 생각하지? 시온."

아벨의 토스를 받은 시온 또한 얼굴이 조금 붉었다. 그러더니 아벨과 마찬가지로 미아를 힐끔힐끔 쳐다보았다.

"으, 으음, 그래……. 잘 어울려."

조금 갈라진 목소리로 그렇게 말했다.

그렇다. 이 두 왕자 전하는…… 검술 실력은 성인 기사에게도 뒤지지 않는, 무용이 뛰어난 이 두 젊은이는…… 미아의 수영복을 보고 혼이 쏙 나가버렸다.

마치 매료 마법에 걸리기라도 한 것 같고, 혹은 여름의 모래사장 매직에 속아버린 것 같았다.

바닷가에서 만난 동급생 소녀가 평소엔 보여주지 않는 모습을 보이자, 두 사람의 심미안이 성대하게 일그러졌다.

지금 두 사람에겐 미아의 등 뒤로 밝게 빛나는 후광이 비쳐 보였다. 미아의 하얀 피부에 반짝반짝 아름다운 광휘가 보이고 말았다.

그런 두 사람의 반응을 본 미아는 환하게 웃었다.

"어머나! 감사합니다. 두 분에게 칭찬받아서 기뻐요!"

미아치고는 퍽 사랑스러운 미소, 무의식중에 날아간 추가 공격은 두 왕자의 가슴을 싱겁게 관통해버렸다.

그건 그렇다 치고……. 수영복 패션쇼가 끝나자 미아는 바로 에메랄다에게 수영을 배우기로 했다.

"그런데 미아 님, 얼굴에 물을 뿌리실 수는 있으신가요?"

배가 물에 잠기는 정도의 깊이까지 바다에 들어간 에메랄다가 말했다.

"어머, 그러지 못하는 사람도 있나요?"

미아는 천연덕스럽게 대꾸하면서 에메랄다에게 빌린 물안경을 신기하다는 듯 구경했다.

"그럼 그걸 끼고 물에 뜨는 것부터 시작해볼까요. 미아 님, 이렇게 팔을 들어 올려서 머리 뒤에 붙이시고요."

에메랄다의 지시대로 미아는 팔을 힘껏 들어 올렸다.

"네, 그렇습니다. 그대로 물 위로 쓰러지는 느낌이에요."

그렇게 말한 에메랄다는 모범을 보이듯 물 위로 몸을 던졌다.

길게 뻗은 몸, 깔끔한 유선형 자세에 근처에서 보고 있던 니나가 손뼉을 쳤다.

"마벨러스! 역시 에메랄다 아가씨이십니다. 마치 전설 속 인어 공주 같으십니다."

옆에서 지켜보던 에메랄다의 호위들도 이어서 박수를 보내기 시작했다.

"마벨러스, 마벨러스! 역시 에메랄다 아가씨!"

우레처럼 쏟아지는 박수 속에서 촤아악 하고 반짝반짝 빛나는 물보라를 일으키며 얼굴을 든 에메랄다는 긴 머리카락을 쓸어올리며 미아 쪽으로 고개를 돌렸다.

"이런 느낌으로 다리도 길게 뻗으셔야 합니다. 그럼 해보세요."

"흐흥, 이 정도는 간단하죠!"

미아는 의기양양하게 바다에 몸을 던졌다.

그렇게 공개되는 미아의 첫 유선형 자세! 바다 위에 둥둥 뜬 그 모습은 참으로…… 그랬다.

순간 어안이 벙벙해진 안느였으나 그래도 열심히 손뼉을 쳤고, 그 소리를 따라 듬성듬성 박수 소리가 이어졌다.

이윽고 물보라를 촤아악 일으키면서 얼굴을 든 미아는 반짝반짝 빛나는 미소를 지으며 주위에 있는 사람들의 얼굴을 살폈다.

"어땠나요? 저도 인어공주 같았나요?"

그 질문을 받은 사람들은 하나같이 난처한 표정을 지었다.

자연스럽게 미아의 시선은 두 왕자들에게 향했다.

두 왕자……, 미아의 매료 마법에 걸려서 심미안이 크게 망가져 버린 이 두 왕자의 눈에 미아의 모습은…… 아주 근사해…….

"으, 으음, 그, 그래. 그……."

……보이지 않았다!

미아의 질문에 두 왕자는 은근슬쩍 시선을 피했다. 감상을 말하는 게 순간 망설여졌기 때문이다!

그렇다. 이 두 사람의 핀트가 어긋난 심미안으로도, 혹은 두 사람에게 걸린 무언가의 마법으로도 전혀 보완되지 않을 만큼 미아의 모습은 유감스럽기 그지없었다.

길고 곧게 쭉 뻗어야 하는 몸은 엉거주춤한 곡선을 그렸다.

비유하자면 그건 활의 현을 엎어놓은 듯한 모양. 엉덩이를 치켜올린 듯한, 참으로 안타까운 모습이었다. 그게 마치 해파리처럼 둥실둥실 힘없이 떠 있었다.

미아에게 '하현 해파리 미아'라는 새로운 칭호가 붙어버릴 정도로 볼썽사나운 몰골이었다.

심지어 잠수가 무서워서 다리 쪽이 떠 있었기 때문에……, 한층 절묘하게 괴상한 모습이 되고 말았다.

하지만 안타깝게도 남자들에겐 그 사실을 지적할 수 있는 담력은 없었다.

검술 시합에서는 한 발짝도 물러나지 않는 두 왕자가 성대히 당황했다.

"으, 응. 제법 좋았어. 그, 그렇지? 시온?"

"어, 어, 어어, 응, 그렇, 지……. 인어…… 로 안 보이는 것도 아닌 것 같은……?"

아벨에게 토스를 받아 드물게도 횡설수설한 대답을 한 시온은 키스우드에게 시선을 돌렸다.

그 눈빛을 받은 키스우드는 상큼하게 웃었다.

"네, 너무도 아름다워서 눈이 머는 줄 알았습니다. 미아 황녀 전하."

그리고는 뻔뻔하게 빈말을 했다. 그 후 우두커니 서 있는 두 왕자에게 귓속말했다.

"위증은 악덕. 하지만 여성을 기쁘게 해주기 위한 거짓말은 용서받는답니다."

어린 왕자 전하보다 압도적으로 경험이 풍부한 키스우드였다.

그런 가운데……, 오직 한 명, 미아에게 퇴짜를 날리는 인물이 있었다.

"미아 님. 그래서는 안 됩니다."

다름 아닌 에메랄다였다.

에메랄다는 분노했다.

자신이 라이벌이라고 인정한 소중한 동생뻘 황녀님이 보여준 꼴사나운 모습에, 하현 해파리 미아에게 화가 났다!

……애초에 수영을 모르는 미아의 꼴사나운 모습을 보고 비웃어주겠다는 생각을 한 사람은 에메랄다 본인이었으나, 그런 사실은 이미 기억 저편으로 날아가 버렸다.

에메랄다의 기억 저편은 비교적 가까운 곳에 있다.

"미아 님, 다리를 아래로 내리시면 오히려 몸이 뜨지 않습니다. 더 과감하게, 머리를 물속에 깊이 넣으셔야 해요."

원래 에메랄다는 미아에게 수영을 가르친다는 점에서는 일절 봐줄 마음이 없었다.

즉, 진심 모드다.

그리고…….

"어머! 그럼 뭐가 문제였던 거죠?"

미아 또한 진심 모드였다.

그 눈동자에는 열의가 더해진 빛이 깃들어 있었다.

아무튼 미아는 언제일지는 몰라도 바다에 빠지는 게 확정된 몸이다.

조각배 전복 사건이 미아의 위기감에 불을 붙였다.

제 몸의 안전을 위해서라면 온 힘을 다하는 데 주저하지 않는 미아였다.

그날, 에메랄다의 열혈 지도 덕분에 미아는 유선형 자세와 물장구 킥, 거기다 배영을 위해 하늘을 보며 물에 뜨는 기술을 마스터했다.

"……어라? 하늘을 보며 떠 있으면 호흡법 같은 어려운 기술을 마스터하지 않아도 숨을 쉴 수 있으니까……, 물에 빠져 죽지도 않을 것 같은데요?"

……그런 괜한 사실을 깨닫기도 한 해파리 미아였다…….

제33화 미아 황녀, 비장의 괴담을 들려주다

타닥타닥 불똥이 튀는 소리가 울렸다.

바닷가에 만든 거대 모닥불은 바람을 따라 흔들리면서도 주위를 붉게 비춰주고 있었다.

그 불꽃을 바라보며 모래사장에 깐 돗자리 위에 무릎을 껴안은 자세로 앉은 미아는…… 멍하니 넋을 놓고 있었다.

낮에 있던 수영 수업 덕분에 체력이 소모된 미아는 내려가는 눈꺼풀과 필사적으로 싸우고 있다.

하지만 해야 할 일은 전부 끝났다. 바닷물로 끈적이는 몸도 깨끗하게 씻었고, 역시 그린문 공작가라는 말이 절로 나오는 저녁 메뉴에 혀를 내둘렀으니 미아의 배는 이미 만족스러웠다.

남은 건 바닷가에서 조금 떨어진 장소에 있는 텐트에 돌아가 자기만 하면 되지만……. 잠들기 전 꾸벅꾸벅 몽롱한 시간, 모닥불의 은은한 빛을 받으며 보내는 한때가 미아의 머리에 텐트에 돌아가 잔다는 선택을 미뤄버렸다.

——그래도……, 슬슬 한계예요. 돌아가서 잘까요…….

마침내 결심한 미아가 일어나려고 한 바로 그때.

"그럼 슬슬 시작할까요."

정적을 깬 에메랄다의 조금 낮은 목소리가 울렸다.

"시작한다고요? 그건…… 뭘 말하는 거죠?"

어리둥절하며 고개를 갸웃거리는 미아에게 에메랄다는 의미심장하게 고개를 끄덕인 후 심술궂은 미소를 지었다.

"물론 무서운 이야기죠."

"……네?"

"여름밤, 무인도에서 바캉스……. 그렇다면 당연히 해야 하는 이벤트 아니겠어요?"

"어머! 그런 바보 같은 이벤트를 할 생각이었나요?"

에메랄다의 뜻밖의 대답에 놀라면서 미아는 어두운 바다를 보았다가 이어서 바람에 술렁거리는 숲을 보았다.

……둘 다 뭔가 정체를 알 수 없는 괴물이 숨어있을 것 같은……, 참으로 으스스한 분위기였다.

미아는 딱히 유령이나 요괴를 믿는 건 아니다. 그러니 딱히 무섭지도 않다.

──오히려, 그래요. 괴담이라니 바보 같아요. 그런 게 즐겁다니, 완전히 어린아이죠! 딱히 들어주기만 하는 거라면 아무렇지도 않지만요. 하지만 같은 부류로 묶이고 싶진 않은걸요. 반대해둘까요? 조금 강경하게 반대해두는 게 좋지 않을까요?

미아는 살짝 굳어버린 얼굴로 억지웃음을 지었다.

"그, 그런 게 즐겁다니 에메랄다 양은 참 어린……."

"어머나, 미아 님. 혹시 무서우세요?"

"무무무, 무섭지 않습니다. 그런 건 하나도 무섭지 않아요."

"그럼 문제없는 거죠? 부디 어린아이 같은 이야기를 들으면서 웃어주세요."

"으윽, 으으윽……."

순식간에 꺾여버린 미아였다.

"그럼 처음은 입안자인 저부터 하죠. 비장의 무시무시한 이야기를……."

"기다려주세요, 에메랄다 양."

미아는 황급히 끼어들었다.

──이런 말을 한다는 건 에메랄다 양은 어지간히 무서운 이야기를 좋아한다는 뜻……. 분명 학원의 동기들에게도 비장의 괴담을 들었을 게 분명해요……. 그런 걸 들었다간……, 잠을 못 자게 되잖아요……. 안느가!

에메랄다는 배 위에서도 안느에게 매정하게 굴었다. 분명 이 무서운 이야기로 안느를 겁주고 괴롭힐 게 분명하다.

미아는 자신의 소중한 충신을 지키기 위해 분연히 일어섰다.

……결코 미아가 무서워서, 듣기 싫어서…… 가 아니다. 단연코 아니다.

──하지만 달리 넘겨줄 법한 사람은…….

미아는 그 자리에 있는 사람들의 얼굴을 둘러보았다.

──시온은 뭐든 다 잘하니까 괴담도 잘하겠죠. 키스우드 씨는……, 흐음. 이 사람도 인기가 많게 생겼네요. 여성이 졸라서 이런 이야기를 할 기회도 많았을지도 몰라요. 다음은 아벨……. 아벨도 렘노 왕국에서 전해 내려오는 괴담을 알 가능성이 있군요.

괴담이라고 해도 줄거리를 알고 있다면 그리 무섭지 않다. 하지만 미지의 공포가 나오는 이야기를 듣게 된다면 틀림없이 잠을 자지 못하게 될 것이다.

──물론 안느가…… 그렇다는 거지만요. 하지만 아벨도 배 위에서의 일을 떠올리면 제법 장난기가 있는 것 같고……. 저나 에메랄다 양을 겁주기 위해서 의욕적으로 아주 무서운 이야기를 할지도 모르죠. 방심할 수 없어요!

그렇게 되면 미아가 할 수 있는 일은 하나뿐이었다.

"죄송하지만 제가 하겠어요."

미아가 세운 작전은 지극히 간단하다.

자신의 창작 괴담을 길게 늘어놓아서 다른 사람이 말할 시간을 줄이는 것.

자신이 만든 이야기라면 미아 본인은 무섭지 않다. 밤에도 푹 잘 수 있을 것이다. ……물론 안느가.

……마지막은 좀 논리가 파탄 나버린 것 같다는 느낌이 조금 드는 미아였지만, 사소한 일은 신경 쓰지 않는다. 도량이 넓은 미아였다.

──하지만 난감하네요. 저는 괴담은 잘 안 들으니까……. 물론 딱히 무서워서 그런 게 아니라, 어디까지나 시시한 이야기가 많아서 그런 거지만요…….

잠시 고민한 끝에 미아는 조용히 말하기 시작했다…….

자신의 체험담을!

"이것은, 그래요. 단두대에서 처형된 공주님의 이야기랍니다."

약간 각색을 섞어서 과거에 자신이 경험했던 일을 늘어놓았다.

길게 끌어야 하기 때문에 열심히 기억을 뒤지면서 말하고, 또 말했다.

성에 나타나는 목 없는 유령이 말하는 이야기.

그 유령이 남긴 피투성이의 일기장.

단두대에 올라갈 때까지 느낀 공포와 단두대에서 목이 잘리는 순간의 절망…….

때로는 슬프게, 때로는 무시무시하게…….

말하는 사이에 미아는 깨달았다.

그 자리에 모인 일동의 얼굴이 다들 공포로 굳어있다는 사실을.

──어라? 제 이야기를 듣고 다들 무서워하는 모양이네요. 우후후…….

그걸 알자 미아는 신이 났다. 다른 사람에게 겁을 주는 것이 어쩐지 조금 즐거워지기 시작했다.

한층 감정을 가득 담아서 입을 놀렸다.

이윽고 이야기가 끝났을 때, 그 자리는 쥐 죽은 듯 고요해졌다.

──아아, 제 이야기가 어지간히 무서웠나 보군요…….

그렇게 만족스러워하던 미아였으나…….

"마치 실제로 단두대에 올라간 적이 있는 것 같은 이야기인데……."

시온의 지적에 퍼뜩 정신을 차렸다.

그 후 다시금 사람들의 얼굴을 본 미아는 자신의 착각을 깨달았다.

그랬다. 그들은 공포에 질린 게 아니었다. 흥이 깨져버린 것이다!

완전히 썰렁한 얼굴이다!

미아가 이야기한 단두대 체험기는 어디까지나 사실이다.

칼날이 떨어지는 순간의 마음, 그 소리와 냄새, 처형장의 분위기 등등. 너무도 생생한 나머지 조금 흉악해서, 고귀한 분들이 좀 많이 싸해졌다.

"뭐, 뭐어, 미아 님께선 소설을 좋아한다고 하셨으니……. 상상력이 풍부하신가 보군요."

그 분위기를 수습하는 듯한 에메랄다의 목소리가 울려 퍼졌다.

──아아, 그렇군. 미아 황녀 전하는 우화를 이야기한 건가.

미아가 말한, 괴담이라고 부르기엔 애매한 이야기. 그걸 옆에서 듣고 있던 키스우드는 처음엔 고개를 갸웃거렸으나, 별것 아니었다. 미아는 여느 때처럼 행동했을 뿐이었다.

──에메랄다 님의 행동을 타이르기 위해 괴담의 형태로 우화를 만들어서 말한 거야.

이해력이 부족한 상대에게 고도의 설득을 할 때 유효한 수단 중 하나가 우화이다.

중앙정교회의 신부나 라피나도 신의 가르침을 설파할 때는 곧잘 우화를 사용하는데, 미아 또한 에메랄다를 타이르기 위해 우화를 쓴 것이다.

애초에 모든 인간을 버리지 않고 그 가능성을 길러주려는 사람이 미아의 본질(이라고 키스우드는 생각한다)이니까, 친구인 에메랄다의 행동을 가만히 지켜보지 못하는 것도 충분히 이해할 수 있다.

──오만한 공주, 그 이야기 속의 어리석은 공주처럼 민중을 돌아보지 않으면 언젠가는 이렇게 된다고…… 그런 말을 하고 싶은 거였나. 후후, 그나저나 미아 황녀 전하도 제법 신랄한데. 아무리 에메랄다 님이라고 해도 빵이 없으면 케이크를 달라고 하지는 않을 텐데. 일단은 나라가 기울어진 뒤에는 노력한다는 점에서 선량함을 어필해 균형을 맞췄지만…….

미아의 이야기를 흥미진진하게 들었던 키스우드는 에메랄다 쪽에 시선을 돌렸다.

──문제는 이 이야기를 에메랄다 님이 자기 이야기로 받아들일지, 아닐지야.

그의 시선 끝에서 에메랄다는 득의양양하게 목소리를 높였다.

"그럼 다음은 부족하지만 제가 하죠. 그래요, 섬에 얽힌 무서운 이야기를 해드리겠습니다."

가슴에 손을 얹은 에메랄다는 기뻐하며 말했다.

……아무래도 미아의 의도는 빗나가버린 모양이다. 키스우드는 쓴웃음을 지으며 어깨를 으쓱했다.

한편 다른 의미로 의도가 빗나가버린 미아는 머리를 부여잡고 싶은 걸 필사적으로 참았다.

시간 분배를 잘못하는 바람에 에메랄다가 괴담을 뽐내는 걸 저지하지 못했기 때문이다.

──으, 으윽. 통한의 실수예요.

그런 생각을 하면서도 이젠 에메랄다를 막을 방법이 없었다.

"제목을 붙이자면……, 배회하는 사교도 유령……. 이것은 가누도스 항만국에 오래전부터 전해 내려오는 이야기인데요……."

그렇게 에메랄다는 말하기 시작했다.

"옛날옛적에, 그러니까 제국이 세워지기도 더 전의 이야기예요. 바다 건너편에 있는 어떤 나라에서 쫓겨난 사교도 무리가 있었습니다. 그들은 나라를 원망하고 사람들을 증오하면서 지금 저희가 있는 것처럼 무인도에 숨어 살기 시작했죠. 그곳에서 은밀하게, 섬 지하에 사교의 신전을 세웠답니다. 언젠가 고국으로 돌아가겠노라고, 밉살스러운 사람들에게 복수하겠노라고 맹세하며 하루하루 살아갔죠……. 하지만."

거기서 에메랄다는 말을 끊었다. 그 후 전원의 얼굴을 찬찬히 뜯어본 뒤…….

"안타깝게도 돌아가지 못했습니다. 깊은 증오를 남기고 죽은 그들은 아직도 섬을 배회한다고 해요……. 그 섬이 어쩌면 지금 저희가 있는 이 섬일지도 모르죠."

순간 서러운 울음소리 같은 것이 들렸다.

바람을 받은 모닥불의 불길이 화르륵 강해지자 거기에 놀란 미아가 '히이익!' 하고 작게 숨을 삼켰다.

그 후 바로 뒤에서 대기하고 있던 안느의 스커트 자락을 슬그머니 붙잡았다.

안느가 잠을 못 자게 되지 않도록 배려하는 마음에서다. 안느도 미아의 행동을 알아차린 건지 미아의 손에 자신의 손을 살며시 올려놓았다.

"아무래도 바람이 많이 세진 것 같아."

조금 걱정하는 듯한 아벨의 목소리. 호위들도 어쩐지 불안한 표정으로 주위를 둘러보았다.

"이대로면 바다도 거칠어질 텐데, 네 배는 괜찮은 거야?"

"걱정하실 필요 없습니다, 시온 왕자님. 저 배는 어지간한 일로는 가라앉지도 않고 선장도 베테랑이니까요."

그렇게 말하며 가슴을 펴는 에메랄다였다.

제34화 에메랄다, 저지르다

그날 미아는 잠 못 이루는 밤을 보내게 되었다.

즉석 텐트 안에서……. 천이 펄럭펄럭 흔들리는 소리, 나뭇잎이 바스락바스락 스치는 소리.

그중에서도 이따금 휘이이이잉 부는 바람 소리가 비명처럼 울려 퍼져서……. 자꾸만 무서운 상상이 머리를 맴도는 바람에 미아는 잠자리에 든 뒤로 약 한 시간 가까이 자지 못하고 뒤척거렸다.

참고로 배 여행의 피로가 쌓였을지도 모른다는 이유로 오늘의 미아는 평소보다 1시간 더 일찍 잠자리에 들었다.

……뭐, 그건 그렇다 치고. 잠 못 이루는 밤을 보낸 미아는 다음 날 매서운 바람 소리에 눈을 떴다.

텐트가 마구 삐걱거리는 소리에 미아는 반사적으로 벌떡 일어났다.

"무, 무슨 일이죠? 이건……. 대체 뭐가?!"

주위를 두리번거리자 이미 에메랄다와 니나의 모습은 없고, 안느 혼자 미아가 눈을 뜨는 걸 기다리고 있었다.

……참고로 미아가 일어나기 한참 전부터 바람 소리가 어마어마했다.

그런 고로 미아 말고 다른 사람들은 다들 눈을 떴지만……, 흉악한 바람 소리 속에서도 새근새근 잘 자는 미아를 깨우지 않고 내버려 두었다.

미아의 주위는 친절한 사람들로 가득하다.

"안녕히 주무셨어요, 미아 님. 눈을 뜨시자마자 대단히 죄송하지만, 뭔가 이변이 일어난 것 같습니다. 바로 옷을 갈아입도록 하죠."

"네, 알았어요. 잘 부탁해요."

그렇게 안느의 도움을 받아 재빨리 옷을 갈아입은 미아는 텐트 밖으로 나왔고……, 그 순간 휘몰아치는 바람에 자칫 넘어질 뻔했다.

직전에 안느가 잡아준 덕분에 간신히 자세를 고쳤다.

"바람이 심하게 부네요. 이건 대체……?"

미아 일행이 하룻밤을 보낸 텐트는 바닷가에서 조금 떨어진 언덕에 세워져 있었다.

주위에 있는 큰 나무들에 텐트를 묶어두는 형태로 설치했으나……. 그 성의 기둥으로도 쓸 수 있을 만큼 굵은 나무가 휘청거렸다.

하늘을 올려다보자 회색 구름이 어마어마한 속도로 흘러갔다.

비는 내리지 않지만 멀리 보이는 하늘이 때때로 희게 번쩍였고……, 참으로 불길한 분위기를 조성하고 있었다.

"큰일이에요! 미아 님!"

그때 안색이 바뀐 에메랄다가 달려왔다.

"어머, 무슨 일인가요? 그렇게 급히……."

여유롭게 에메랄다를 맞은 미아였으나, 그녀의 대답에 순간 어안이 벙벙해졌다.

"사라졌어요……. 에메랄드 스타 호가."

"…………네?"

에메랄다의 뒤를 따라 바닷가로 향한 미아는 입을 떡하니 벌렸다.

바닷가의 모습은 어제와는 완전히 달라져 있었다. 거친 파도가 치는 모래사장의 면적이 어제의 3분의 1도 되지 않았다.

그리고 문제의 에메랄드 스타 호를 정박해두었던 앞바다에서 그 모습이 홀연히 사라졌다.

"설마 해적에게 공격이라도 받은 건……?"

에메랄다는 창백한 얼굴로 중얼거렸다.

"아뇨, 아마 이 바람을 피하기 위해 어딘가 섬 뒤로 피난했다고 봐야겠죠."

하지만 키스우드의 냉정한 목소리가 에메랄다의 우려를 부정했다.

키스우드는 하늘을 올려다보았다. 그 시선 끝에는 검은 구름이 소용돌이치고 있었다.

"어제부터 조금 걱정이 되었는데……, 폭풍이 올 것 같군요."

"아무튼 여기에 있는 건 좀 위험해. 어딘가 비바람을 피할 수 있는 장소를 찾아보자."

시온의 키스우드와 아벨이 고개를 끄덕였다.

"에메랄다 양, 이 섬에 어디 안전한 장소는 있을까? 동굴이라도 있으면 좋겠는데……."

"네? 앗, 아뇨, 그게······. 저도 이 바닷가밖에 몰라서······."

"그렇군. 즉 섬 안쪽에 무엇이 있는지는 모른다는 건가."

"시온 전하, 미아 황녀 전하나 에메랄다 님의 호위를 빌려 정찰에 보내는 건 어떻습니까? 혹은 제가 해도 괜찮고요."

"아니, 지금은 흩어지면 위험하다고 봐. 움직인다면 다 함께 가야지."

그때 문득 시온이 주위를 둘러보았다.

"그런데 그 전에, 호위의 모습이 보이지 않는데······. 미아, 네 전속 근위대는 어디에 보냈지?"

그제야 미아도 간신히 깨달았다.

늘 곁에 있으며 미아를 지켜야 하는 황녀전속 근위병 두 명의 모습이 어디에도 보이지 않았다. 게다가 에메랄다의 호위도 안 보였다.

즉 지금 이 자리에는 두 왕자와 키스우드, 미아와 에메랄다, 그리고 안느와 니나라는 7명 밖에 없다.

호위들이······, 홀연히 사라졌다!

──이건 어떻게 된 일이죠······?

미아의 뇌리에 어제 에메랄다가 들려준 괴담이 되살아났다. 그, 섬을 배회하는 유령 이야기를 한 뒤에 신이 나서 추가로 들려준 이야기.

배 위에서 사람이 홀연히 사라지거나, 유령선이 나타나는······ 그런 이야기였던 것 같은······.

무심코 몸을 부르르 떤 미아는 그 직후, 묘하게 민망해하는 표정을 짓는 에메랄다를 보고 감이 왔다!

"……에메랄다 양, 당신…… 저질렀군요?"

미아는 못마땅한 눈으로 에메랄다를 바라보았다.

"저, 저지르다뇨? 글쎄, 무슨 말씀이신지? 의도를 전혀 모르겠는데요."

짐작 가는 바가 없습니다! 하는 얼굴인 에메랄다를 미아가 성큼성큼 몰아세웠다.

"시치미 떼지 마세요. 에메랄다 양 당신, 지난밤에 호위들을 배에 돌려보냈죠? 그것도 제 호위까지 적절히 구슬려서……."

"그그그, 그런 짓을 왜 하겠어요? 제가, 왜……."

미아는 말없이 에메랄다를 물끄러미 응시했다. 빤히, 빠아아안히…….

"으, 으으. 하, 하지만 미아 님, 어쩌면 호위에게는 들려줄 수 없을 법한 그렇고 그런 게 오갈지도 모르잖아요? 왕자 전하들께서 다른 사람이 있으면 할 수 없는 이야기를 하실지도 모르잖아요? 제 배려는 상식적이라고요."

즉, 옷을 갈아입혀 주는 등 시중을 들어야 하는 니나와 안느는 남겼지만, 호위들은 방해될 것 같아서 돌려보냈다는 소리다.

아벨이 미아에게 어떠한 어프로치를 해서, 그…… 이런저런 일이 있을지도 모르잖아! 하며 에메랄다가 쓸데없는 배려심을 발휘했다.

아니……, 그것만이 아니다. 그렇게 판단한 미아는 에메랄다를 바라보았다.

——아마 '시온 왕자님께서 저에게도 말을 걸어주시지 않을까요?'라는 생각을 했을 게 분명해요. 정말이지, 에메랄다 양도 참…….

어이없다는 양 고개를 내젓는 미아.

——그런 소설 같은 일이 일어날 리가 없는데 말이죠. 기가 막혀요.

이전 시간축에서 자신이 했던 행위는 완전히 기억 저편으로 던져버린 미아였다.

미아의 기억 저편은…… 이하생략.

"이야기는 나중에. 아무튼 피난하자. 키스우드, 정찰 부탁해."

시온의 지시 하에 일행은 움직이기 시작했다.

제35화 가장 약하고 가장 오래된 마지막 공작

날이 저물 때까지 루드비히는 가누도스의 수도를 이리저리 누볐다.

시장과 거리의 상점 등에서 다양한 소문을 듣고 돌아다닌 뒤 숙소로 돌아와, 숙소에 딸린 주점에서 늦은 저녁을 먹기로 했다.

자리에 앉자마자 바로 마노스가 손을 들어 2인분의 술을 시켰다. 그 후 문득 무언가 떠올렸다는 듯 입을 열었다.

"……그러고 보면 황녀님 일행은 재밌게 놀고 계실까요?"

"음? 뭐 걱정이라도 있나?"

"아뇨, 동행한 부하들이 좀……. 아, 오해하진 마십쇼. 실력만큼은 1등급이거든요. 디온 대장에게 단련 받았으니까. 싸움만 놓고 보면 의심할 여지가 없수다. 그 그린문 공작 쪽의 호위는 둘이서 충분히 물리칠 수 있을 만한 실력이니 도적이 나타나도 문제없이 황녀님을 지킬 겁니다."

루드비히는 증강된 황녀전속 근위대의 대원들을 떠올렸다.

거칠게 구르던 자들을 모아놓긴 했지만, 확실히 전장에서는 의지가 될 법한 사람들이었다.

"제국에 충성하는 마음은 좀 의심스럽긴 해도, 황녀 전하에겐 은혜를 입었으니까요. 싸움이 일어나면 목숨을 걸고 지킬 건 의심할 여지가 없는데……."

바노스는 쓴웃음을 지었다.

"아무래도 성실한 녀석들은 아니라서 말이죠. 황녀 전하에게 바치는 충성과 술을 비교하면 좀 의심스러운 구석이 있어서."

……정확하다.

"뭐, 그걸 여기서 걱정해봤자 소용없을 테지. 미아 님의 학우이신 두 왕자 전하께선 실력이 빼어나다 들었고, 종자인 키스우드 씨도 있으니까. 지금은 우리가 할 수 있는 일을 하자."

루드비히는 어깨를 작게 움츠린 뒤 조금 표정을 굳혔다.

"정보를 정리하지. 어디까지나 짧은 시간 동안 이야기를 듣고 돌아다녔을 때의 인상이지만…… 그린문 공작가의 평판은 썩 좋지 않은 모양이야."

"그랬죠. 필사적으로 감싸줄 만한 일도 안 한 모양이니, 이 정도면 우리 황녀 전하가 더 인덕이 있다고 봅니다."

팔짱을 끼고 고개를 주억거리는 바노스.

"그런데도 교섭은 전부 그린문가를 통하라고 했어. 나라의 상층부는 어떠한 이익을 제공받고 있을 가능성이 있지만, 그렇다고 해도 부자연스러워……."

모든 상층부를 매수할 수 있을 만큼 그린문 공작가의 배포가 크다고 보기는 어려웠다. 그런데도 이런 상황. 이건 대체, 어떻게 된 일일까…….

"손님들, 갈레리아 바다 너머에 있는 나라에서 왔어?"

그때 가게의 주인이 말을 걸었다. 조금 허리가 굽은 노인이었지만 요리하는 실력은 얼핏 보기만 해도 숙련자라는 걸 알 수 있을 만큼 훌륭했다.

"아니, 우리는 대륙……, 제국에서 왔어."

"아, 제국……. 그렇다면 지금 옐로문 공작님의 가문은 어떻게 되셨대?"

노인의 질문에 루드비히는 작게 고개를 갸웃거렸다.

"음? 아, 그린문 공작가 말씀입니까? 거기라면……."

"아니, 거기가 아니고. 옐로문 공작님 말이야. 내가 옛날에 할머니에게 들은 이야기론, 항만국이 옛날에 아주 크게 신세를 졌다고 하더라고. 그런데 어느 시기부턴가 전혀 소식이 들리지 않아서 계속 걱정했지."

"옐로문 공작가가……? 네, 공작님께선 건강하십니다. 영애는 세인트 노엘 학원에 다니고 있고……."

그런 이야기를 하면서도 루드비히는 당혹스러워했다.

옐로문 공작가와 가누도스 항만국의 연관 고리는 여태까지 한 번도 들어본 적이 없었기 때문이다.

노인과 이야기를 마친 뒤, 생각에 잠긴 루드비히에게 바노스가 어깨를 으쓱했다.

"……어째 묘해졌는데요. 가장 오래되었으며 가장 약한 별을 지닌 공작, 옐로문의 이름을 여기서 듣게 되다니."

그런 말을 하면서 바노스는 점원이 가져다준 술에 입을 댔다. 강한 도수에 '크으으!' 하고 탄성을 지른 후 안주에 손을 뻗었다.

가누도스의 명물인 신선한 생선은 주위에 명성이 자자할 만큼 유명하다.

혀 위에 올린 순간 사르르 녹는 감미로운 지방에 바노스의 얼굴이 저절로 펴졌다.

"맛있어……. 흐흐, 이거 꿀인데요."

다음 순간 바노스가 손을 멈췄다. 루드비히가 깊은 생각에 잠겨서 식사에 전혀 손을 대지 않았기 때문이다.

"뭐 마음에 걸리는 일이라도 있습니까?"

"마음에 걸리는 일이라……. 그래, 바노스 씨는 우리 제국의 뿌리에 대해 들은 적이 있나?"

"아니, 아쉽게도 역사는 잘 몰라서."

"비옥한 현월지대에서 작물을 기르던 농경민족을 강인한 수렵민족이 침공했어. 그렇게 수많은 농노와 영지를 확보했지. 그게 제국의 기원이었다고 해."

세간에 널리 알려진 상식, 제국의 시작을 읊은 뒤 루드비히는 살짝 고개를 숙였다.

"하지만…… 사실 우리의 선조는 바다를 건너왔다는 설이 있지. 어느 정도 신빙성도 있고, 전부는 아니어도 적어도 일부는 바다 저편, 즉 갈레리아 바다 너머에서 건너온 사람들이라는 게 유력한 설로 제창되고 있어."

"으음? 뭐, 그건 알겠는데요. 그게 대체 어떻다는 겁니까? 지금 무슨 상관이라도?"

의문이라는 표정인 바노스에게 루드비히는 고개를 내저었다.

"바다를 건너왔다고 쳤을 때……, 그들은 어딜 지나갈까? 갈레리아 바다에서 비옥한 현월지대, 지금 제도가 있는 장소까지 가려면 어떤 길을 지나갔을 거라고 봐?"

"아, 그렇군. 즉 루드비히 나리는 제국의 선조님들이 이 가누도스 항만국을 지나갔을 거라고 말하고 싶은 거죠?"

"그래. 물론 그 시절엔 아직 나라로서 형태를 갖추지 못했겠지. 제국과 항만국 건국 시기는 거의 동시였다고 하니까……. 하지만……, 제국과 가누도스 항만국 사이에 건국 당시부터 교류가 있었다고 생각해야 하는 건지도 모르겠어. 그리고 그 교섭을 담당한 사람이 시대공작가 중 가장 오래되었으며 가장 약하다고 일컬어지는…… 옐로문 공작가라면……."

"그게 어느새 그린문 공작가가 교섭을 일임하게 되었고, 그러는 사이에 그게 당연해졌다는 건가. 그래, 어쩐지 수상한 냄새가 나는데요, 루드비히 나리."

"정보가 필요해. 미안하지만 바노스 씨, 내일도 원로의원과 면회한 뒤 조금 같이 다녀줘야겠어."

"뭐 생각난 거라도 있수?"

"아직, 뭐라고 하진 못하지만……."

루드비히는 팔짱을 끼고 생각에 잠긴 얼굴로 말을 이었다.

"내가 아는 한, 좋지 않은 일을 꾀하는 건 대외적으로 이름을 내걸고 있는 자가 아니라 뒤에 숨어있는 쪽이야."

"놀라운데. 제가 아는 상식으로 봐도 그렇거든요."

히죽 웃은 바노스를 향해 루드비히는 어깨를 으쓱했다.

"왠지 모르게 이 나라에선 옐로문 공작가에 대해 은닉되어 있는 것 같은 느낌이 들어. 그래서 그걸 중심으로 조사하고 싶은데⋯⋯."

"이야기를 들으러 가봤자 순순히 알려줄 것 같지 않은데. 어떻게 할 겁니까?"

"이런 종류의 기록을 남겨두는 장소는 보통 두 곳. 국가와 교회야. 국가를 믿을 수 없다면 다른 쪽에 확인해보면 되겠지."

이리하여 다음 날, 두 사람은 중앙정교회의 교회당으로 향하게 되었다⋯⋯.

제36화 폭풍우······

뚝······, 뚝!

머리에 작은 돌멩이가 떨어지는 것 같은 감각. 반사적으로 얼굴을 든 미아를 굵은 빗줄기가 두들겼다.

"아아, 쏟아지기 시작했네요······."

미아의 목소리에 심술궂은 무언가가 대답하듯 강우량이 순식간에 늘어났다.

호쾌하게 불어닥치는 바람을 타고 흩날리는 빗방울이 마치 커튼을 늘어뜨린 것처럼 시야를 가로막았다.

"어, 어마어마한 비네요······."

미아는 두 손으로 얼굴에 흐르는 물줄기를 닦아내며 중얼거렸다. 그 후 작게 웃었다.

──후후, 뭐 수영 연습하러 온 거니까 젖는 건 각오했었지만요. 이렇게 섬 위에서도 젖을 줄은 생각하지 못했어요.

입고 있는 옷이 물을 빨아들여 피부에 달라붙자 은근히 무거워졌다.

하지만 그게 옷을 입은 채로 물놀이를 하는 것 같은, 어쩐지 엉뚱한 장난을 치는 것 같은 느낌이 들어 조금 즐거워진 미아였다.

"다들 절대 흩어지지 마. 아벨, 뒤를 부탁할 수 있을까?"

"알았어. 후위는 나에게 맡겨."

그 대화만으로 역할분담을 끝내는 두 왕자.

키스우드를 먼저 보내고 선두에 시온이, 그리고 미아, 안느, 에메랄다, 니나가 이어져서 마지막엔 아벨이 최후방을 지키는 대열을 맞춘 일행이 신중하면서도 서둘러 텐트로 돌아갔다.

미아는 질퍽거리는 땅바닥에 걸려 넘어지지 않도록 열심히 발을 움직였다. 철퍽철퍽. 물일 머금어 질척거리는 소리가 나는 신발이 참으로 걷기 힘들었다.

몇 번이나 넘어질 뻔한 위기를 넘기며 가까스로 텐트에 도착했다.

시야에 들어오기 시작한 텐트는 강풍을 받아 펄럭펄럭 시끄러운 소리를 냈다. 당장에라도 바람에 날아갈 것 같았다.

"크, 큰일이에요! 텐트가 날아가겠어요! 빨리 짐을 옮겨야!"

당황하며 안에 둔 짐을 가져오라고 니나에게 지시하려는 에메랄다였으나.

"그건 포기하는 게 좋아. 위험해."

옆에서 시온이 제지했다.

"그래. 이런 바람 속에서 짐을 옮기는 건 현실적이지 않아. 피난을 우선하자."

아벨이 동의하며 시온을 향해 고개를 끄덕였다.

"어딘가 바람을 피할 수 있는 장소를 찾아. 키스우드, 부탁한다."

"그래야죠. 섬 중앙으로 갑시다. 아가씨들도 조심하면서 따라와 주세요."

키스우드를 선두로 일행은 섬 안쪽에 발을 들였다.

잠시 후 키가 큰 나무들이 울창한 깊은 숲이 나타났다.

그대로 숲속에 발을 들여놓았다. 미약하게나마 바람이 잦아들었지만, 나뭇잎을 두드리는 빗소리는 오히려 더 심해진 느낌이었다.

후두두둑, 투두두둑……. 나뭇잎이 흔들리고, 쓸리고, 두드리는 소리.

그 소리에 순간 일행의 목소리가 지워졌다.

매서운 빗소리 속에서 형성된 찰나의 고독. 문득 위쪽에 시선을 준 미아는 거무스름한 나뭇잎을 보고 반사적으로 기억이 자극되는 걸 느꼈다.

──아아, 아직도 숲에 들어가면 그때 일이 생각나는군요…….

혁명군에게 쫓겨 다니던 시절…….

메이드에게 버림받은 미아는 혼자 숲속을 돌아다녔다.

──넘어지는 바람에 다리를 다치고 말았었죠. 그래서 헤어질 때는 발목을 잡는다는 말도 들었어요…….

발을 타고 흐르는 빗방울의 감촉에서 그날 무릎이 까졌을 때 흐르던 피의 감촉이 떠올랐다.

찰과상이 얼얼하게 아프고 흐르는 피가 미끈거려서 기분이 나빴던 게 멍하니 떠올라 방심했기 때문일까.

"앗……."

발이 주륵 미끄러졌다.

앞으로 고꾸라지면서 미아는 자신의 경솔함을 저주했다.

──아아, 그때와 마찬가지로……, 여기서 다치면 발목을 잡게 될 텐데…….

"위험해!"

그 직후 목소리가 울려 퍼지고, 누군가가 몸을 뒤에서 끌어안아 잡아준 것을 느꼈다.

"미, 미아 님, 괜찮으세요?"

부드러운 감촉에 뒤를 돌아보자 얼굴에 걱정이 가득한 안느가 미아의 몸을 껴안고 있었다.

"아……, 네, 네에, 문제없어요."

그때는 없었던 것……. 지금의 자신이 갖고 있는 것을 떠올린 미아는 살짝 웃었다.

원래대로라면 불안해서 벌벌 떨고 있을 법한 이 상황에서도 어떻게든 될 것이라는 생각이 드니 참으로 신기했다.

"조심해야겠네요. 안느도 발밑을 잘 살펴보세요."

그렇게 말하고 다시 걸어가려던 바로 그때.

"이 앞에 동굴이 있습니다. 그곳에서 잠시 비바람을 피하는 게 어떻겠습니까?"

비안개가 자욱한 전방에서 키스우드의 목소리가 들렸다. 다시 앞쪽을 정찰하러 가서 주위를 뒤졌던 모양이다.

"잘했다, 키스우드. 다들 키스우드 뒤를 따라가자. 절대 떨어지지 말고."

시온의 격려를 들으며 미아 일행은 한층 더 깊은 숲속으로 향했다.

나무를 헤치고 수풀을 지나자 조용히 자리하고 있는 것이 보였다.

이끼가 가득 낀 바위벽에 갑자기 입을 떡 벌리고 있는 동굴. 몸을 숙여야 들어갈 수 있을 만큼 작은 구멍으로 보였지만…….

"안쪽은 넓습니다. 어서 들어가죠."

그렇게 키스우드 뒤를 따라 미아는 동굴에 발을 들여놓았다.

──어쩐지 괴물의 배 속에 들어가는 듯한 기분이에요……. 불길한 장소라는 느낌이 들어요.

가끔 맞는 미아의 감이 이때 훌륭히 적중했다.

그들이 발을 들인 장소, 역사의 흐름에 잊힌 그 장소는…….

제37화 형세 역전! 아벨, 반격하다

키스우드의 말대로 동굴은 생각했던 것보다 넓고 깊었다.

입구가 오므라든 것처럼 좁고 살짝 구부러졌기 때문에 바람도 들어오지 않았다. 조금 깊이 들어가자 쾌적해졌다.

그건 좋지만…….

동굴 중간에서 키스우드가 시온에게 귓속말했다.

"시온 전하, 이 동굴……. 조금 묘한 느낌이 듭니다."

"응? 무슨 뜻이지?"

"확실하게 말하지는 못하지만, 사람의 손길이 닿은 것 같은데요."

키스우드는 동굴의 벽을 손바닥으로 쓰다듬었다.

"……경계가 필요한가?"

"글쎄요. 사람이 있다는 느낌은 안 들지만……. 굳이 있다고 치자면 해골이나 걸어 다니는 시체나, 뭐 그런 종류가 아닐까요."

새로운 흔적이란 느낌은 아니다. 여기까지 오는 동안에도 길이라고 할 만한 길도 없었고, 만약 사람이 있다고 해도 꽤 오래전 일이 아닐까.

익살스러운 키스우드의 대답에 시온은 바깥으로 시선을 주었다.

"그래……. 따지자면 이 폭풍이 더 난적인가……. 아니, 하지만 경계해서 나쁠 건 없겠지. 어쨌거나 우리는 제국의 예지를 지켜 드려야 하는 몸이니까."

그렇게 말한 시온은 동굴 입구 근처에서 바깥 상황을 살피는 미아를 보았다.

"그렇네요. 전원에게 정보를 공유해둡시다. 그리고 단독행동은 피해야겠어요."

그런 심각한 대화가 오가는 한편……, 동굴 입구 쪽에선…….

"대단한 호우였네요. 흠뻑 젖어버렸어요."

미아는 물을 빨아들인 옷을 꾹꾹 짰다.

후두둑 소리를 내며 흐르는 물에서 조금 전 비가 얼마나 어마어마했는지 보였다.

"여름이라고 해도 감기에 걸릴 것 같아요."

"……그래, 그렇겠군."

"……응?"

문득 미아는 위화감을 느꼈다. 아벨이 대답할 때까지 잠깐 흘렀던 침묵에…….

아벨 쪽에 힐끔 시선을 보낸 미아는……, 뺨을 살짝 붉히고 시선을 피하는 아벨을 발견했다.

그 후 다시금 자신의 몸을 내려다보았다. 옷이 피부에 달라붙는 바람에 속옷이 조금 비친 것을 보고……, 미아는 감이 왔다!

──어머머, 혹시 아벨 부끄러워하는 거예요? 제 모습에 조금 두근거린 거죠?

여우처럼 히죽히죽 웃은 미아. 조금 전과는 다르게 여유로운 태도였다.

그도 그럴 것이, 미아에게 수영복은 물에 들어가기 위해 입는 속옷이다. 아무리 디자인이 촌스러워도, 노출이 적어도 부끄러운 것은 부끄럽다.

하지만 현재 미아는 옷을 입고 있다. 피부가 조금 비치긴 했지만 상관없다. 여유로운 태도를 보일 수 있다. 그렇다. 미아의 알맹이는 성인 여성!

아벨이 조금 성장해서 몸이 탄탄해지고 늠름해졌다고는 해도……, 그건 그거다.

아직 연상의 강점이라는 게 있었다.

그런 고로…….

──우후후, 아벨도 참. 제법 귀엽잖아요.

미아는 아벨을 조금 놀려먹기로 했다.

그렇다. 미아 누님은 놀리는 걸 좋아한다!

그것은 완전한 우위.

어른 누나가 순진한 반응을 보이는 귀여운 소년을 놀려먹는다는 완전무결한 우월감에 젖어……, 미아는 아벨을 놀리기 위해 입을 열었…… 으나…….

"잠시 실례."

그렇게 말한 아벨은 무척이나 다정한 손길로……, 자신이 걸치고 있던 얇은 윗옷을 미아의 어깨에 걸쳐주었다.

"………………흐어?"

갑작스러운 사태에 입을 어벙하게 벌리고 고개를 갸웃거리는 미아.

그 짧은 빈틈을 타고 아벨이 파고들었다!

"조금 전부터 그……, 오, 옷이 비쳐 보였거든. 내 옷도 젖어서 미안하지만……."

아벨은 지극히 신사적으로 윗옷 단추를 잠근 다음 참으로 성실한 표정을 지었다.

"미아, 너는…… 자신의 매력을 좀 더 자각해야 해. 네 아름다운 피부는 아주 매력적이니까, 무방비하게 있으면…… 그, 곤란하거든."

그렇게 말하더니 다시 민망한 듯 시선을 돌렸다.

"……………흐어?"

미아는 참으로 얼간이 같은 소리를 낸 뒤……, 아벨의 모습을 다시금 바라보았다.

윗옷을 벗어 반소매 셔츠 한 겹만 입은 아벨의 검술로 탄탄해진 위팔이 살짝 엿보였다.

참으로 늠름하고, 든든하고……. 아무튼 아주 멋있었다!

따라서 미아는 자기도 모르게 두근거렸다!

여유를 부리던 미아 누님은 아벨의 반격에 깔끔히 격퇴당하고 말았다.

완전한 형세 역전이다!

──뭐, 뭐, 뭐, 뭐죠? 아벨, 진짜로 정말, 뭔가요?! 그, 그그, 그런 닭살 돋고 부끄러운 말을, 뭘 그렇게, 천연덕스럽게 내뱉는 건데요! 정말! 정말!!

얼굴을 새빨갛게 물들이고 입을 뻐끔거리는 미아. 하지만 다행

히 아벨은 이미 시온과 키스우드가 있는 곳으로 가버려서 그걸 눈치채지 못했다.

수치심에 붉어진 얼굴을 보이지 않고 끝난 미아는 일단 안심했다.

일단은 안심하긴 했지만…….

──아니 그보다 아벨?! 왜 저를 이렇게 부끄럽게 해 놓고 그대로 방치하는 거죠?! 이, 이 답답한 마음을, 저는 어떻게 해야 하는 건가요?!

가슴속 깊은 곳에서 피어오른, 참으로 간질간질한 감정을 주체하지 못한 미아는 포효하고 싶어지는 걸 필사적으로 참았다.

그런 와중에.

"어머, 습기가 찬 건가요? 이 동굴은 어쩐지 입구와 안쪽이 온도가 다른 것 같은데. 저기 니……, 아니지, 당신도 그렇게 생각하지 않아?"

에메랄다의 목소리가 태평하게 울려 퍼졌다.

제38화 한 톨의 밀가루, 한 조각의 쿠키

다행히 다음 날엔 폭풍이 떠나갔다.

동굴 안에서 미아가 돌의 개수를 세며 멍하니 시간을 보내는 사이에 지나가 주었다.

바람이 약해진 것을 확인하자 시온의 명령을 받은 키스우드가 바로 주위를 탐색하러 나갔다. 그때 서바이벌 달인 미아에게서 '키스우드 씨, 어딘가에 샘이나 강이 없는지 찾아와주실 수 있을까요?'라는 추가 주문이 들어갔다.

마실 물을 확보하는 것은 서바이벌의 기본 오브 기본이다.

혼자서 숲에 숨어 혁명군으로부터 도망칠 수 있도록 지식수집에 여념이 없었던 미아에게 사각은 없다!

그런 고로 동굴에서 나갔다가 잠시 후에 돌아온 키스우드는 말했다.

"일단 조심해서 나쁠 것은 없겠지만, 위험한 동물의 흔적은 발견하지 못했습니다. 기껏해야 토끼가 있는 정도였고……."

"오오……! 토끼……."

미아의 눈동자가 날카롭게 빛났다. 어제는 식사를 하지 못했기 때문에 몹시 배고픈 맹수가 되어버린 미아였다. 토끼의 목숨이 풍전등화다.

"그리고 텐트는 딱 하나 남아있었는데, 안쪽이 어떻게 되었는지는 모르겠습니다. 아가씨들의 텐트라서 내부를 확인하지 못했거든요. 그리고 숲속에서 근처에 수원지를 확인했습니다. 작은 샘입니다."

"그래. 수고했다, 키스우드. 여전히 일 처리가 빠르군."

시온의 치하에 키스우드는 어깨를 으쓱했다.

"뭐, 다양한 능력을 갖추지 않으면 시온 전하의 종자 노릇은 못 해 먹으니까요."

여전히 고생이 많은 사람이다.

일단 현재 거점은 동굴로 삼고, 텐트 안에 남아있는 도구를 회수하는 것을 일순위에 두었다.

잘하면 식량이 남아있을지도 모른다는 생각에 그렇게 정해졌지만…… 안타깝게도 그렇게 잘 풀리진 않았다.

기울어지고 다 쓰러진 텐트 내부는 비바람을 맞고 엉망이 되어 있었다.

사대공작의 일각, 그린문가가 위신을 걸고 마련한 멋진 물품들은 진흙을 뒤집어쓰고 파괴되었다.

그리고 식량도 보이지 않았다.

"뭐, 저희가 자기 위한 텐트였으니까요……."

게다가 원래 식량은 대부분 에메랄드 스타 호에 있고 여기로 가져온 것은 극히 일부였다.

"먹을 수 있는 게 있을 리가…… 아, 그래요."

문득 떠올린 미아는 자신의 짐을 찾았다.

갈아입을 드레스는 여행용 가방이 열리는 바람에 날아가 버렸지만, 미아는 가방 구석에 묶어두었던 작은 나무상자를 재빠르게 찾아냈다.

그것은 미아가 평소 들고 다니는 쿠키였다.

"무인도라고 해도 자기 전에 달콤한 디저트는 필수죠!"

그런 굳은 신념 하에 가방 안에 넣어둔 것이었다.

안을 확인하자 맛있는 쿠키가 총 10개 들어 있었다.

"아아……, 무사해서 다행이에요……."

눈물을 글썽이며 나무상자를 꺼낸 뒤 바로 하나를 먹으…… 려다가 멈췄다.

그 직전에 퍼뜩 생각났기 때문이다.

――이건 사람들 앞에서 평등하게 나눠 먹는 게 좋을 것 같은 느낌이 들어요.

그렇다. 미아는 알고 있다.

음식의 원한은 단두대와 직결된다는 것을.

쿠키 하나를 먼저 먹는 바람에 원한을 사서 단두대에 끌려갈 가능성도 0%는 아닐지도 모른다. 거대한 딸기 케이크를 통째로, 심지어 딸기도 전부 먹어버렸다면 그것도 어쩔 수 없을지도 모른다.

하지만 쿠키 하나를 먹었다고 단두대에 세워지는 건 수지타산이 안 맞는다.

그런 이유로 미아는 혼신의 자제심을 쥐어짜 식욕과 격투를 개시했다.

습, 습, 하……, 습, 습, 하……. 자신을 달래듯 깊이 심호흡했다. 그 모습은 마치 먹이를 눈앞에 둔 맹수 같았다.

그래도 가까스로 자신의 욕망을 억누른 미아는 쿠키 상자를 들고 사람들에게 돌아갔다.

"용케 이런 것을 가져오셨군요, 미아 황녀 전하."

감탄하는 키스우드에게 미아는 득의양양했다.

"유비무환이라고 하잖아요. 뭐, 저에게 이 정도쯤은 당연하죠."

"그건 괜찮지만, 왜 평민에게도 당연하게 쿠키를 주시는 거죠? 이해할 수 없어요."

그렇게 불만을 드러내는 건 에메랄다였다.

그녀의 사고방식은 귀족 중에서는 지극히 일반적이긴 하지만…….

──에메랄다 양은 근본적인 부분을 모르는 거예요. 이 쿠키가 무엇을 의미하는지…….

미아는 한숨을 쉬며 그녀를 바라보았다.

확실히 쿠키를 많이 먹는다면 배도 그만큼 채울 수 있을 것이다.

하지만 반대로 말하자면, 쿠키 하나를 그냥 자신이 먹어버린다면 쿠키 하나만큼 배가 찰 뿐이다.

그뿐이다.

반대로 여기서 사람들에게 쿠키를 나눠준다면 어떻게 될까?

분명 커다란 은혜를 느끼지 않겠는가.

이것은 씨뿌리기 작업이다.

한 톨의 밀가루가 죽지 않는다면 그저 한 톨인 것과 마찬가지로, 한 개의 쿠키를 먹어버리면 그저 한 개의 쿠키일 뿐이다. 하지만 그걸 씨앗으로 뿌린다면 언젠가 커다란 보답이 돌아올지도 모른다.

──지금은 아군이지만 앞으로 키스우드 씨든 시온이든, 어떤 이유로 적이 되는 일이 절대 없다고 단언하지 못하니까요.

예를 들어 어딘가의 거대하고 붉은 강 위. 급조한 수군을 이끌다가 대패했을 때, 도망친 곳에 키스우드가 서 있다고 치고…….

궁지에 몰린 미아가 말한다.

'그날…… 쿠키 드렸잖아요?'라고.

그렇게 해서 도망치는 걸 도와준다면 잘된 일이다. 그 후엔 고국으로 돌아가 태세를 정비할 수도 있다.

뭐 그런……, 어딘가에서 들어본 적 있는 이야기를 연상한 미아였으나, 아무튼 남에게 쿠키 하나로 빚을 지울 수 있다면 그건 대단히 저렴하게 먹히는 셈이다.

더 말하자면, 그런 식으로 계산하지 않아도 쿠키를 종자에게 나눠주지 않는다는 선택지는 미아 안에 없었다.

안느에게 주는 건 당연하다.

또 키스우드에게 주지 않는다면 시온의 분노를 살 테니 무섭다. 게다가 키스우드를 건강하게 해두면 경우에 따라서는 쿠키가 토끼 냄비 요리가 되어 돌아올지도 모른다. 미아는 미래의 토끼 냄비 요리를 위해 쿠키 하나를 투자했다.

그리고 니나는……. 솔직히 배가 고파서 쓰러지기라도 했다간 에메랄다가 귀찮아할 것 같고…….

그런고로 지금은 전원의 건강 상태를 유지하는 걸 우선하고 싶은 미아였다.

달콤한 쿠키는 영양이 가득했다. 그것만으로도 일행에 웃음이 돌아온 것 같았다.

참고로 미아를 포함해서 7개를 먹고, 남은 3개도 쪼개서 분배했다.

――자칫 잘못했다가 쟁탈전이라도 벌어지면 큰일인걸요. 식욕은 인간을 바꿔버리니까요…….

굶주린 맹수 미아는 그 위험성을 제대로 인식하고 있었다.

배에 넣어버리면 빼앗을 방법이 없다. 미아 나름의 위기 회피술이다.

그 후에도 텐트를 물색한 일행이었지만, 그 외에 발견한 것이라고는 잘 보이지 않도록 가방 밑에 쑤셔 넣어두었던…….

"아아, 수영복……. 그것도 에메랄다 양이 가져온 파렴치한 수영복이네요……. 이건 못 쓰겠어요……."

휙 집어던지려고 한 미아였으나…….

"앗, 미아 님. 잠시만요."

그걸 본 안느가 급히 수영복을 낚아챘다.

꼼꼼히 수영복을 분석한 안느가 눈을 부릅떴다.

"이거…… 쓸 수 있겠어요, 미아 님."

제39화 소란의 냄새에 이끌려……

중앙정교회는 오랜 역사를 지닌 종교조직이다.

그 기원은 티어문 제국이나 가누도스 항만국보다 오래되었다. 조직의 형태를 이루기 전, 그들은 신의 말씀을 듣는 예언자를 지도자로 둔 집단이었다.

그들은 신성전에 따라 가르침을 포교해나가면서 그 땅에 도덕적 · 윤리적 공통기반을 구축하는 것과 동시에, 각국의 역사를 편찬, 사람들의 행보를 후세에 남기는 것을 하나의 사명으로 여겼다.

그것은 그들이 믿는 신이 '인간을 축복하고, 그들이 쌓아 올린 것을 자신에게 바치는 것으로서 기뻐하는 존재'라는 가르침을 받았기 때문이다.

인간이 이룩한 역사, 문화, 질서를 적고 그걸 신에게 바치는 것은 신을 모시는 자들의 소중한 사명이다.

그런 중앙정교회에 속한 교회는 가누도스 항만국에도 당연히 존재한다.

마을 일각, 크지도 작지도 않고, 또 고아원도 병설되지 않은 심플한 건물. 그 지하에 있는 서고를 루드비히가 찾은 것은 점심이 지나 햇빛이 조금씩 약해지는 저녁에 가까운 시각이었다.

이날도 몇몇 원로의원과 접촉했으나 결과는 신통치 않았다.

"뭐, 대충 예상했던 바이긴 한데……."

루드비히는 딱히 낙담하지도 않고 중얼거렸다.

그건 그렇다 치고, 오늘도 뻔뻔할 정도로 연호하던 그린문 공작가의 이름에 조금 수상함을 느꼈을 정도다.

교회당 입구에서 신부에게 인사를 마친 루드비히는 바로 가누도스의 역사를 기록한 서적을 읽어나갔으나…….

"……으음, 이건……, 어떻게 해야 하나……."

루드비히는 무심코 머리를 부여잡고 싶어졌다.

원하던 정보를 전혀 발견하지 못해서 난처해하는 게 아니다. 반대다.

아주 손쉽게 얻어버리는 바람에 어안이 벙벙해지고 말았다.

눈앞에 적혀있는 것. 그것은 루드비히가 모르는 역사였다.

"옐로문 공작은 가누도스 항만국 건국 이래 계속 이 나라와 우호 관계를 쌓아왔다. 때로는 사유재산을 투자하여 국가에 공헌도 해왔다. 그런데 어느 날부터 그 역할이 그린문 공작에게 인계되었다……, 라."

확인하듯 역사서를 눈으로 훑은 뒤 살며시 덮고 하늘을 우러러보았다.

"이런 사실은 적어도 제국 정부에선 파악하지 못했어. 혹은 내가 몰랐을 뿐이거나……. 모른다는 것을 알라고 하셨던가. 스승님의 가르침이 뼈저리게 박히는군……."

루드비히는 알고 있다. 비밀이란 은폐하려고 할수록 눈에 띄기 마련이라는 것을.

따라서 비밀의 내용을 아는 건 어려워도, 그게 중요한 무언가라는 것 자체는 알아차릴 수 있다.

하지만 눈앞에 있는 사실은 딱히 비밀도 무엇도 아니었다.

물어보면 나오는 정보고, 조사해보면 알 수 있는 정보다.

그런데도 루드비히가 몰랐던 것은 그게 사소한 일이었기 때문이다.

보고해야 할만한 것도 아닌, 별것 아닌 정보였으니까.

"숨겨진 게 아니라, 사소한 것이니 만약 누가 알았다고 해도 눈치채지 못했다는……, 그런 거였나."

항만국 자체가 작은 나라이고, 기껏해야 갈레리아 바다로 가는 통과점에 불과했다. 그래서 누가 교섭에 나서있든 개의치 않았다. 옐로문 공작가에서 그린문 공작가로 교섭담당자가 바뀌어도 아무도, 전혀 신경 쓰지 않았다.

루드비히는 생각에 잠겼다.

이것은 과연 우연일까? 어떠한 의도도 없이 생긴 상황인 걸까?

얼핏 보면 그 가능성을 부정하지 못할 것 같은 느낌이 들지만…….

"하지만, 아니야. 여기에는 누군가의 의지가 작용한다고 생각해야 해."

왜냐하면……, 미아가 조사하라고 했으니까.

제국의 예지이자 루드비히의 주인인 황녀 전하가 이 나라에 무언가가 있다고 느끼고, 루드비히만이 아니라 자신이 움직일 수 있는 최강의 무력, 디온 알라리아까지 불러들였으니까…….

그렇기에 루드비히는 생각했다.

거기에 누군가의 의지가, 책략이, 존재한다고 치면…….

"만약 이 상황이 의도적으로 만들어진 것이라면…… 그 목적은 뭐지? 교섭 루트를 그린문 공작가로 일원화하는 의미는?"

먼저 생각할 수 있는 건 그린문 공작가가 교섭하기 쉬운 상대라는 것. 요컨대 휘두르기 쉽고, 자신들에게 유리한 조건을 요구하기 쉬워지니까 바꾸기 싫어한다는 것이다.

실제로 그건 몹시 그럴싸한 이야기지만…….

"하지만 그 경우 그린문 공작에게 무슨 일이 있을 때는 역효과가 될 가능성도 있어. 예를 들어 그린문 공작이 암살당하는 일이라도 생기면…… 항만국과의 거래는 일시 중지 상태가 될지도 모르고, 그동안의 이익은……. 아니, 반대로 그게 목적이라면……."

티어문 제국은 식량자급률이 낮다. 따라서 외국 수입에 상당한 부분을 의존하고 있다. 그리고 항만국은 중요한 공급원 중 하나이기도 하다.

"하지만 그것은 지극히 한정적인 영향에 불과하지 않나?"

아무리 수입이 막힌다고 해도 바로 나라가 기울 정도까지는 아니다.

대리자를 세우는 시간적 여유도 충분하고, 뭣하면 항만국을 잘라낸다고 해도 어떻게든 헤쳐나갈 수 있으니…….

불현듯 루드비히의 뇌리에 번개가 번쩍 쳤다.

처음 만난 뒤로 미아가 줄곧 신경 써왔던 부분……. 가까운 미래에 일어날 위험으로 보고 경계해달라고, 거듭 분부했던 것.

그것은…….

"……그래, 그래서 기근인가."

철컥. 머릿속에서 무언가가 맞물린 기분이 들었다.

만약 기근이 일어나 제국 내부의 식량자급률이 극단적으로 저하되고, 동시에 항만국에서 오는 식량 공급도 중단된다면…….

지금은 미아의 지시에 따라 식량을 비축해두었고 포크로드 상회라는 새로운 공급원을 확보했지만, 만약 아무런 대비도 없이 이러한 사태에 빠졌다면 제국은 어떻게 될까.

"그렇다면 그 경우는 그린문 공작은 죽기보단 살아있는 게 더 나아. 미아 님께서 말씀하신 기근이 일어난다면 그린문 공작이 외국으로 도피해도 전혀 이상하지 않지. 항만국 측에선 뒤에서 탈출을 도와주면서, 대리로 나선 교섭 상대에게는 그린문 공작을 통해달라고 고집을 부리며 내치는 거지. 암살당했다면 대리자가 나타나겠지만, 해외 도피일 때는 일단 버틸 수 있으니까. 그리고 그것만으로도 가누도스 항만국은 제국에 막대한 대미지를 줄 수 있어."

의존하게 만들었다가 그것을 차단한다.

직접적인 군사력에 의지하는 게 없어도 가누도스 항만국은 제국에 강력한 대미지를 줄 수 있는 체제가 성립되어있다.

"왜 그러세요? 루드비히 나리. 어쩐지 안색이 안 좋은 것 같은데……."

걱정하며 물어본 바노스에게 루드비히는 딱딱한 얼굴로 대답했다.

"괜찮아. 원하는 것은 입수했다. 가자."

교회당에서 나오자 밖은 완전히 캄캄해져 있었다.

아무래도 상당히 오랫동안 생각에 잠겨있었던 모양이다.

"나도 스승님을 닮아가나……."

루드비히는 쓴웃음을 지으며 고개를 내저었다.

"그래서 뭘 알아낸 겁니까?"

숙소로 가는 도중 루드비히는 자신의 추리를 바노스에게 알려주었다. 열심히 '흠, 흠' 하면서 고개를 주억거리던 바노스였지만……

"대충 알긴 했는데……, 그 전략에는 하나 부족한 점이 있지 않수?"

"맞아, 사실은 그래. 그게 아직 생각이 정리되지 않……."

"잠깐 실례!"

직후, 바노스가 루드비히의 어깨를 잡아당겼다. 동시에 허리에 차고 있던 검을 단숨에 뽑았다.

캉! 딱딱한 금속끼리 부딪치는 소리.

어스름 속에서 튀는 불꽃을 주시하자 어둠 속에 녹아들듯 검은 옷을 입은 남자들이 서 있는 게 보였다.

숫자는 다섯. 손에는 곡선을 그리는 한손검이 들려 있었다.

"이건……."

"칫! 이 녀석들, 어느새……."

검을 고쳐 쥐며 바노스는 자객들을 노려보았다.

"가누도스의 자객인가?"

"글쎄요. 무기만 보면 해적이라는 느낌이지만……."

노려보고 대치한 시간은 두 호흡. 그 후 자객들이 움직이기 시작했다.

좌우에서 들이닥치는 연계를 숙련된 검술로 뿌리치면서 바노스는 혀를 찼다.

"이거 제법, 빈틈이 없는데. 평범한 해적은 아닌가 보군."

"힘들 것 같나?"

"점점 안 좋아질 것 같수다. 할 거면 죽을 각오로 처리하는 게 좋지만, 제 목숨과 바꿔봐도 세 명 정도? 한 명은 더 가능하려나⋯⋯. 헤헤, 동귀어진 스타일은 별로 안 좋아하는데 말이죠."

바노스의 잘 단련된 두꺼운 팔의 근육이 힘차게 부풀어 올랐다.

흉악한 미소를 지으며 바노스가 말했다.

"뭐, 최대한 할 수 있는 건 할 테니까, 잘 도망쳐주십쇼. 루드비히 씨. 만약 살아서 도망치면 황녀 전하께 잘 좀 전해주시고."

"바노스 씨!"

제지하는 루드비히의 목소리를 신호로 바노스는 달려 나갔다. 폭발적인 돌진으로 단숨에 간격을 좁혔다.

그것을 받아치기 위해 자객들은 검을 겨누었다. 찰나, 옆에서 그 독특한 곡선 모양의 칼에 한 줄기 바람이 부딪쳤다.

직후에 무언가가 쪼개지는 듯한 딱딱한 소리가 울려 퍼졌다.

와장창! 조금 우습게 들리기까지 하는 소리에 자객들은 경악했다.

"무슨!"

일제히 자신들의 무기에 시선을 내린 그들은 손에 들린 검날이 두 동강으로 부러졌다는 걸 깨달았다.

당황하며 뒤를 돌아보려다가…….

"아하하, 돌아보면 죽여버린다."

경박하게 들리는 목소리……. 하지만 쏟아지는 살기는 그들을 떨게 하기엔 차고 넘쳤다.

직후, 어깨 위에 올라간 무거운 칼날에 자객 중 한 명이 작게 비명을 질렀다.

"으음, 전에 젬이 황녀님께 했던 건데. 그래. 확실히 이거 재미있는 것 같아. 움찔움찔 떨리는 게 보여서 즐거워."

칼날의 측면으로 어깨를 통통 두드리는 남자. 그는…….

"여어, 위험했잖아. 루드비히 씨."

제국 최강의 기사, 디온 알라이아였다.

제40화 맑은 샘의 명탐정 미아

졸졸졸. 맑은 물이 흐르는 소리가 울렸다.

거뭇거뭇한 숲의 일각. 울창하게 우거진 나무들이 불현듯 뚝 끊어져서 광장처럼 트인 공간.

그곳에 아름다운 샘이 있었다.

조금 높은 돌벽에서 떨어지는 작은 폭포, 끊임없이 쏟아지는 물이 샘의 표면을 작게 흔들었다.

샘은 세인트 노엘의 대욕탕보다 두 배 이상 넓은 듯했고……, 주위에는 작은 꽃이 싱그럽게 피어있었다.

그곳은 마치 동화 속에 나올 법한 환상적인 장소. 샘의 여신이 살고 있을 것 같은 아름다운 장소였다.

그런 샘의 가장자리에 정갈한 소녀의 모습이 있었다. 수영을 위한 귀여운 옷을 입은 소녀는 물가에 살며시 발끝을 담갔다.

맨발에 느껴지는 찬물의 기운에 작게 비명을 지르면서도 소녀는 각오를 굳힌 듯 손바닥으로 물을 떠올려 가녀린 몸에 뿌렸다.

눈부시게 빛나는 매끄러운 피부 위로 물이 구슬처럼 흘러내렸다.

……뭐 이렇게, 얼핏 미소녀 캐릭터의 등장 장면 같은 느낌이긴 하지만…… 오해하지 마시라고 말씀드리자면 이건 미아의 등장 장면이다.

참고로 찬물에 놀라서 지른 비명도 '꺅!' 하는 귀여운 것이 아니라 '흐헉!'이라는, 좀 괴상한 소리였다.

그래서 뭐 어떻다는 것도 아니지만…….

애초에 왜 미아가 샘에 와 있냐면, 전부 안느의 제안 때문이었다.

"수영복을 입고 샘에서 몀을 감으시는 건 어떠세요?"

그런 안느의 제안은 에메랄다에게서도 지지를 얻었다.

호우 속에서 질척거리는 길을 걸어다닌 탓에 옷은 물론이고 몸도 진흙투성이가 되었다.

솔직히 지하 감옥에서 단련된 미아에게는 하루 이틀 정도는 목욕하지 않아도 딱히 문제는 없다고 생각하지만…….

"아아, 죄송합니다. 미아 님……. 머리카락의 진흙이 잘 떨어지지 않아요. 으흑, 미아 님의 아름다운 머리카락이…….”

그렇게 비탄에 잠기는 안느를 봤더니 빨리 목욕하러 가는 게 좋을 것 같다는 생각이 들고 말았다.

다행히 에메랄다가 준비한 수영복도 있다.

밖에서 알몸을 드러내는 것에는 아무리 미아라고 해도 조금 거부감을 느꼈다. 하지만 이 수영복이라면 문제없이 몀을 감을 수 있을 것이다.

──그렇게 생각하긴 했지만……, 역시 이건 좀 부끄러워요.

미아는 문득 옆을 보았다.

그곳에는 태연한 얼굴로 몀을 감는 에메랄다의 모습이 있었다. 젖은 머리카락을 쓸어넘기며 잘난 체하는 미소를 짓고 있다. 참고로 에메랄다 쪽도 미아와 세트인 수영복을 입고 있다. 이쪽은 니나가 여차할 때를 위해 한시도 떼어놓지 않고 지니고 있었기

때문에 날아가지 않았다나…….

그걸 들었을 땐 무슨 소리인지 이해하지 못해 고개를 갸웃거렸
던 미아였지만, 에메랄다는 딱히 신경 쓰지 않았다.

"에메랄다 아가씨께선 미아 황녀 전하와 페어로 맞춘 수영복을
입고 노는 것을 대단히 기대하고 계셨으니까요……. 무슨 일이
생기면 큰일이니 제품에 넣고 온존해두었습니다."

천연덕스러운 얼굴로 말하는 니나였다.

──역시 에메랄다 양의 메이드답게 대단한 괴짜로군요…….

미아가 그런 기억을 떠올리고 있었더니 불현듯 에메랄다의 만
족스러워하는 목소리가 들렸다.

"흐흥, 평민치고는 좋은 발상을 떠올렸군요. 미아 님의 메이드."

──아아, 정말이지. 또 저렇게 거들먹거리고……. 에메랄다
양도 적당히 하지 않으면 큰일……, 어라?

불현듯…… 미아의 시선이 어떤 한 곳에 못 박혔다.

그것은…… 그렇다. 말할 것도 없이…… 에메랄다가 드러낸 '복
부'였다.

수영을 통해 적절히 날씬한 배였다.

아름다운 곡선을 그리는 배였다!

미아가 이상으로 삼아야 할 배가 그곳에 있었다!

"아……, 앗."

충격을 받은 미아의 입에서 신음이 새어 나왔다.

그 후 자신의 배를 쓰다듬어보는 미아. 그곳은 확실히 봄방학
전의 상태로 복귀했다……. 만져봐도 이제는 토실토실한 느낌은

없다. 하지만 살짝……, 잡히기는 한다!

한 번 더 에메랄다의 배를 보고…… 미아는 그 사실을 인정할 수밖에 없었다.

즉.

──졌어요……. 저는 에메랄다 양에게 졌다고요!

"그럼 미아 님, 머리카락을 먼저 감겨드리겠습니다."

"그, 그래요……. 부탁할게요……."

패배감에 젖어서 힘없이 대답하는 미아. ……그러다 문득 안느의 말에서 위화감을 느꼈다.

"……먼저, 라고요?"

마음에 걸린 부분은 그 단어였다.

미아는 에메랄다나 다른 대귀족과는 달리, 자신의 몸을 직접 씻는다. 이런 상황에서 안느에게 모든 것을 맡길 수는 없다.

그걸 모르는 안느가 아닐 터이다.

그래서 안느가 '먼저'라고 말한 것은 '머리카락 다음에 몸을 씻기겠다'는 뜻이 아니다. 그 후에 다른 무언가를 한다는 뜻이다.

더 말하자면 안느 본인이 멱을 감겠다는 것도 아마 아니다. 안느는 말하지 않아도 나중에 씻을 것이다.

──그럼 머리카락을 감겨준 다음에는 뭘 한다는 거죠……?

그렇게…… 주위에 시선을 굴린 미아는 어떤 것을 발견하고 전율했다!

그것은…… 바로 자신이 벗은 옷. 진흙으로 더러워진 옷이다.

폭풍이 떠난 뒤의 하늘은 쾌청했다. 햇볕도 쨍쨍하다. 여기서

빨래한 뒤 말리면 그리 긴 시간을 기다리지 않아도 바로 마를 것
이다.

따라서…… 미아의 머리카락을 감긴 후, 안느가 할 일은……
미아가 입었던 옷의 세탁이다.

그건 괜찮다. 딱히 상관없다.

몸을 씻든 위도 저 진흙투성이가 된 옷을 입고 싶다는 생각은
미아에게도 없기 때문이다.

하지만 문제는…… 저게 마를 때까지 여기서 기다려야 하는가
아닌가, 하는 점이다…….

아마도 안느는 이렇게 말할 것이다.

"옷을 빨아서 말릴 테니 미아 님께선 먼저 왕자 전하들이 계신
곳에 돌아가 주세요."

아마도 에메랄드는 받아들일 것이다.

"그래요. 빨래 같은 건 종자에게 맡기는 게 당연하죠. 고귀한
저희는 먼저 왕자 전하들이 계신 곳으로 돌아가야 해요."

그렇게! 쓸데없는 소리를!!

더 말하자면 모든 작업이 끝날 때까지, 즉 옷이 말라서 입을 수
있게 될 때까지 여기에 있는 건 너무 많이 기다리게 한다는 것 정
도는 미아도 동의하는 바였다.

──아마 이 섬에서 얻을 수 있는 식량에 대해 가장 잘 아는 사
람은 저일 테고……. 그런 제가 여기서 시간을 날려버리면 오늘
밤 식량 사정에 심각한 타격을 줄 거예요!

그렇게 미아는 울며불며 에메랄다와 함께 돌아가게 될 것이다.

배가 노출된 수영복을 입고!

완전히 공개처형이다!

자신의 두뇌가 산출해낸 공포의 미래예상도를 앞에 둔 미아는 서둘러 행동을 개시했다.

"그, 그래요! 안느, 이렇게 된 거 제 옷을 가져와 주겠어요?"

"네? 어째서죠?"

"당신이 머리를 감겨주는 동안 옷을 빨아두려고……."

"네? 세상에……. 그건 제 일이에요. 미아 님의 손을 번거롭게 해드릴 수는……."

"맞아요. 미아 님. 이런 일은 메이드에게 맡기면 되잖아요."

옆에서 끼어드는 에메랄다. 그 날씬한 배를 보고 은은한 짜증을 느끼는 미아.

미아는 코웃음을 쳤다.

"무슨 말씀이세요? 메이드가 어떻고 주인이 어떻고, 그런 말을 할 때가 아니잖아요? 할 수 있는 일은 착실히 해야죠."

그 후 안느 쪽을 보았다.

"안느, 당신은 당신의 일을 해 주세요. 꼼꼼하게, 깨끗하게 감겨주세요."

그렇게 말한 뒤 미아는 자신의 옷을 빨기 시작했다.

──안느가 머리를 감겨주는 동안 저는 빨래. 그리고 바로 말리는 거예요. 그러면 먹을 다 감았을 때는 옷도 말라 있겠죠! 서둘러 빨고, 말리고……, 입고 돌아가야 해요!

미아는 북북, 북북, 열심히 빨래를 문질렀다.

제41화 두근!

"자, 그럼 지금부턴 어떻게 할까……."

여성진이 멱을 감으러 간 사이 남성진은 바닷가에 와 있었다.

황폐해진 모래사장에 시선을 준 시온은 팔짱을 꼈다.

"일단 봤을 때는 배가 침몰한 듯한 흔적은 없는 것 같은데……."

아벨의 말대로 표착물(漂着物) 중에 에메랄드 스타 호의 잔해는 보이지 않았다. 물살에 쓸려온 부상자나 익사체도 마찬가지다.

"그 배의 침몰 여부에 따라 앞으로의 방침이 달라져. 만약 폭풍을 피하기 위해 어딘가 섬 뒤에 정박해두었을 뿐이라면 돌아오는 걸 기다리면 그만이지. 어딘가 파손된 부위가 있다고 해도 운행이 가능하다면 항만국에 돌아가서 도움을 요청할 수도 있고. ……하지만."

시온의 말을 받아 키스우드가 고개를 끄덕였다.

"워낙 심한 폭풍이었으니까요. 에메랄다 양은 자신만만한 것 같았지만……."

"썩 믿을 수 없는 느낌이 들어. 이런 말은 좀 그렇지만, 흔히 보는 대귀족의 사상에 물든 사람이라는 인상이었지."

아벨의 평가에 시온이 고개를 끄덕였다.

"그래. 적어도 그녀의 말을 전면적으로 신뢰하고 행동하는 건 위험할 거야."

시온 안에서 에메랄다의 평가도 대충 아벨과 같았다.

"그 배가 침몰했다고 보고 행동해야겠지."

에메랄드 스타 호가 무사하다면 사태는 간단해진다. 그냥 구조가 올 때까지 여기서 살아남으면 된다. 그것도 아마 그리 길진 않을 것이다.

길어도 일주일 정도면 구조가 오는 걸 기대할 수 있을 터이다.

한편 에메랄드 스타 호가 침몰했을 경우에는 어떻게 되는가.

"우리들의 힘으로 탈출 방법을 찾는 건…… 현실적이지 않군."

그 중얼거림에 눈앞의 아벨이 쓴웃음을 지었다.

"아무래도 배를 만드는 건 어려울 테니까……. 뭐, 미아라면 뭔가 떠올릴지도 모르지만……."

본인이 모르는 곳에서 미아의 어깨에 무거운 기대가 실리려는 순간이었다.

그건 그렇다 치고…….

"더 현실적인 건 미아 황녀 전하의 신하, 혹은 그린문 공작가의 누군가가 이변을 깨닫고 구하러 오는 것이겠죠. 특히 루드비히 씨는 대화해봤을 때 상당히 유능한 사람이라는 인상이었고……."

"그래. 그 경우 이 섬의 위치를 알릴 필요가 있겠지."

"그렇다면……, 봉화 같은 걸 피워야 할까?"

아벨의 발상은 의외성은 없어도 견실한 내용이었다.

"정해졌군. 좋아, 봉화를 올려서 도움을 요청하는 것. 그리고 식량 확보. 당장은 이 두 가지를 위해 행동하자."

거기서 말을 멈춘 시온은 작게 웃었다.

"식량이라고 하니 말인데, 조금 전 미아의 행동에는 놀랐어……."

주인의 말에 키스우드가 고개를 절절히 끄덕였다.

"네. 설마 아무런 망설임도 없이 자신의 식량을 그렇게 선뜻 배분하실 줄이야. 심지어 우리 종자들에게도……."

"미아가 제국에서 해온 정책을 보면 식량의 중요성을 모르지는 않겠지. 그런데도 그렇게 행동했으니……. 그녀가 인격자라는 건 알고 있었지만, 놀랄 수밖에……."

그렇게 말하며 시온은 생각했다.

——이 섬에서 생활해나가려면 리더를 정해야 해. 나나 미아, 혹은 아벨이라고 생각했지만……. 그런 과감한 결단을 본 이상 내가 받아들이는 건 조금 망설여지는군.

미아와 안느는 한발 먼저 남성진이 있는 바닷가에 돌아왔다.

참고로 미아의 옷은 보송보송하게 말랐지만, 안느의 옷은 조금 축축했다.

"입고 있다 보면 마릅니다."

안느는 웃으면서 그렇게 말했다. 하늘에서 내리쬐는 햇빛을 보고 있었더니 오히려 시원해 보여서 부럽다는 생각이 든 미아였다.

"아아, 미아. 왔구나……, 응? 에메랄다 양은 어디 가고?"

"니나 양이 빨래하는 걸 기다리겠다고 하더군요."

미아의 설명에 고개를 갸웃거리는 남성진. 하지만 안느의 보충 설명까지 듣고 조금 기가 막힌다는 표정을 지었다.

"그래, 그랬군……."

시온은 작게 한숨을 쉬었다.

"조금 중요한 이야기니까 그 두 사람도 기다리자."

그렇게 약 한 시간 정도 지나 바닷가에 봉화를 피우기 위한 준비가 갖춰졌을 때 드디어 에메랄다와 니나가 돌아왔다.

전원이 모인 것을 보고 시온이 조용히 입을 열었다.

"이 무인도를 탈출할 때까지 리더가 될 사람을 정하는 게 좋다고 보는데……."

"그렇네요. 확실히 맞는 말이에요. 선장이 많으면 배가 달로 간다는 말도 있고……."

동의하던 미아는 거기서 문득 생각했다.

──흐음……. 그런 거라면 제가 입후보해도 괜찮을 것 같은데요.

미아에게는 자부심이 있었다.

이 인원 중에서 가장 서바이벌에 정통한 사람은 아마도…… 자신일 것이라고.

먹을 수 있는 나물도 알고, 물고기도 강에 사는 녀석이라면 잡는 법을 안다.

지금이라면 까다롭다는 말을 듣는 버섯과 독버섯도 구분할 수 있다는 자신감이 있다. ……자신감만큼은…… 있다.

게다가 평소엔 귀찮아하는 미아여도 이런 상황에서는 그런 말을 할 수 없다. 이건 자신의 안전에 엮인 사태다. 결코 대충대충 처리할 수 없다.

──하지만……, 여기서 제가 입후보하면 좀 귀찮아질 것 같아요.

미아는 에메랄다를 힐끔 쳐다보고 생각했다.

애초에 이 배 여행의 주최자는 에메랄다다. 본래대로라면 그녀가 이 자리를 리드하는 게 자연스러운 흐름이라는 느낌이 안 드는 것도 아니다. 하지만…….

——신기하네요……. 에메랄다 양이 리더가 되었다간 살아서 돌아갈 수 있을 것 같다는 희망이 전혀 안 보여요…….

미아의 위기 감지 능력이 강력하게 호소하는 것 같았다.

에메랄다는 위험하다. 다른 누가 리더가 된다고 해도 에메랄다보다는 낫다.

그리고 미아는 그 감에 따르기로 했다.

"그런 건 남성에게 맡기는 게 좋을 것 같아요. 에메랄다 양도 그렇게 생각하죠?"

천연덕스러운 얼굴로……, 에메랄다가 리더가 되는 흐름을 일절 만들지 않기 위해 세심한 주의를 기울이며 상황을 유도했다.

"네, 확실히 이런 상황에선 남성분이 주도권을 잡아주셨으면 해요. 미아 님께서 말씀하시는 바에 찬성합니다."

에메랄다는 감탄하며 고개를 끄덕였다.

원래 에메랄다는 굳이 따지라면 보수적인 사고방식을 주로 하는 사람이다. 그걸 내다본 미아의 훌륭한 유도였다.

"그래……. 그렇군……."

그리고 시온도 그걸 알아차린 건지 에메랄다에게 힐끔 시선을 주었다가 고개를 끄덕였다.

"그래. 아벨이나 나 둘 중 한 명으로……."

"아니, 미안하지만 시온. 그 역할은 네게 맡길게."

"어째서지? 사양할 필요는 전혀 없잖아?"

그 질문에 아벨은 순간 복잡한 표정을 지었으나, 바로 고개를 저었다.

"그냥, 적재적소라는 거야. 게다가 나는 이미 군대를 이끌고 지휘한 적이 있으니까. 이번에는 이 자리를 지휘하여 네게 경험을 쌓게 해주고 싶어."

어깨를 으쓱하면서 익살스러운 어조로 말을 이었다.

"이번에 나는 미아를 지키는 것에만 집중할 생각이야."

그렇게 말하며 웃는 아벨의 마음은 조금 복잡했다.

여기서 시온에게 맡기는 것은 그의 자존심에 상처가 나는 행위이기 때문이다.

그렇기에 시온도 배려하여 일부러 물어본 것이다.

하지만······.

──만약 내가 나섰다가 미아를 위험에 빠트리게 된다면, 나는 평생 나를 용서하지 못할 거야.

아벨은 자기자신을 안다.

노력을, 연마를 게을리하지 않고 포기하지도 않지만, 그래도 지금은 아직 시온의 우수함에 미치지 못한다는 것을 안다.

그렇기에 이 자리의 지휘권을 시온에게 맡겼다.

미아를 지키기 위해, 지금은 한발 뒤로 물러나야 한다고 판단했다.

······하지만 그렇다고 분하지 않은 건 아니다. 그 울분을 소화

하기 위해 일부러 장난치듯이 말했다.

"이번에 나는 미아를 지키는 것에만 집중할 생각이야."

……라고.

하지만 미아는 그런 그의 복잡한 심리를 전혀 몰랐다.

"어머, 아벨……."

따라서 가슴이 두근두근 크게 뛰고 말았다…….

영락없이 사랑에 빠진 소녀다.

제42화 정말로 괜찮으니까요……

이렇게 미아 일행은 시온의 지휘하에 행동을 개시했다.

봉화는 이미 준비를 마쳤기 때문에 바로 불을 붙였다.

"이럴 때는 나무를 문질러서 불을 붙이는 거였죠?"

"네, 잘 알고 계시는군요. 미아 황녀 전하. 하지만 이번에는 제가 휴대용 부싯돌을 갖고 있으니……."

그렇게 대답하며 키스우드는……, ……알아챘다!

미아가 어중간한 서바이벌 지식을 갖고 있다는 사실을.

그리고…… 그는 안다.

어중간한 지식만큼 실패할 때 크게 다치기 쉽다는 것을.

──이거, 미아 황녀 전하를 주시하는 게 좋으려나…….

그런 생각을 하던 키스우드는…….

"아, 그래요. 식량을 찾으러 가는 거면 제가 숲을 담당할 수 있을까요? 저 잘 알거든요. 산나물이나 버섯에 대해……."

"그거 대단하군요. 그럼 외람되오나 제가 동행할 테니, 아무쪼록 미아 황녀 전하께선 위험한 일은 하지 마시고 지시를 따…… 내려주세요."

생글생글 웃는 키스우드였지만 그 눈이 조금도 웃지 않는다는 것을 미아는 깨닫지 못했다.

"앗, 저 나물은 무슨 쑥이라고 해서 쓴맛이 나지만 먹을 수 있을 거예요."

"오오, 역시 눈이 좋으시군요. 저건 남양 쑥이네요. 데치면 쓴 맛도 좀 약해질 겁니다. 영양도 가득하죠."

결국 역할 분담은 미아와 키스우드가 숲속에서 식량 수색.

시온과 아벨은 봉화를 지키며 바다낚시. 그리고 안느와 니나 (……와 에메랄다)가 동굴에 남아 요리를 준비하게 되었다.

"그린문 공작가의 위신을 걸고 니……, 우리 메이드가 요리하 겠습니다. 도구는 없지만, 할 수 있죠?"

에메랄다의 이야기에 니나는 시선을 대각선 위로 올려서 무언 가 생각에 잠긴 듯했는데…….

"네. 메뉴는 한정될 테지만 재료가 있다면 어떻게든 하겠습니 다."

그렇게 나섰다.

"흐음……. 뭐, 그 에메랄다 양에게 휘둘리며 단련되어있으니, 아마 괜찮겠지만요."

그런 말을 하는 미아의 혼잣말을 키스우드가 암흑이 깃든 눈으 로 쳐다본 것은 비밀이다.

그건 그렇고, 미아의 지시로 차곡차곡 먹을 수 있는 나물이 쌓 였다.

그걸 본 키스우드는 무심코 감탄했다.

이건 어쩌면, 어중간한 서바이벌 지식이 아니라 본격적인 지식 인 게 아닐까? 그런 착각을 할 뻔했다.

하지만!

"아, 이 버섯은 먹을 수 있을 거예요. 제 감이 그렇게 말하고 있어요."

그렇게 말하며 손을 뻗으려는 미아를 키스우드가 급히 제지했다.

"아뇨, 그, 미아 님. 버섯은 괜찮습니다."

엄숙하게 말했다.

"……네? 괜찮다니, 무슨 뜻이죠?"

작게 고개를 갸웃거리는 미아에게 키스우드는 확고한 말투로 말했다.

"아무튼 괜찮습니다."

"그러니까 괜찮다는 건 무슨 뜻인가요?"

"네, 정말로 괜찮으니까요. 괜찮습니다."

그런 대화를 거치며 미아는 마지못해 그 버섯을 포기했다.

"아깝네요. 맛있어 보이는데……."

참고로 그 버섯은 사흘 잎새 버섯이라고 해서, 먹으면 이름 그대로 사흘 밤낮을 끊임없이 춤추게 되는 독버섯이다. 아주 위험하다!

또다시 주인의 목숨을 구한 키스우드였다.

"아, 그리고 저기에 달린 열매. 저건 맛있어 보이지만 독이 들어 있어요."

"오거 슬레이어네요. 정말 잘 알고 계시는군요."

'버섯 빼고'라고 속으로 덧붙이는 키스우드였다.

──정말이지, 왜 버섯에 이상하리만치 집착을 보이면서도 지

식은 어중간한 건지.

그런 생각에 잠기며 키스우드는 미아의 손목을 덥석 붙잡았다.

"……무언가가 있었습니까?"

미아가 손을 뻗으려고 한 방향, 그곳에는 새하얀 버섯이 있었다.

눈이 부실 정도로 하얗고……, 아주……, 독버섯처럼 생겼다!

"아, 아뇨……. 좀, 처음 보는 버섯이 있길래 그, 맛의 비법 같은 걸로 쓸 수 없을까 하고……."

"네……, 못 씁니다."

"하지만, 어쩌면 아주 맛있어질……."

"못 씁니다……."

"버섯이 들어가면 맛이 한결 더 좋아지는걸요. 토끼 냄비 요리를 할 거라면……."

"먼저 토끼 냄비 요리를 만들려면 토끼를 잡을 필요가 있고, 무엇보다 냄비가 없습니다. 따라서 토끼와 냄비를 입수한 뒤에 조미료를 걱정하셔도 늦지 않다고 봅니다, 미아 황녀 전하."

생긋 웃는 키스우드. 그 눈은 역시 웃고 있지 않다.

"으으, 정말……. 당신은 여전히 융통성이 없네요."

한숨을 쉬는 미아를 보고 조금 짜증이 솟구친 키스우드였으나, 그것을 간신히 삼켰다.

그렇다. 미아에게는 은혜를 입었다. 쿠키 하나짜리 은혜가!

"버섯 말고 최대한 요리할 필요가 없는 것으로 고릅시다. 협력해주실 수 있죠? 미아 황녀 전하."

"하아, 어쩔 수 없네요……."

어깨를 으쓱하는 미아를 보고 다시 짜증이 솟아나는 키스우드였다.

제43화 루드비히, 망상을 부추기다……

디온 덕분에 어렵사리 자객에게서 도망쳤다…… 기 보다, 자객에게 역공한 데다 전원 구속한 루드비히 일행은 그렇게 잡은 자객을 데리고 숙소에 돌아왔다.

"소, 손님. 이 사람들은……."

"아, 루드비히 씨. 맡길게."

가볍게 말하는 디온. 루드비히는 고개를 절레절레 내저으며 숙소의 주인을 상대했다.

한편 자객들은 손을 뒤로 묶인 채 숙소의 한 방으로 연행되었다.

그곳에는 이미 황녀전속 근위대원들이 모여 있었다.

무섭게 생긴 사람, 충성심이 두터운 사람……. 다양한 자들이 우글거렸다.

그런 이들 사이에서도 자객들은 일절 동요하는 기색을 보이지 않았으나…….

"자, 그럼 이것저것 물어봐야겠어."

들으란 듯 선언한 디온이 검을 뽑자 분위기가 일변했다.

조금 전 디온이 보여준 압도적인 실력을 떠올리고…… 공포가 되살아났기 때문이다.

"디온 대장, 이 방에 전부 모아놔도 괜찮은 겁니까?"

은연중에 이런 심문은 한 명씩 하는 게 아니냐는 질문에 디온은 어깨를 으쓱했다.

"나는 이제 너희의 대장이 아닌데 말이야. 뭐 됐어. 괜찮아, 이게 나아. 다 같이 있어야 동료가 죽거나 고문당하는 모습이 보여서 무섭잖아."

"그, 그런 협박이 우리에게 통할 거라고 생각하는 거냐?"

"그래. 미아 황녀는 관대한 사람이라 고문을 싫어한다고 들었어."

입을 모아 항의하는 자객들. 그 말에 대답한 사람은 디온이 아니라 한발 늦게 들어온 루드비히였다.

"그래. 너희가 하는 말이 맞지. 미아 황녀 전하께선 무척 관대하신 분이시다."

그 후 그는 미약하게 웃으며 말을 이었다.

"이것은 공표되지 않은 정보지만, 예전에 렘노 왕국에서 미아 님께 적대한 자들이 있었다. 어떤 나라의 간첩들이었지. 한 명은 미아 님께 검을 들이댄 대역죄인이었고."

갑자기 시작된 엉뚱한 이야기에 자객들은 당황했다.

"그자들은 전부 생포했는데……, 지금 어떻게 되었다고 생각하지?"

"흥, 뭐냐. 저기 저 무시무시한 형씨에게 목이라도 잘린 거냐? 아니면 고문당한 끝에 감옥에서 죽었다거나……."

루드비히는 조용히 고개를 젓고 대답했다.

"다들 살아있다. 지금은 라피나 님께 매일 설교를 듣고, 신성전을 필사하고, 봉사활동에 종사하고 있지. 아주…… 모범적으로."

그 말을 들은 자객들은 순간 눈이 휘둥그레진 뒤 입을 모아 미아를 비웃었다.

"뭐야, 그게. 얼마나 물러터진 거냐, 너희의 황녀님은. 참나, 웃겨 죽겠네!"

……하지만 그것도 오래 가지 않았다.

자객 중 리더격인 남자가 별안간 웃음을 멈췄기 때문이다.

그 얼굴이 진지해지고, 점점 얼굴에서 핏기가 사라져갔다…….

"어? 뭐야, 왜 그래? 왜 조용해진 건데?"

남자는 동료의 질문에는 대답하지 않고 루드비히를 보며 물었다.

"그자들은……, 정말로 간첩이었나? 그냥 일반 병사가 아니라……?"

"다들 우수한 간첩으로, 가혹한 훈련을 받은 자들이었지. 타인의 목숨도, 자신의 목숨도 목적을 위해서라면 아무런 감흥도 없이 베어버리는 자들이고, 고문을 버티는 방법도 철저히 주입된 자들이었다."

루드비히의 대답을 듣고 남자는 다시 침묵했다.

그 모습에 동료들도 이변을 감지했다.

"뭐, 뭐야. 이봐. 대체 왜 그러는 거야?"

"내 말이 틀렸다면 그렇다고 말해줬으면 하는데……. 우수한 간첩이, 사람의 목숨을 목숨이라고 생각하지도 않는 녀석들이 매일 설교를 듣고, 신성전을 필사하며 봉사에 종사하는 청렴결백한 인간이 되어버렸다고……? 대체 뭘 어떻게 해야…… 그렇게 되는 거지?"

그 질문에 실내가 쥐 죽은 듯 조용해졌다.

다들 깨닫고 말았다.

그렇다. ……사실 전란을 일으키고, 심지어 대국의 황녀에게 칼을 들이댄 자가 아무런 처벌도 받지 않는다는 것은…… 말이 되지 않는다.

그렇다면 아마도 어떠한 벌을 받았을 터이다.

그래……. 그들은 그 무언가를 경험하고…… '열심히 신을 찾는 인간'이 되었다.

그렇게 되고 만 것이다…….

그럼 대체 무슨 일을 겪으면, 사람을 사람으로 보지 않는 자들이 그런 청렴결백한 인간이 될까?

"……그, 그 녀석들은, 그러니까…… 매일 신성전을 필사하거나 사제에게 의지하지 않으면 안 될 만큼 큰 공포를 맛보았다는 건가?"

인간이 신에게 매달리는 것은 언제인가.

생각할 것도 없이, 견디기 힘든 공포를 경험했을 때다.

조금 전 디온과 대치했을 때, 그들은 다들 신에게 도움을 청했다.

그럼 앞으로 계속 그 구원에 기대해야만 할 정도의 공포라는 것은……, 과연 어떠한 것일까……?

하지만 루드비히는 한층 몰아세우듯 고개를 저었다.

"그들은 딱히 공포에서 도망치기 위해 그러고 있는 건 아니라고 하더군."

또다시 주위가 고요해졌다.

공포라면…… 이해할 수 있다.

육체적 고통, 정신적 고통, 죽음의 공포……. 인간에게 두려움을 주기 위한 방법은 상상할 수 있기 때문에, 그들이 느끼는 공포의 상한선도 정해져 있다.

이미 아는 것에 빠진다고 해도 어떻게든 소화하며 견딜 수 있을지도 모른다.

하지만……. 그것이 공포에서 도망치기 위해서가 아니라고 하면…… 어떻게 될까.

간첩들에게 무슨 일이 있었는지, 그것은 완전한 '미지의 것'으로 변모했다.

대체 무슨 일을 겪어야 간첩들이 청렴하고 성실한 신도로 변화하게 될까? 그런 건 말이 안 된다.

그야말로 인격이 바뀌어버릴 만한 무언가가 없으면, 그런 일은 안 일어나지 않을까?

그럼……, 그 무언가란 무엇일까.

아는 공포에는 상한이 있지만, 모르는 공포에는 상한이 없다.

끝없이 뻗어나가는 무서운 망상에 자객들은 침묵했다.

그런 그들에게 루드비히는 차라리 다정하다고 할 수 있을 법한 미소를 지었다.

"그러니 괜찮아. 고문도 처형도 없다. 너희들도 똑같이 될 뿐이니까."

그러면서 그는 가장 가까이 있던 자객의 어깨에 손을 툭 올려놓았다.

"히익!"

순간 자객의 몸이 떨렸다.

그는 생각할 수밖에 없었다.

자신이 앞으로 경험할 무시무시한 무언가를. 아니, 무시무시하다고 규명하지도 못하는, 상상할 수 없는 무언가를…….

"그렇게 두려워하지 않아도 괜찮아. 미아 님께선 아주 상냥한 분이시니까."

물론 그 루드비히의 말을 액면 그대로 받아들이는 자는 한 명도 없었다.

"거친 수단을 쓰지 않아도 너희의 마음을 열 수 있지."

마음을 연다는 말이 '마음을 파헤친다'로 들리는 자객들이었다.

히이익 비명을 질렀다.

"목이 마른가? 술이라도 준비할까…….

이제 다시는 술을 즐길 수 없게 될 테니까……. 루드비히의 말이 그런 뜻을 내포하고 있는 것처럼 들리고…….

게다가 무대장치도 지극히 효과적으로 움직였다.

조금 전부터 바로 옆에서 디온이 절망적일 정도로 강렬한 살기를 뿌리고 있었기 때문이다.

그 후에 나타날, 그보다도 무서운 미아 루나 티어문이라는 소녀에게 느끼는 공포가 효과적으로 증폭되었고……, 그리고!

"우, 우리에게 명령을 내린 사람은……, 하, 항만국의 국왕 폐하다…….

자객들은 순식간에 꺾여버렸다.

제44화 진격! 미아 탐험대!

미아 탐험대는 먹을 것을 찾아 숲속 깊은 곳에 발을 들여놓았다.

이미 나물 종류는 상당한 양이 모였지만, 미아에게는 따로 원하는 것이 있었기 때문이다.

──가능하다면 토끼……, 다른 고기류여도 좋지만요…….

미아의 머릿속에서 토끼는 이미 고기로 분류되었다.

섬에 사는 토끼에게 중대한 위기가 찾아오려 하고 있었다.

"아, 그러고 보면 개구리는 닭고기 같은 맛이 난다고 들은 적이 있어요. 키스우드 씨는 먹어본 적 있나요?"

"…………아뇨, 아쉽게도 없습니다."

묘하게 굳은 얼굴로 웃는 키스우드를 알아차리지 못한 채 미아는 '흐음……' 하고 생각에 잠겼다.

"남쪽에 사는 사람들은 벌레를 먹기도 한다고 들었는데……. 아무래도 그건 조금 거부감이 느껴지네요. 뱀은 불만 쓸 수 있다면 그리 큰 거부감 없이 먹을 수 있을지도……. 하지만 역시 버섯이…….

그렇게 중얼거리는 미아에게 키스우드가 입을 열었다.

"미아 황녀 전하, 대단히 실례되지만 질문을 해도 괜찮겠습니까?"

"어머? 뭐죠?"

"야생의 먹거리에 대해 아주 잘 아시는 것 같은데, 그건 언젠가 찾아온다고 예상하시는 기근에 대비한 지식입니까?"

"글쎄요……. 그 이야기는 어디서 들으셨죠?"

"루드비히 씨가 마차에서 알려주셨습니다."

미아는 그 대답에 잠시 침묵했다가…….

"그렇군요, 역시 루드비히예요. 좋은 판단력이군요."

바로 고개를 크게 끄덕였다.

"네, 그 말이 맞습니다. 내년부터 몇 년에 걸쳐 흉작이 이어질 거예요. 기근은 대륙 전역에 미치겠죠. 그러니 대비해두는 게 중요합니다."

또렷한 말투로 미아는 그렇게 고했다.

솔직히……, 선크랜드 왕국이 어떻게 되든 근본적으로는 알 바 아닌 미아이다. 이전 시간축에서도 무사히 기근을 극복했으니 이번에도 어차피 어떻게든 될 거라고 생각했다.

하지만 미아는 떠올렸다. 예전에 시온에게 느꼈던 것을…….

렘노 왕국에 잠입했을 때, 모닥불을 피워놓고 앉아서 생각했다.

갑자기 처단당하는 게 아니라, 사전에 경고해주어도 괜찮지 않았냐고.

같은 학교에 다녔고, 모르는 사이도 아니었으니 하다못해 한마디라도 해줬더라면, 단두대에 서게 되진 않았을 텐데…….

그렇기에…… 미아는 키스우드에게 경고했다.

자신이 타인에게 요구하는 것을 그 상대에게도 행한다는, 지극히 당연한 양심을 따라………… 간 것은 당연히 아니다.

전혀 아니다! 그렇게 한 이유는, 당연히…….

──저는 마음이 넓으니까 그런다고 원한을 품지는 않았지만,

시온은 모르니까요……. 화풀이로 어떤 괴롭힘을 하려고 들지도 몰라요!

그 점을 염려하는 미아였다.

——뭐, 게다가 시온이나 키스우드 씨에게도 조금 은혜를 받은 게 있으니까, 여기서 갚아두는 것도 나쁘지 않죠…….

그런 복잡한 사고를 따라 미아는 충고했다.

"선크랜드도 대비해둬서 나쁠 건 없다고 봅니다."

하지만 키스우드는 고개를 작게 기울였다.

"미아 황녀 전하의 말씀을 의심하는 건 아니나, 그런 것을 어떻게 알 수 있는 거죠?"

그 의문을 미아는 당연히 받아들였다.

그들에게는 미래의 기억도, 그 일기장도 없다.

갑자기 그런 말을 들어봤자 믿는 건 어려울 것이다.

따라서 미아는 말했다.

"믿든 믿지 않든, 당연히 당신들의 자유랍니다. 다만, 저는 이렇게 생각해요. 기근이 올 것이라 믿고 대비해두었지만 실제로는 기근이 오지 않았을 경우와, 기근은 오지 않는다고 대비하지 않았다가 기근이 와버린 경우. 과연 어느 쪽이 비극일까요."

"그렇군요. 늘 최악을 대비한다……."

감탄하는 키스우드를 보고 미아는 고개를 저었다.

그 후 장난기 어린 미소를 지었다.

"아뇨. 웃으며 흘려넘길 수 있는 건 어느 쪽이냐는 이야기예요. 만약 제가 기근이 온다고 말해놓고 식량을 비축하게 해두고……,

그렇지만 실제로 오지 않았을 때는 창고에 가득한 비축분을 제 탄신제 같은 날에 백성들에게 배포해서 먹이면 그만이잖아요.”

그건 철없는 황녀의 돈 낭비. 하지만 식사를 얻어먹은 쪽도 쓴 웃음을 짓고 끝낼 수 있는 낭비다.

“어쨌거나 그리 나쁜 결과는 안 나오지 않을까요?”

만약 미래가 바뀌어 밀가루가 대량으로 남는다면, 케이크를 배 부르게 먹겠다는 계획을 세운 미아이다. 그건 그거대로 행복한 결말이 될 것이라 믿어 의심치 않았다.

그렇다. 사람은 케이크가 없는 것보다는 남아돌 때 행복해질 수 있다.

“그렇군요. 멋진 생각입니다.”

그런 미아를 보고 키스우드는 새롭게 존경심을 느꼈다.

그러는 사이에 두 사람은 숲을 빠져나와 돌밭에 도착했다.

섬의 중앙부에서 조금 서쪽으로 치우쳐진 장소다.

“이 부근은 조금 걷기 불편하네요……. 히익?!”

직후, 돌이 우르르 무너졌다. 균형이 무너진 미아를 키스우드 가 재빨리 붙잡았다.

“조심하세요. 지반이 물러져서 무너지기 쉬워진 모양입니다. 이쪽에는 가급적 오지 않는 게 좋을지도 모르겠군요.”

“그러게요. 다른 사람들에게도 경고해두는 게 좋겠어요. 샘과 는 반대 방향이니까, 굳이 이쪽에 올 필요도 없겠죠…….”

미아는 바로 옆에서 키스우드를 올려다보았다가 놀리는 듯한 미소를 지었다.

"그나저나 키스우드 씨는 숙녀를 대하는 법이 능숙하네요. 상당한 전과를 세우지 않았나요?"

"하하하, 상상에 맡기겠습니다. 요즘은 시온 전하를 모시느라 그럴 여유가 없지만요."

뺨을 긁적이며 쓴웃음을 짓는 키스우드였다.

제45화 화기애애 서바이벌

　미아와 키스우드가 대량의 나물과 과일류를 안고 돌아오자, 바닷가에는 이미 요리 준비가 진행되고 있었다.

　타닥타닥 소리 내며 타는 모닥불 위, 나뭇가지로 만든 즉석 받침대에는 멋진 금속 냄비가 걸려 있었다. 그 안에는 토막 낸 생선이 보글보글 끓고 있다.

　그 외에도 조개며 해조류도 들어가서 호화로운 해물탕이라고 할 수 있는 모습이었다.

　"어머나, 냄비가!"

　그걸 본 미아가 반사적으로 탄성을 질렀다.

　설령 토끼를 잡았다고 해도 냄비만큼은 어떻게 조달할 수 없다며 포기했었으나……. 여기에 끝내주는 토끼 냄비 요리를 위한 길이 열렸다.

　이 섬에 사는 토끼들이 미아의 위장에 갇히는 날도 그리 멀지 않은 건지도 모른다.

　"냄비라니, 용케 발견하셨군요."

　감탄하는 키스우드의 말에 미아는 표정 하나 움직이지 않고 대답했다.

　"대인원용 냄비였으니 아마 바람에 날아가지 않았을 것 같았습니다. 마침 나무에 걸려 있어서 다행이었죠. 어지간한 건 푹 끓이거나 굽거나 하면 어떻게든 되니 냄비가 있으면 편리합니다."

그 말에 키스우드의 눈빛이 아득해졌다.

"아아……, 그건 맞는 말이네요……. 요리에 숙달된 사람이 할 수 있는 참으로 훌륭한 생각이죠. 당신 같은 분이 계셔서 정말 마음이 든든합니다."

마치 멀리 이국땅에서 동포를 발견했을 때와 같은…… 그런 표정인 키스우드. 그걸 보고 고개를 갸웃거리던 미아는 바로 대충 넘기기로 했다.

"냄비가 있다니 잘됐네요. 토끼를 고아 먹을 수도 있고, 버섯을 넣기도 좋고……."

키스우드의 눈빛이 또다시 아득해졌지만, 미아는 딱히 신경 쓰지 않았다.

사소한 일은 개의치 않는, 눈앞의 냄비보다도 도량이 큰 미아이다.

"그나저나 해조류는 그렇다 쳐도 물고기를 용케 잡으셨네요. 낚시도구가 있었나요?"

"낚싯대는 근처에 있는 나무를 사용했어. 낚싯줄은 미안하지만 네 종자의 소중한 것을 조금 나눠 받았고."

"네? 안느요?"

미아는 안느에게 시선을 돌렸다. 붉은 기가 도는 안느의 긴 머리카락…….

"설마……."

"여성에게 머리카락은 생명이라는 건 알고 있지만……."

면목 없다는 듯 말하는 아벨을 보고 안느가 우스워했다.

"그냥 둬도 자라는 거고, 낚싯줄로 쓰는 거면 뽑아봤자 그렇게 차이도 안 나는걸요. 게다가 미아 님께서 배부르게 물고기를 드실 수 있다면……, 도움이 된다면 그게 저의 가장 큰 행복입니다."

"안느……."

충신의 헌신적인 발언에 무심코 눈시울이 촉촉해지는 미아였다.

"하지만 해물탕이면 저희가 수확해온 것은 안 어울릴지도 모르겠네요."

그렇게 말한 미아가 그 자리에 나열한 것은 각양각색의 나물과 열매였다.

"오오, 대단한데. 이렇게 많이 찾아왔어?"

눈이 휘둥그레지는 아벨. 시온과 니나도 놀란 표정이었다.

"후훗, 이 정도쯤은 별거 아닌걸요."

얼핏 보면 겸손한 말을 하는 미아였으나, 그 얼굴은 더없이 자만에 빠진 얼굴이었다.

"키스우드 씨의 도움도 받았고……."

"아뇨, 미아 황녀 전하의 지혜에 감탄했습니다……."

깊이 머리를 숙인 뒤 키스우드는 먼 산을 바라보았다.

"……가능하다면 버섯을 향한 호기심만은 조금만 더 참고 신중해지시면 한층 좋을 테지만요……."

그렇게 중얼거리기 시작했으나……, 미아는 작게 고개를 갸웃거릴 뿐이었다.

사소한 일은 일절 신경 쓰지 않는, 대범한 미아다!

"아, 그리고 만월 야자나무도 발견했습니다. 달콤한 과즙이 맛있지만, 껍질이 단단하니 식기로도 쓸 수 있을 것 같아서요……."

"참고삼아 하나 가져왔습니다. 쪼개보고 쓸만할 것 같다면 나중에 따러 가겠습니다."

그 말을 뜨고 니나가 고개를 크게 끄덕였다.

"감사합니다. 국물이 있는 요리니 아무래도 식기가 필요하던 참이었어요."

그 후 미아가 채집해온 것들을 보고는 작게 갸우뚱거렸다.

"가져오신 채소들도 밑 처리를 한 뒤 냄비에 넣겠습니다. 그리고 야자나무의 과즙도 맛에 깊이를 더하는 데 쓸 수 있을지도 모르겠군요."

그 '유능한 여자'의 아우라가 넘치는 말투에 미아는 눈을 부릅떴다.

"어머, 니나 양. 설마 이 상황에서도 문제없이 요리할 수 있다는 게 사실이었나요?"

"제국의 황녀 전하이신 미아 님이나 왕자님들께 내놓기에는 많이 부족하지만……, 최선을 다하겠습니다."

머리를 숙이는 니나에게 미아는 감탄했다.

"아뇨, 이런 상황에서는 충분하고도 넘치죠. 이 냄비에서 무척 맛있는 냄새가 나요."

"그러게요. 이거 소금으로만 간한 것인가요?"

만드는 걸 보지 못했던 키스우드가 질문하자 니나는 작게 고개를 저었다.

"언제든 에메랄다 아가씨께서 맛있는 식사를 하실 수 있도록 마법의 가루를 늘 지니고 다닙니다."

"마, 마법의 가루라고요?"

고개를 갸우뚱하는 미아. 니나는 목에 걸고 있던 작은 병을 꺼내서 보여주었다.

"해외에서 들여온 향신료입니다. 이것을 조금 넣으면 맛이 현격히 좋아집니다."

"세상에! 그런 게 있다고요?"

미아는 흥미진진하게 눈을 빛냈다.

화기애애한 분위기. 그런 광경을 오직 에메랄다만이 홀로 부루퉁하게 뺨을 부풀리며 지켜보았다.

제46화 에메랄다와 미아의 잠 못 이루는 밤

　——정말이지, 이해할 수 없어요!

　불만이 가득한 에메랄다는 니나의 특제 해물탕을 입에 가져갔다.

　만월 야자즙의 풍미와 바닷물의 소금기, 게다가 니나의 마법의 가루(향신료) 덕분에 몸이 따뜻해지는 근사한 맛이었다.

　미아와 키스우드가 채집해온 나물도 적절히 데쳐져서 어중간한 여관의 식사보다 맛있는 요리가 완성되었다.

　그건 좋다. 그린문 공작가의 메이드로서 이 정도 요리를 만들 수 없다는 건 말이 안 된다.

　하지만 불만인 것은…….

　——어째서 다들 저를 칭찬하지 않는 거죠?

　바로 이것이었다.

　종자의 공적은 주인의 공적. 그렇다면 니나가 맛있는 요리를 만든 것은 에메랄다의 공적으로 칭찬을 받아야 한다.

　그런데도 이들은 니나의 요리 실력을 칭찬할 뿐이었다.

　——이런 건 이해할 수 없어요!

　참고로 에메랄다도 일을 도왔다.

　남자인 왕자 전하들은 그렇다 쳐도, 미아까지 일하러 갔으니 차마 자신이 놀고 있을 수는 없었다. 만약 미아가 쉬었다면…….

　"고귀한 신분을 지닌 자가 그런 일을 하는 건……."

"힘쓰는 일은 신사분들에게 맡기겠습니다!"

……하고 회피할 수도 있었겠지만…….

자신보다 신분이 높은 데다 연하이고 여자인 미아가 일하니 자신이 일하지 않을 이유가 없다.

따라서 불만은 자연스럽게 미아를 향했다.

──옛날부터 미아 님은 이러셨다니까요. 저희처럼 고귀한 피를 지닌 사람은 평민이 일하는 걸 당당하게 지켜보면 되는 건데. 그게 전통이라는 거예요!

격식과 전통, 대귀족이란 이러해야 한다는 가르침은 에메랄다의 사고 밑바닥에 자리하고 있다. 그런 에메랄다에게 미아의 행동은 전혀 이해할 수 없는 것이었다.

일일이 종자의 이름을 외우고, 시시하고 피곤한 일이라고 해도 스스로 적극적으로 해낸다. 그런 미아의 행동은 에메랄다가 보기엔 상식을 크게 벗어난, 황녀로서 적절하지 않은 행동으로 보였다.

──미아 님 때문에 나까지……. 정말 이게 무슨 민폐람.

그 분노는 그날 밤 잠자리에 들 때까지 이어졌다.

다들 익숙하지 않은 섬 생활에 피곤해져서 깊이 잠든 가운데, 에메랄다는 혼자 짜증 때문에 잠을 자지 못했다.

"……잠이 전혀 오지 않아요……. 잠시 산책이라도 하고 올까……."

벌떡 몸을 일으킨 에메랄다는 어둠 속을 응시했다.

쿨쿨 잠들어서 일어나는 기척이 전혀 느껴지지 않는 사람들을 보고 에메랄다는 만족스럽게 고개를 끄덕인 다음 일어났다. 그 후 동굴의 출구로 걸어가려다가 퍼뜩 멈춰 섰다.

"……그러고 보면 이 동굴의 안쪽으로는 가지 말라고 했었죠……."

시온과 키스우드가 한 말을 떠올린 에메랄다는 히죽 웃었다.

"그런 거라면…… 당연히 가야죠. 아무도 저를 막을 수 없어요!"

참고로 숲속 돌밭에도 가지 말라고 했지만, 아무래도 에메랄다라고 해도 밤의 숲을 지나가려는 생각은 하지 않았다. 무서우니까…….

그래서 기껏해야 동굴 입구에서 나와 근처를 어슬렁거리기만 하고 끝내려 했는데, 동굴 안쪽이라면 사정은 달라진다.

그런 고로 에메랄다는 살금살금 발소리를 죽이면서 동굴 안쪽으로 들어갔다.

벽에 손을 짚고 어느 정도 일행에게서 떨어진 곳까지 왔을 때.

"후후후, 이렇게 어두우면 가지 못할 거라고 방심했겠죠."

살며시 가슴께에서 펜던트를 꺼냈다.

뚜껑을 열자 암흑 속에 흐릿한 빛이 퍼져나갔다.

이 펜던트에는 월등석(月燈石)이라고 불리는, 아주 귀중한 돌이 쓰였다.

햇빛을 흡수했다가 밤이 되면 빛을 내는 그 돌은 해외에서 수입해온 것이었다.

"그나저나……. 이 동굴, 상당히 깊군요. 안쪽은 어떻게 되어 있을까?"

에메랄다는 고개를 갸웃거리면서 성큼성큼 동굴 안쪽으로 들어갔다.

가지 말라는 말을 들으면 괜히 더 가고 싶어지는 건 아마도 핏줄인 걸까. 동굴이 점점 좁아지는 것도 개의치 않고 몸을 숙이며 나아갔다.

걷고, 걸어가고……, 하지만 계속 아무것도 없었다.

재미있는 것도 없고, 특이한 것도 보이지 않는다.

"흐음, 뭐가 있나 했더니……. 딱히 아무것도 없잖아요."

질렸으니 이제 슬슬 돌아갈까……. 그런 생각을 했을 때였다.

살짝 오르막길이었던 곳을 지나가자 그 앞에는…….

"어라? 여기서부터는 내리막길이네요."

근처에 있던, 마침 잡기 좋은 굵기의 종유석을 잡은 에메랄다가 아래쪽은 어떻게 되어있을지 불빛을 비추며 몸을 내민 그때…….

"어라……."

우득. 손바닥에서 불길한 소리를 느꼈다.

"어, 어라……? 어라라?!"

그런 얼뜬 비명을 지르며 에메랄다는 내리막길로 굴러떨어졌다.

그날 밤, 미아는 멀리서 여자가 지르는 비명 같은 목소리를 들은 기분이 들었다.

설마 유령인가? 하고 상상력을 발휘한 미아는 완전히 잠이 달아나버리고 말았다.

"오, 오호호. 아이, 참. 사교도의 유령이라니, 그런 건 당연히 만들어낸 이야기잖아요. 저건 바람 소리, 그래요. 바람 소리일 거

예요. 그것 말고는 없어요······. 아, 안느, 안느······."

결국 안느에게 달라붙어서 자게 되었다.

······아주 푹 잤다. 해피 엔딩!

그렇게 실컷 자고 난 다음 날 아침······.

"응······. 으응······, 안느?"

미아는 멍하니 잠에 취한 눈꺼풀을 두 손으로 북북 문질렀다.

흐릿한 시야 속에 충성스러운 메이드의 모습은 없었다.

"어라······?"

······아니, 그뿐만이 아니라 아무도 없다.

"············어라?"

고개를 갸웃거리며 살며시 몸을 일으켰다.

눈에 힘을 줘서 어둑한 동굴 속을 응시했지만 역시 누구의 모습도 안 보였다.

"이상하네요······. 어제는 분명 안느와 함께······, ······?!"

별안간 어젯밤의 기억이 뇌리에 되살아났다.

멀리서 들린, 무시무시한 비명······.

이 섬에는 자신들 말고는 없다고 생각했는데 들려온 사람의 목소리.

그것은 대체 뭐였을까?

"저희밖에 없다고······, 그렇게 알고 있었지만······."

어쩌면······ 있을지도 모른다.

그것도, 인간이 아닌 다른 무언가가······.

그래, 그것은, 예를 들어…… 사교도의 망령이라거나…….

"히익!"

미아는 숨을 삼켰다.

차가운 손이 등을 쓰다듬은 것처럼 오싹오싹한 오한이 전신에 휘몰아쳤다.

"앗……, 안느. 안느."

작고 갈라진 목소리로 이름을 부르며 동굴 입구로 향했다.

큰 목소리는 낼 수 없었다. 왜냐하면……, 그런 짓을 했다간 자신이 있다는 게 들켜버리니까…….

이 섬에 사는, 무시무시한, 무언가에…….

"히이익! 아, 안느, 어디에요? 안느…….'"

살짝 울상을 지으면서 동굴 밖으로 얼굴을 내민 미아는 그 직후! 이쪽을 향해 달려오는 인영을 보고 비명을 지를 뻔했다!

"큰일이에요, 미아 님!"

"아, 안느……."

"어머!"

눈을 뜨자마자 바로 끌어안고 매달리는 미아. 안느는 놀라면서도 냉정하게 그 작은 몸을 받아냈다.

"무슨 일이세요? 미아 님, 악몽이라도 꾸셨어요?"

안느가 부드럽게 등을 쓰다듬어주자 가까스로 한숨 돌린 미아였다.

"아, 안느야 말로 무슨 일이죠? 게다가 다른 사람들은?"

"아, 맞다. 큰일이에요. 자세한 이야기는 다른 분들이 돌아오신 뒤에 하시겠지만, 실은 에메랄다 님이 사라지신 모양이에요."

"네? 에메랄다 양이 사라졌다고요……? 어떻게 된 일이죠? 그건…….."

이윽고 시온과 아벨, 키스우드, 니나가 동굴로 돌아왔다.

그들에게 다시금 설명을 들어보니…….

"아침에 눈을 떴을 때 에메랄다 님께서 안 계셨습니다."

니나는 조금 곤혹스러워하는 얼굴로 말했다.

제47화 저주의 맹약

"이건 또……, 의외의 거물이 낚였는데."

자객들을 황녀전속 근위대원에게 맡긴 뒤 루드비히, 디온, 바노스 세 사람은 방을 이동했다. 앞으로 어떻게 할지 상담하기 위해서다.

"설마 가누도스 왕가가 엮여있을 줄은 생각하지 못했는데요."

바노스는 한숨을 쉬며 고개를 내저었다.

"여기는 말 그대로 적지라는 겁니까. 어이쿠, 앞으로 무슨 일이 있을지……."

"으음, 아무 일도 없지 않을까? 드러내놓고 제국을 적대한다면 짓밟히기만 할 테지. 뭐, 그러 쉽게 관여 사실을 인정하지 않겠지만."

디온은 말을 끊고 루드비히 쪽으로 몸을 돌렸다.

"문제는 우리가 어떻게 하느냐는 거야. 어떻게 할래? 루드비히 씨."

"그래……. 상대가 적인지 아군인지 분명해진 것만으로도 훨씬 편해지겠지."

루드비히는 팔짱을 끼면서 말했다.

"이쪽이 암살자의 고용주가 누구인지 눈치채고 있다고, 적어도 의심하고 있다고 알리면 어느 정도 견제는 될 거다. 혹은 미아 님께서 돌아오시면 어떠한 교섭용 카드로 사용할 수 있을지도 몰라. 하지만……."

그럼에도…….

"역시 조금 마음에 걸려……. 가누도스 국왕과는 빨리 만나두
는 게 좋은 것 같군."

옐로문 공작가와 항만국의 관계……. 거기서 떠오르는 추론…….

그 진위를 확인하기 위해서는 어떻게든 국왕에게서 이야기를
들어두고 싶었다.

"그렇다면 쳐들어가라고 할까? 뭐, 나와 루드비히 씨만이라
면 몰래 숨어 들어갈 수도 있겠지만……."

"아니, 정정당당히 알현을 요청하지. 암살자가 이쪽 손에 있는
이상 무시하지도 못할 거야."

티어문에도 가누도스에도 관계가 망가지는 건 바라는 일이 아
니다. 따라서 가능하다면 평범하게 회담이라는 형태로 이래저래
결론을 내고 싶고, 상대방도 그렇게 하고 싶을 터이다.

그런 루드비히의 짐작이 맞았다.

이틀 뒤에 알현 허가가 떨어지자 루드비히와 디온은 성에 있는
알현실을 찾아가게 되었다.

소국이라고 해도 상대가 국가의 수장인 국왕이라는 것을 생각
하면, 이것은 아주 이례적인 일이라고 할 수 있으리라.

"이거이거, 그 제국의 예지, 미아 황녀 전하의 오른팔이라고 명
성이 자자한 루드비히 휴이트 경과 제국이 자랑하는 최강의 기사
디온 알라이아 경이라니. 둘 다 소문은 익히 들었다네."

가누도스 국왕은 대략 왕족이라기에는 안 어울리는 풍모의 남
자였다.

어딘지 아첨하는 듯한 비굴함이 연상되는 미소와 말투에서는 마치 노령의 문관 같은 분위기마저 느껴졌다.

"갑작스러운 회담에 응해주셔서 감사합니다."

"아닐세. 제국의 예지의 충신을 소홀히 대할 수는 없지. 게다가 듣자 하니 무언가 중대한 오해가 있는 모양이더군. 제국과 우리 항만국 사이에 무용한 분란이 일어난다면 서로 이득 될 게 없지 않나."

루드비히는 온화한 말투로 말하는 왕을 물끄러미 관찰했다.

얼핏 보면 소인배, 겁쟁이에 비굴하다는 인상을 주는 가누도스 왕이지만……, 그 눈동자에는 날카로운 지혜의 빛이 보였다.

똑똑한 책략가. 루드비히는 그가 결코 방심할 수 있는 상대가 아니라고 판단했다.

따라서……, 자신이 다루기 어려운 상대가 아니라고.

왜냐하면 진정한 지혜가 있다면……, 예를 들어 존경하는 스승이나 충성을 바치는 주인이라면 완벽하게 어리석은 자를 연기할 테니까.

반짝이는 지성의 편린조차 은폐하여 상대방의 방심을 유도할 테니까.

그러지 못하는 시점에서 루드비히는 상대를 충분히 쓰러뜨릴 수 있는 존재라고 봤다.

"그럼 바로 자세한 이야기를 들려주게."

국왕의 그 말과 함께 루드비히는 작게 숨을 들이마시고 사고를 전환했다.

"실은 얼마 전 제 목숨을 노리는 자들이 있었습니다."

"흐음. 그것은 이 항만국 내에서 일어난 일인가?"

"왕도에 있는 교회 근처의 길목이었습니다."

"이거 대단히 실례되는 일을 했군. 그 근방은 확실히 그리 치안이 좋은 지역은 아니라서 말일세. 이 항만국은 지역 특성상 해적 출신의 난봉꾼들이 끊이질 않는다네."

──그렇군. 무법자가 멋대로 저지른 일이라고 주장할 생각인가.

루드비히는 안경을 살짝 밀어 올렸다.

"그자들을 잡아 심문했더니, 그들은 당신의 밀명을 받아 수행한 일이라고 고했습니다."

"뭣이! 어리석군. 설마 귀공은 그러한 천한 것들의 말을 그대로 받아들여 여기에 온 것은 아닐 테지?"

호들갑스럽게 놀라는 국왕. 루드비히는 그걸 묵묵히 관찰했다.

"하지만 평범한 무법자의 폭거라고 생각했으나, 어쩌면 우리나라와 제국의 사이를 망가뜨리려는 음모일지도 모르겠군……. 흐음. 아무래도 귀공은 그 난봉꾼들의 말을 믿는 모양인데."

"그렇습니다. 그들의 말은 믿을 만하다는 확증을 갖고 있습니다."

당연히 허풍이지만……, 여기서는 과감히 파고들었다.

국왕에게서 어떠한 반응을 끌어내고 싶었기 때문이지만…….

"허허허, 그렇다면 어쩔 수 없지. 전직 해적을 훈련해보았으나, 아무래도 단련법이 부족했나 보군. 우리나라는 군대 정비도 제대로 못 하는 소국이다 보니 쓸 수 있는 수하가 적어서 말일세."

"……즉, 인정한다는 겁니까?"

조금 놀라면서도 루드비히는 캐물었다.

"짐이 아무리 부정해도 귀공은 수긍하지 않을 테지. 그렇다면 그런 전제로 이야기하는 것도 여흥이 아니겠나. 어차피 여기서 무슨 말을 한들 어떻게 되는 건 아닐세. 그 정도는 귀공도 알지 않겠나."

──그렇군. 쌍방 자신만의 논리를 주장해서 결말이 나지 않게 한다는 수법인가……. 해적 출신을 사용한 것은 이것을 위해서이기도 하겠지.

아무리 루드비히나 디온이 가누도스 국왕의 자백을 주장해도 왕 본인이 부정해버리면 의미가 없다.

이 나라와 관련이 깊은 그린문 공작은 평민인 루드비히보다 국왕의 말을 믿을 것이다. 해적의 증언 따위는 믿을 수 없다고 주장하며 중재하려 들 터이다.

이 자리에 미아가 있다면 국왕은 결코 인정하지 않았을 게 분명하다.

순식간에 거기까지 생각이 미친 루드비히는 고개를 끄덕였다. 그렇다면 그래도 괜찮다.

그런 건 사소한 문제다. 오히려 물어보고 싶은 건 다음 내용이기 때문이다.

"그렇다면 이 자리에 한정된 이야기로 치고 단도직입적으로 묻겠습니다. ……저를 노린 이유는 역시, 옐로문 공작가와 가누도스의 관계를 알았기 때문입니까?"

"글쎄……. 무슨 말인지 말 모르겠군. 옐로문 공작가라면, 옛날에는 교류가 있었지만 그게 뭐 어떻다는 건지……."

"그린문 공작가는 잘라내기 쉬운 구명줄. 그런 것 아닙니까?"

루드비히는 추측했다.

가누도스 항만국의 목적……. 그것은 바로 티어문 제국을 의존하게 만들어놓고, 때가 오면 굶어 죽게 만드는 것이 아닐까.

현재 제국의 식량자급률은 지극히 낮다. 바꿔 말하자면 그것은, 상당한 비율을 외국에서 수입해오는 식량에 의지한다는 뜻이다.

당연하지만 아무리 귀족들이라고 해도 먹을 것이 손에 들어올 구석이 없는데도 제 영지의 농지를 줄이려는 짓은 하지 않는다. 심한 반농사상이라는 황당한 사상에 사로잡혀있다고 해도.

그리고 그 수입처 중 하나가 가누도스다.

바다를 면한 가누도스 항만국은 해산물 자원이 풍부한 나라다. 풍부한 해산물은 제국의 식생활을 풍요롭게 만들어주는 것 중 하나이며, 지금은 빠져서는 안 되는 존재가 되어가고 있다.

그렇기에……, 기근 등의 상황으로 식량이 부족해졌을 때, 가누도스에서 수출을 끊어버리면 제국에 미치는 영향은 가늠할 수 없이 커진다.

만약 그런 상황을 만들어내는 것이 가누도스 항만국의 목적이라고 한다면…….

"그 경우, 이른 시기에 제국의 군사개입이 들어오는 것 피하고 싶을 터. 완전히 피폐해지기 전인 제국이 군대를 움직이면 항만국의 전력으로는 저항할 방법이 없죠. 따라서 항만국은 일관적으로 제국의 우호국인 척해야만 합니다. 수입을 제한하는 것도 어디까지나 교섭 부족을 원인으로 두어야 하니, 맹우인 옐로문 공작가가 교섭담당자이면 곤란한 겁니다."

그린문 공작을 부추겨서 외국으로 탈출시킨다. 그런 후에 표면상으로는 그린문 공작가하고만 교섭하겠다고 밀어낸다.

게다가 만에 하나 군대가 움직일 것 같은 상황이 되면 사대공작가 중 하나인 옐로문 공작이 움직여서 방해한다. 제국 내에 대귀족 협력자가 있다면 이래저래 편리하다.

물론 그린문 공작이 계산한 대로 움직일지는 모르는 일이지만, 만약 잘 풀리지 않는다고 해도 암살해서 시체를 숨기고 행방불명으로 만들면 그만이다.

그린문 공작가 내의 가주 계승 문제 등으로 어수선한 사이에 시간을 벌 수 있다.

루드비히의 추리는 그런 형태였다.

"당신들은 제국을 적대해서 이길 생각이었습니까?"

"글쎄……, 적대라니?"

국왕은 입꼬리에 온화한 미소를 머금고 말했다.

"우리나라가 제국을 적대하다니, 생각지도 못한 일이로군. 그렇지 않은가? 항만국에는 해적을 체포하기 위한 치안 유지군은 있으나, 강대한 제국군과 비교하면 아주 미미한 힘일세. 제대로 된 무력도 없는 우리나라가 강대국인 제국을 적대하다니, 황당한 농담이로군."

그 말에 루드비히는 소름이 돋았다.

설마 약한 군사력을 자국의 결백에 이용하려는 건……, 음모를 덮어버리는 베일로 사용하려는 건 상상도 못 했기 때문이다.

"그래, 설령 기근이 일어났을 때 제국에 식량 수출을 멈춘다는 꿍꿍이가 있다고 한들…… 그런 이유로 전쟁을 벌이는 짓이 가능할 것이라 생각하나?"

그것이 군사행동이었다면……. 제국에 군대를 부려 침공계획을 세운 것이라면 그것은 어엿한 개전의 이유가 될 것이다. 왜냐하면 그건 명확한 공격이기 때문이다.

하지만 장래에 '만약 기근이 발생'했을 때 '식량 수출을 중지'한다는 건 공격이라 말하기 어렵다.

너무도 완곡하게 돌아가기 때문에 위기감을 영 실감하기 힘들기 때문이다.

그 계획은 애초에 기근이 일어나지 않으면 발동하지도 않고…….

즉, 가누도스 항만국의 음모는 적극성도 공격성도 부족했다.

지극히 애매모호하며, 애초에 음모라고도 부를 수 없을 만한 계획. 그렇기에 존재를 확인하는 것도 규탄하는 것도 어려웠다.

루드비히는 자신의 추론에 어느 정도 자신감을 갖고 있긴 했으나, 어디까지나 그것은 추론의 범주를 벗어나지 않는다.

비현실적이라는 말을 들으면 반박할 수 없는 부분이 있고, 그것을 이유로 항만국에 전쟁을 선포할 수 있을 것 같지도 않다.

야만족이 사는 나라라면 모를까, 같은 중앙정교회의 신을 믿는 신도들끼리 대의명분도 없이 전쟁을 벌였다간 타국에게 규탄의 구실을 주는 셈이 되기 때문이다.

——애초에 제국이 제대로 식량 자급체제를 갖추기만 한다면 가누도스의 행동은 공격이 되지도 않아.

제국의 병폐인 반농사상……. 그것만 없다면 가누도스가 꾸미는 일은 일어나지도 않는다.

루드비히가 위화감을 느끼는 것은 오히려 그 점이었다.

——정신이 아득해질 만큼 오랜 세월을 들여서 집요하게 계획된 일임에도 불구하고, 상대국의 실패나 날씨에 의존하는 요소가 너무 커. 기근만 놓고 보면 수십 년에 한 번은 일어날 수 있겠지만, 제국의 실정은 자칫 싱겁게 뒤집혀버릴 수도 있을 텐데.

반농사상 자체를 가누도스의 맹우인 옐로문 공작가에서 퍼트린 것이라는 가설을 세우지 못하는 것도 아니지만, 어딘가에서 걸리는 걸 느꼈다.

아무리 사대공작가의 한 축이라고 해도 과연 그렇게까지 영향력을 행사할 수 있을까. 귀족 중에는 다른 사대귀족의 파벌도 있는데.

거기까지 생각한 루드비히는 작게 고개를 내저었다.

"어찌 되었든……, 우리는 미아 님과 함께 제국을 개혁할 것입니다. 식량 자급체제가 제대로 갖춰진다면 가누도스 항만국의 계략도 모래처럼 무너지겠죠."

그렇게 말해도 가누도스 왕은 딱히 동요하지 않았다.

"그런가. 우호국의 문제가 개선되는 것은 우리나라로서도 기쁜 일일세. 우리나라와의 식량 거래가 감소할지도 모른다는 것은 조금 안타깝네만. 뭐, 제국 내부의 일에는 참견할 수 없는 노릇이지. 우리나라는 약소국이니 말일세."

그 말을 들은 루드비히는 정체를 알 수 없는 불안을 느꼈다.

루드비히 일행이 떠난 뒤, 왕은 온화하게 웃었다.

"가장 오래된 충신 옐로문 공작가와 황제의 총애를 받은 황녀가 대립하는가. 그래, 짐도 참 재미있는 시대에 태어났구나……."

제국을 얽어매는 저주의 맹약. 그것이 지금 햇빛 아래에 드러나려 하고 있었다.

−4권 끝−

제국의 예지의 등불
~미아 황녀, 불태우다!~

The Empire Wisdom's Light

제국의 예지의 등불 ~미아 황녀, 불태우다!~

빛이 있는 곳에는 반드시 어둠이 생겨난다.

대국 티어문 제국의 아름다운 수도, 루나티어……

달의 여신이 사는 곳이라고 불리기까지 하는 루나티어에도 그 빛이 닿지 않는 장소가 있었다.

성벽 근처에 있는 빈민가, '신월지구'라 불리는 그 장소는…… 죽음과 병과 가난이 지배하는, 지옥 같은 장소였다.

길거리에 아무렇게나 버려진 쓰레기에서 벌레가 끓고, 여기저기에 병든 자가 쓰러진 채로 방치되어 있다.

한창 꿈 많을 아이들은 늘 주린 배를 움켜쥐고, 그 얼굴에는 미소가 없고, 그 눈동자에는 절망만이 비칠 뿐.

버려진 사람들이 아무런 목적도 없이, 그저 죽을 때까지 살아가는 장소.

자비로운 달빛조차 그곳에는 닿지 않는다……, 고 하던 것도 이제는 옛날이야기.

신월지구는 확실하게 바뀌어 가고 있었다.

길거리에 흩어져있던 쓰레기도 이제는 없다. 쇠약해진 사람에겐 손을 내밀고, 쓰러진 사람이 방치되는 일도 없다. 당연한 배려가 당연하게 주어지고, 그렇게 거리에 사는 사람들의 얼굴에는 활기가 넘치게 되었다.

절망의 거리에 사는 사람들은 희망을 향해 걷기 시작했다.

"모든 것은 미아 황녀 전하께서 이루신 일입니다. 황녀 전하께서는 어둠이 드리웠던 장소를 그 예지와 자애의 빛으로 비추어주셨습니다."

병사, 오이겐은 그렇게 말하며 웃었다.

단련된 육체에 반들반들한 백은색 경갑을 걸치고 자랑스럽게 가슴을 폈다. 그 사금 부분에는 달 문장이 새겨져 있었다.

황녀의 문장, 그것은 황녀전속 근위대만이 다는 것을 허락받은 영광의 증표였다.

그런 충성스러운 부대 중에서도 그는 특별한 존재였다.

그가 바로 시작의 목격자. 처음 미아가 신월지구에 왔을 때, 호위로 따라왔던 자였다.

말하자면 최초의 황녀전속 근위병이다.

그런 충성스러운 오이겐은 현재 미아 황녀 전하의 '손님'을 호위하면서 제도를 안내하는 중이었다.

——미아 황녀 전하의 학우분이신가?

그렇게 생각하니 자꾸만 열렬한 눈빛으로 쳐다보게 되었다.

한 명은 백은빛 머리카락을 지닌 소년이었다. 단정한 이목구비와 온화하면서도 어딘가 날카로운 빛을 흘리는 눈동자……. 전신에서 발산하는 분위기는 말 그대로 왕의 품격이라 할 수 있었다.

——어느 나라의 왕자 전하이신가? 다른 한 분도?

다음으로 시선을 보낸 곳에 있는 자는 검은 머리카락의 소년이었다. 백은발 소년만큼은 아니지만, 이쪽도 단정한 얼굴이었다.

굳이 따지라면 사근사근한 인상. 달콤한 미소라도 지으면 여성들에게 인기가 대단할 테지만……. 그 전신에 감도는 것은 오히려 무인과도 같은 강직한 힘이었다.

──어쨌거나 이쪽도 평범한 사람이 아니라 고귀한 신분인 느낌이 들어. 그렇다면 다른 한 명은 종자인가.

마지막 한 사람은 두 소년보다 조금 나이가 많은 청년이었다. 이쪽도 상당한 미남으로, 미아가 세인트 노엘에서 남자들에게 인기를 끌고 있다는 게 엿보였다.

──미아 황녀 전하께선 무척 아름다우시니까……. 이상한 벌레가 꼬이진 않을지 걱정이야.

자랑스러운 주군이 생애의 반려를 잘못 선택할 것 같지는 않으나, 그래도 자꾸만 걱정이 되었다.

그에게 미아는 존경하는 주군이자 동시에 반드시 행복해지길 바라는, 사랑스러운 여동생과도 같은 존재이기도 하기 때문이다.

그렇지만……, 사실 오이겐이 세 사람에게 좋은 평가를 내렸다.

왜냐하면 제도를 관광하러 나설 때 그들이 말했기 때문이다.

'황녀 미아가 이룩한 공적을 보고 싶다'고.

존경하는 주군의 공적에 관심이 있다고 하니 그도 건성으로 대할 수는 없었다. 평소였다면 결코 데려가지 않을 법한 신월지구에 안내한 것도 그것이 이유였다.

"그래……. 이 거리를 미아…… 황녀 전하가……."

백은발 소년이 감탄하며 중얼거렸다. 흥미롭다는 듯 주위를 둘러보고 있다.

"네. 저는 우연히 처음부터 황녀 전하를 호위하는 영예를 받아, 이 신월지구에도 함께 왔습니다."

"그랬어? 그럼, 만약 괜찮다면 그때 이야기를 들려줄 수 있을까?"

흑발 소년이 고지식해 보이는 얼굴로 물었다. 그 말에 고개를 끄덕인 오이겐이 대답했다.

"네, 괜찮습니다. 아, 마침 잘 됐군요."

그렇게 오이겐은 추억을 회상하며 부드러운 표정을 지었다.

"마침 저 장소였습니다. 저기에 한 어린아이가 쓰러져있었는데……, 미아 황녀 전하께서 주저 없이 달려가 부축하셨고, 심지어 갖고 있던 과자를 나눠주셨습니다. 말릴 새도 없었죠. 솔직히 호위로서는 완전히 실격이라고 할 수 있습니다만……."

쓴웃음을 지으면서도 오이겐의 목소리는 밝았다.

지금도 그때의 광경은 때때로 떠올리곤 했다.

"황녀 전하께서 신월지구에 가고 싶다 하셨다."

그 말을 들었을 때, 그는 뜬금없이 귀찮은 일거리가 생겼다며 혀를 찼다.

또 철없는 귀족 나리의 횡포냐. 신월지구에 가고 싶다니, 정말 귀찮기 짝이 없군…….

분명히 그랬었다. 하지만 지금 돌아보면 그때의 경험은 그에게 귀중하고 눈부신 기억, 자랑스러운 에피소드가 되었다.

——인생에는 생각지도 못하는 일이 일어나는 법이야…….

"그 후 그 아이를 데리고 이 근방에서 고아원을 운영하는 교회에 향하셨습니다. 황녀 전하께서 병원을 세우시기 전엔 환자를 치료할 수 있는 곳은 거기뿐이었거든요……. 아, 그 교회의 신부님도 미아 님과 친밀한 사이이실 겁니다."

"그런가……."

흑발 소년이 작게 고개를 끄덕였다.

"그렇다면 미안하지만, 그곳으로 안내를 부탁해도 괜찮을까?"

"그건 상관없습니다. 하지만…… 그, 괜찮으십니까? 제도의 다른 장소를 돌아볼 시간이 사라질 텐데요……."

제도 구경이라고 했을 때 가장 먼저 떠오르는 것은 백월궁전과 그곳을 중심으로 원을 그리듯 문벌귀족의 별장이 즐비한 만월지구다.

게다가 상인들이 모이는 대시장도 볼거리 중 하나다. 외국에서 온 여행자에게 인기 있는 장소는 그 두 곳이다. 거기를 돌아보기만 해도 하루 이틀로 끝나지 않을 텐데…….

"그래, 문제없어. 우리는 미아 황녀 전하께서 해 오신 일을 알고 싶으니까."

만약을 위한 오이겐의 질문에 백은발 소년이 대답했다.

"그렇습니까. 그렇다면……, 아, 맞다. 거리상 병원이 더 가까우니, 그쪽에 간 뒤에 교회에 안내하겠습니다."

오이겐은 다시금 기합을 넣었다.

아무튼 상대는 아마도 미아의 학우. 심지어 모습을 보아하니 미아에게 관심이 있는 것 같았다. 어쩌면 이 중에 미아와 교제하는 사람이 있을지도 모른다.

——실례되지 않도록, 하지만 미아 황녀 전하의 공적을 빠짐없이 알려드려야 해.

어깨가 조금 뻣뻣해지는 것을 느끼며 오이겐은 장난기 어린 미소를 지었다.

"그 병원이 말이죠……. 사실 미아 님께선 생각지도 못한 방법으로 건설비를 확보하셨습니다. 그게 또 참 대단하셔서……."

마치 사랑하는 동생을 자랑하듯 그가 쾌활하게 설명하기 시작했다.

결국 일행은 저녁때까지 신월지구를 걸어 다닌 다음, 그날은 교회에서 자기로 했다. 숙소까지 안내하겠다고 주장하는 오이겐을 달래고 헤어진 뒤, 그들…… 시온, 아벨, 키스우드 세 사람은 무심코 쓴웃음을 지었다.

"그나저나 대단한데……. 미아의 인기가……."

오이겐의 이야기를 떠올리며 시온이 말했다.

"부하가 따르는 것도 명군의 증거. 미아 황녀 전하시니 딱히 놀랍지도 않죠."

'전 알고 있었거든요?'라는 듯 득의양양한 얼굴로 말한 사람은 오이겐 앞에선 계속 입을 다물고 있던 키스우드였다. 기본적으로 시온과 둘만 있을 때 말고는 종자로서 선을 긋고 행동하는 키스우드지만, 시온과 아벨이 함께 검술 훈련을 하게 된 뒤로는 아벨에게도 본래의 자신을 보여주게 되었다.

이것 또한 미아가 맺어준 인연이라 할 수 있을지도 모른다.

"그래……. 하지만 그럴 만도 해. 설마 저런 훌륭한 병원을 비녀 하나로 만들어내다니……."

경악한 것을 일절 숨기지 않는 말투로 아벨이 말했다. 그 말에는 시온도 전적으로 동감했다.

"병원을 세웠다는 건 들었지만……. 설마 비녀 하나로 귀족들을 움직였을 줄은 몰랐어."

제국의 예지가 지닌 압도적인 힘을 보게 된 시온은 감탄하는 것과 동시에 묘한 패배감을 맛보았다. 만약 자신이 미아와 같은 입장이었다면 대체 무엇을 할 수 있었을까? 자연스럽게 그런 생각을 하게 되는 시온이었다.

백성을 불쌍히 여겨서 사유재산을 아낌없이 내어주긴 했으리라. 귀족들에게 명령해서 돈을 내게 할 수도 있다. 하지만 자발적으로 기부하게 만든다는 것은 상상조차 하지 못했다.

──키스우드는 미아에게 배우면 된다고 할지도 모르지만…….

확실히 위에 서는 자로서 다양한 방식을 배우고 성장해나가는 건 불가결한 요소지만, 그것은 그것……. 분한 건 어쩔 수 없다.

"후후, 그나저나……."

불현듯 시야 한구석에서 아벨이 웃는 게 보였다.

"응? 왜 그래?"

의아해서 물어보자 아벨은 고개를 작게 저으며 대답했다.

"아니, 그게. 보통은 일국의 황녀가 자신의 액세서리를 빈민을 위해 내놓았다고 들으면 그것만으로도 감탄할 법한 일인데……, 미아가 엮이면 그 정도로는 놀라지 않게 되었다는 생각이 들어서."

"그렇군, 확실히······ 듣고 보니 그래. 하하, 미아에게 요구하는 수준이 내가 모르는 사이에 높아졌던 모양이야."

그런 식으로 웃는 시온이었으나······, 그는 아직 몰랐다.

이후에 자신이 절절히 깨닫게 된다는 것을······.

자신들의 향상된 요구수준조차도 능가하는, 제국의 예지가 보여준 더 높은 경지를.

"오오, 먼 곳까지 잘 오셨습니다."

교회에 들어가자 온화해 보이는 신부가 맞아주었다. 사람은 외모로 판단할 수 있는 게 아니나, 그럼에도 인품을 확신하게 되는 분위기를 지닌 사람이었다.

"만족스러운 대접은 못 하지만, 아무쪼록 편히 쉬십시오."

"미안하군. 신세 지겠다."

신부의 뒤를 따라 복도를 걸었다. 시온은 오래된 건물인데 군데군데 색이 다른 새 목재가 쓰여있다는 걸 눈치챘다.

"아아, 죄송합니다. 내부까지는 좀처럼 손이 닿지 않아서 보기 흉한 모습을 보여드리는군요."

시온의 시선을 알아차린 건지 신부가 쓴웃음을 지었다.

"하지만 미아 황녀 전하의 지시로 이 건물도 많이 수리되었습니다. 예전에는 틈새 바람이 골칫거리였는데 말이죠······."

그런 이야기를 하는 사이에 전방에서 한 소녀가 걸어오는 게 보였다. 고아원에서 데리고 있는 아이일까. 한 손에 책을 안았으며 똑똑해 보이는 눈을 지닌 소녀였다.

"아아, 세리아. 마침 잘 됐구나, 미안하지만 차를 가져와 주지 않겠니? 이분들은 미아 님의 학우분들이란다. 여기서 하룻밤 주무시게 되었지."

그렇게 소녀에게 심부름을 시킨 신부는 장난기 어린 미소를 지으며 시온 일행에게 말했다.

"차와 과자는 아마 여러분도 만족하실 수 있을 겁니다. 미아 황녀 전하께서 고르신 것이니까요."

"미아가?"

어리둥절하며 고개를 갸웃거리는 아벨에게 신부가 득의양양한 얼굴로 끄덕였다.

"네. 실은 앞으로도 여기에 찾아올 일도 있을 테니까 비축해두라시며 정기적으로 과자와 차를 보내주십니다. 썩어버리면 아까우니까 저희가 먹어도 괜찮다고 하셨죠."

"아하……, 그렇군……."

그 말만으로도 시온은 감이 왔다.

그러니까 미아는, 이러니저러니 핑계를 대면서도 이곳의 아이들에게 맛있는 과자와 차를 나누어주는 것이다. 빈민가의 고아원에서 자라는 아이들에게 조금이라도 '즐거움'을 제공하려는 생각인 게 분명하다.

"참으로 미아답구나."

아벨의 중얼거림에 시온도 순순히 고개를 끄덕였다.

그렇게 신부의 안내를 받아 도착한 곳은 조금 넓은 방이었다.

짐을 내려놓고 한숨 돌렸을 때였다.

"실례합니다."

조금 전에 마주친 소녀, 세리아가 차와 과자를 들고 찾아왔다.

시간은 조금 거슬러 올라간다.

"네……? 와, 왕자 전하 일행이라고요?"

차를 내갈 준비를 하던 세리아는 방금 본 소년들의 정체를 듣고 놀랐다.

"그래. 미아 님께서 다니시는 세인트 노엘 학원은 고귀한 핏줄을 지닌 분들도 다니는 학교란다. 아, 하지만 안심해도 괜찮단다. 두 분 다 미아 님과 친하게 지내시는 분들답게 무척 온화한 분들이신 것 같으니."

신부는 온화한 말투로 말했다.

"어째서 그런 분들이 여기에……?"

"아무래도 미아 님께서 이루신 것을 보러 오셨다는 모양이야. 그분들도 장래엔 국왕이나 고위 귀족이 되셔서 영지를 다스리게 되실 테지. 그래서 미아 님께 배우시려는 것 아닐까?"

거기서 신부는 난처한 듯 웃었다.

"미아 님 같은 귀족이 늘어난다면 나라가 더 좋은 방향으로 가겠지만."

가난한 지역에서 고아원을 운영하는 게 얼마나 힘든지, 그는 뼈저리게 절감했다. 그리고 귀족들의 무심함도…….

"그러니 그분들이 미아 님을 본받으려고 하신다면, 그건 아주 좋은 일이라고 생각한단다. 너 같은 아이가 늘어날지도 모르니 말이야."

그렇게 말한 신부가 자상하게 웃었다.

"저 같은……."

그 말에…… 세리아는 조금 두근거렸다.

그날 본 미아의 진지한 눈빛이 눈꺼풀 뒤로 떠올랐다가 사라졌다.

──나 같은 아이…….

……작은 중얼거림……. 그 가슴에 싹튼 어떤 마음을 품고 세리아는 왕자들의 방을 찾아갔다.

"실례합니다. 차를 가져왔습니다."

작은 긴장은 있었다. 상대는 왕자 전하다. 긴장하지 말라는 게 무리한 요구다.

하지만 그것도 아주 조금.

왜냐하면 세리아에게는 자부심이 있었다.

자신이 그 제국의 예지에 눈에 들었다는, 구원받았다는 자부심이.

"고마워. 이 과자도 미아가 가져온 거니?"

부드럽게 웃는 흑발 소년. 신부가 알려준 바에 의하면 이쪽이 렘노 왕국의 아벨 왕자 전하이다.

"네. 미아 님께서 주셨습니다. 미아 님은 무척 자상한 분이세요."

"그래……."

수긍하는 표정을 짓는 아벨 왕자. 또 한 명의 왕자인 시온 왕자도, 그 종자라는 청년도 온화한 표정이었다. 세리아가 무슨 말을 해도 부당한 폭력을 휘두르는 일은 아마 없을 것이다…….

세리아는 각오를 다지듯 작게 숨을 뱉고, 빨아들인 뒤……

"저기, 피곤하신 와중에 죄송합니다. 잠시 괜찮을까요?"

용기를 쥐어짜서 얼굴을 들었다.

"응? 무슨 일인데?"

"여러분은 미아 님께서 뭘 하셨는지 알기 위해 오셨다고 들었습니다. 그래서 저기……, 들려드리고 싶어요. 미아 님께서 저에게 뭘 해주셨는지……."

그날 이후……, 계속 가슴속에 고여있던 감정이 있다.

그것은…… 죄책감이었다.

세리아는 틀림없이 미아에게 구원을 받았다.

그녀 앞에는 미아가 열어준 눈부신 길이 곧게 뻗어있고……, 배우고 싶은 것을 배울 수 있는, 마음껏 공부할 수 있는 환경에 세리아의 가슴이 두근거렸다.

하지만 잠시 시간이 지나자 그 가슴에는 신기하게도 죄책감이 싹텄다.

──나만 구원받아도 되는 걸까……?

불현듯 그런 생각이 들었다.

물론 자기 혼자는 아니다. 이 고아원은 미아의 총애를 받고 있다. 그러니 그녀의 뒤를 잇는 아이도 분명 있을 것이다.

하지만……, 그것은 어디까지나 제국 내에 한정된다.

세리아는 안다. 다른 나라의 상황도 제국과 크게 다르지 않다는 것을……

신부에게서 들었고, 책에서 읽었기에 알고 있다.

자신과 같은 처지인 아이들이 결코 적지 않다는 사실을.

──괜찮은 걸까……? 나만 행복해도……, 이렇게 행복해져도…….

그런 의문을 품었을 때마다 그녀의 뇌리에는 매번 그때의 미아의 얼굴이 떠올랐다.

곧게 자신을 바라보는 그 강인한 눈동자…….

자신만이 행복해지는 것……. 그것은 미아의 진심에 부끄럽지 않은 행동일까?

그것이 과연 미아에게 선택받고, 구원받은 자에게…… 어울리는 행동일까?

세리아는 계속 고민했다.

그리고 그 의문에 대한 한 대답을……, 미아의 마음에 부응하기 위한 방법을 찾아냈다.

그래서 세리아는 용기를 쥐어짜 말했다.

"미아 님께서는 저에게 자신의 학원에 입학하라고……. 그곳에서 학원장인 현자님께 직접 가르침을 받으라고……, 그렇게 말씀해주셨습니다. 제 눈을 바라보시면서…….."

어쩌면 눈앞의 왕자들은 미아의 행동에 감명을 받아 같은 행동을 하려고 할지도 모른다.

제국의 예지가 이 신월지구를 비춘 빛은 마치 등불처럼, 다른 사람에게도 퍼져나가고…… 그렇게 다른 나라도 비추는 빛이 될지도 모른다.

자신과 같은 처지의 아이들을 구해주는…… 구원의 손이 될지도 모른다.

그러니까…….

세리아는 말했다. 성심성의껏 말했다.

미아의 다정함을, 대단함을……. 그것을 받은 자신이 얼마나 구원받았는지도…….

그리고, 동시에 생각했다.

미아가 구해준 것만이 아니다. 미아의 눈에 띈 자신이 얼마나 훌륭한 일을 할 수 있는지……. 그것 또한 중요한 일이다.

미아의 손을 잡고 일어난 자신은 그에 걸맞도록 공부하고 이 나라에 좋은 영향을 미치는, 그런 사람이 되어야만 한다.

그럴 수 있다면 다른 나라에서도 고아들을 도움이 되는 인재로 중시해주게 될 것이다. 그러니까…….

──열심히 해야지……. 미아 님께 선택받은 자로서…….

세리아는 기합을 넣었다.

세리아가 방에서 나가는 걸 기다린 뒤, 시온은 작게 한숨을 쉬었다.

"세인트 노엘에 필적하는 학원도시……. 심지어 그곳에 우수한 고아들을 입학시킨다고……. 놀랐어……. 설마 고아 교육까지 시야에 넣고 있었을 줄이야……."

자신을 아득히 능가하는 스케일에 시온은 현기증이 났다.

확실히 굶주린 백성에게 먹을 것을 주는 것은 귀족으로서 당연한 행위다. 하지만 식량만이 아니라 학문의 길을 열어주겠다는 건……. 그런 발상을 하는 자가 과연 얼마나 있을까?

미아는 학원도시라는 형태만이 아니라, '핏줄에 상관없이 지식을 나눠준다'는 세인트 노엘의 정신도 모방하려는 것 같았다.

"심지어 그냥 착하기만 한 게 아니야. 미아는 명백히 이 나라의 미래를 짊어질 젊은이를 육성할 생각이다……."

그저 목숨을 구해주는 것만이라면 그것은 자비에 불과하다. 그것 또한 충분히 미덕이긴 하지만, 미아는 그 이상을 보고 있다.

구해준 사람이 자신의 발로 서서, 이윽고 제국의 미래를 짊어지는 우수한 인재가 될 것을 상정하고 있다.

"그런 관점에는 쉽게 설 수 없어. 적어도 나는 무리야."

항복이라는 듯 두 팔을 드는 시온을 본 키스우드가 고개를 절레절레 내저었다.

"아……, 하지만 잘 생각해 보면 그렇게 놀랄 일은 아닐지도 모르네요."

그때 문득 무언가를 떠올렸다는 듯 키스우드가 손뼉을 쳤다.

"응? 무슨 소리야?"

고개를 갸웃거리는 아벨에게 키스우드가 설명했다.

"그 미아벨이라는 소녀 말입니다. 그녀를 세인트 노엘에 입학시켜서 배우게 하는 것도 미아 황녀 전하의 생각이시잖아요."

"아…… 그래, 그렇지."

그 말을 듣고 시온은 수긍하면서 고개를 주억거렸다.

겉으로는 이복동생으로 알려진 소녀지만……, 시온은 그 말을 믿지 않았다. 아마 미아는 그녀에게 세인트 노엘의 교육을 받게 하기 위해 거짓말을 한 것이다.

그리고 그것은 라피나도 다른 사람들도 알고 있으며…… 못 본 척해주고 있다.

왜냐하면 그것이 미아의 다정한 성품에서 오는 행동이라는 걸 다들 알기 때문이다.

"그런가……?"

하지만 키스우드의 말에 아벨은 괴이쩍어하는 표정을 지었다.

"영락없이 미아와 혈연관계가 있는 줄 알았는데……."

중얼거리듯 말한 뒤 아벨은 고개를 저었다.

"뭐, 그런 거라면 분명 그녀도 미아의 마음에 보답하기 위해서 지금쯤 열심히 공부하고 있겠지."

그렇게 그들은 멀리 세인트 노엘에 남아있는 소녀를 떠올렸다.

티어문
제국 이야기

계승되는 등불

THE INHERITED LIGHT

계승되는 등불

티어문 제국을 양분한 내전 속에서 제도 루나티어는……, 아름다운 달의 도시라 불리던 수도는 아직 중립지대로서 평화를 뽐내고 있었다.

그중에서도 옛 빈민가 '신월지구'에는 어쩐지 평화롭고 태평한 분위기가 감돌았다.

마치 황녀 미아의 기질을 유지하는 것처럼.

전란으로 인해 조금씩 퍼져나가는 어둠. 그것에 항거하며 제국의 예지의 여광(餘光)을 끝까지 유지해온 장소가 바로 이 신월지구였다.

"어, 오이겐 씨. 안녕. '아가씨'를 데리러 가는 거야?"

시장 아주머니의 인사에 전직 근위병 오이겐은 쓴웃음을 지었다.

그가 데리러 갈 예정인 아가씨의 정체가 황녀 미아의 손녀라는 사실은 이곳에선 공공연한 비밀이다.

그래도 아무도 그녀에게 위해를 가하지 않는 것은 역시 여기가 신월지구이기 때문일 것이다.

이곳에서 미아의 인기는 절대적이다.

"네, 그렇습니다. 오늘은 '선생님'에게 수업을 받으러 가셨거든요."

제국의 마지막 황녀, 미아벨을 제도 루나티어에 보낸 것이 반년 전.

미아벨을 미아의 충신들에게 인도한 후에도 오이겐은 성실하게 마지막 근위병으로서 호위해오고 있었다.

달리 가야 할 곳도 없다.

아내는 이미 죽었고, 자식들은 이미 다 자라서 독립해 각자 가정을 꾸렸다.

자식들과 손주들의 병간호를 받으며 숨을 거두는 것도 결코 나쁘지는 않지만……. 그보다는 인생의 마지막 시간을 충의에 쓰자고 생각한 끝에 나온 행동이었다.

"자, 이거 '아가씨'에게 전해줄래?"

시장 아주머니는 그렇게 말하며 작은 꾸러미를 내밀었다. 그 안에 든 것은 소녀 모양으로 생긴 과자, 통칭 미아 구이였다. 이 근방에선 인기가 좋은 아주 달콤한 과자였다.

"매번 죄송합니다."

"아니야……. 미…… 아니. 아가씨의 할머니에겐 우리도 크게 신세 졌으니까……. 우리 과자를 마음에 들어 하셨거든……. 신월지구에 오실 때마다 사 가셨지."

그립다는 듯 눈가의 주름이 깊어지는 여성에게 꾸벅 인사한 후 오이겐은 길을 서둘렀다.

오래된 골목을 몇 개 돌아간 너머, 어두운 뒷골목에 그 건물이 세워져 있다.

얼핏 보면 무너져가는 낡은 건물일 뿐이다. 하지만 어떤 시점에서 보면 그 입지는 참으로 합리적이라 할 수 있었다.

건물은 몹시 으슥한 곳에 세워져 있다. 하지만 그곳은 결코 막

다른 곳이 아니다.

통행인이 많은 길로 빠지는 샛길이 여럿 존재하며, 심지어 그것들은 전부 복잡한 길을 더듬어가야만 한다.

즉 기습을 받았을 때 탈출하기 쉽고, 더구나 추격자를 따돌리기 쉬운 위치에 세워져 있다.

게다가 신월지구 전체로 봐도 깊은 곳에 있기 때문에 만약 수상한 인간이 접근했을 때는 보고가 들어온 뒤에 대처할 시간적인 여유도 벌 수 있다.

신월지구의 주민은 다들 미아를 좋아한다. 따라서 만약 그 핏줄에게 몹쓸 짓을 하려는 자가 발을 들여놓으면 바로 정보가 전해지도록 되어있다.

모든 것은 미아벨을 지키기 위해서였다.

황실의 피를 이어받은 마지막 황녀, 미아벨의 목숨을 노리는 자들은 많다. 따라서 그녀는 신분을 숨기고 경계하면서 생활할 수밖에 없다.

그녀는 남자아이 같은 말투를 쓴다.

그것은 성별을 위장하고 신분을 감추기 위해.

머리카락을 기르는 것도 여차할 때는 그걸 잘라서 소년으로 분장해 상대의 눈을 속이기 위해서였다.

——안쓰러워……. 세상이 평탄했다면 지고의 황녀로서 사람들의 공경을 받을 신분인데…….

그래봤자 그런 비장감과는 거리가 멀다는 듯 벨은 늘 웃고 다니지만…….

그 모습에 그들이 얼마나 큰 구원을 받았는지…….

입구에 서 있던 보초에게 말을 건 오이겐은 안에 들어갔다.

"실례합니다. 루드비히 님, 벨 님을 모시러 왔습니다."

실내에 들어가자마자 달콤한 냄새가 오이겐의 코를 간질였다.

그것은 따뜻한 우유가 풍기는 진한 향기……. 벨이 아주 좋아하는 향기였다.

"아, 오이겐 씨. 왔군……."

목소리가 들린 쪽에 시선을 주자 그곳에는 안경을 쓴 초로의 남자가 서 있었다.

과거 제국의 예지의 오른팔이라고 불렸던 충신, 루드비히는 현재 한창 우유를 데우는 중이었다. 냄비 속 우유의 상태를 물끄러미 관찰한 그가 세심한 주의를 기울이며 장작을 하나 뺐다. 불 조절에 일절 타협이 없다!

이전의 수완가 이미지가 그대로 남은 요리풍경에 무심코 쓴웃음을 짓는 오이겐이었다.

"매번 미안하군. 내가 배웅과 마중도 맡을 수 있다면 좋았을 텐데……."

그렇게 말한 루드비히가 씁쓸하게 웃었다.

"싸움은 별로 특기가 아니라서."

"부디 저희의 일감을 빼앗지 말아 주시길. 벨 님의 호위는 저희 황녀전속 근위대에게 맡겨주십시오."

오이겐은 자신의 가슴을 주먹으로 두드리며 말했다.

"저는 먼저 가버린 자들의 유지도 짊어지고 있으니, 그들 몫까지 일해야만 합니다. 게다가 만약 제가 호위 임무를 소홀히 하기라도 한다면 저희에게 벨 님을 맡기고 가신 제국 최강의 기사님께 저세상에서 썰릴 겁니다."

그렇게 말하며 어깨를 으쓱한 오이겐. 그 말을 듣고 루드비히도 쓴웃음을 지었다.

"그래……, 그랬지……. 그대는 그의 영혼도 짊어지고 있는 거였군……."

문득 그 눈빛이 아득해졌다.

"하지만……, 아직도 실감이 나지 않아. 그 제국 최강의 기사가 죽었다니……."

그 순간 퍼져나가려는 침울한 분위기가 싫었던 오이겐은 애써 밝은 목소리로 말했다.

"그런데 벨 님은요……?"

오이겐의 질문에 루드비히는 쓴웃음을 지으며 고개를 저었다.

"여전하셔. 중간에 잠들어버리셨지."

루드비히가 가리키는 곳에는 책상에 엎드려서 잠들어버린 벨의 모습이 있었다. 새근새근. 참으로 편안한 숨소리를 내고 있다.

"역시 벨 님께선 공부가 썩 특기가 아니신 것 같아."

그렇게 말하면서도 열심히 공부한 상으로 핫밀크를 준비하는 루드비히였다.

참으로 무르다! 미아가 봤다면 지나친 대우 차이에 항의할 법한 광경이다!

"하지만 루드비히 님도 벨 님께는 물러지시는군요. 그 핫밀크는 공부를 마친 보상이 아니었던 겁니까?"

마치 미아의 망령이 빙의한 듯 지적하는 오이겐에게 루드비히는 뭐라 말할 수 없는 표정을 지었다.

"뭐……. 미아 님께서도 생각에 잠기실 때 늘 달콤한 것을 드셨으니까……. 벨 님도 달콤한 것을 먹고 의욕을 내셨으면…… 해서."

참고로 핫밀크를 만드는 법은 오랫동안 황실의 식사를 담당했던 주방장에게 직접 배운 레시피다. 루드비히는 제국이 황폐해지면서 입수하기 어려워진 신선한 우유를 고생해가며 들여오고 있다.

……자신과 대우가 너무 다르며 미아가 발을 동동 구르는 모습이 눈에 선하다.

"게다가……."

루드비히는 벨에게 부드러운 시선을 보냈다.

"벨 님의 불우한 처지를 생각하면……. 이 정도의 행복은 느끼셔도 괜찮지 않겠어?"

그 말에는 오이겐도 동의했다.

"그러게요……. 이런 환경에도 불평 한마디 없으시니……. 그건 벨 님의 미덕이자, 그분의 선한 성품을 물려받은 거라고 보지만요……."

그렇다고 벨에게 아무 생각이 없을 리는 없다.

어린 나이에 부모님을 잃고, 가신을 잃고, 목숨을 노려지는 나날…….

태연할 수 있을 리가 없다…….

그런 비참한 처지인 벨에게 조금이라도 맛있는 것을 먹여주고 싶어 하는 건 오이겐도 마찬가지였다.

"그럼 마중도 왔으니 슬슬 깨우도록 할까……."

루드비히는 불에서 냄비를 치웠다. 뜨겁게 끓어오른 우유를 컵에 옮겨 담은 후, 루드비히는 벨에게 걸어갔다.

"벨 님……, 벨 님. 일어나십시오. 핫밀크가 다 됐습니다."

"으……, 으응?"

코가 움찔움찔 움직이나 싶더니 벨이 몽롱하게 눈을 떴다.

그 후 주위를 두리번거리다니…….

"아, 오이겐 씨……."

바로 옆에 서 있던 오이겐을 발견하고는 방긋 웃었다.

"데리러 오신 거예요……?"

벨이 머리를 꾸벅 숙여 인사했다.

"매번 감사합니다."

"아뇨, 과분한 말씀입니다."

오이겐은 부드럽게 웃으면서 그 인사를 받았다.

"아, 그리고 깜빡 잊을 뻔했군요. 이건 오는 길에 주민에게 벨 님께 드리라고 받아서 가져왔습니다."

조금 전 시장에서 받은 과자를 벨에게 내밀었다.

"와아, 맛있겠다……!"

벨은 과자를 받고는 고개를 갸웃거렸다.

"고맙다고 인사드려야겠어요. 어디 사는 분이세요?"

그때 루드비히가 조용히 말했다.

"벨 님, 그 마음을 부디 잊지 마시길 바랍니다."

"네……?"

갑작스러운 말에 눈을 깜빡이는 벨. 그런 벨에게 루드비히가 자상한 시선을 보냈다.

"받은 은혜를 잊지 않고, 혹은 그것을 당연하게 생각하지 않고 반드시 돌려주는 것……. 그것이 위에 서는 자에게 필요한 마음가짐입니다. 벨 님의 할머님이신 미아 님께선 절대 은혜를 잊지 않는 분이셨습니다."

"그러셨어요?"

또다시 갸웃거리는 벨에게 루드비히도 오이겐도 절절히 고개를 끄덕였다.

"네. 벨 님께선 미아 님에게서 장점을 물려받으신 듯합니다. 그러니 부디 그것을 소중히 간직해주십시오."

루드비히의 말에 오이겐은 절절히 동의했다.

벨의 밝은 미소는 오이겐의 눈에 등불처럼 보였다.

어둠 속에 가라앉은 이 땅을 비추는 등불. 그는 제국의 예지가 피운 불빛을 벨에게서 보고 있었다. 계승되어 지금도 타오르는 등불……. 그것이 지금은 든든하다.

"네. 에헤헤……."

쑥스러운 건지 웃는 미아벨.

그 후 그녀는 기뻐하며 컵에 입을 대고……. 은근슬쩍 휴식 시간으로 넘어가려고 한 모양이었지만…….

"그럼 마저 이어서 할까요……."

루드비히는 그렇게 두지 않겠다는 양 안경을 빛냈다······.

"······네?"

얼떨떨해서 입을 떡 벌린 벨을 향해 루드비히는 천연덕스러운 얼굴로 말했다.

"오늘 분량이 남아있습니다. 마시면서 들으셔도 괜찮으니 끝까지 합시다. 휴식은 그게 끝난 뒤에······."

해야 할 일은 확실하게 끝낸다, 가르쳐야 할 일은 제대로 가르친다······. 엄하고도 다정한 루드비히 선생님이었다.

"어······, 으, 어······?"

도움을 청하듯 오이겐 쪽을 바라보는 벨이었지만······. 오이겐은 쓴웃음을 지으며 고개를 저었다.

"공부 열심히 하십시오. 끝날 때까지 기다리겠습니다."

그것은 그리 오래 이어지지 않았지만······, 그래도 벨에게는 무척 행복한 시간이었다.

"미아벨 님······, 미아벨 님······."

몸이 흔들리는 감각······. 벨은 '으응······' 하고 작게 신음하며 눈꺼풀을 천천히 들어 올렸다.

흐릿한 시야 속에 들어온 것은 한 소녀의 모습······.

"아, 린샤 씨······."

벨은 두 손으로 눈을 북북 문지른 뒤 다시 주위를 둘러보았다.

그곳은······ 그 그리운 루드비히의 방이 아니라······, 멋진 책꽂이가 수없이 늘어선 도서실이었다······.

"여기는……."

벨은 그제야 간신히 떠올렸다. 여기가 세인트 노엘 학원의 대도서관이라는 사실을…….

"아……. 그렇구나……."

입에서 새어 나온 중얼거림은 미약한 슬픔을 띠고 있었다.

"슬픈 꿈이라도 꾸셨어요?"

걱정하는 말투로 묻는 린샤에게 벨은 고개를 작게 끄덕이고는…….

"네……. 좀……."

그렇게 대답했다. 그 후 조금 당황하며 변명했다.

"그게, 공부가 끝난 꿈이었어요……. 모처럼……, 공부가 끝났다고 생각했는데…… 무척 슬퍼요."

그 후에 눈앞의 책상으로 시선을 옮겼다. 그곳에는 오늘 해야 할 과제가 쌓여있었다.

"그렇군……."

린샤는 벨의 얼굴을 보고 순간 무언가 생각에 잠긴 듯했지만……, 바로 도리질했다.

"그럼 오늘 과제를 빨리 끝내도록 할까요."

"으윽……."

벨은 신음을 흘렸지만, 결국 진지한 얼굴로 뺨을 찰싹찰싹 두드렸다.

"린샤 씨, 매번 공부를 봐주셔서 감사합니다."

그리고는 천진난만하게 방긋 웃으면서 린샤에게 말했다.

린샤는 눈을 깜빡이며…….

──아……, 이 아이는 역시 치사해……. 이런 말을 들으면 자꾸 어리광을 받아주고 싶어지잖아…….

그런 생각을 했다.

말하자면 벨의 행동은 당연한 태도다.

누군가가 자신을 위해서 무언가를 해 주었을 때 고맙다고 인사하는 것……. 그것은 지극히 당연한 일이다. 하지만……, 그 당연한 것을 매번 제대로 할 줄 아는 인간은 많지 않다.

특히 벨에게 린샤는 귀가 따갑게 공부하라고 잔소리하는 인간이다. 그게 자신을 위한 행동임을 알면서도 고마워하는 건 어려울 것이다.

하지만 벨은 매번 인사를 잊지 않았다.

일상적인, 몹시 평범하게 오가는 호의에도 꼬박꼬박 인사한다. 그래서…… 린샤는 벨을 싫어할 수 없다.

게다가 아무리 벨이 게으름을 피워도 버릴 마음은 들지 않았다.

"열심히 하죠. 벨 님. 분명 미아 님께서도 벨 님을 걱정하고 계실 거예요. 제대로 공부하고 있을지……. 이렇게 학원에 두고 가신 것도 분명 벨 님께 기대하시기 때문일 테니까요……."

지금은 멀리 제국에 있는 황녀를 떠올렸다.

분명 그녀는 지금쯤 벨을 걱정하고 있을 터……. 그렇게 생각하는 반면, 왠지 모르게…… 벨에 대해선 까맣게 잊고 뱃놀이를 즐기고 있는…… 그런 광경이 떠오르는 바람에 린샤는 작게 도리질했다.

"으음, 그럴까요?"

아무래도 린샤와 같은 광경을 상상한 모양이었다. 미간에 주름을 만들고 갸웃거리는 벨에게 린샤는 급히 고개를 저으며 단언했다!

"네. 틀림없습니다, 분명! 지금쯤 벨 님을 걱정하고 계실 거예요! 아, 그래. 공부가 끝나면 보상으로 뭐라도 드시러 가시겠어요?"

화제를 전환했다. 다소 갑작스러웠지만, 다행히 벨은 넘어왔다.

"?! 단것도 괜찮을까요?"

"네, 괜찮습니다. 뭘 드시겠어요?"

"으음……, 그럼……."

잠시 생각에 잠기는 벨.

"그럼……, 핫밀크를……."

그렇게 말하며 벨은 방긋 웃었다.

……참고로 그 무렵 미아가 뭘 하고 있었냐면…….

"후우, 아아! 기분 좋아요……."

목욕하며 한가로운 휴식을 취하고 있었다.

승마로 흘린 땀을 씻고 들뜬 얼굴로 자신의 배를 붙잡았다.

그 얼굴이 점점 흐려져 갔다.

"……이상하네요. 그렇게 말을 탔는데 아직 토실토실한 느낌이……. 부당해요! 그렇게 열심히 했는데 전혀 결과가 나오지 않는다니, 그런 건 용서할 수 없어요!"

"미아 님, 안심하세요."

한탄하며 비명을 지르는 미아에게 말을 거는 사람이 있었다.

미아가 시선을 돌리자 그곳에는 작은 병과 천을 든 안느가 서 있었다.

"클로에 님께 배웠습니다. 소금과 천을 이용해 전신을 마사지 하면 늘어진 피부가 탱탱해지면서 날씬해진다고 해요."

"오오!"

"그리고 반신욕……. 배 부근까지 뜨거운 물에 담그고 땀을 쭉 빼면 몸속의 나쁜 성분이 배출되어 날씬해질 수 있다는 정보를 입수했습니다."

"세상에! 목욕에 그런 효과가 있었나요?"

안느는 힘차게 고개를 끄덕였다.

"아직 할 수 있는 일이 있습니다. 미아 님, 뱃놀이까지 노력합 시다!"

"아아……, 안느……. 역시 당신은 제 충신이에요!"

이리하여 뱃놀이하러 가는 날까지 필사적으로 토실토실 성분 을 불태운 제국의 예지였다…….

참으로 해피 엔딩이라 할 수 있겠다.

미아의 망상 꿈 일기

MEER'S
MEGALOMANIAC DREAM
DIARY
TEARMOON
EMPIRE STORY

미아의 망상 꿈 일기

5월 4일

학생회장 선거도 끝나고, 여유롭게 식사할 수 있게 되었다.

오늘의 요리는 월면조 소테였다. 위에 올린 버섯이 아삭아삭해서 무척 맛있었다. 디저트는 대륙 딸기 타르트. 이것으로 디저트 전종 컴플리트.

조금 더 종류가 많았으면 좋겠다. 학식 개혁을 서두르자.

5월 5일

오늘은 진한 크림치즈를 쓴 파스타. 산미가 식욕을 돋운다. 맛있음. 추천!

디저트는 처음부터 한 바퀴 더 돌면서 컴플리트하는 걸 목표로 정했다.

그런고로 오늘은 베이르가 밤 케이크. 산 같은 모양과 밤 소스에 대만족.

역시 식사의 주역은 케이크일까?

5월 6일

오늘은 과일 샐러드라는 걸 먹어보았다.

달콤한 과일을 듬뿍 사용해서 아주 맛있었다. 소스도 벌꿀을 베이스로 쓴 황홀한 맛이었다.

샐러드라는 단어에 현혹되어 체크하지 않았던 것이 아쉽다. 더 탐욕적으로 이것저것 먹어보기로 결의했다.

5월 18일

최근엔 먹을 것 이야기만 적었으니 오늘은 진지하게 적도록 하죠.

루드비히의 연락을 받은 저는 급히 제도에 돌아가게 되었답니다.

그래서 지금은 제도까지 앞으로 며칠 정도 더 가야 하는 지점을 마차를 타고 지나가는 중이죠.

여독 때문인지 안느의 무릎을 베고 잠들어버렸지만……, 그때 꾸었던 꿈이 무척 근사했어요.

제가 학교의 교사가 되는 꿈이었답니다!

그곳은 무척 큰 도서실이었죠. 세인트 노엘 학원 따위는 상대할 가치도 없을 만큼 멋지고 장엄한 장소였어요!

아름다운 꽃으로 장식했고, 넓은 실내에는 벽면 가득 책이 꽂혀 있었죠.

아아, 꿈이 아니었다면 클로에와 에리스를 데리고 가주고 싶을 정도였어요. 그만큼 멋진 장소였답니다.

그곳에서 저는 수많은 사람에게 공부를 가르치고 있었습니다.

저를 실컷 무시했던 망할 안경, 아니, 루드비히도 제 똑똑함에 감탄한 모습이었죠.

아주 기분이 상쾌했답니다! 아주, 아주아주, 기분이 좋았어요!

다른 사람에게 무언가를 가르친다는 건 솔직히 귀찮을 뿐이라고 생각했는데요. 해보니까 의외로 간단하더라고요. 사람들도 제 가르침이 좋았는지 문제를 술술 이해했었죠.

제 우수함이 무서울 정도예요.

그나저나 지금까지 생각해본 적도 없었는데, 제가 교사가 된다는 것도 괜찮을 듯한 느낌이네요.

그 꿈은 무척 생생했는걸요. 의외로 저는 그런 게 적성에 맞을지도 모르죠.

추위에 강한 밀가루를 만드는 것도 제가 교육하면 도움이 되지 않을까요?

루드비히에게 상담해볼까요? 분명 찬성해줄 거예요.

5월 18일 밤

학원에서 제가 교편을 잡는 계획은 안느에게 반대를 받았습니다. 아쉽네요.

너무 바빠져서 건강을 해친다고 걱정하더군요.

그나저나 안느, 그렇게 필사적으로 막다니. 저를 어지간히 걱정해준 모양이에요.

저는 참 행운아네요.

어쩔 수 없죠. 일단 기근과 혼돈의 뱀 등 이런저런 문제를 해결하고 한가해지면 검토하기로 했어요.

역시 제 교육자로서의 재능을 이대로 재워두는 건 아깝잖아요.

후기

안녕하세요, 오랜만입니다. 모치츠키입니다. 4권, 재미있게 읽으셨나요?

그럼 갑작스럽지만……, 축! 무대화!

그런고로, 티어문 무대화입니다. 만화판 이야기에도 얼떨떨했는데 무대화라니. 완전히 다른 세상 이야기라서 어안이 벙벙했던 작가입니다.

돌이켜보면 고등학생 때. 모 다이쇼 시대 배경의 연애 게임에 빠졌던 저는 매년 봄과 여름이면 성우님이 나오는 가요 쇼를 보러 갔습니다.

얼마 없는 용돈을 들고 조금 비싼 부채를 사거나 티셔츠를 사거나 브로마이드를 사거나……. 그런 대량의 굿즈를 안고 꿈같은 공연에 가슴이 두근거렸죠.

뭐라고 해야 하나. 무대에는 독특한 고양감이 있지 않나요? 막이 올라가기 전, 자리에 앉아있다 보면 주위 좌석이 점점 채워지고……, 불이 꺼지죠.

전방에 스포트라이트가 들어오면 꿈같은 시간이 막을 엽니다.

무대가 끝난 뒤에도 CD를 사서 질릴 때까지 들었습니다. MD에 옮겨서 학교에 가져가기도 하고……. 즐거운 청춘의 한 장면이네요.

티어문의 무대판도 대히트해서 다음에는 뮤지컬화, 사운드트

랙 발매 같은 일이 일어나진 않을까……? 하며 야망이 부풀어 오릅니다. 미아의 캐릭터송을 들어보고 싶어지는 요즘입니다.

미아 : 뮤지컬……. 흐음! 이거, 저도 노래해야겠군요! 아아, 아아!
안느 : 와! 미아 님, 춤만이 아니라 노래도 잘 부르시는군요!
미아 : 후후후. 작사도 할 수 있어요. 저어~ 는~ 총~ 명~ 하고오오~ 아름다운~ 황녀~. 우후후, 보세요, 술술 나오잖아요? 역시 저는 시를 짓는 재능이 있는 게 아닐까요?

이렇게 미아는 태평한 무인도 생활을 보내고 있지만, 다음 권에서는 나름대로 큰 비밀을 파헤치게 되어서 으어어어하는……
여느 때와 같은 미아입니다.

그러니 또 만나 뵐 수 있다면 좋겠습니다.

여기서부터는 감사 인사입니다.

Gilse님, 귀여운 그림을 그려주셔서 감사합니다. 이번에도 무척 멋진 표지를 그려주셨어요. 매번 무척 디테일한 아이템을 그려주셔서 기대하고 있습니다.

담당자인 F님, 이번에도 이래저래 신세 많이 졌습니다.

가족에게. 늘 응원해줘서 감사합니다. 4권도 무사히 낼 수 있었습니다.

그리고 이 책을 읽어주신 독자 여러분, 이번에도 미아의 모험에 어울려주셔서 감사합니다. 즐겁게 읽으셨다면 그게 제 행복입니다.

그럼 실례합니다.

티어문 제국 이야기

제국 이야기

만화판 제7화

COMICS TRIAL READING

TEARMOON

EMPIRE STORY

그렇게 되었으니 시온 왕자님.

대단히 아쉽지만 조금 전에 권해주신 파트너 신청은 받아들일 수 없답니다.

빼꼼

어......?

......그런가.

아쉽지만 어쩔 수 없지.

그러니까 딱히 답답한 게 아니라고!

버럭

게다가 내 쪽에서 신청한 거다.

당연히 선택권은 저쪽에 있다는 것쯤은 알아.

그런데 왠지 모르게 답답하다?

그냥······

조금 아쉬운 것뿐이야.

휙

신경 쓰지 않아.

시온 전하를
놀리는 것뿐인
'불여우'......

라거나?

그런 평가는
꿈에도
모른 채.

우쭐우쭐우쭐

공공장소에서
시온 왕자님의
권유를
거절하다니
정말 통쾌했어요!!

우뚝

속내는
참으로
쓰레기 같은
미아 황녀
전하였다.

......훗.

응?

탓

기다려줘,
미아 황녀.

무도회의
파트너로는
시온 왕자를
데려가.

조금 전에는
고마워.

하지만
그걸로 충분해.

어머,
아벨 왕자님

아니,
그런 게 아니라!

제게
망신을 줄
생각이세요?

어머나?

나와 너는
수준이
전혀 맞지
않잖아!

나 같은
녀석과
춤을 춰봤자
무슨 소용이야.

무인도에서 조난⁉

제3부 「달과 별들의 새로운 맹약」에 돌입!

그리고 밝혀지는

저주의 맹약이란——

티어문 제국 이야기 V

기대해주세요

TEARMOON EMPIRE STORY

TEARMOON
Empire Story

모치츠키 노조무 지음
Gilse 일러스트

Tearmoon Teikoku Monogatari 4-Dantoudai kara hazimaru hime no gyakuten story-
by Nozomu Mochitsuki

Copyright © 2020 by Nozomu Mochitsuki
Original Japanese edition published by TO Books, Inc.
Korean translation rights arranged with TO Books, Inc.
Korean translation rights © 2020 by Somy Media, Inc.

티어문 제국 이야기 4 ~단두대에서 시작하는 황녀님의 전생 역전 스토리~

2021년 10월 30일 1판 2쇄 발행

저　　　자 모치츠키 노조무
일 러 스 트 Gilse
옮 긴 이 현노을
발 행 인 유재옥
본 부 장 조병권
담당편집 정영길
편 집 1 팀 이준환 박소연
편 집 2 팀 정영길 조찬희 박치우 조현진
편 집 3 팀 오준영 곽혜민 이해빈
미　　　술 김보라 서정원
라이츠담당 한주원 이다정
디 지 털 박상섭 이성호 최서윤
발 행 처 ㈜소미미디어
제 작 처 코리아피앤피
등　　　록 제2015-000008호
주　　　소 서울시 마포구 토정로222, 403호(신수동, 한국출판콘텐츠센터)
판　　　매 ㈜소미미디어
마 케 팅 한민지 최정연
물　　　류 허석용
전　　　화 편집부 (070)4164-3962, 3963 기획실 (02)567-3388
　　　　　　판매 및 마케팅 (070)4165-6888, Fax (02)322-7665
전　　　화 편집부 (070)4164-3962, 3963 기획실 (02)567-3388
　　　　　　판매 및 마케팅 (070)4165-6888, Fax (02)322-7665

ISBN 979-11-6611-269-0 04830
ISBN 979-11-6507-670-2 (세트)